徐 航

——

著

徐航小说选集

XUHANG

XIAOSHUO XUANJI

团结出版社

UNITY PRESS

图书在版编目（CIP）数据

徐航小说选集／徐航著. -- 北京：团结出版社，
2022.12

ISBN 978-7-5126-9833-8

Ⅰ．①徐… Ⅱ．①徐… Ⅲ．①小说集–中国–当代
Ⅳ．①I247

中国版本图书馆 CIP 数据核字（2022）第 213661 号

出　　版：团结出版社
　　　　　（北京市东城区东皇城根南街 84 号　邮编：100006）
电　　话：（010）65228880　65244790
网　　址：www.tjpress.com
E - mail：65244790@163.com
出版策划：力扬文化
经　　销：全国新华书店
印　　刷：成都兴怡包装装潢有限公司

开　　本：170mm×240mm　1/16
印　　张：22.5
字　　数：450 千字
版　　次：2023 年 3 月第 1 版
印　　次：2023 年 3 月第 1 次印刷

书　　号：ISBN 978-7-5126-9833-8
定　　价：78.00 元

序　言

汪锡文

　　《徐航小说选集》的出版，是六安文学界的一件大事，是六安文学宝库的一次重要收获。

　　徐航几十年笔耕不辍，是一位高产作家，已出版文学书籍500多万字。主编、编撰大型文学专著《六安沧桑》《六安歌谣集成》《六安谚语集成》《永远难忘是乡愁》《韦素园全集》等20余部，1000多万字。截至目前，徐航是六安市发表微、短篇小说最多的作家，计100余篇。为纪念处女作发表60周年，出版这部集微、短、中、长篇各类小说共25篇（部），32万字。这既是一个总结，也是一个新的开始。

　　徐航文学创作，起步于在校读书时，历经改革开放、新时代。收入《徐航小说选集》的《山村姐妹》写作于1965年7月，《大青骡子》写作于2021年10月。近年新作20万字。

　　徐航自幼爱好文学，爱看文学书籍，爱好写作。初中读书时，常常把作文写成小说，一篇作文就写满一个作业本。初中毕业被保送到六安高中（今六安一中），常在校刊上发表作品，先后主编《共鸣》《东风》两种墙报，得到师生好评。1960年徐航考入合肥师范学院中文系前后，已经写了很多散文和诗歌，但他从未想到过要发表。1962年秋，《合肥晚报》文艺编辑王则武，通过合师院中文系一位教师，了解到徐航的写作情况，并主动约稿。徐航立即写了微小说《闹房》寄给他，王则武立即发表。20世纪70年代中期，由徐航与同学陈长风联名，在《文艺作品》连续发了10个短篇小说，在合肥文艺圈引起关注。80年代，徐航在《安徽文学》《安徽日报》等报刊发表一系列作品，为人注目。

改革开放，国家面貌发生了日新月异的变化，文学也得到了空前的解放，徐航的小说创作掀起了热潮。他由农村走出来，深知农民所思所想所盼。微小说《妯娌》《二叔》，短篇小说《三番来客》《赶戏》，中篇小说《剪刀传》等都非常接地气，都热情地为改革开放鼓与呼。短篇小说《赶戏》发表时还有一个花絮：当时，《文艺作品》主编温跃渊送杂志到省文化厅，正赶省文化厅召开县以上文化局长会议，布置解放思想、解决广大群众对文化需求等问题，发表了《赶戏》的这期《文艺作品》成了活教材。《三番来客》写了不同的人对当时推行"责任制"不同的心态，惟妙惟肖。

红色是位于大别山区六安的底色，传承红色基因是老区人民世世代代的责任，书写红色作品更是老区作家理应的担当。为此，徐航写了多部作品。收在这部小说选的短篇《错认夫君》《大青骡子》等篇，热情地歌颂了六安老区人民为革命所做的牺牲和奉献。徐航对中国无产阶级文学奠基人之一、六安人、皖西建党者蒋光慈更是情有独钟。用几十年时间学习、研究、宣传蒋光慈。徐航执笔，与友人合作撰写出版了《蒋光慈评传》《明月为君侣》（两书共50多万字）；去年纪念建党百年，徐航为纪念蒋光慈，写了7万多字的文章，并写了长篇小说《嫁妻》，试图从婚恋角度写蒋光慈在皖西建党，写蒋光慈对女性尊重的不凡。

徐航在小说写作的技艺上比较成熟，叙事简洁，塑造人物形象鲜明，特别在语言运用上下了苦功夫，尤其在人物语言的个性化上非常有特色。所谓人物语言的个性化，就是小说人物的语言，非常恰合其身份和个性。如短篇《三番来客》中写主人公广道大叔的心中所想：

广道大叔坐在桌旁，感到身上有些冷，心里想道："一家富，百家妒"。在家里存了点钱粮，别人就横眼咋舌哩。既然上级要改章程，那家庭规划只能订一年，抓紧翻盖房屋。家里的三间草房，早成了"望天楼"。老伴常同自己吵，张嘴就是"宁嫁严公恶婆，不嫁漏屋破锅"。嗯，咬咬牙，盖上四间瓦房。房屋，就像秀才的字，戏子的衣，是庄户人的面子。

又如长篇《嫁妻》，写王书珍小时候的聪明、伶俐：

书珍小的时候，亲娘还在。她一天到晚唱呀、跳呀，乐呵呵的。有一天，隔壁的婶娘找她的岔子："哟，人常说：'嘴一张，手一双，不怕公婆赛阎王。'俺看咱们家的五姑娘呀，手儿不行，嘴倒是可以。十只蚂蚱蒸一碟儿，尽都是嘴壳子了。"

书珍被婶娘这一说，在家躲了三天。三天之后，她竟拿出一双纳好的鞋底，请婶娘过目，指教。婶娘一看，针脚比芝麻粒按的还匀称，不相信是她纳的。书珍在鼻孔里轻哼一声，不慌不忙地飞针走线，表演给婶娘看。婶娘这才信服了，自此，书珍又开始学绣花。她用起那五色丝线得心应手，搭配大胆，绣出的花儿、朵儿既艳丽，又大方，看到的人没有一个不啧啧称赞的。过了一程，隔壁的婶娘又夸起她来了："那小书珍哪，可是俺的亲侄女呀！那丫头挑的花儿惹蜂蝶，绣的朵儿扑鼻香。俺说的可都是真话呀！她自小就许配老蒋家的小儿子，长大了，可是一房好媳妇呀！"

　　徐航小说的语言，行文工整，郎朗上口，对事件、人物的描写，往往形成一种气势。如短篇《赶戏》中，对业余剧团"二月兰"的介绍：

　　"二月兰"以唱庐剧为主。演员共有二十人，全是乡村文艺活动的骨干，有几个还是以前唱"小倒戏"的老把式。领头的，是落凤公社副业厂厂长，共产党员李尚清。他们自树旗子自备马，买锣鼓，缝行头，制道具，排节目。不上半月，动听的戏文，唱得山前沸沸扬扬；欢乐的锣鼓，震得岭后烈烈轰轰。他们上台是演员，下台是社员；有人邀请就唱戏，无人邀请就干活。土生土长，乡音乡情，大受欢迎。据目击者报道，他们演出的戏场，常常出现"台上唱戏台下和"的动人场面；演者，有板有眼，丝丝入扣；听者，如痴如醉，句句钻心。唱到欢乐处，百鸟齐舞，演到伤心时，山水动容。

　　又如短篇《鼠祸》中，写余科长送一只死猫到县委书记门前，就他是否按门铃的心理，徐航写道：

　　余科长来到赵书记门前，一步一步登上七级台阶，不停地喘气。当他把手伸向门铃的刹那间，又犹豫起来：按不按？——波澜在心里翻腾。在人生道路上，他历经曲折和坎坷，积累一些痛苦的经验："人生好比碰钉，碰一根化一根"，这是从硬的角度看；"人生在世，无非是戏"，这是从软的方面来；"人情似锯，你来我去"，这是从矛盾体的两方面着眼；而"人跟势走"，似乎是古今中外处处可见、可感、可觉的普遍规律。不错，祖先的确有"不饮盗泉之水，不食嗟来之食"的告诫。但他们家中的井水可能汲之不竭，他们家中的粮食可能吃之不尽，漂亮话谁不会说，"人到无求品自高"哩！……想着这些，余科长自我恼恨起来，觉得刚才的犹豫和怯弱非常可笑，"潜其心而观天下之理，定其心而想天下之变"！——他伸出了手，坚决而果断地按了门铃。

写小说就是写语言，《门门门》《鼠祸》《"风骚"的风波》《剪刀传》诸篇小说，不仅故事编织得好，人物形象鲜明，而且语言极富特色。短篇《"风骚"的风波》，实际是写区、乡（镇）一级干部的"生态"的。这些干部往往闹出很多无谓、无味的纷争，大家在"争""斗"之间分分合合，在矛盾之中前进。小说叙事从容，描写细腻，人物形象栩栩如生，语言不仅充满个性化，而且洋溢着幽默的色彩，是一篇值得细读、玩味的小说。

徐航淡泊名利，也使人印象深刻。我国著名报告文学家温跃渊同徐航结识近60年，非常了解徐航，他在其名作《文坛纪事》一书中，收有一文《永远温馨的徐航》，其文写道：徐航"同人合作写文章，无论是短篇，还是中长篇，只要署有徐航名字，一定是他执笔写的，而且总是把自己的名字置在最后，稿费往往也不曾多拿。光这一类文章和著作，就有将近百万字之多。因此，有人称徐航这种品质为'徐航精神'，我也常常以这种'徐航精神'来鞭策自己"。

徐航竭尽全力培养文学新人，为他们改稿，为他们写评介文章，为他们步入文学天地擂鼓助威。他所出版的30多万言的《徐航文学评论选》就是明证。徐航曾担任三届安徽省报纸副刊研究会副会长兼秘书长，一届安徽省报告文学学会副会长，六安市作家协会名誉主席，六安市德艺双馨文艺工作者，曾获得安徽省作家协会老作家文学贡献奖。

老骥伏枥，志在千里。83岁高龄的徐航，今年还有另一部文集将要出版。他正在撰写反映我国大型水利工程"淠史杭"兴建历程的长篇报告文学，值得期待。

我衷心祝愿徐航先生健康长寿，文学青春不老。

目 录 Contents

第一辑

微篇小说

妯　娌

　　午作登场，磨坊庄天天都飘荡着油烟的香味。麦面多，菜油足，谁不想改善一下生活？这家摊粑粑，那家炸春卷，"滋啦啦""泼辣辣"，一片撩人咽吐沫的响声。到了端午节，更是闹腾到了高潮：炸麻花、蒸馒头、包粽子，家家烟雾缭绕。

　　住在庄东头的祝二婶，端午这天起了个特早。她麻利地在门前檐下插上了菖蒲、苦艾，立即吩咐女儿桂梅点火跳油。她迅捷地梳头挽髻，戴上朵春绒，洒脱地在蓝的确良大襟褂上系紧了围腰，便动手和起面来，准备炸馓子——在庄上，她的馓子炸得最好，可二十多年没显过本事了，今年想再露一手！

　　二婶和着面，不时地将手指在油碗里蘸一下，面团在她的手里软如绵，柔如丝，左盘右绕，上攀下挂，一溜溜细匀的馓子流到锅里，随着沸油的翻腾，金黄的馓子浮荡着，编结成一盘盘怒放的葵花。

　　二婶边做边捞。在醉人的油香中，透过蒙蒙的烟气，她似乎看到了弟媳夏三娘的脸，想起她昨天叫孩子送过来的一提篮粽子。往事如烟，但又历历在目。

　　她们妯娌两家原是同锅舀勺，一九五八年吃大食堂时分了家。一九六〇年从春到夏，正是"粮食关"的节骨眼上，庄上不少人家吃了亏。但她妯娌俩脚勤手巧，菜园兴得好，大人小孩总算多了一份瓜菜填肚子。夏日的一天傍晚，刚下过一场透雨。二婶发现菜园里丢了一个碗口大的南瓜，又见三娘刚才来过菜园，估摸是她摘去了。"哼，你要活命，就不顾别人啦！"二婶心里的火直扑腾，三步并作两步跑到隔壁，大呼小叫起来："夏三娘！贼爪子，还我的瓜来！"

　　三娘上菜园，饿得头昏眼花，两家的瓜蔓又缠在一起，兴许摘错了瓜。孩子们饿得满口淌清水，瓜早下肚了，有啥办法？现在听二婶大呼小叫，心想：“亲骨亲肉，这么不留情面！”——心一狠，跳到门外：“什么瓜？你红嘴白牙放干净点！”

“你偷我瓜！”

“你逮住啦？”

一个没长饶人舌，一个不是省油灯，一来二去，两人动起手来，互相抓得披头散发。幸亏两人的丈夫及时赶回，拉开了这对似乎发了疯的女人。老三到菜园里转了一圈，去给嫂子赔不是：“二嫂子！我上菜园看了，是她的脚印儿不错。……饿……两根纸烟钱……嫂子，我给你赔情……”说着，跪下了一条腿，泪珠扑里扑达直掉。二婶扶起了老三，大哭了一场。

这件小事，在两个善良、朴质的女人心上，打下了深深的烙印。以后十多年，两家一直疙里疙瘩。不仅如此，艰难的、营营于口食的生活，还在他们之间不断增加新的裂痕：这家丢了鸡，疑心是那家捣的鬼；那家失了鸭，又估猜是这家作的怪。散言碎语，指桑骂槐，没少过摩擦儿。直到一九七五年老三家搬到庄西头，庭院才算清净点。

去年春天，磨坊庄实行了生产责任制。秋后，家家都超产。二婶、三娘两家大囤满，小囤尖。今年夏季，小麦、菜籽又是大丰收。两妯娌乐得梦中笑醒了好几回！可是，每当她们想起一九六〇年的那件小事，心里总像针扎一样疼。虽然妯娌俩仍不共言，但丈夫、孩子们早就往来了。瞧，昨天三娘还叫孩子们送来一提篮粽子哩……

二婶假装被油烟熏了，开开朗朗地擦去眼角的泪痕。她赶忙抓盘了满满一脸盆馓子，吩咐灶下的桂梅：“快给你三娘家送去！他们今天接女婿。鸡汤下馓子，是一道好菜哩。”

二婶洗把脸，正准备拾掇一下灶台，忽听从堂屋传来三娘的声音：“他二婶！”

二婶心头一震，快步走进堂屋，迎着满面春风的弟媳，老半天才憋出词儿：“……嗨，昨儿你还送粽子……”

三娘说：“往年孩子们馋得很。今年糯米多，我就多包了点，谁知他们白糖放少了还不吃！他婶子，糖吃多了蛀牙哪……”

“是哩是哩，”二婶直是点头，“你们的女婿来了吗？中饭在我家吃吧！”

"不，不，我早准备好了。——请，请你中晌过去喝杯酒。"

在高大的粮囤前，在浓烈的油香中，两位女人的腰板挺得很直。她们本打算学男人们样儿，潇潇洒洒地紧握一下手，可是等趋步抵面的时候，不知怎的，却都是紧紧抓住了对方的胳膊。

1980. 7. 3 六安

回趟饼

　　合肥地区的农村，流传一个风俗：小孩头一趟去外奶（姥姥）家，总是满载而归，除了新衣之外，少不了要带回几口袋回趟饼。这种饼，制作颇有点麻烦：先将糯米磨成面，再将面蒸熟，然后放到刻有精致花纹的木模子里，做成一个个茶杯口大小的饼子，等饼子冷却、变硬以后，用笔蘸上桃红，在饼心点上红点——一个个精巧的饼子，看起来悦目，吃起来芳香。它象征着吉祥、如意，它凝结着情意、希望！

　　小孩携回趟饼，是不能独家享用的，必须在回来的当天或第二天，由父母将饼子广散本村各户人家，每户六个或八个，散发的人家越多越光彩！散饼子时，还不能脱掉一户，要不然，没有得饼的人家是不高兴的，倒不是他们贪小便宜，而是感到受到了侮辱。

　　记得解放初，每隔一段时间，就有人来散回趟饼。母亲接过饼子，喜笑颜开地说："承情，承情。伢子外奶好吧？"

　　"好哩，好哩，越活越年轻了……"

　　有时，母亲接过饼子，啧啧赞叹道："呀，这饼子做得多巧哟，他外奶真舍得！"

　　"见笑了。外奶他们糯米有的是，就是没工夫做呀！"

　　母亲将饼子放在吊篮里，随我们拿着放在锅洞里烤：饼子烤得黄焦焦、鼓胀胀、软绵绵，掰开窜出一股白气，又粘又糯，吃起来清香满口呀！

　　可是，由于众所周知的原因，我再也没吃过回趟饼了。随着岁月的流逝，年岁的增长，儿时的情景反而愈觉分明。回趟饼，深深印在我的记忆里，难以磨灭。每每想起，总是怅惘。

万没想到，今年在家乡过春节，没出十天，就来了三个散回趟饼的。母亲接过饼子，春风满面地说："承情，承情。他外奶家日月好吧？"

"好哩，好哩。他们也实行了生产责任制，家家仓满囤流，不在乎这几斗糯米哩……"

母亲送走散饼人，转身对我说："'富而知礼'嘛！手头富足了，谁不想做人？——给，烤一个吃吧！"

一见那精巧的、点着桃红的小饼子，我顿觉眼睛亮起来，虽没吃上口，早就心满意足了。我在心里默默地念叨："故乡呵！但愿世世代代、永远永远都能吃到你的回趟饼！"

1980.7 合肥

二　叔

大清早，晨光把屋里映得通亮。我们还在床上伸懒腰，就听到从隔壁楼梯传来奇特的只有我和妻子才熟悉的脚步声，嘭——哒，嘭——哒，嘭——哒……

我一骨碌坐起来，一边穿衣，一边对床那头的妻子说："二叔来了！"

妻子侧耳细听，说道："真的，这么早！"说着，也赶忙穿衣起床。

我们拖拉机厂这座宿舍楼，兴建于五十年代，楼梯、栏杆、地板全是木质的。我家住在二楼东侧，紧贴楼梯。由于时间住久了，凡是常住二楼的，我们都能以足音辨人。我的父辈弟兄三位，现在只有二叔还在世。他在"大跃进"那年参加修堤，崩石头时硬砸断了右腿，虽然保住了性命，但却落下了残疾，走路一脚轻、一脚重，上我们这木质楼梯，重一脚"嘭"，轻一脚"哒"，听起来格外分明。

老实说，早些年，我们最怕这楼梯响起"嘭哒"声。

每年腊月二十左右，"嘭哒"声宣布二叔的到来。他照例穿着开花棉袄，头戴一顶油腻腻的旧棉帽，灰黄的脸上没有一点神采，两只浑浊的眼睛闪着凄凉的光。他颤巍巍地走进门，把肩上背着的一个原先装化肥的塑料袋子放下，一边用袄袖擦着满脸的汗水，一边解开袋口，对着早已围住他的孩子们唤一声："来……"在孩子们的眼馋馋的目光攒射下，他能拿出的，也只是两捧红枣、几斤花生和半袋沾着黄土的山芋。他接过我递给他的一杯水，仰起脖子喝干，这才叹着气说：

"这年头，一个劳动日才得一毛钱，种庄稼搭赔血本哩。唉，又逢年坎儿，二叔翻不过哪！"

二叔"年坎"翻不过，我们就好翻吗？虽说我夫妻俩都是大学毕业生，在厂里任技术员，可工资还是十多年前的数目儿。开开门来七件事，外加水呀电呀，哪一样简单？三个半大小子，吃死娘老子，哪月不买黑市粮？四毛多钱一斤不说，还得偷着、躲着买！……但是，不管怎样，我们总是"公家人"，又挂着大学生的招牌，想千方设百计也得用年货把二叔的塑料袋填满，外加几十元现金。

这样情景，每年春三月还得重复一次。

凡事重复多次，就会变成习惯，就会形成条件反射。每年的冬腊月、春三月，我和妻子的耳朵似乎特别灵。每每听到楼梯响起那"嘚哒"声，心就怦怦直跳……

"嘚哒"声年年依旧，可它变奏出的曲儿却越来越动听。

确记得去年腊月的一天，我正在家里埋头钻研一份资料。突然，耳边传来了一阵"嘚哒"声。我一惊，站起来，正要去开门，门却被推开了，春风扑面地走进了二叔。

老人家穿着一件黑涤卡对襟褂，纽扣全解开了，露出了里面皮袄的白绒绒的毛；下穿蓝华达呢新棉裤，为着走路方便，裤脚裹扎得挺神气……抬头看，嗬，老人头戴"三块瓦"的毛帽子，红脸膛上流露着喜气；浓眉下的眼睛，闪着欢愉的光辉。走到屋子中央，他把腰一弯、头一低，让背上沉重的塑料袋自然滑下，里面装着三只肥嘟嘟的腊鹅、四五只流油的板鸭、好几吊晒得骨干的猪肉，还有一团小脸盆大小的、妻子最爱吃的腌猪肝——妻子忙着捡点东西，甜甜地喊了一声"二叔！"

二叔手一摆，露出不在话下的神气，对我说："我还给你们带来五十斤糯米，三十斤花生，还有五升小赤豆。放在车站马路边，我们隔壁的王金柱帮看着。你快推一辆自行车去……"

妻子说："二叔！这么老远，还费力气带米来？如今我们老大上了大学，老二读中专，吃口轻了不缺粮。再说，市场上也好买，才一毛九一斤哩。"

二叔说："带一点，是我的心意。你二婶说，那些年，我们啃得你俩够受。如今，搞责任制翻过来了，也帮你们减点轻。"愣了一下，又说："往后过年，凡农村出产的年货，你们就不用买了，二叔送得起！"

如今，刚刚秋罢，二叔怎么就来了呢？噢，上月他曾来信，说要同隔壁的金柱合买一台拖拉机，为着提货，提前来的吧？——我和妻子一边扣衣服，一边争着去开门：把二叔，把晨光，把丰收，把故乡人民的喜悦，一齐迎进屋！

1982. 7. 30 六安

故园树

无论走到哪里，只要见到绿色，我就想起故园的树。

故园的树哟，在春雨中是碧绿的，在夏阳中是青青的，在秋风中是金灿灿的，而在冬雪中，则是粉莹洁白的。

魂牵梦绕的，是园外那排榆树，一共七棵，歪脖子榆树。听爷爷说，还是他的爷爷亲手栽的，经过几辈人的经管，长得足有笆斗粗。可是，它们的主干并不高，而且一律向着南方探头，变成歪脖子了（长大了，我才明白：这是它们抢争阳光所致）。七棵树哟，枝枝相衬，叶叶相交，织成枝的栅、叶的云、绿色的穹盖。树下，是孩子们的天下；而树上，则是鸟儿们的乐园。最有趣的是那长腿鹭鸶，成群结伙来这儿赶热闹。它们从巢湖衔来的鱼儿，吃不了就晾在树上，风一吹，满地都是干鱼片儿……

就是这样地，我的五间茅屋为主体的故园，默默地躺在绿树丛中。四十多年过去了，它的一草一木都镌在我的记忆中，给我慰藉、温馨，更给我力量。

今年春天，我终于经不住故园绿色的诱惑，回到了她的身边。

尽管故乡显得繁荣，显得富足，甚至显得妖艳，但我心中还是觉得空虚。偌大的一个近百户的村子，几乎没有什么大树，唯有我故园的一株椿树和一株枣树，鹤立鸡群般地傲视着蓝天。这一切，虽在我的意料之中，但又似乎在意料之外。

作为万物之灵的人类，有时显得十分愚蠢。兔子尚知不吃窝边之草，可人们对自己身边的草木，却动辄付之以斧钺。故园外的那排榆树，不就是在斧钺之下变成劈柴，然后投到公社小高炉的烈火中的吗？当兴高采烈的人们要去砍门口的椿树时，祖母急了，抱着树干哭嚷："我要留着作棺木呀，要砍，你们就砍我吧！"椿树就是这样的幸存。

至于屋后那株枣树的幸免于难，说起来更令人心酸。那儿原有一排枣树，五棵。可在那一年割"尾巴"时，公社订了个土政策，群众称它为"三八线"：屋前三丈，屋后八尺，线外的一切树木，统统都要铲除。确记得，那是一个灰蒙蒙的早晨，我正在睡梦中，被一阵突发的骚乱惊醒。

"这一棵，只剩这一棵了。你们量量看，七尺五寸，离墙根七尺五寸……"这是父亲苍老而绝望的声音。

"不行！七尺五寸也不行！四舍五入就是八尺……"

"政策规定八尺之外要砍，就算八尺，也不算在'外'呀！"父亲据理力争。

"……"

"算了！就留下这一棵吧！"几个人异口同声地说情。

等我走进后园，只见满地都是砍倒的树木。父亲瘫坐在地上，老泪纵横。他尤其心疼那四棵枣树。那是家里的一份"铁杆子庄稼"，每年要收一千多斤枣子。那年月，粮食不够吃。冬日晚上，吃一把枣子，就可省一顿晚餐。每次父亲去看我们时，总是背一袋红枣。在小孙子面前，那是他的一份骄傲。如今，枣树被砍去四棵，就好像砍断老人四肢。他经不住这番折腾，浑身发抖，难以站立起来了。

我的祖母早已作古。临死时，她着意叮嘱：宁肯睡门板，也不许锯倒那棵枣树。父亲去世也已三年了，但他那泪眼、那哭音，依旧闪在眼前、响在耳边。诗人说：绿色，是生命之色。我的父亲，我的祖母，我的先人，正是将赤红的热血化成浓浓的绿汁，在黄土地上涂染、描绘……可是，一次又一次，他们的希望都成了泡影。

岁月更迭，春风又度。故园新栽了无数棵小树。

无论走到哪里，只要见到绿色，我就想起故园的树。故园的在春风中轻轻摇摆的小树呀，你们快快长大吧！

1982.8 合肥

虚　惊

全县"两专一体"先代会正式开始、鞭炮、乐曲、镁光灯……

县委书记贾启龙站在主席台的中央，党政主要领导人在他的左右依次而立；背后的紫绒大幕和左右分插的十六面红旗，衬得他们格外威武。贾书记十七岁参加革命，宦海浮沉三十六载，阅尽人间风云变幻、世态沧桑。他以明察秋毫的眼光，扫视黑压压的影剧院大厅，然后微微昂首。大厅里灯火齐明，使得他能以肃穆、清亮的面容接受代表们的瞻仰。

台下，中间过道两旁的座位之间，忽然引起轻微的骚动：一位穿着不俗、戴着黑呢帽的代表，疾步走到主席台下，昂起头，圆睁着一双略显惊讶的眼睛，紧盯住贾书记，同时，右手迅速往裤口袋里掏摸，似乎有个利器一闪。

贾书记的两腿微微软了一下，心头掠过一丝凉意。他学识渊博，知道肯尼迪被刺的经过，晓得萨德特饮弹的惨情，读过《甘地夫人之死》……说时迟，那时快，他闪电般地向身旁的县长瞥了一眼："形迹可疑……"

县长浑身闪电般地颤了一下，闪电般调整一下站立的姿势，闪电般地向站在主席台一侧的大会保卫人员射了一眼。

保卫人员心领神会，但又不敢贸然采取行动，害怕破坏开幕式的庄严气氛，只得闪电般地向正在忙着拍照的县委宣传部新闻科长暗示了一下——

科长闪电般地端起照相机，闪电般地向台下那位形迹可疑者射去一束白炽、耀眼的镁光："啪"！——那人顿时如遭雷殛，难以招架，一只手下意识地在眼前一挡，在空中划了一个大弧……

下午，县公安局长亲自过问此案。他按照放大六寸的照片，没费吹灰之力就查清那位形迹可疑者的根底：名叫丁宏有，男，汉族，四十八岁，农民出身，贫农成分，中共正式党员，系双庙区小庙乡大庙村的养鱼专业户。

"上午，你走到主席台下想干什么？"局长心头怒火直窜，劈头盖脸地问道。

"我……"

"说！"

丁宏有圆睁着一双略显惊讶的眼睛，在局长冷若冰霜的脸上仔细寻找，不明白自己犯了何种律条，只得如实说道："我想看看书记县长是什么模样儿。解放三十年，县领导换了八茬，可我一个也没有见过……"

"那，"局长毫不放松，"你往口袋里掏摸什么？"

"眼镜，"丁宏有嗫嚅道，"他们站得太高，看不清……"

1984. 5

鉴　定

县养殖局局长常大光，接到县人事局一个电话：

"……你们局的韩锐同志，申请调回老家 N 县，我们已原则上同意，你们给他做个鉴定送来……"

常局长放下话筒，轻轻地嘘了一口气。韩锐是局里的水产技术员。在老常看来，他是个"愣头青""鱼儿刺""二百五""难缠户"；比春天的蛇还要懒，比护窝的狗还要凶，比仙人掌还要扎手，比爬墙树还绞缠，比皇帝还要骄，比公主还要难服侍——在单位比狗屎还要臭！现在这根被卡在嗓眼里的鱼刺就要被拔掉了，他心里好不痛快。

常局长喊来秘书，平静地说道："你以局党组名义，给韩锐同志写个鉴定。"

"怎么写？"

"好，我说你记吧！"局长在办公室缓缓踱蹀，咬文嚼字，"韩锐同志一九六一年毕业于南阳农专水产专业班，在我县工作二十三年，立场坚定，政治觉悟高，坚决贯彻、执行党的特别是十一届三中全会以来的路线、方针、政策……"

秘书以为耳朵出了问题，迅速瞥了局长一眼。常局长没有理会，继续口授着：

"韩锐同志集中国知识分子之美德于一身，工作认真负责，勤勤恳恳，任劳任怨，不计得失，不避艰险。能刻苦学习，业务能力强，勇于创造，富于进取……"

秘书沙沙地记着，心想："太阳打西边出来了！局长给自己的'政敌'评功摆好，稀罕！"

"韩锐同志组织观念强，密切联系群众，尊敬领导，团结同志……"

秘书终于忍不住了，他把钢笔一放："局长！能这么写？"

常局长神秘地一笑，笑得莫测高深："小伙子！咱毕竟多穿几件老棉袄呵……这叫作'欲夺先予'！"

秘书瞪大眼睛，细瞅老局长饱经风霜的面容，似乎那深如沟壑的皱纹中写着密密麻麻的答案。

"你想，"局长把话挑明了，"N县那边看到这份鉴定，还不是如获至宝？那，韩锐就会飞得更快。咱们这是成人之美哪！"

"噢——"秘书恍然大悟。

"怎么样？这方面的学问，大得很哩。"局长和颜悦色，"咱们接着来，记！"

七天以后，人事局又来了电话：

"……就韩锐同志各方面的表现，立即开个有代表性的群众座谈会，整理出一份座谈记录交给我们。"

"好！"常局长答得响亮而又干脆。

座谈记录准时上报了。二七一十四天以后，常大光忽然接到县委组织部的电话。打电话的竟是部长本人！他赶紧双脚并拢，一迭连声地答道："是，是我。"

"你们局的韩锐同志，是个能人嘛！"

"是，是不赖……部长，你认识他？"

"不认识。我是看了你们写的材料……怎么样，材料可靠吗？"

"可靠，是我亲自动手写的……"

"噢，好！"

"部长，"常局长关心地问道，"韩锐同志调往新的岗位，有眉目了吗？"

"有了！"

常大光满心欢悦。三七二十一天以后，他突然接到县委组织部的一份任命，打开一看，不禁愣住，随后冷汗唰唰地流下来。

任命上写："经县委常委会议研究同意，任命韩锐同志为县养殖局局长……"

1984.5

银 虎

银虎，是县民劳局局长吴有庚的爱犬。

吴局长一不抽烟，二不好酒，三不嗜茶，就爱养个狗！

银虎是一条高大的、纯白色的公狗，健而不拙，高而不笨，雅而不俗；它稍稍纵跳，能打开门上的气窗；蹲踞在门前，虎视眈眈，龇牙咧嘴，任何陌生人都会望而却步。它还有一个奇特之处：主人来了客，它会亲昵地在客人的身旁左右缠绕、厮磨、嗅闻，一旦熟悉了客人身上的气味，就是隔上周年半载再来，也能辨出是熟客，视若家人——如此一条灵犬异类，怎不叫吴局长视若掌上明珠！

这一天，吴有庚午休起床不久，慵意未消，正仰躺在葡萄架下的藤椅上撩逗着银虎。他故意把一只拖鞋抛得老远，让银虎衔回来，轻轻地套在他的脚上。狗舌头舔着脚板心，又痒又麻……

啪，啪，啪——铁皮大门传来轻轻的拍击声。

银虎哼了一声，竖起耳朵，像一支离弦的箭直向拍击声。

"谁——呀？"局长拖长的声音里饱含着威严。

银虎一听主人发话，在门边上蹿下跳，把鼻子紧贴门缝向外嗅闻，两只后腿作弓步拉开，发出急不可待的哼唧声。

"是我呀，吴局长！"门外的人答。

吴有庚懒洋洋地离开藤椅，慢腾腾地趿拉着拖鞋，缓悠悠地来到门边，抽开沉重的铁门栓。狡猾、凶悍的银虎，在门和栓的轰轰撞击声中，以迅雷不及掩耳之势，扑向门外站着的陌生人。

陌生人突遭奇袭，大惊失色，两手不觉一举，做了个投降的姿势，向后跟跄了三步。没等他从惊慌中反应过来，银虎却已改变态度，在来客身旁撒起欢。

原来，它认出来了——三个月前，天台山下的双涧集，被突发的山洪淹没了，墙倒屋塌，死伤惨重。县委召开了紧急会议，号召每个共产党员、人民干部都要以临战姿态投入到抗洪抢险中去。

吴局长也乘坐着小吉普，来到双涧河边：天哪，眼前一片汪洋！吉普开不过去了。吴局长毫不犹豫地脱下鞋袜，拄着根竹竿，跟随在乡村干部身后，缓步涉水过桥。银虎见主人大义凛然地走向险区，自然也毫不犹豫地紧跟过去。

水越来越深，路也越来越难走。忽然，吴局长一脚踏空，"扑通"一声翻落到水中。桥下的水有一人多深，局长不会水。银虎一看急了，赶紧游过去，想把主人救出来。可是不行，人太重了，它怎么也叼不上来。正在危急时刻，一个年轻人跃入水中，把吴局长救了上来，并背着他，一直走到前面的村子。

这个人就是双涧村党支部书记孙永和。如今，这位恩公登门来访了，银虎一闻到那熟悉的气味，便高兴得直摇尾巴。可是，吴局长却很不友好地"哼"了一下鼻子："你……"

"吴局长！我是双涧村的……"年轻的书记手中攥着父老们要求救济的申请，想掀开局长记忆的尘封。

"有事到办公室去！"吴有庚冷冷地说，"我在家里，从不谈公事！"

孙永和的心卟咚一沉，尴尬地笑道："我在你的办公室等过两个钟头了……"

"我在家看文件！有事，明天谈！"

"砰！——"铁门闭得严严实实。

银虎不解主人的心思，依旧在门边上蹿下跳，把鼻子紧贴门缝，向外摇着尾巴。

"吴局长！吴局长！……"孙永和还在外面敲着门。

银虎猛地站立起来，一下咬开了门闩。吴局长顿时火冒三丈，朝着银虎猛踢一脚，恶狠狠地骂道："畜生！"

1984.5

反　看

　　绿城县某某局副局长余志宏，山东人（籍贯待考："文革"前自称是"山东聊城"，和蒲松龄同乡；"文革"中又自诩是"山东诸城"，同"旗手"共饮过一井之水；目前又自夸是"山东郯城"，那是改革出过风头的地方），五十四岁（已减过两岁的实足年龄），无论怎么精心保养、着意修饰，还是显出了老态。可是，你若求他办事，一见面得故作惊讶："瞧，余局长！你真是年富力强，今年该有四十五了吧？"余局长肺部不太健康，又常年闹胃病，脸色蜡黄，可是对此你得反看："哟，余局长！瞧你满面红光，气色真好！"老余中等身材，精精瘦瘦，可是你还得反看："余局长！你们山东人就是魁梧！"

　　有一次，局下属单位有个女同志要调动工作，来到余副局长的办公室。她满心想能讨余副局长的好感，使调动能够顺利解决。她关心地说道："老局长！你这脸色不大好哩，要不要上医院看看？"老余听了，脸上漫起了乌云，突然爆了一声："死不了！"说着，抓过她的申请往抽屉一塞："研究研究再说！"吓得那位姑娘背朝前退出办公室，在走廊上哭鼻子。知道底细的人告诉她说："你唱反了词儿！"

　　假戏真唱，正理反看。这就是余志宏的辩证法。在他身边工作的人深深懂得这一点，并因此得到不少好处。

　　这天，办公楼的过道上贴着醒目的通知：县直机关干部要举行春季长跑越野赛。各单位都在议论纷纷，体育爱好者们跃跃欲试。某某局讨论这件事时，秘书小刘说："论身体素质、功底，咱们局还是余局长为最！"边说边向众人挤着眼。

　　余志宏没有作声，只是把腰杆挺了挺。

"别开……"局长老姜欲说又止,"老余!你……"

"我参加!"余志宏说得斩钉截铁。

比赛那天,是个响晴天。四月的春阳暖暖地照着,天地间一片明光。参赛的,看赛的,挤挤攘攘,万头攒动。余志宏身着短衫短裤,足登白色田径鞋,头戴一顶高近一尺的轻塑镂花白色遮阳帽(据他说是一位副省长送给他的),在人丛中特别引人注目。在现场搞录像的同志,把镜头对准他足足停了三秒钟,乐得他每个汗毛孔都张开了,黄脸浮起一层油汗。

一声枪响,健儿们狂奔,倏忽之间,余志宏被甩得老远。他瞥瞥身边,秘书小刘等五个局里的小青年正傍着他前进,心里踏实不少,竭力挤出个笑脸,气喘吁吁地说:"不要急,压轴戏总是唱在后边!"

又跑了一程,小刘发觉余副局长脸色煞白,满脸冷汗如雨,吓得赶忙搀住了他:"余局长!"

不知从哪儿传来一阵掌声,把余志宏藏在骨髓里的一丝生机也激发出来了,他居然大跨步地冲了五十米,突然一个趔趄,瘫倒在地上,面如槁灰,口吐白沫。

五个早有准备的小伙子,赶忙把他抬到路边的一棵树下,仰面躺着。好在现场有医生,立刻进行抢救。

四十分钟后,余副局长睁开了眼。他强挣着想坐起来,但是没有成功,只得以一个"大"字形仰躺在地上,胸口一起一伏:"压轴戏……"

秘书小刘弯下腰,轻轻说道:"余局长!你今天的表现非常突出!问题嘛,出在……你不该戴这高帽子!"

"不。"余志宏下意识地摸摸歪斜在头上的峨冠,"俺就是爱戴这个……"

1985. 7

地　震

　　甄科长下班到家，脸色难看，往门口的竹椅上一坐，忧心忡忡地扫视着院里院外的一切。妻子、儿女经过他的身旁时，都凝神屏气，小心翼翼，生怕招来一场暴风雨。

　　直到在晚饭桌上，甄科长才揭开忧心忡忡的谜底，缓缓而又庄严地宣布道："今晚要发生七级地震！"

　　啊呀！四位听众顿时目瞪口呆，停住筷子，停住咀嚼，八只"探照灯"齐齐攒射在甄科长的脸上，想寻求更多的讯息！甄夫人首先回过气来，问道："听谁说的？"

　　"下班前，地震局的孙局长打电话告诉他的岳父，就是咱们的项部长，我亲耳听到的。"甄科长不断加重语气，"那位孙局长可是个权威哩，省里表彰过的……"

　　"这样的大事，应当通知各单位呀！"甄夫人一向从事妇女工作，群众观点蛮强。

　　"废话！'内紧外松'是防震工作的原则！"甄科长不大耐烦了，"你又何以知道没通知各单位，你又不是头头！"

　　甄夫人话头被遏住了，相信了丈夫的情报，随即惊慌起来，上下牙不住地磕碰："那，那，怎么办？"

　　"人最重要！"甄科长指挥若定，"今晚，全都睡到院子里的葡萄架下……东西嘛，电视机、收录机塞到床肚；洗衣机、缝纫机推到大方桌下；大衣橱一律摆到两面墙的交接处……"

　　一家人立即行动。一个小时后，一切就绪。甄科长环视一下屋子，基本满意。他一面拍着满身的尘灰，一面对妻子说："把存折拿出来，放贴身处藏着，人在钱在；还有箱底那几件……"

甄夫人不得不佩服丈夫的远见卓识，依计而行。她边拿存折，边向东邻努努嘴："给老贾他们打个招呼？"

"不！"甄科长脸色难看。

临睡觉时甄夫人说："天气凉了，露水又重，睡在外面容易闹病哩。再说，屋子里没人，小偷从后院摸进来怎么办？"

甄科长觉得夫人所虑不无道理，踌躇再三，权衡再四，终于作出决定："你带两个丫头睡在屋里吧，可要警醒一点哪！"

甄科长搂着儿子，睡在葡萄架下。虽然垫了一床棉被，身子下还是直浸寒气。他轻轻地翻着身，免得被隔墙那边的老贾家发觉。他和老贾同事多年，都是科长，可一直不对劲："文革"中打过派仗；"体改"中互相拆过台；整党中又都揭了对方的疮疤。——虽然上个月老贾调去另一个单位，但新隙旧罅，一时哪儿弥补得了？……听，老贾家哄哄嚷嚷正乐得欢哩。哼，今晚有地震，有你的好戏看！砸！砸死？不好；对，砸断他一条腿，看他还臭美不，还上蹿下跳不？……小孩子？……不，他屋子一倒咱全家就扑过去救他们，叫他感动得痛哭流涕，叫他想一想：关键时刻，咱甄某是何等宽宏大量，不计前嫌！

眼睛发涩。甄科长迷盹了一下。突然，传来沉闷的轰鸣：轰轰轰轰……他一骨碌翻身坐起，又扑跌在地。细听，娘的！是哪家的卡车在挂头挡！

甄科长睡意全消。从地上爬起来，在院子里轻手轻脚地溜达。仰视夜空，群星灿烂。向北方——几道巨大的光柱在空中闪闪摇曳。"地光！蓝色的闪光……"他差点叫出声米，并准备呼妻喊儿，打了一个寒噤，他突然清醒：这是农机厂大院的电焊……

甄科长就是如此这般地折腾好一阵子，实在熬不住了，倒头便睡。一觉醒来但见红霞满天，屋脊上已涂上一抹霞光。他揉揉眼站起来，伸头向邻院看去：哎呀！贾科长昨晚也睡在葡萄架下……

两位科长隔着矮墙对视了一眼：彼此的脸上，满是灰尘。

他从哪儿得到情报的呢？——甄科长大惑不解。扭头一看，儿子正同老贾的小女儿同阵去上学；胸前的红领巾，在阳光下燃烧。

1985.7 六安

鸟　语

　　周初民把鸟笼挂在街头的树枝上，一面逗着笼中蹦跳的画眉，一面瞄着街北的小巷口，等候郑德清的到来。每天一早，他俩都在这儿会合，同阵去公园遛鸟儿。

　　小城刚从睡梦中醒过来，一切都笼罩在玫瑰色的明丽轻纱中。路上行人还很稀少。清洁工正扫着最后一段路面。那令人神往的市声还没有融汇起来，但远远近近、高高低低的高音喇叭，分明已谱出晨曲的前奏。

　　他俩是邯郸北郊的老乡，一同参加革命，一道南下，又一起在这个县奋战三十余载，由基层而慢慢迁升，以至周初民任县委书记，郑德清任县委组织部部长。去年春天，两人又一道退居二线。

　　退位之初，周初民心烦意乱，读书没心思，钓鱼不耐烦，叉麻将、甩扑克、走象棋又非所好，眼看着人儿就瘦了一圈。郑德清笑道："这样下去如何得了？日子还长远着哩。——弄只鸟儿喂喂吧，可磨磨你的脾性儿。"

　　"亏你想得出，养那劳什子！"周初民不以为然，"提个鸟笼儿，游游荡荡，算哪份差事？"

　　"差事既然交割了，就让人家干吧，不要叨叨咕咕、指指点点地不放心！"老郑微微笑道，"养鸟乐趣多得很哩！杜甫诗曰：'自去自来堂上燕，相亲相近水中鸥；老妻画纸为棋局，稚子敲针作钓钩。'——瞧人家的，乐融融，美滋滋，多棒！"

　　老周知道，郑德清幼时曾读过七、八年儒书，识谋划，懂韬略，若论起舞文弄墨、吟诗咏词，自己哪是他的对手？只得沉默不语。

第二天，老郑真的拎来自己的画眉，挂在周初民门口的桂花树上。老周看着那精致的鸟笼儿、洁白的食杯儿、黄灿灿的沙盘儿，心里就有几份喜欢了，及至看到那画眉毛色光洁、眼睛明亮，站在荆架上将小头儿一歪一扭、左顾右盼，不由得乐呵呵地笑了起来："这小精灵儿！"

"送你吧！"郑德清笑道。

"真的？"

"真的！"

"好！"老周把鸟笼移挂到另一个枝上，表示鸟的主人已经更换了。

那鸟儿似乎懂得人意，迎着暖洋洋的春风，朗声叫了起来，"唧唧喳，唧唧唧唧唧唧喳……"煞是婉转、清亮。

郑德清望着鸟儿，故作凝神谛听状，笑道："老周！这鸟儿在劝你哩。"

"劝我？"

"对！它在说：不要烦不要恼，烦恼多了不经老。"

"瞎说！"

"人有人言，鸟有鸟语嘛！"郑德清满脸神秘，"咱就像那古代的公冶长，颇通鸟语。公冶长是孔子的学生精通鸟语。有一天，他正在家读书，窗外的一只鸟儿突然对他说：公冶长，公冶长，南山有个'虎吐羊'，你吃肉，我吃肠。公冶长跑到南山，果然看到一只羊被虎咬死了，但没有吃。公冶长将死羊背回家，将肉搭肠都吃了，没有给鸟儿留一点点。又过了一段时间，那鸟儿又飞来对公冶长说了同样的话，公冶长赶忙跑向南山捡便宜。哪知南山这回有个人被人杀死了，躺在山坡，县太爷正领着件作在那儿勘验。他们看到公冶长慌慌张张跑来，十分可疑，就将他逮捕了。公冶长费了很多口舌，才把事儿说清楚。……"说到这儿，邹德清突然打住话头，浓眉下的长而细的眼睛，闪着一丝狡黠的光波，自己忍俊不禁，先笑了起来。

"哈哈哈哈"老周也昂首大笑，"好兄弟！好一个鸟语专家！咱一定听你的，不烦不恼。"

街上的行人多起来了。一辆洒水车缓缓驶过，闪着虹彩的水雾，交成扇形喷洒着路面。行人向两边急急躲闪。湿漉漉的柏油路面，镜子般地反映着蓝天。

周初民望着远去的洒水车，心里埋怨道："为啥不早一点洒水呢？"瞅瞅街北那道小巷口，唉，郑德清还没有来。

"洒水车应提前上班——得给环卫处打个电话！"老周说，"溜冰场南边的墙砌矮了，——得给体委讲一声！"老周说，"县政协副主席老乔的女婿想调到人事局，——得给组织部通个气！"老周说，"副县长小姜应放下去锻炼锻炼，得给……"

每每听到这一类话，每每看到老周为这一类事没有尽意而发脾气，郑德清总是疙瘩着眉，郑重地说道："那些事让他们自己处理去！这不像养画眉鸟儿。"

想到这里，周初民打了个冷噤：老郑兴许今天不会来了！对呀，昨儿早上吵的架哩，他的气消了吗？——细想想，的确是自己的不对，不应该对县里的一二把手施加那么大的压力。老郑说得对，那问题应该让他们自己处理！

早市的帷幕已经缓缓拉开。市声轰然，如海浪奔腾。树下笼中的画眉，沐在一片金晖里，振羽扑翅，越叫越欢。它那清润的鸣啭，急促而甘甜。

周初民听得呆了，大腿一拍，突然灵醒："小精灵儿！俺也懂得你的话儿了，你是说：'少操心少问事，不操不问出大器'。"

画眉儿直是点头，啼声更加洪亮："喳喳唧，叽叽喳喳喳喳唧……"

周初民听着，听着，脸上闪过一些羞愧的神色。他在心里喃喃呼唤道："老郑！好同志！谢谢你的指点！"他揉揉湿润的眼睛，看看街北的那道小巷口，郑德清还是没有来。

1984. 10 六安

第二辑

短篇小说

山村姐妹

"银枝呀！"金枝在屋里高喊，"我的手帕儿呢？"

"看你，"银枝站在院里回答，"不就在《民兵手册》旁边嘛！"

"我的——"

"哟哟，看你的磨蹭劲儿！"银枝跺起脚来，"又不是上城下县，又不是去会好人，看场电影，也要这么细梳巧扮？"

"死丫头！"金枝背支枪，从屋里跑出来，"看我扭你的嘴！"

银枝一看不妙，"吱——扭"一声推开庭院的柴门，拔腿就跑。爬满篱笆墙的葫芦花，在暮色中摇着白色的笑脸，眺望着这姐妹俩远飞的身影。

月下的山村，到处是歌声笑语，充溢山花芳香的晚风，从远处刮来动听的乐曲——正值午季刚罢，大忙没到的季节，县电影队深入山乡公社巡回放映。今晚放的是《智取威虎山》，啧，多好哟！难怪山村人家扶老携幼，像逢年过节一样热火喧腾！

姐妹俩尾随熙熙攘攘的人流，沿着傍山小径，跨沟跳涧，绕树穿花，匆匆奔向远处灯光灿烂的地方。

方圆十里，谁不知道：这姐妹俩是山村民兵营里的两朵花！这两年，金枝都是县"先代会"的代表，去年十一月，又出席了县民兵第三届"先代会"，今年四月，光荣地被党支部纳了新，担任大队民兵营的副营长。银枝呢，也不甘落后，在不久之前的团支部改选中，被大家推选为宣传委员，排节目，抓大批判，有时忙得连饭也忘记吃了。

就在去年县民兵"先代会"上，金枝认识了县人武部的郑干事。干事是个转业军人，生得英俊魁伟，当时，他俩都是大会主席团的成员，都坐在台上的第二排。金枝从没经过这阵势，看看台下黑压压的人，慌得连头也不敢抬。当主持会议的同志宣布金枝发言时，她更慌了，连材料也忘记拿。郑干事笑着，把材料递给她，并小声地叫她沉着一点。金枝感激地点了点头，走到台前，讲得还不错。当天下午，轮到郑干事发言，讲的是《在斗争中学哲学，在斗争中用哲学》，他讲到自己苦难的家史，也讲到毛主席哲学思想对自己的哺育……四十分钟的发言，台下鸦雀无声，金枝很受感动。会议期间，还安排了比武活动。各路英雄，竞献武艺。郑干事的表演，非常新鲜：百步之外的一棵小树上，倒悬一条水蛇。他在蛇的悠悠蜷曲中，枪响蛇断——这"百步断蛇"的绝技，惊得人人击掌，个个倒抽凉气。

常言道：长江后浪推前浪，自古好汉识英雄。文武双全的郑干事，给金枝留下极深刻的印象。会议结束后，选派一部分代表去皖南参观民兵工作先进单位，金枝和郑干事，相处了十多天，彼此都产生了好感。以后，金枝回到山乡，两人又通了一些信，爱情的种子开始萌发了……上面这些情况，金枝还瞒着银枝。倒不是做姐姐的耍心眼，而是害怕妹妹那一副辣性子、大嗓门：还是八字差一撇，九字缺一钩的事哩，万一她张扬出去，咳，羞死人啦！

前天，金枝接到郑干事的便条，说他因检查工作，来到山乡公社，金枝也托人捎了口信，说她们这里今晚有电影放……

现在，姐妹俩越走越快了，那乐曲，那笑语，强烈地吸引着她们，渐渐地，连银幕上晃动的人影也看清楚了——快到了！

突然，从她们的背后，从峻峭的山岭上，传来急促的牛角号声，那声音，时高时低，忽强忽弱，伴着苗壮成长的庄稼的絮语，伴着山谷间滚滚的松涛，激动地召唤着山乡的优秀儿女。

"紧急集合！"姐妹俩异口同声地叫起来，猛地煞住了脚步，金枝向电影场淡淡一瞥，那里激起了欢乐的漩涡，原来开始放正片子啦！——对于基干民兵们的集合、训练、演习早已习惯了，人们没有任何惊动——只有一些基干民兵，跳出漩涡，迎着牛角号声奔来。

姐妹俩来个向后转，刚跑了几步，忽听牛角号又吹了另一种讯号："嘟嘟——嘟嘟——"那意思是说："各就各位！"

按照平时训练议定，一旦出现敌情需要封锁，姐妹俩的岗位在清涧坡。银枝腿脚利索，像一头撒欢的小鹿，跑得赛一溜青烟。

姐妹俩爬上清涧坡，还没站定，又听见牛角号在岭上高喊："嘟——嘟嘟——嘟——"那意思是说：排长以上干部快来开会！

"银枝。"金枝把子弹袋束了束，"还记得昨晚战备教育课的内容吗？"

"新的世界大战的危险依然存在，各国人民必须有所准备！"

"口令？"

"向前！"

"好！"金枝掠了掠头发，机灵得像只夜猫，一转身，消失在坡上的桦树林里。

银枝端着枪，站在一棵栗树下，聚精会神地凝视着前方。这时，只听晚风喧响，草虫唧唧。在万籁无声中，隐隐的，似乎有一种强大的音流，从遥远的地方急速传来，像飞瀑落溪，像万马奔腾——那是大地深沉的呼吸？不，是山乡的铁流在沸动，振臂举着手里的钢枪……严峻的山乡和她勇敢的人民，用刀枪，用血肉，用钢铁般的意志和必胜的信心，织成天罗地网，筑成铜墙铁壁。

听着听着，银枝觉得浑身都是力量。

沙，沙，沙——什么东西正踏着荒草走来！是狼？是豹？是人？——沙，沙，沙……银枝咬紧嘴唇，大眼圆睁，由近而远，审视着一草一木的动静。

沙，沙，沙，声音越来越近！终于，从对面山坡的幽深松林里，慢慢地走出一个人，东张西望，寻寻觅觅，匆匆走下山涧，蹚过小溪……

银枝屏住气息，向山涧挪动两步，从树丛中窥视陌生来者：高个子，宽肩膀，就是在月光下，也能看出他的眼睛在闪光。

"这是什么人？"银枝在心里盘算。她弯腰拾起一块石头，试探地向对面的小树丛里砸去。

"咚！——"陌生人闻声驻足，倏地亮出手枪，眼睛盯着那丛小树。

枪！银枝头皮一炸，随即胜利地笑了，她拢了拢头发，把枪握得更紧。

陌生人警觉地伫立一会，便冲银枝走来，姑娘挺身而出，大喝一声："口令？"

那人微微一惊："我——"

"举起手来！"

陌生人老实地举起双手，银枝霍地夺下他的枪。

渐渐地，来人看清了银枝的似乎熟悉的面孔，显得有些高兴："你们真厉害！"

"哼！"姑娘用鼻音做了回答，端着枪监视着陌生人的一举一动。她深深地吸了一口气，学起了斑鸠的叫声，声音婉转而悠长，在寂静的山林里传得很远很远……

"笃哥哥——哥，笃哥哥——哥！"另一只斑鸠在桦林深处大声叫着，山鸣水响，空谷回音，与银枝学的叫声彼此应和，似乎整个山林都响起那动人的呼唤。

随着一阵呼啦之声，气喘吁吁的金枝跳出桦林，奔向银枝："有紧急情况？"

金枝和陌生人对视，同声笑着叫了起来。

"没想到在这儿碰到你！"金枝说，"我听说了，今晚的演习是你组织的。"

陌生人点点头："为了进一步狠抓'三落实'，我们对全县民兵战备工作来了个全面检查……"

"今晚有电影……"

"这对你们是个小考验！"

"嘿，想将我们一军？"

"你们表现得很出色！"

"呀呀，忘了介绍啦！"金枝向蒙在鼓里的银枝笑了笑，"这就是我常说的郑干事！"

"好样的，"干事从银枝手里接过手枪，"势头不小！"

"好哇！"银枝在姐姐背上擂了一拳，"回家再算账！"

金枝和郑干事一前一后地走着。他们顺着山梁，越走越高。这时，夜风从清涧坡上刮来银枝清脆的歌声：

朋友来了有好酒，
若是那豺狼来了，
迎接它的有猎枪。
……

1965 年 7 月初稿

扫棚酒

在合肥南郊的一家饭店，芦湾生产队放鸭组的三个人，刚喝罢"扫棚酒"。管理账目的谢长庆，结了账，把发票在组长张玉清面前晃了一下，笑道："不少哩——九块三！"

玉清愣了一下，但随即点了点头。长庆望着他的犹豫的脸色，趁机激了一下："没问题吧？——你家那位是财神菩萨，还怕报不掉？"

"放心！"玉清脸红了，"反正不会要你掏腰包！"

三人喝了点茶，看太阳已经偏西，就取道返程。

原来在南淝河上下、巢湖周围，历来有放"棚鸭"的习惯：春天，集体或私人买来成批鸭子，先在家里喂养。等鸭子长到一两斤重的时候，早、中稻相继登场，野外空田多，于是就赶着鸭子"游牧"。这是放鸭人最辛苦的季节：他们往往三四个人一组，或顶烈日，或冒风雨，舞鸭铲，挥长竿，赶着鸭子越沟过河、翻岗走畈，寻找"放场"。晚上，随遇而安地搭个简易的窝棚，把鸭子圈在棚边。然后，燃起篝火，烧水做饭。夜间，还要轮流值班，提防野物。他们像游牧者一样，赶着鸭子，离开家乡，边走边放。等到鸭子羽丰体肥、走路歪歪的时候，再就近赶到某个城镇，边放边卖……放"棚鸭"人这等辛苦、劳碌，于是也就流传下一个习俗：在鸭子最后卖完那一天，放鸭人同到饭店酒家吃喝一顿，以示犒劳、祝庆，名之曰"扫棚酒"……

张玉清三个人离家两个多月，归心似箭，紧走慢赶。不等太阳落山，他们便赶完了四十里小路，回到芦湾。这个村子离巢湖不远，一条小河绕村而流。三个大汉登上村后的土岗，望着白浪浪的湖水和湖边白蒙蒙的芦花，都轻轻地舒了一口气。

玉清回到家里，喜坏了张大妈。老人忙着烧水煮饭，还顾着同儿子搭话。玉清望着墙上镜框里他和爱人黄祥珍的结婚合影，又看看旁边贴着的五张奖状，心头暖烘烘的，不禁问道："祥珍呢？"

"在队屋里算账哩！——三个月的账，轧错了一块钱，昨晚查到老半夜，今个又查了半天！"

"查出来了没有？"

"谁知道哩！——这丫头，也太顶真了！"张大妈像是埋怨，又像是夸赞，"你西头三表叔，盖五间大瓦房，手头紧，想私下从队里借几十块钱。祥珍呢，不仅没借，还批评他一气，说他盖房不该请客。你三表叔老大不高兴！唉唉，热辣辣的亲戚呀！"

娘儿俩正搭话，谢长庆来了。他掏出那张喝"扫棚酒"的发票，又在玉清面前晃了一下，脸色很难看："这发票，老队长都批了，可是黄会计不给报！我同她软磨，她说，就是老队长批了，就是队委会一致同意了，她也有权不给钱！"

玉清眉毛一挑："为什么？"

"你倒问我！"长庆火急急地说，"我对她说，这餐酒是玉清哥同意喝的。哪知她一听更气，说：谁同意，你找谁要钱去！——看来，非掏腰包不可了！"他说着，把发票一丢，转过身，边走边发牢骚："又不是百儿八十的，掏腰包又怎么样？"

张玉清拾起发票，顿觉一股恼火直是升腾。他盯着镜框中的黄祥珍，心里责怪："你呀，太不像话了！林秃头、'四人帮'搞破坏，害得我们芦湾整整十年没养过'棚鸭'。今年呢，落实了政策，一下养了两千五百只。我这个副业队长亲自挂帅，离家在外，风里来，雨里去，黑汗流，白汗淌，这难道不是一功？在外两个多月，我们节约饲料四千多斤，自采草药防治鸭病，喂出了两千四百多只肥嘟嘟的大鸭，这难道不是一功？——哼，就是队上为我们摆场'庆功酒'也不为过，莫说我们喝了餐苦酒！你呀，你！"玉清越想越气，不觉发出了声。

张大妈抬起了头，见儿子脸红脖子粗，又自言自语像是同别人吵架，赶忙问道："你同谁怄气？"

玉清满脸委屈，没有作声。张大妈再三询问，才知道事情的原委，便劝慰儿子说："她给大伙办事，人场上当然要讲亮堂话。回家来，话，还不在乎你讲！"

这时，从庭院里传来轻盈的脚步声。玉清知道是谁来了，不禁瞥了一眼：黄昏微红的余光，照着妻子满月般的圆脸，亮烁烁的大眼睛。她的仍显得窈窕的身材，衬着院子里的一丛黄菊花，更显得英姿飒爽。——她快步走进堂屋，笑吟吟地招呼丈夫："回来了？"

"嗯。"玉清哼了一声。

张大妈一看气色不对，赶忙端出饭菜："吃饭吧！"

一家三口，围坐桌边吃饭。三人都没有说话，吃得很别扭。

晚饭后，小两口来到房里。祥珍打量一下玉清，抿嘴笑了笑，响朗朗地问道："玉清，你们怎么又搬出十多年前的规矩，喝起了'扫棚酒'？"

"喝了又怎样？"

"一顿喝了九块三？"

"知道了还问！"

"亏你还是副业队长、队委会委员！"祥珍严肃地说，"搞好经营管理工作，勤俭办一切事业，是省委六条规定的头一条，你算白学了！"

"白学？"玉清一下炸起来，"哼，就你能，就你革命！我们在外两个月，办哪样事情不是一个大钱掰几瓣使？卖两千多只鸭子的款子，全打我们手中过，斤斤两两，点点滴滴，办哪样事情我们少操了心？"

"为集体操心尽力，是我们当社员的本分！"祥珍冷静地说。顿了一下，她凑近丈夫，温存地说："玉清！我是队里的会计。你应该带头遵守财经纪律，可不能打松腿棍呵！"

玉清闻到妻子身上青春的气息。离家在外，每当风雨之夜，他就油然思念起家庭的明亮的灯光、锅台上的腾腾的蒸气和妻子身上的温暖的气息。而此刻，这一切却掺杂着委屈和恼怒。他看着妻子严峻的脸色，只觉血往脑门上冲，随即，他嘘了一口气，让自己冷静下来，缓缓地问道："你真的不让报？"

祥珍点点头，斩钉截铁地说："不能报！"

"老队长都批过了！"

"他考虑得不周到！"

玉清望着妻子，就像面对一个陌生的人。妻子严正不苟的脾气，他是领教过的。他原想凭着久别的恩义，得到下台的阶梯，没想到她一下把自己抵到南墙，没有回旋的余地。他愣怔了一下，强压住怒气，淡淡地说："那好！我自个儿掏腰包就是了!"

"掏腰包倒是小事!"祥珍寸步不让,"重要的是,应该从这件事情上吸取教训,提高认识!"

"多么冷酷的女人呀!"一股寒气掠过玉清的心头。他猛地从床上抽走一个枕头,顺手抓过出外携带的席子,气汹汹地冲出房门:"我——走!"

盛饭回来站在房门口听动静的张大妈,被儿子的举动惊呆了。她想拦住儿子,却没有拦住。老人跨进房里,见媳妇正站在窗前抹眼泪,便劝道:"他那风风火火的脾气,你还不知道?等会把他找回来,看我敲断他的腿!"停了一下,老人又说:"为大家办事,应该不存私心。不过,自己男人,总得给他一点面子呀!"

"娘!"祥珍擦干眼泪,"这个面子不能给!大伙信得过我,我就得把握住一个把柄,这就是原则。离了这,我还怎么行事做人?"

"孩子!"婆婆又同情起媳妇来,"人眼是秤,众口是碑。我听得见,瞧得着:你总是对的!"

"那也不一定!"祥珍说,"连亲人都不了解我,这是我最大的不对!"

正说着,忽听大门外传来一阵喧嚷声。接着,又听到有人咚咚走进院子。在喊喊喳喳的议论声中,响起了老队长的大嗓门:"嘿呀!这多像《李双双》那出戏呀!"

婆媳俩迎出来,只见老队长正"押"着玉清走进堂屋,又把他推进房,笑哈哈地说:"嘿,真是小孩子脾气!"说着,把脸转向祥珍:"情况我细细了解了。如今还喝'扫棚酒',不对。不过,他们三个人任务完成得好,按我们的新制度,应该给奖励。我个人意见,每人不能少于十五块!——因此,那张条子我批了,怪我没有把话说清楚。"

祥珍眼睛一亮,小声说:"这是两回事呀!"

"对,对,两回事!"老队长挠着花白的头,"奖归奖,扣归扣;表扬归表扬,批评归批评——这些账,明天再算吧!"说完,向房里努努嘴。

祥珍会意了,淡淡地笑了笑,走进房。

月亮升起来了,将小庭院镀上一层银。晚风吹动窗前的老槐树,发出细微的幽响,那相衬相交、密不可分的枝叶,正在轻轻地絮语。

1978.7

赶　戏

春节以后，落凤山一带出现了一个业余剧团。剧团的名字很雅，叫"二月兰"。这种兰，在山区的百草千卉中可算是佼佼者。当剪剪的春风吹起的时候，它们便躲在不显眼处，满坡满涧地开放了。那淡淡的幽香，拌和着泥土的芬芳，常使行人为之陶醉，甚至流连忘返。剧团以它为名，寄托着组织者和演员们的某种希祈吧。

"二月兰"以唱庐剧为主。演员共有二十人，全是乡村文艺活动的骨干，有几个还是从前唱"小倒戏"的老把式。领头的，是落凤公社副业厂厂长、共产党员李尚清。他们自树旗子自备马，买锣鼓，缝行头，制道具，排节目。不上半月，动听的戏文，唱得山前沸沸扬扬；欢乐的锣鼓，震得岭后烈烈轰轰。他们上台是演员，下台是社员；有人邀请便唱戏，无人邀请就干活。土生土长，乡音乡情，大受欢迎。据目击者报道，他们演出的戏场，常常出现"台上唱戏台下和"的动人场面：演者，有板有眼，丝丝入扣；听者，如痴如醉，句句钻心。唱到欢乐处，百鸟齐舞；演到伤心时，山水动容。

闲话少叙。三月底的一天晚上，"二月兰"在赵家寨演出。那儿离落凤镇不远，热烈的闹台锣直飞进落凤区委会的高墙大院。区文化站站长秦宜真听到那紧锣密鼓，先是一愣，继而一惊，接着是一抖。他二十多岁，高个条，白净脸，微眯的眼睛里蕴含着几分稚气。老实说，关于"二月兰"的情况，他也有所了解。有一次，他还混在人群里，偷偷看过他们的演出，效果的确不坏。从本职工作出发，他对剧团还有点好感。平时，他也向领导提过剧团的事，可是意见不一致：有的说，这是名副其实的黑剧团，应该取缔；有的说，山区群众文化生活贫乏，有个剧团活跃活跃也不错。领导既然如此，秦宜真也就抱着不管不问、听之任之的态度。可是今晚，眼看他们都闹到眼面前、鼻底下了，觉得再也不能装样了，赶忙去向区委姜书记汇报。

姜书记四十五岁，矮胖身材。微黑的脸上，两眼红而浑浊，露出一种对大小事情都不以为然的神气。不知什么缘故，近一程，他显得心烦意乱，动不动就发火。听了小秦的汇报，他慢吞吞地问道："他们都演些什么戏呀？"

"听说有《休丁香》《白蛇传》……"

书记倒抽一口凉气："这，不都是旧戏吗？"

"是旧戏，"小秦答道，"不过，城里的剧团也在演哩……"

"城里是城里，乡下是乡下，咱们'楚河'管不了他的'汉界'。"姜书记没好气地说，"这些事情出在咱们眼前，不管行吗？一旦有风吹草动，还不是当领导的倒霉。从前，我就担过'放任封资修泛滥，鼓动牛鬼蛇神出笼'的罪名，戴的高帽子还扔在家里的天花板上哩！"

小秦愣了一下，嗫嚅着说："不过，群众对他们还有点欢迎哩！"

"群众？对群众也要有分析！有些群众呀，你给他三分颜色，他就开染坊了，'民主、民主'一个劲地叫。哼，小秃子打伞——无法无天！"

姜书记越说越气，把茶杯一放，大步跨进办公室，抓过电话就摇："要县委宣传部！"

接通了电话，姜书记对着话筒大呼小叫："喂！你们对农村的黑剧团，准备采取什么措施呀？不要光打雷不下雨……"可是，对方立即截断他的话："方建同志不在你们那儿吗？有情况可向他汇报嘛！"

方建是县委副书记兼宣传部部长，是个有能力、勤思考、善调查的同志，是姜书记所佩服的领导人之一。一听说他来在本区，姜书记格外紧张，赶忙招来秦宜真，急急地说道："小秦！县委方书记来了！——他要是知道咱区还有这个宝贝剧团在表演，肯定要刮我们的胡子！"

"那，怎么办？"小秦的鼻尖沁出了冷汗。

姜书记指着锣鼓声传来的方向，愤愤地说道："快，快去把他们赶散！叫李尚清明天来见我！——哼，还是个党员哩。你问问他，还要不要党籍了？"

"赶戏？"小秦犹豫了，"这，合适吗？"

"有什么不合适？对封资修的东西，决不能心慈手软！"秦书记严肃地说，

"你就说他们在春耕大忙期间胡乱演戏，妨碍生产，不就得了！"他见小秦仍在犹豫，有些火了，右手一劈，作出了决定：

"你打头阵，我随后就来！"

秦宜真走出区委会，沿着落凤镇西街，走上游龙河大堤。这条河从落凤山下流来，绕镇拐了个大弯，然后，折向东流。阳春三月，云淡风轻。河堤下的一排杨柳，在暗红的暮霭里含烟滴翠。河堤外的一片果园，桃花烧枝，梨花灼眼。叫天子飞在云缝里，清脆地鸣啭，直叫得人心儿又甜又痒。

小秦有任在身，无心观景。他三步并作两步地走出果园，没想到斜刺里走来一个人，细看，是刘成田老汉。这老汉年近六十，身板硬朗，手脚麻利，是四方有名的热闹人。他年轻时，是闹花灯的名角，耍狮子的能手。平生一不喜烟，二不嗜酒，三不爱茶，却听不得锣鼓响。方圆一二十里，只要哪里唱戏，他就胜似过年。你唱到半夜，他就看到三更，不挖掉你戏台柱子不归家。要是碰到唱戏的缺了一角，在节骨眼时辰，他也能顶上，生旦净末丑，样样能来一手。因此，众人送他个"见戏哭"的诨号。……这时，老汉一见到秦宜真，格外亲热，老远就乐呵呵地招呼道："秦站长！哪儿去呀？"

"赶戏去！"

"赶戏去？"老汉像遇到了亲人，"咱俩同道儿——赶戏去！"他看了站长一眼，兴冲冲地接着说："今晚，咱们去叫赵家寨的戏儿。去年虽然遇到了大旱，可是他们队来一个'河底截流，沟坎掏井'，结果呢，粮食反比往年增产三成。家家户户大人乐、小人欢。这一程，他们翻罢了地，送完了肥，垒定了堰，育好了秧。干群一高兴：叫台戏唱唱，乐一乐！"

"今晚唱什么戏呀？"小秦打断他的话。

"《白蛇传》！"老人喜气洋洋，"剧本是从城里抠来的，规规矩矩、不折不扣的《白蛇传》！"

"演这样的戏，有什么意思？"

"怎么没意思？看了戏，要学着做有胆有识、有情有义的人哪！"顿了一下，老人接着说："还有，听着那真正的庐剧，热腔热调，心里舒服呀！在旧社会，咱们为地主扛活，黄汗流，白汗淌，心里火烧火燎地难受，唱戏是为着吐闷气；如今哩，日子过得红火，道路越走越宽，唱戏吐喜气，听戏鼓干劲嘛！"

这时，他们走上一条机耕路。这条路宽阔，笔直，通往崇山峻岭的深处，两旁是刚着上衣衫的钻天杨。在朦胧的星光月色之下，路边的青麦，像一块着色过深的绿毯，正随着悠悠的春风向远处铺展。四面八方来看戏的人，有的扛着板凳，有的打着手电，从条条蜿蜒曲折的乡村小路，汇集到机耕道上，渐渐形成一股人流。在欢歌笑语中，响起了一个小伙子的清亮的嗓音：

正月洋洋二月天，

三月桃花开满园，

四五六七禾苗出水；

八月十五月儿圆，

推开浮云看晴天，

英雄好汉出自少年！……

秦宜真听着这庐剧戏文，觉得圆润、悦耳。微微的颤音拖得很长，轻袅袅地，似乎要钻进人的骨髓，霎时又化成一股暖流，一直漫到心坎里。没容他细想，只听到刘成田老汉响亮地打着哈哈：

"樊长胜！好小子，唱得好哇！"

"哟，刘大伯！"樊长胜欢快地笑道，"你这'见戏哭'也来了，要小心，可别摔折了腿呀！"

"没问题！咱们这'二月兰'没架子，粗茶淡饭供一饱，每场戏三十块钱就打发了，咱们请得起。"刘成田话声琅琅，"'四人帮'那时节，讲的是'送戏下乡'，实际上是'送气下乡'——嗨，还是咱们这'二月兰'好。"顿了一下，压低了话音："连区上的秦站长都来了。这剧团呀，高山打鼓——声震四方啰！"

秦宜真听到这里，只觉得一股热血直冲脑门。他点点头，又摇摇头，暗地里苦笑了一声。

秦宜真赶到赵家寨时，戏台上正敲第三遍闹台锣。

这赵家寨是个有四十多户人家的村落，背靠落凤山，面临游龙河。今年春汛不大，只有河心有水，紧靠河沿搭着戏台，看戏的人都站在河滩上。小秦涌进人丛，细细打量一下戏台。所谓"台"，是由十几张红漆方桌拼成的，四角共竖着八棵毛竹。迎面的四根台柱上，扎了个横幅；后台竖着一丈多高的竹笆，上面蒙着蓝色天幕，两旁出入戏台处挂着印花门帘。两盏汽油灯挂在台口，雪亮的灯光将两旁的对联照得清清楚楚。上联是：推陈出新锦绣江山增春色；下联写：百花齐放英雄人民添歌声。作为整个戏台背景的，是一片竹林。竹林上面，挺出几棵峭愣愣的枣树，如钩的新月，挂在枣树梢上，更衬出几分清幽……台下，人头攒动，热气扑人，笑语喧腾。

秦宜真走出人丛，不知怎的，突然感到一种威压。他觉得戏台周围的那八根毛竹，不是埋在土里，而是直竖竖地扎在土里。是的，这台、这戏、这人群，是确确实实地扎根在生活土壤之上的，一声命令，两声吆喝，三拳四脚，是撼不动、拔不起的，到头来，可能倒是自己讨了没趣。但就在这时，他似乎看到姜书记的身影，转而又想：对，不能心慈手软！不管怎样，得闯一闯！——他咳嗽一声，一阵风似的来到台后。

台后的竹林里，用几扇门板隔了一下，青竹下挂着两盏马灯，就算是"化装室"了。演员们都化好了妆，扮演白娘子和小青的，浓妆艳抹，格外引人注目。刘成田老汉也站在旁边，手里拎个水瓶。还有个小伙子，帮着把一张椅子搬向戏台。

秦宜真走上前，冷冷地问道："你们的头头呢？"

刘成田老汉赶忙向身旁化装成艄公的一个人拉了一把，笑道："李团长！秦站长找你哩。"

被喊作"团长"的李尚清，赶忙迎过来，笑着要同秦宜真握手。小秦忙把手缩回来，冷冷地说："老李！今晚的戏不能演！"

"为啥？"

"你们这是……"小秦把"黑剧团"三字留在嗓眼里，变换了话题，"春耕大忙……"

没等他把话说完，刘成田插了进来："秦站长，这你不用操心。城里工人老大哥晚上也看戏嘛，没听说哪个工厂关了门？"老人说着，往小秦凑了一步："你不也是来赶戏的吗？"

"咱俩的赶法不一样。"

"噢——"刘成田昂头看了看星空，"对，赶法不一样：咱们是来赶着看，你是来赶着散！"说到这里，老人怒气陡增："秦站长！'四人帮'垮台两年了，可他们的阴魂，怎么老是不散？有人想勒咱们的脖子，蒙咱们的眼睛，办得到吗？"

这时，台前不少人涌到台后看热闹。往台上搬椅子的那个小伙子也挤进人丛，问道："刘大伯！你嚷嚷什么呀？"

"樊长胜！你评评：哪有共产党的干部禁老百姓唱、禁老百姓笑的道理？"刘成田愤愤地说，"区里秦站长来赶戏哩，不给咱们唱啦！"

一听这话，众人七嘴八舌地嚷嚷道：

"河边无青草，不用多嘴驴！"

"不给演戏，这是那家的理？"

"他们区里干部上城下县，又有电视机，什么好戏看不到？还管别人哪！"

"……"

秦宜真听着，心里像打翻了五味瓶，不是一股味儿。这时，他似乎看到姜书记的身影，胆子立刻壮起来。他扫视一下众人，大声说道："今晚的戏就是不能演，今后也不准这个剧团再演戏。这是区委姜书记——不，这是落凤区委的决定！"

像滚油锅里泼上了一瓢冷水，众人一下子炸了起来，可是，突然间，又静下来了，自动地闪开了一条道。秦宜真抬头一看，一个人正向自己走来：他脸朝灯光，戴顶呢帽，浓眉藏在帽荫里，一双眼睛炯炯有光，清癯的脸上洋溢着笑意。打着块补丁的肩头，挎着个帆布包——呀，是方建同志呀！

小秦赶忙迎上前，一把握住方建的手："方书记！你啥时来的？"

"打头遍闹台锣，我就来了。"方建笑道。他看了看众人，又瞥了小秦一眼，问道："怎么都跑到后台了？是台口调换了？"

"台口倒没调换，"刘成田说，"是演员调换了——由秦站长给咱们唱'独角戏'！"

话音刚落，众人笑得前仰后合。这时，人群又闪开了一条道。细看，区委姜书记正急匆匆地走向方建。两人握了手后，姜书记把脸转向李尚清，冷冷地说道："李尚清！你这个党员真会寻开心啊！"

"这不是寻开心，姜书记！作为一个党员，这是我应尽的义务！"

"义务？"

"是呀！"李尚清高声说道，"党不是常常教导我们，当群众最困难、最需要的时候，就应当出现在他们面前，去同他们一道奋斗？"

"好！"方建的大手在李尚清的肩上一拍，"像个党员！——时候不早了，快开演吧！"又向姜书记和秦宜真点点头："走，散散心去！"

姜书记跟在方建身后，缓步走着，揣摩他刚才的态度，一时还摸不着头脑，只得试探地说："出现这样的剧团，全怪我们思想工作没跟上……"

"唔，"方建应了一声，指了指河面，"就说这游龙河吧，要是涨了大水，你怎么办？是堵住它，不让它流，还是引导它，引到咱们需要的地方去"。

"当然是引导。"

"对，要引导呵！"方建深情地说，"咱们搞农业现代化，必须要调动千百万农民的积极性。这就要切实保证农民的民主权利，关心农民的物质利益，同时，还要努力改善农民的文化生活。你看，咱们山区的农民成年累月看不到戏，也很少看到电影，愚昧、迷信还像毒蛇一样缠着他们。对此，我们的干部、我们的党员，能够视而不见、听而不闻吗？"

姜书记听着，微微点了点头。

随着一阵悠扬的笛声，响起了紧锣密鼓。戏，开演了……方建向戏台看了一眼，接着说：

"我们有些同志既看不到农民渴求文化生活的迫切性，也看不到一些人为农民谋文化福利的积极性。他们怕做艰苦、细致的工作，而以诸如'黑剧团''黑艺人'的棍子乱打一气，求得'天下太平'。好，就算是'黑'吧，在一定的条件下，也能转化为'红'呵！"

应该说，姜书记是了解民心民意的。不过，"求稳怕乱"之类的枷锁，把他围在一间暗屋子。虽然墙外就是真理的阳光，他也不愿去凿一个孔。现在经方建的指拨，总算明白了一些道理。可是，他还有些不服："你说得很对。不过，具体工作却不容易做呵！"

"功到自然成嘛！我想，每个区都有一两个群众自办的剧团，农村的文化生活就会大大地改善。诸如组织、领导、节目、报酬等问题，只要深入进去，是不难解决的。老实说，我对你们这'二月兰'很感兴趣，准备同他们泡几天，好好总结一下……"

秦宜真简直不相信自己的耳朵，他长长地嘘了一口气，说："这，太好了！太好了！"方建从挎包里拿出手电筒，递给小秦："这儿离区委会不远，你代我跑一趟，把在家的区委同志都请来。不管是来赶戏，还是来辩论，都是好事嘛！"

秦宜真接过电筒，大步流星地跑下河堤。他踏着热烈的锣鼓，匆匆地走在乡村小道上。那悠扬而高亢的笛音，随风飘来，在田野上经久不散，似乎化成了千万颗闪亮的露珠，滋润着无边无际的麦苗。这个年轻人一边走，一边在心里呼唤道：

"领导同志们哪！方建同志请你们赶戏——是来赶着看哪!"

1979.3.18 六安

三番来客

　　红漆小方桌上，摆着两个酒盅、两双竹筷、四碟农家时鲜菜、一壶燎得半烫的稗子酒。坐在桌旁的广道大叔，一面自斟自饮，一面透过水沟旁菱白的密叶，瞄着被晚霞映红的村道，等着小儿子志宝的出现。

　　广道大叔姓金，四十八岁，生得矮小、精干。圆圆的脸上，血色很旺。浓黑眉毛下的眼睛，闪着年轻人才有的那种乌亮的光彩。有道是："世间倒有三桩苦：榨油熬糖磨豆腐。"这三桩苦，他都尝过，并在苦水中练就成了好手。不仅如此，大凡农村吃得开、叫得响的一应手艺，他能望风采柳，一学就会。方圆十里，哪个不知：金广道是条累龙，是把巧手。可是，十多年来，广道大叔算是白虎星罩顶，霉气冲天，跟斗连着栽；被"辩"过，被"批"过，被"扫"过，被"割"过。——世态的炎凉，生活的坎坷，使得他心灰意冷，与世无争："随他去，年近半百了，脚踏西瓜皮，滑到哪里是哪里!"结果呢，闹得全家五口冬缺寒衣，夏断口粮!

　　去年秋罢，队上实行生产责任制，广道大叔拍手叫好，可心里直是打冷战，面对划归他包干的十亩土地，不断地唉声叹气，扑不下身子去干。他的心思被曾主持斗过他的公社书记老魏知道了，劝慰他说："老广道! 不要一日被蛇咬，三年怕草绳哪! 从前对你的那番处置，错了，咱们都向你赔礼了嘛。如今就是要叫劳动致富，生产发家，你怕啥哩!"广道一想："也对。如今一雷天下响，处处都是这么干。天塌下来众人顶，独独我一个人犯法? 嗯，干!"从此，他起早贪黑，带领全家扑在土地上。他把那十亩土地，当作花圃精耕细作，当作女娃巧梳勤扮。"人勤地不懒"。今年夏季，他收了两千多斤小麦、四百多斤油菜籽。早晚两季稻呢，更烈，共收九千多斤。副业的收入也不赖。"家有黄金，外有戥秤"。好事者给他编了句顺口溜："粮一万钱三千，老广道钱粮没有边。"更有摇笔杆子的，把他的事迹写成了文章，在县广播站播了，家家户户的有线喇叭里，"金广道"三字叫得响。他成了远近知名的"冒尖户"！

"树大招风风折树。"面对人们尊敬的目光，讨好的笑脸，广道大叔反而害怕了：枪打出头鸟呀！同时，近一程风传有些干部反对搞责任制，说这是变相闹单干。广道大叔经过痛苦思索之后，决定采取两项相应的措施：一是制订一项家庭规划，做到心有底，手有扣，以防万一；二是改变过去舍不得吃喝的习惯，三天两头称点肉儿、打点酒儿，让全家都吃点喝点。

大儿子志贵、女儿志英在田里干活还没收工。老伴在村后放猪。门前，鸡争鸭斗，热闹非凡。广道大叔慢慢地品着酒，望望暗红的村道，小儿子志宝还没有回来。

志宝是高中毕业，在家耍了两年锄把之后，考取了县师范学校。因成绩优良，提前半年毕业，分配在本大队的小学教书。学校房屋紧张，暂时在家吃住。这后生聪明伶俐，满腹经纶。从他嘴里，广道大叔知道不少学问。对于大叔的那番担心，志宝也认为很有道理。"形势不好讲政策，形势好转变政策，运动来了批政策"，似乎已在中国形成一条规律了，至于制订家庭规划，志宝以为好笑。但为了不拂老子的惨淡苦心，还是答应了。按照父子两人的计划，家庭有几方面的事情亟待要办：第一，娶媳嫁女；第二，翻盖房屋；第三，添置衣物。如果责任制能坚持下去，那他们一年办一件紧急的事情，三年五载之后，就能补上过去一二十年的亏空，日子越过越好了。

"老表叔！你好自在……"身旁忽然响起这乐哈哈的声音，打断了广道大叔的沉思。

大叔抬头一看，原来是公社食品站的丁义和。来客五短身材，肥头大耳，胖得像个油葫芦；敞着上衣，露出黑乌乌的胸毛和一对女人似的奶子。——转弯抹角算起来，他们还是亲戚，广道长一辈，年岁又比他大，称一声"表叔"也担得起。可往年，广道人穷分量轻，丁义和连眼角也懒得扫他，同别人一样喊他"老广道"。今天，突然改口，叫了一声又亲又热又响又脆的"老表叔"，倒反使广道不好意思了，赶忙招呼道："义和！坐，喝酒！"

丁义和瞥一眼炕桌上炕得两面焦黄的白丝鱼，炒得嫩颤颤的鸡蛋花，连咽了两口唾沫，但却拿腔捏调地说："不，不，我偏过了……"

"喝一盅，解解乏。"广道拽起表侄的胳膊。

丁义和顺水推舟地坐到桌前，张起大扁嘴，连喝了三盅，差点没把酒盅咽下肚："这酒，有劲！"

"稗子酒。名儿不好听，可也算是粮食酒哩。"

六盅酒落肚，丁义和从手提包里拿出一沓全是十元一张的人民币，数出二十五张，递给广道大叔："这，是你两头猪的预订金"。

昨天，广道大叔把两头肥猪赶到公社食品站出售。可是，站上的猪圈已关了三百多头，没法再收，只得按规定将猪过磅定级之后，要他把猪赶回暂喂着，站上先给百分之五十五的预订金。肥猪增加的重量，以后再算。——广道将钱复数了一遍，细细地裹折起来。

丁义和眼馋馋地盯着表叔手中的钱，亲热地说："老表叔！都说你钱粮没有边……我……"

广道大叔见他想伸手，心想："你这姓丁的是个无底坑哪！往年，找你砍斤把肉，鸡零狗碎，缺斤少两，你诓我多少钱！去年腊月那次，托你买几斤猪油，收我十块钱，过了半个月，才撂给我五斤猪下膘……"想到这里，赶忙堵住他的口："你表叔底子太空，还没有喘过气来哩。这责任制，再搞几年就好了……"

丁义和瞅着表叔脸上狡黠的神色，在心里骂道："老王八！吝啬鬼！仗你抱着'责任制'这个暖罐子，翻脸不认人！哼，去他的责任制！想往年，一把屠刀操在手，胜掌七品县官的大印。如今，责任制只搞一年，食品站里里外外全是大肥猪，调不走，杀不彻。猪肉卖不掉，逼着咱们肩挑手提到乡旮旯去推销，食品站反而求人下巴颏……"想起这些，他恨恨地说："这责任制，搞不长！"

"呵？"广道大叔脸色一变，握壶的手也随之一抖，"搞不长？"

"搞不长！"丁义和见表叔脸露惊惶，格外得意，"定产到组，责任到人，事实就是闹单干嘛。长期下去，还不是'穷的穷，富的富，帮的帮，雇的雇'？想搞单干，乌金纸贴屁股——没门儿。"顿了一下，又加重语气："像老表叔你，三年五载之后，不就变成大大的财主了？"

这些歪理，广道叔不止一次听说过。经小儿子开导，他学会不少辩驳话。这会儿，他理直气壮地反驳道："往常大呼隆干活，尖头的站，滑头的看，老实头气得不愿干，弄得生产靠贷款，吃粮靠回销。那有什么好？如今，大伙憋足气，鼓足劲，摽着干，哪家哪户不增产增收？咱们完成了征购，交足了积累，多卖了粮油，于国于家于己都有利，怎能说是走资本主义？"

丁义和倒抽一口凉气，心里想道："这老东西！舌头几时学会绕弯儿了？说起话来，王老二卖瓦盆——一套一套的，拿大话吓不住他哩。"昨天，他亲眼见到县委方书记骑自行车来到公社。于是，灵机一动，胡编道："昨儿晚上，公社王书记硬拉我去喝酒，谁知县委方书记也在座。酒席之间，我听他们说，再过十天半月就开三干会，彻底纠正责任制。"看了一下表叔的脸色，他又加了一些细节："咱们县委方书记，可真是海量。连喝八大玻璃杯，还像没事儿似的。他那一套拳，有思有路，划得我十个回合没还手。呀，厉害！"

忠厚的广道大叔，到底有几分相信了，他一仰脖子喝了一盅酒，伤心地说："刚喝了几口甜水，有人又要兑上黄连汤了……"

丁义和看着老表叔耷拉起脑袋，顿觉火燥燥的心里，像喝了一杯甜雪水舒坦。他起身告辞，又丢了句蹊跷话："人怕出名猪怕壮。老表叔！你可要小心点哪！"

广道大叔坐在桌旁，感到身上有些冷，心里想道："一家富，百家妒"。在家里存了点钱粮，别人就横眼咋舌哩。既然上级要改章程，那家庭规划只能订一年：抓紧翻盖房屋。家里的三间草房，早成了"望天楼"。老伴常同自己吵，张嘴就是"宁嫁严公恶婆，不嫁漏屋破锅。"嗯，咬咬牙，盖上四间瓦房。房屋，就像秀才的字，戏子的衣，是庄户人的面子。没有个安身立地之所，谁家闺女愿嫁来呵……他望望被暮色笼罩的村道，小儿子还没有回来。

"爸！营长来了！"女儿志英在他身后说道。

广道大叔转过身，见大队民兵营长孟化彬正站在身后，长条脸上堆满笑，两片厚嘴唇一并，清清楚楚地发出一声："大叔！"

营长三十八岁，是个莽汉。在人妖颠倒的那些年，广道大叔受过他的骂，挨过他的打。有一次，他举起"专政棒"，重重地敲在大叔的腿胫骨上，大叔当场跌倒在地，十多天走不成路。粉碎了"四人帮"，虽然他当众给广道道了歉，但大叔心里仍还是酸酸的不是味。不过，"来者是客"，主人忠实地遵从这礼数，连忙站起来让座："营长！你可是稀客呀。"

"唉！"营长叹口气坐下了。他见天色不早，单刀直入地说："大叔！我们大队干部的'提成'钱，今年按作业组收哩。你们这个组，数你是头儿，帮帮忙吧！"

孟营长看看桌上的残酒剩菜，却不见主人邀请，舔了一下嘴唇，心里想道："一搞起责任制，群众就不拿干部当人了。往年，到哪个社员家，都摔锅掼铁，想方设法弄酒菜。秋后，三二百块补贴费，一把拿到手。今年呢，自己包了一份地，累得头晕眼花，连对面来的是男是女都辨不清。收点补贴吧，挨队挨组地跑，比和尚化缘还寒碜。哼，什么'责任制'，见鬼去！"——听到广道大叔的问话，他答道："你们这个组，不多不少三十块。"

广道大叔吃了一惊，但转而又想："一尊菩萨一炉香，哪一尊都轻慢不得呀！"——他坦然地说："行，行，明天就给你们送钱去。……只要'责任制'让搞下去，咱们也不在乎这几个钱。"

"责任制？顶多只能搞两年。"

"两年？"

"依我看，两天也不能搞了。如今，社员们都变成脱缰的马儿了。还要不要干部领导呀？还要不要社会主义呀？"

广道大叔心里升起一股火气，忿忿然说道："敢问营长：咱们不是忠心耿耿地搞了二十多年社会主义吗？结果呢，穷得吃不上饭，没裤子穿。如今，只搞了一年'资本主义'，反而吃不完，穿不了。这话怎么说？我佩服共产党，实不佩服共产党中的一些人！"

经广道这番抢白，营长反而蔫了，鼓嘴憋气说不出话。他又瞥一眼酒壶，啧啧嘴，站起来，恼悻地走了。

广道大叔也没有送，望着他的背影，心里想道，还能搞两年，嗯，那家庭规划就订两年吧：今年翻盖房屋，明年给大儿子成亲。志贵明年就二十九了。"人生一世，草木一秋"，花儿也怕春光老哩。往年家穷，孩子嘴上虽没说什么，但那长吁短叹的神气，做长辈的还解不透呀？最近来了几起说媒的，选哪家的闺女好呢？……他望望在夜色中隐约可见的村道，小儿子还没有回来。

随着一阵鸡鹅鸭豕的喧叫，老伴、大儿子也回来了。广道大叔叫女儿撤了酒菜，把小方桌搬回屋内，重新摆上两碟酱菜，准备吃晚饭。大叔心事沉沉，感到无情无趣，直到喝了两碗绿豆稀饭，才觉得心里舒坦些。

这时，门外响起咚咚的脚步声，又传来小儿子兴高采烈的高叫："爸！"随即，门被推开，志宝往门旁一闪，让进一个身架高大的人：穿一身褪了色的蓝制服，肩挎一个黄帆布包，圆脸宽额，饱颐丰颊，一副和善、富态相——气度不凡，像个大官儿。广道大叔一惊，两腿抖抖地站了起来。

志宝眉开眼笑地做了介绍："爸！这是县委方书记……"

广道大叔浑身一震，心头一热。金家祖上十八辈，从没有县里的大官登门造访呀！他跨上两步，一把抓住书记的手，昂起头，凝视着书记的笑眯眯的眼睛，舌头僵住了，半晌说不出话来。

"老同志！"书记亲切地致意，"多大岁数？"

"回书记：犬龄四十有八。"

"哎呀，怪老相哩。长年累月，辛苦了……"

一句知冷知热的话，缩短了书记和农民的距离。大叔大声吩咐老伴："拿酒来，拿箱底的那一瓶！"

"烟酒同我无缘，"书记笑着摆手，"我吃过晚饭了。"

"是的，"志宝点头证明，"在咱学校食堂吃的，四两米干饭，五分钱白菜……"

广道大叔想起了丁义和的鬼话，在心里骂了一句"杂种"，忙给书记让了座。

书记坐定，缓缓说道："老金同志！我特来向你请教哩。"

"不敢，"大叔深受感动，"国有贤君，府有良吏，百姓不愁没日子过。咱们见识短浅，全靠父母官点拨……"

书记微微笑道："老金同志，你不要这样客气。咱们是一家人，奔的是同一个目标，都想把咱农民搞富，都想使咱中国强起来。"广道大叔点头称是，迫不及待地说："敢问书记一句：这责任制能搞长吗？"

"能搞长！"

"能搞多长呢？"

"老金同志！你的心思也不稳呀！"书记笑道，"我问你：你靠什么成了'冒尖户'？"

"勤是摇钱树，俭是聚宝盆。我靠的是'勤'、'俭'二字。"

"说得好！"书记点点头，"你雇工了吗！"

"没有。"

"放高利贷了吗？"

"没有，没有。"

"这就行了！"书记缓缓地说，"咱们在共产党的领导下，坚持基本生产资料公有制，贯彻'各尽所能，按劳分配'的原则，允许一部分社员先富起来。你靠勤俭致富，永远受到党和政府的保护。——今晚，你得好好介绍一下经验哩"。

广道大叔听着，心里漫起一股暖流。他想起年老的父母在六〇年挨饿的情景，想起自己因搞点副业而多次受到批判的情景，想起全家在土地上辛勤耕作的情景，想起了丁义和、孟营长恶意的眼色，心头一酸，涌出两滴泪来。他边用袖口擦眼泪，边吩咐女儿："志英！给书记泡杯茶，放瓜片！——今晚，咱同书记好好啦一啦。"又转身对小儿子说："志宝！咱家那份规划，先订八年吧！"

1980. 7 六安

日出辰时

天麻麻亮，崔春就起床了。打开门，深秋的凉风迎面扑来。她愣怔了一下，似乎看到门外的葡萄架下有个人影一闪。她警觉地大步走过去，脚被什么东西绊了一下。弯腰一看，地上放着一个包得严严实实、鼓鼓胀胀的襁褓！她头皮一炸：呀，是谁弃的婴！——她抱起襁褓，直奔葡萄架下，向四周细瞅，哪里还有人？大概是弃婴的人，怕野物吓着他的骨肉，站在暗处守候，听到自己的开门声才赶快溜走？大概是弃婴的人，为使自己的骨肉有个好着落，才特地放在她这位乡计划生育专干的门前？

崔春没顾得细想，转身回屋，连声地喊着婆婆："娘，俺娘！快，快来！"

婆婆马大娘，从灶后走出来，看媳妇抱着一个花布包，不禁大吃一惊："这……"

"谁丢个孩子在咱家的门前，"崔春坐在竹椅上，"娘！快看看，肯定是个小丫头……"

婆媳俩抖抖索索地掀起襁褓的上角，露出一个粉嫩嫩的小脸，鼻翼微微翕动着，睡得正酣。……多美、多憨的一个孩子呀！——老人叹口气，两眼涌出了泪："狠心的爷娘呀！"

"要是男伢子，他可舍不得丢哩"崔春愤愤地说，"哼，死脑筋！"

婆媳俩解开襁褓，扑出一股热气。果然是个女孩，穿红着绿，小脚上还套一双细针密线的红鞋。裤子勒在上衣外，腰中塞个红布包。崔春拿过布包，打开，里面紧裹着一叠钱和粮票，还有一张红纸条。展开纸条，上面写道：

红花离枝，孤雁失群；父母无奈，小女可怜。好心爷娘，搭救情真；大恩大德，感激不尽。此女系一九八四年古历八月二十二日日出辰时生。

"辰时，日出辰时！小姑娘，你生在好时辰。咱给你起个名儿，叫辰霞吧！"崔春抱着婴儿，昂头算了一下，"娘！已满月了哩。"

这时，小辰霞醒了。摇着头，瞪着黑溜溜的眼睛，左右闪射；美丽的双眼皮，犹如粉雕玉琢，妩秀动人。

"唉，生在好时辰，可是个苦命。"马大娘又叹了一口气，"小春！快给乡里的冯书记说一声，找个人抚养她吧。"

"不，咱们自己抚养也行嘛！"

"傻丫头！你整天在外，我整天脚手不闲，哪有工夫服侍她？孩子虽小，也是一条命哩，若有个三长两短，作孽呵。"

"娘！"崔春声音朗朗，"你就把她当作亲孙女吧。重男轻女思想，是开展计划生育工作的拦路虎。我专管这项工作，又是党员，要带头扫掉这只虎！"

这天，崔春正在家里喂小辰霞。小女伢蹬着双腿，毛茸茸的头在她的胸脯乱拱，小胳膊扑腾着，大口吮吸着乳粉调和的甜汁。崔春爱怜地望着她，喜滋滋地随口编唱着歌儿。

这时，来了一位二十七八岁的妇女，手中提着一只塑料袋，往大门旁一靠，低低地喊了一声："同志！"

崔春抬起头，打量这个陌生人：瘦长身材，削肩细腰；短发未经梳理，蓬蓬披在头上；圆圆的脸上，血色不旺，显得憔悴；弯弯眉毛下的一双眼睛，双眼皮，乌瞳仁，似乎充溢着无限的哀思。——崔春赶忙招呼道："你，请坐！"

陌生妇女坐下来，盯着崔春手中的乳瓶，脸色红涨，呼吸急促。她犹豫了一下，突然说道："同志！我家也有个乳孩子。这半天没有喂乳，胀得我难受。让我喂喂你的孩子吧！"

"好，"崔春放下乳瓶，把孩子递给来客，"那咱们小辰霞可就沾光了。"

那妇女接过孩子，双手一抱，紧紧搂在胸前，浑身微微抖起来。她贪婪地审视着孩子，眼光如火，如电，如难测的深潭，流露出百缕柔丝、千种温情、万般慈爱。她让孩子的小嘴，紧贴自己丰满、鼓胀的乳房，刹那间，显得惬意舒畅，似乎要把全部心血、整个生命，交付给这个幼小的姑娘。

崔春坐在一旁看着，心里一热，似乎明白了什么。她笑着，试探地问道：

"嫂子！你，我好像有些面熟？"

"我叫李翠娥，是南河村的。"

"噢，你们是长岗乡的。咱们只隔一条桃源河呀，不远。——嫂子，你这来？"

李翠娥浑身一颤，脸上的千神百态顿时敛去，笼罩起一层冷漠的神色。她红着脸说："我的婆婆得了'思魔病'，想吃用一百家米煮成的'百家饭'。大妹子，赏我一把米吧！"

崔春轻笑一声，站起来，从房内抓了一把米，放在李翠娥带的塑料袋里。

李翠娥恋恋不舍地把孩子交给崔春，红着脸低声说："你的孩子真会吃……"

"不，这不是我的孩子。我结婚还不到三个月哩。"

"噢？"

"这是别人丢弃的孩子，"崔春说，"因为她是女伢，重男轻女的父母嫌弃她，就丢了。嫂子！你说这公平吗？对头吗？"

"公平吗？"李翠娥喃喃自语，"对头吗？"

"不对！"崔春大声说，"嫌弃女伢不对。世上没有女孩子，就塌了半爿天！"她把孩子放进摇篮里，打开后门，向菜园喊着婆婆："娘！我送送这位嫂子，你快回来……"

崔春推着自行车，挎个帆布包，同李翠娥一道走出村。

秋阳暖暖地照射着田野，庄稼地里飘浮着淡淡的烟霭。崔春驾着"飞鸽"在宽阔的乡村大道上奔驰。充溢着绿叶和泥土气息的微风，吹拂着崔春形如满月的笑脸、犊儿犄角般的两绺小辫，显得格外神气。坐在车后的李翠娥，睁着一双略带惊骇的眼睛，由衷地赞道："大妹子！你真行！"

"这有什么！"崔春笑道，"等咱的小辰霞长大，我要叫她开小包车，开小包车送你到六安城听大戏。"

"能行？"

"怎么不行？开小包车是轻松活儿，最适合姑娘家干！"崔春瞥着路两旁起伏的岗峦、茂密的松林，"将来我要培养小辰霞去念农业大学。毕业后叫她回到家乡，将这些黄土岗建成果园、花园、茶园。摘的果儿，运到北京；栽的花儿，运到广州；采的茶叶，运到英国……"

"英国？"

"就是！"崔春两眼凝视着前方，"那个国家离咱们这儿很远很远。他们的皇帝是女的，总理也是女的，还有好多女大臣。"

李翠娥一惊，差点从自行车上摔下来。车头一扭，冲向路边，又划了个弧形上了正道。崔春有些气喘，问道："怎么了，嫂子？"

"我的头有些晕……"

"那你下来，"崔春说，"彩石街快到了，咱们推着车走吧！"

她们穿过熙熙攘攘的彩石街。这儿原来是个冷落的村镇，这两年像被谁施展法术似的发展起来了，街道拓宽了，有几家还盖了楼儿。李翠娥漫不经心地看着：理发铺的女理发师，正在给人烫发；商店的女营业员，正笑得像一朵花；饭店的女服务员，正忙得像跳舞；一位女老师正领着一队学生，缓缓穿过街道——奇怪，她不禁揉了揉眼睛，今天怎么了，看到的尽是女的！

崔春伴着李翠娥，不时偷眼瞧瞧她，抿嘴儿笑。最后，她们来到街东头，在一排青砖瓦房前停下来。崔春说："这是咱们乡的席编厂，进去看看吧！"

两人穿过门堂过道，来到大院子里。这是一个四合院，四面的房屋是四个车间。院当中堆满盖得严严实实的席草。

李翠娥随着崔春走进一个车间，嗬，里面全是年轻、漂亮的姑娘们，正在专心致志地编着草席。那些席儿，白净、厚实、精巧，上面还编着各种好看的花纹，有的是"丹凤朝阳"，有的是"二龙戏珠"，还有"松鹤延年""喜上梅梢"。李翠娥看得眼花缭乱，佩服得直咂舌头。

姑娘们见到崔春，像一群巧嘴八哥叽叽喳喳，争相问好。崔春一一点头，笑着问："你们的头儿呢？"

话音未落，一个身材高挑、面容秀俊的姑娘走进车间，笑吟吟地喊道："春姐！"

崔春赶忙迎上去，握住她的手："你去苏州参观，几时回来的？"又转脸向着李翠娥："这是李巧莲厂长。嘿，人家还是全国三八红旗手哩。"

"看你！"巧莲连连捶着崔春的脊背，又笑着问道："春姐！听说你捡了个女孩？"

编席的姑娘们顿时活跃起来，抢着答话：

"那个女孩双眼皮，乌瞳仁，好漂亮！"

"长大了，准能当电影明星！"

"不，当女厂长！"

"她那爷娘怎舍得？"

"李厂长！让咱们团支部来抚养她！"

"嗨，那可不行！"崔春大声说，"我已写信给我的'那一位'了，咱们自己不生孩子，抚养她。那，我不就是少怀她几个月吗？长大了，还不照样喊我亲娘！"

站在一旁的李翠娥，脸色突然变得煞白。她从牙缝里倒吸一口凉气，似乎站不稳似的打了一个趔趄。

"你想得对，做得对！"巧莲说，"可咱那位大哥会同意吗？"

"会同意的！"崔春坚定地说，"他是解放军干部，他的心，亮得很哩。"

在街上转了一阵，崔春发觉李翠娥不见了！这位嫂子，怎么不辞而别呢？——崔春一回味，明白了，会心地笑起来。可是，她还有些不放心，跨上"飞鸽"匆匆往家赶。来到村头，但见婆婆正站在老榆树下，手搭凉棚向远处张望。

"娘！你在看什么呀？"

"唉，"马大娘两眼通红，"那个化米女子刚才又来了，说小女伢是她的。俺怕她冒认，不让她抱走。谁知她扑通一声跪在俺面前，说她家想个男孩，却偏偏生了个女孩，丈夫、公婆都不高兴，一狠心就丢了。可是，她却想得要命……俺听她说的孩子穿戴、钱粮、生辰，一丝不差，就让她抱走了。"

崔春凝眸向远处眺望，在南方遥远的天际下，果然有个小黑点，正隐在烟霭处，溶在蓝空中……

1985.4 六安

鼠　祸

　　这天傍晚，绿城县委宣传部的余科长下班到家，红日已经衔山。小庭院中的花草，沐着夕阳的余晖，异彩纷呈。孩子们给他搬来一把藤椅，放在院子中央。他仰身一躺，轻轻地嘘了一口气。家里饲养的一只老猫，领着它的唯一的一个小女儿，在葡萄架下嬉戏。母女呼唤，浅唱低吟，别有一番情趣。若是往常，余科长一定要撩逗猫儿一番。可是今天，他反而蹙了一下眉，点起一支烟。

　　余科长年近五十，大学毕业，一向从事通讯报道工作。他身高一米八十，由于体格瘦弱，并不显魁伟。他一年四季剪着平头，蜡黄的长条脸上，突起一对过大的眼睛，加之肌肉板滞，很难表达出感情的传递。余科长在县城颇有一点名气。识文断字的人常在报刊上看到他的名字，一般平民百姓则对他的举止印象深刻。这是因为他走路时仰首挺胸，颈项端正，目不斜视，缓步腾挪，像戏曲中老生的方步，纯是人生尽知、世事皆晓的那种气势与风度。在路上，你若与他碰面，但见他的头难得地一点，眼珠上吊，居高临下般地打量你一下，就算是打招呼了。所以，熟悉他的人用三句话画龙点睛地勾勒出他的举止，叫作：驴上墙不笑，头顶水不泼，家失火不慌……

　　这话虽有些夸张，但并非谎言。此刻，余科长正皱着眉头，长条脸上的皱纹也愈见分明。他狠劲地吸着烟卷，烟雾儿在肺里、在气管中九曲回转，又从口腔里直直地喷出来，显出少有的烦躁。

　　余科长在盘心思！

　　原来我们所居这绿城，是座历史名城。大沙河在城西浪卷白雪，新运河在城东托起风帆。古色古香、屋宇栉比的街道旁，栽植各种树木。站在高处俯瞰，眼前是一片绿色的云烟。住在这儿的居民，熙熙洒洒，各奔生计，彼此相安无事。平静的生活，犹如这儿公园中偶尔飘起的约翰·施特劳斯的《小夜曲》，显得静谧、清丽、安宁。

可是，万万没有想到，这田园诗般的平静的生活，被黑线鼠搅得稀里哗啦。据目击者报道：黑线鼠个体不大，从头至尾纵贯脊背有一溜黑毛，状如一条黑线，因而得名。它能传染一种名为"出血热"的流行性疾病。此病难以确诊，稍一疏忽将导致病人体虚气绝。又据消息灵通人士透露：如今，黑线鼠正在距城百里之遥的大沙河西岸一带横行。它们前腿长、后腿短，不能攀高，但善疾走；加之大沙河西岸均是沙地，土质松软，便于它们凿洞隐踪。所以，这些小生灵目空一切，正以风卷残云之势，多路并进，日夜兼程，向绿城方向进发。

流言在潜滋暗长，致使绿城不少人惶惶不可终日。整修米柜，围墙堵窗，闹得满城风雨。猫子猫孙身价陡涨，同时也因此遭劫；为了防止猫被窃和走失，有的人家把猫关在笼子里，有的人家则用绳索缚住猫的颈脖，拴在廊檐下，失去了自由的猫整天长呻短吟。

在市场的喧嚣之上，在世事的纷繁之中，有一个人却心地坦然，处变不惊。这就是我们的余科长。

这是为啥？余科长也是血肉之躯，也有家口之累，也未同黑线鼠订过互不侵犯条约，平时又最喜采纳四处谣诼、八方流言，为何能够做到洞若观火、处变不惊呢？说来简单，因为——因为他家早就养了一只老猫！

瞧，就是葡萄架下的那只老猫！这是一只女猫，并不老，芳龄只有三春。这只猫体态丰腴，四足雄健，两耳招招，双目炯炯，密茸茸的一身白练，托着脊背上的长片黑毛。这就叫"乌云盖雪"，猫类中的珍品！老猫在余家三载，妊娠两度，整整出窝八只精灵灵的小猫。

八只小猫，也是一笔财富！它们给余科长联结、加固了许多关系网，打通了不少关节，铺下一条条通向成功之路。因为，像余科长这样一位有头有脸的人物，送人家烟酒，似乎未脱流俗；送人家钱物，又非真心所愿；而送人家小猫，既不显山露水，又显得高尚雅致，简直是妙不可言！猫这种生灵，动如脱兔，静若处子，很是招人喜爱。谁家得到一只"乌云盖雪"，难免不在各种场合多次念叨："这是老余送的！"老余也可以传授猫经为借口，随便登堂入室，往往在主人（几乎都握有各种权柄）的沾沾自喜中，在孩子们的融融之乐中，悄无声息地提出自己的某种要求，而又几乎是百发百中地达到自己的目的……

　　"事不三思，终有后悔"。一向"船使八面风"的余科长，如今就偏偏碰上个有关猫的难题，搅得他头脑发疼，只得一个劲地喷烟雾……

　　"爸，吃晚饭吧！"孩子的一声轻唤，打断了余科长的沉思。他微微点了点头，继续抽着烟，用一种阴沉的目光，看孩子们在葡萄架下摆起小桌，看妻子一一端来了晚餐；熬得匀溜溜的绿豆稀饭，烤得脆嘣嘣的白面烙饼，外加一碟醋蒜，一碟青椒——虽不是美馔佳肴，但也算色香味俱全，灼灼地撩着人的胃口。可是，不知怎的，很难激起余科长的食欲！他随手抓起一块烙饼，食而不知其味地慢慢嚼着，继续盘着心思……

　　今天下午，部里的秘书喊他接电话。拿起听筒，便传来已经离休的前任县委书记的洪钟般的声音："是余穆山吗？"

　　"是的，周书记！"

　　"娘的，闹鼠祸啦！"老书记打着哈哈，"听说你家有小猫？"

　　啊，灾难可以缩短上下尊卑之间距离——余科长头脑中突然闪过这样一种略带幸灾乐祸的念头，但还是脱口而出地答道："有，只有一只啦！"

　　"噢！"对方止住了笑，"这一只是我的啦！明天上班前能不能给我送来？"

　　"能！"余科长答得响亮而又干脆。

　　下班后，余科长迈着方步回家。刚刚转过东街，劈面碰到现任县委书记赵杰。老余一改从容神态，疾跨几步迎上去，把右手在上衣下摆擦了擦，准备同书记握手。

　　赵书记并没有伸出手，但却满脸谦恭，径往余科长面前凑了凑，出语似乎有些犹豫："老余！想点子给我搞一只小猫吧！"

　　"我家倒是有一只……"余科长在领导面前总是控制不住自己，总是显得胆怯嘴软，又是脱口而出，"只有一只！"

　　"真的？"赵书记眼睛一亮，连连拍着余科长的肩膀，"哎呀！踏破铁鞋……好，好！"

　　余科长正要往下说，但看到书记的满脸兴奋，不忍心，不好意思，也不敢再往下说什么，只得说道："明早上班我给您带来。"

　　"那不好，送我家去吧！"

　　"好！"余科长答得响亮而又干脆。

同赵书记分手后，老余懊恼不迭，反复咒骂自己："姓余的！你只有一个馒头，怎么能哄两个人？刚才你干吗不多说一句话？就说'只有一只小猫，已答应给周书记'不就得了！现在，自己划圈自己跳，看你怎么办？怎么办？"他一边迈着方步，一边反复琢磨，直到头脑嗡嗡发胀，也没有想出一条善策，以致走到家门口，差点儿撞在白杨树上，惊得浑身直冒冷汗……

老猫哪儿体察主人的苦心？依然像往常哪样，"噗——"，跳上余科长的膝盖，歪着头，"咪咪"叫着，似乎是乞食。他瞅了它一眼，心头怒火陡地升起：原来老猫第二胎生了四只小猫，可就在四只猫崽的毛刚刚被老猫舔干的时候，它竟把自己的儿女咬死了三只，并把其中两只吃得只剩下一个小头。余科长大为不解，请教一位阅历颇丰的大娘，回答说是猫儿临产时被属虎的人撞见所致。余科长遍查全家生肖，没有一个属虎，当然不信此种谬谈。后来博览群书，始知老猫生小猫后，往往口干舌燥，要及时给它水喝。不然，它就以舌狠舔小猫，以解渴意，最后稀里糊涂地吃掉自己的骨肉。可惜知道这番道理已经迟了，第二胎小猫只剩下一只，如今已经会戏蝇扑蝶、寻洞嘘鼠了。哼，要不是老猫那一时糊涂，四只小猫全在，哪要如今如此费心伤神！——想到这里，余科长双膝向上一提、向外一扬，可怜老猫在空中翻了一个跟头，重重地摔在六尺之外。它翻身坐起，回眸瞪了余科长一眼，"呜哇"一声，向黑暗处逃去。

望着猫儿远逃的白影儿，余科长在心里反复盘算：小猫只有一只，送给哪个好呢？送给赵书记吧，周老书记岂容得罪？常言道："船破还有三千钉""瘦死的骆驼大似马。"何况，他是一位响当当的离休的县委书记！他在绿城盘桓三十多年，上下左右，千丝万缕，小指一弹，就足够我余某喝一壶！……可是，反过来说，赵书记又能得罪？不！他才三十八岁，大学时的高才生，是一颗正在上升的政坛之星。智者不逆当权的意。不仅自己要靠他照顾，就是儿孙也可能托他荫庇。小不慎则乱大谋。这步棋更难走！

夜幕早已降临。余科长透过葡萄的密叶，仰视繁星满布的天空，努力想从进退维谷的绝境中解脱出来。可是不成，眼下的活动余地竟像葡萄叶间的夜空那么狭小。似乎有夜露滴在葡萄叶上，不，似乎滴在他的心上，冷冷，凉凉。他浑身一颤，不禁打了一个寒噤。

"咿——呀！"小院的门被推开。随即，匆匆走进一个矫健的身影。没等来客发话，余科长赶忙起身相迎："哟，钱主任！"

来者是《绿城报》的总编室主任钱少谷。他和余科长是酒宴上的挚友，又是文字上的至交，连两家的眷属也都彼此稔知，往来无拘无束。余科长赶忙吩咐孩子："给你钱叔泡茶！"愣了一下，又补充喊道："把上午冰的那个西瓜切开！"

钱主任在余科长让出的藤椅上躺下，手指在膨胀的肚子上弹着鼓点，笑道："你不用支派了。在北边两个县转了一圈，酒足饭饱！"

"喝点茶吧？"

"不用。啤酒在肚里直冒泡儿……"主任的话语里暗含酒劲，豪爽而又粗犷，"你的那篇调整产业结构新套套的稿子，用在下星期一头版头条，配的两幅照片也用你自己拍的……"

"这……"

主任双手在空中一击，堵住了余科长照例要说的感激话。他欠了欠身子，单刀直入："我是来逮小猫的！"

"小猫？"

"你这家伙装什么蒜！——你约我今天来的嘛！"

天哪！余科长压根儿忘掉了这件事了，顿时如雷击顶，半天才缓过气来："对，对……"

突然，从远处马路上传来汽车喇叭的召唤声。钱主任双脚一跳："快，快！车子在等我哩。——孩子们！给叔叔把小猫逮来！"

余科长这才冷静下来，赶忙站起，抓着钱主任的肩膀："看你急的！刚才老猫被我不小心摔了一下，领着小猫逃得没影儿，这黑天瞎夜到哪儿去找？明天叫孩子们送到你家吧。"

"那也好，"主任赶忙站起，匆匆告辞。走到院门外，回身对相送的余科长着意叮咛："明天！——一言为定！"

"一言为定！"余科长答得响亮而又干脆。

老余回到葡萄架下，软瘫在藤椅上。"缓兵计"连用三遭，这戏该怎么收场？既然两位书记不能慢待，那他钱主任就能得罪？也不行！从某种意义上来说，主任对他的利害关系更直接。因为这不仅牵涉到通讯报道工作的成绩，而且牵涉到诸如奖金、晋级等实际利益。还有，送猫虽然是小事一桩，但若稍不注意，就会露出攀附新老县委书记之举。那么，在老钱的眼里，他就无法在绿城立足了。三个人，可以变成三种机会、三条捷径，但也可以化成三条绳索……他站起来，烦躁地在院中走来走去。我们的余科长毕竟是满腹韬略，又加情急智生，霎时，一个良计在他狂暴的心中孕育成功……

二十分钟后，余科长推车出门。似乎听到了妻子在屋里问了一句什么，但他顾不得搭理。八点半了，得抓紧时间。他一改平时从容的神态，跨上自行车，飞上大街。

余科长来到赵书记门前，一步一步登上七级台阶，不停地喘气。当他把手伸向门铃的刹那间，又犹豫起来：按不按？——波澜在心里翻腾。在人生道路上，他历经曲折和坎坷，积累一些痛苦的经验："人生好比碰钉，碰一根化一根"，这是从硬的角度看；"人生在世，无非是戏"，这是从软的方面来；"人情似锯，你来我去"，这是从矛盾体的两方面着眼；而"人跟势走"，似乎是古今中外处处可见、可感、可觉的普遍规律。不错，祖先的确有"不饮盗泉之水，不食嗟来之食"的告诫。但他们家中井水可能汲之不竭，他们家中的粮食可能吃之不尽，漂亮话谁不会说，"人到无求品自高"哩！……想着这些，余科长自我恼恨起来，觉得刚才的犹豫和怯弱非常可笑，"潜其心而观天下之理，定其心而想天下之变！"——他伸出手，坚决而果断地按了门铃。

赵书记正偕妻携子看电视，对余科长的拜望大感意外，急急地站了起来："你……"

"猫……"余科长脸色难看，半天才憋出一个字。"猫来了！"书记的一双儿女显然早已得到讯息，齐声欢呼起来，拥到余科长的身旁。书记夫妻也满脸兴奋，盯着他手中提着的做工精巧的皮革挎包。

看着这家人的兴奋和欢乐，余科长的心"咯噔"了一下。天良的鞭子在他眼前甩动，一丝苦涩、一丝痛楚居然也漫上他的心田。……他两手抖抖地、缓缓地拉开挎包的拉链。

余科长郑重地把裹猫的小包捧出来，放在书记家方桌的洁白台布上，然后一层一层地打开那印有庄严图案的宽长的浴巾，最后终于露出：小猫，一只迸射着圣洁之光的"乌云盖雪"！

"死了！"书记首先呼叫一声。一家人继之往后一退。

"死了……"余科长用哽咽的声调说道，"赵书记！下班回家，我就准备把猫给您送来，可是不知什么原因，这猫突然得了急症，浑身抽筋。我晚饭没顾得吃，赶忙找人抢救。谁知多方医治无效，终于在八点一刻，不幸……"

"送只死猫……"书记爱人顿时满脸溅朱，不乏愠色。

书记可不同妇人持一般见识！他油然想起《战国策》中"涓人市马。"古今同理。一旦有人知道我老赵对死猫都感兴趣，还怕得不到活猫吗？再说，他老余虽然送的是死猫，但精神可嘉，难得属下对自己的这片赤诚。看他那悲痛的样子，简直是如丧考妣哩！——他一把抓住余科长的胳膊，以包容一切的涵养和居高临下的大度，亲切地说："老余！你的心意我领了。谢谢，谢谢你哪！"

小女孩一直盯着那可爱的死猫，还不死心，似乎它还有可能活过来。她大着胆子，走到桌旁，伸着小手要去抚猫。

"脏！"母亲大声警告。

"对对，脏！"余科长找到了下台阶子，用稍稍夸张了的慌张动作，把小猫原样裹好，塞进皮革挎包，转身就要告辞。

"坐一会嘛，"书记礼貌性地挽留，"你还没喝茶哩。"

"不，不用了！"余科长直摇头，"赵书记！您交给我的任务完成得不好，实在惭愧！"

"猫死了还能怪你？"书记感慨地说，"它毕竟太小了，经不起摧折哩，年幼的要成长起来，总不是一帆风顺的啊！"

离开赵书记家，余科长感到两腿发软，浑身上下战栗得厉害。他在路边的一块石头上坐下，掏出手帕，擦着满脸的汗水。休息了好一会，手脚才活络起来了。

可是，当他跨上自行车飞了一程时，心儿变得又甜又凉，乐得想唱支小曲儿。没想到如此的雄关险隘，竟这么顺利地通过了！……不过，赵书记有关"年幼"的谈论值得推敲，难道他发现什么破绽不成？不，不会！此事编织得天衣无缝，无懈可击……他迎着路灯瞥了瞥手表，还不到九点半。对，再到周书记、钱主任家走一趟还来得及。"人生在世，无非是戏"。刚才演得不错，下两场更要用点心思……

鼠祸！鼠祸正污染着古老绿城的平静的生活之水，正把病毒悄悄地向社会各个角落传播，噬啮着人们纯净的灵魂。罗曼·罗兰曾大声疾呼："道德面貌渺小的地方，不会有伟大的人物出现。"先哲的话语正化成滴滴甘霖，从世界的另一方、从广漠的宇宙向我们倾洒。可是，它能润开多少洁白之花？它能拯救多少无罪的猫咪？迎着七月的夜风，余科长频蹬两腿，自行车风驰电掣……

1985.5.3 六安

门门门

  绿城中学语文教师尤福钧，是个乐天派。每当有人问他："你家住在哪儿呀？"他总是傲然而响亮地回答："小西街！"

  这绿城的小西街，五年前还是偏僻、冷落、不起眼的地方，街道狭窄，路面坎坷，两旁的房屋也显得陈旧、破败，是流浪汉、拾破烂流连的地方。可是，现代意识正悄悄地改变着人们的居室宅第观点：住到偏僻的地方去！那儿安全，那儿恬静，那儿很少同人搅缠！据说发达国家的有钱人，都住在远离闹市的城郊，而身居闹市高楼大厦的，都是一些穷光蛋！"遍身罗绮者，不是养蚕人"……如此一来，人们也就会明白：尤老师在回答别人的提问时，为什么会"傲然而响亮"了。

  可是，人无满足之时，迁入新居没多久，尤福钧就自惭形秽起来。何故？问题出在门上！——在农村，凭门前的草堆，可衡量户主的殷实与否，而在小西街，凭门楼和门扇可估出户主的地位和身份：瞧，××长的门楼，高大而轩敞，借来拙政园的一角；瞧××书记的门楼，飞檐翘角，玻璃瓦闪着耀眼的虹光；瞧××主任的门楼，形拱如月，雕花漆彩……俏门楼当然要配上好门扇：有杉木厚制，涂之以朱漆；有铁皮包裹，嵌之以铆钉；有钢筋编就，形之以花卉……而我们的尤老师呢，门前依然是一片空地。后来，西邻的×主任实在有些不过意，才派人从一个建筑工地上拉来十几块竹笆，帮尤家在门前编结了一道篱墙，中间还像模像样地竖起两根木柱，安一扇百孔千疮的木板门——尤老师名之曰"柴扉"。

  "柴扉又怎么啦？"尤老师经常引经据典地劝慰妻子，"古代的文人雅士，用的都是竹篱柴扉。那王维，倚着柴扉，听那暮蝉叫唤，多惬意！那崔护，轻拍柴扉，冒出个面若桃花的大姑娘，多风流！而高唱'花径不曾缘客扫，蓬门今始为君开'的杜甫，听着，蓬门，还不如咱们的哩。"

话虽这么说，可每当"奄奄黄昏后，寂寂人定初"之时，尤老师在灯下挥笔批改学生的作文，总时时为东西南北的敲门声所搅扰。归有光在《项脊轩志》里，自吹"能以足音辨人"，我们的尤老师呢，却可以"能以门音辨户"！……听，"嘭嘭嘭"，这敲的是东院的门，声音清越而悠扬，像微风轻鼓月下的海浪；听，"嘣嘣嘣"，这是在西院敲，声音厚重而沉实，分明像古代谯楼上的梆声；再听，"哐哐哐"，这响声来自后一栋，时强时弱，时暗时涩，似乎是从人们记忆深处飘来的儿时常见的耍猴儿的锣声……百声贯耳，万籁齐鸣，搅得尤老师心烦意乱，加之不少作文字迹潦草，行文无章，错别字比比皆是，更使他火上加油，随即把钢笔往桌上重重一放，骂出一句："妈妈的！"

"妈妈的！"尤福钧转身对妻子说，"咱们也该建座门楼、安扇铁门啦！"

"是呀！"妻子正在灯下读琼瑶，淡黄的蝙蝠衫，灿然若仙，"不吃馒头咱得争（蒸）口气！我一看到咱们那门，就心跳过速。多寒碜，多丢人！"

"砌座门楼、安扇铁门，得要多少钱呀？"尤老师搓着手，考虑实际问题了。

"这要看讲究的程度了，一千也行，五百也可！"

"哎呀！"尤老师脸上的书卷气为之一扫，像被马蜂蜇了一口。

"我细细码算过了，"妻子胸有成竹，"砌门楼的砖，可到窑厂买点断砖，二十块钱一车子，有三车也就够了。反正外面要抹水泥，'齐不齐，一把泥'嘛！门呢，找物资局的蔡科长批点铁片，自己找人加工……连工带料嘛，三百块满能打发……"说着，伸出三只葱根似的纤指。

"三百块？"尤老师皱了一下眉。

"不能再少了！"

夫妻俩商议良久，决定分步实施既定的方案，而第一步，是大造舆论。

从此，每当有人问起："尤老师！你家住哪儿呀？"尤福钧总是一反常态，大团脸上现出忧戚之色，两道浓眉一疙瘩，宽宽的脑门上随即出现几道细纹，高大的身躯霎时也像矮了半截，说话声音也少气无力："住小西街哩，篱笆墙，破门扇，标记明显着哩。"

这天，《教育丛刊》给尤福钧寄来五十元稿费，语文组的小青年们闹着要他请客。尤老师灵机一动，没经妻子"批示"便大着胆子慨然答应。他是想叫小青年们到小西街做一番门户考察，为他建门楼造一些舆论。

来尤家做客的五位青年教师，都是二十郎当岁，血气方刚，有两位还是刚刚跨出大学的门槛，颇有些"忧国忧民"之气。他们仰着头，勾着臂儿，信步跨进小西街，顿像走进一片迷宫。"转朱阁，低绮户"，这儿是一座门楼，那儿是一堵高垣；这方来了处院套院，那方又冒出了个厢连厢，真可谓寂寂静静之处，熙熙乐乐之乡。可是，待他们来到"尤府"，待他们对"尤府"的东邻西舍作了细细考察之后，个个恼怒难禁，不，简直是七窍生烟了——

一个说："瞧这竹篱破门，是对咱们教师的公然亵渎！——拍一张照片，在《人民日报》上来一个'立此存照'！"

一个说："把教育局局长揪来看看！教师的地位就是这样个提高！"

一个提到哲学的高度："看，这么一对比，事物的规定性显得多么突出、多么鲜明！"

一个搬来名人的警句："波斯诗人萨迪说得妙极了：如果你对别人的苦难无动于衷，那么你就不配称为人！"

还是第五个想得周全，说："看到尤老师如此处境，心都碎了，谁还有心思喝酒？——走，找学校总务主任去！"

众人一致赞同。尤福钧左拉右拽、前拦后挡，但哪里挽留得住？

五个青年人义愤填膺，痛感社会的不公，生活的不平，由此又涌起屈辱之感，加之乘兴而来、扫兴而归的恼怒，致使浑身的血似乎都在燃烧。他们大步流星地奔回学校，找到总务主任，一腔怨怼、满脸枯霜顿时化成了冰雹，遮头盖脸地砸向那可怜巴巴的总务主任。

主任笑容可掬地听着，不时做着无可奈何的手势，一迭连声地表示"尽力而为"。他也果真没有食言，事后就立即去向校长汇报。

校长未满五十岁，却显得分外老成持重。听着主任的汇报，他微笑着，沉吟不语。

教师节的前一天，校长带着总务主任造访尤家。尤老师夫妻俩盛情款待，言谈之间弦外有音。校长在尤宅周围巡视一番之后，脸色显得尴尬，同总务主任窃窃私语。惯于精打细算的总务主任，似乎还有些犹豫。——这一切，都没有逃过尤老师爱人的眼睛，她立刻抓住总务主任的胳膊，笑道："老主任！咱们住房不要你们安排了，难道盖座门楼还不成？"

此话有理！此情可恤！此境可怜！——最后，校长、主任终于当场拍板：盖，盖座像样的门楼！安，安副像样的门扇！——同东西南北左邻右舍完全一样！

十天之后，尤福钧的门楼落成，其形式博采众家之长，算不得巍峨，但也颇具气势；大铁门也是货真价实，明光灼灼，敲之嘭嘭有声。那天，在尤老师夫妻眼里，绿城上空似乎悬着两个太阳，院里院外，屋上屋下，灿烂夺目，溢彩流光！

谁知当天下午，就出了一个意外。午餐时，夫妻俩特地开了一瓶萧县双喜红葡萄酒，浅斟微酌陶醉在融融乐乐之中。可是，院外铁门已被人敲了半天，还伴之以气咻咻的叫喊："开门哪！是我哩……开门哪！"

夫妻俩这才回过劲来：哟，是敲咱们的铁门哩！——同时奔出堂屋，奔过院子，同时打开大铁门，尤老师吃了一惊：岳父大人！正挂着一根九华山产的凤凰松手杖，颤颤地依在门旁……

"爸！"夫妻俩异口同声地叫了起来，同时伸出四只胳膊搀起了老人。

老人是位退休的中学教师，桃李满天下，身体虽然孱弱，但说话声音琅琅："叫了半天门，怎么不开？"

女儿连忙赔起笑脸："爸！咱们刚安上铁门，不习惯，还以为敲的是别人家的门哩。"

老人这才注意打量起门楼和铁门，淡淡笑了笑，不以为然地说："同人比门楼、比门扇干啥？人和人是不同的！真正有价值的门，是无形之门！"见女婿、女儿茫然不解，老人继续说："敲开那些无形之门，往往需要献出全副身心、整个灵魂……"说着，掏出一封信，递给女婿。

信是省教育出版社寄来的，他们决定出版老人的呕心沥血之作《镂金录》。

待女婿浏览了信，老人说："他们决定出版了，我反而犹豫起来。这书，还有不少言不及义、言不尽意之处。我想再改一遍。可是，三十万言啊，不是轻易之举。我毕竟老了啊，你能否助我一臂之力呢？"

从此，每天晚上尤福钧忙罢教务之后，都要挤出时间为岳父抄誊、整理书稿。书稿是用毛笔写的，一色蝇头小楷。稿纸上增删之处不少，有些地方写得密密麻麻，字迹难以辨认；有些地方打了问号，意思是要斟酌斟酌；有些地方划了三角形，意思是要核对原文；尤老师还觉得，有些行文格式过于陈旧，有些词语缺少时代色彩，甚至有些标点符号用得不准。这些，都得凝神静气去改正，去查找，去校勘，去充实，去提高。可是，他却难以静下心来：问题还是出在门上！

自从尤老师的铁门安装起来之后，是否是物理学上的共鸣现象作祟呢？反正他有一种奇妙的感觉：每当有人敲起别人家的铁门，他总觉得似乎是在敲自己家的铁门。从前，周围的敲门声虽然吵闹，但那些金属的敲击均与自己无涉，只要付出一份心思即可对付；现在呢，吵闹依旧，他还得付出第二份心思：是否在敲自己家的门？

有时候，明明有人在敲自家的门，可是跑到院里细听，是敲东院的；有时候，明明是敲西院的，可偏偏是敲自家的，因为门迟迟才开，使得主客都很尴尬。——而且，他又得付出第三份心思考虑：人们为什么多在夜幕之下敲别人的门？难道他们都是属蝙蝠的，对夜晚特别有感情？另一方面，他还常常付出第四份心思责问自己：为什么耳朵竟然失聪，辨别不出门与门之间的差别？

平白分出这么多心思，使得尤老师非常痛苦。他的心思因塞进如此纷纭的世俗烦扰而越来越狭窄，可是，在科学之土上耕耘，却要求他的心境愈来愈宽广：有时，他拂去历史的烟尘，小心谨慎地去追踪遥远的往事；有时，他跨越国界，飞临海洋，领略异域的风情；有时，他在森林中与禽兽为伍；有时，他在太空上尽情遨游……可是，夜晚的敲门声常常无情地把他牵引到院子里。怅怅地凝视着黑沉沉的四周的砖壁，仰望头顶上巴掌大的夜空，觉得心难驰，脚难奔，翅难展。他非常痛苦。

一天晚上，尤福钧半卧在床头看书。窗外秋风刮得正紧。突然，"嘭嘭嘭"一阵山响，有人敲门！他掀被下床，慌得穿着短裤短背心跑到院子里，不禁打了一个寒战。细听，是敲隔壁的门。浑身冰凉跑回卧室，一觉醒来，便觉得浑身不适。第二天早晨，硬撑着去上课；下午便发起烧来，是重感冒。他又传染给了妻子，两个人都卧床不起了。

尤福钧搐着涕泗，话音重浊："早知如此，咱们不安这劳什子铁门！"

床那头的妻子，两颊烧得像红苹果，眯着一对杏眼说："既然安上了，还拆掉不成？人家不都是这样吗？""人和人是不一样的！"尤福钧想起岳父的话，不禁发起无名火来，"人应该努力跨那无形的理想之门！"他大声说着，换了一个姿势，挺直腰杆坐在床头。

第二天，尤福钧病势稍退，穿衣下床，缓缓踱到门外。蓝空如洗，秋阳暖暖地照着，小院四壁的红砖，明光耀眼。他搬只藤椅，坐在廊沿上，眼睛细细地在院内搜寻：寻找什么呢？——霎时，一道闪电划过他的脑海！啊，他在寻找绿色！

往常，门前是一块空地，坐在门口，或坐在窗前，抬头就可看到对面小河边的一排白杨，透过那隙罅，可以看到远处公园树木交织的绿色的云烟。……现在，小院窄窄，四壁空空，没有绿，也见不到绿，视野被遏制，生命也似乎在高速度地凋零。尤福钧觉得非常可怕！他大步流星地跨过院子，打开沉沉的铁门，任那活泼的秋风拂过自己滚烫的面颊，紧盯远处的白杨和白杨远处的绿色的云烟，深深地吸了一口气……

半个月后，尤福钧找人拆了那座门楼，用那些断砖在门口砌了两个花坛；铁门呢，安装到校办工厂去了。

任凭流言播撒、蜚语横飞，尤福钧和妻子不动声色，我行我素。他们在门前的花坛上栽了两棵树，一棵是枣，一棵是柿。现在，两棵小树都已亭亭如盖了。

1986.4 六安

"风骚"的风波

　　江南区委书记老郭推开家门，不由得吃了一惊：只见爱人小黄正坐在桌旁哭，哭得泪人儿一般——她抬起一头大波浪，金耳环在灯下一闪，用极其哀怨的眼光望了丈夫一眼，竟号啕起来。

　　老郭最怕小黄的眼泪，顿时手足无措，刚才得知"长岭乡发现新型大理石矿"好消息的那种愉快，早已烟消云散。他以处变不惊的姿态在沙发上坐了下来，点着了一支烟，这才柔声问道："怎么了？"

　　小黄不理不睬，哭得有滋有味。老半天，才冒出一句："……他说我风骚……"

　　"风骚？"老郭眉毛一拧，"谁说你的？"

　　小黄仍不回答，一个劲儿地抽噎，两肩耸动的幅度很大。她已经三十九岁了，人们喊她"小黄"，一半是习惯，一半是恭维。这年头，"职务拣大的喊，年龄往小处算"，也算是一种时尚了。虽然他比她大十四岁，但这并没有构成情感的鸿沟，两人过得很恩爱。中国传统的美人胚子，是柳叶眉、丹凤眼、樱桃小口、削肩细腰。而这些，小黄几乎都具备。特别是她那张小嘴，饱满，滋润，红晕永葆，笑纹常存。老实说，当初甚至就是为了这张小嘴，他一个堂堂的公社书记，才舍去糟糠，屈驾采下她这朵"向阳花"的……现在，老郭见爱妻小嘴撅得高高，眼睛哭得红红，似乎在竭力忍受那种天高地厚般的委曲，心里很难受。可是，他尽量克制着自己，仍是平静而柔声地问道："谁说你的？谁说你风骚？"

　　"江……江安堂！"

　　老郭顿时一愣。心想：江安堂是区长，年轻气盛，近一程同自己似乎有些疙里疙瘩，但还没有公开闹过什么矛盾；再说，小黄比他大七八岁，平素也没有什么搅缠，怎么忽然这样放肆呢？——虽然心中的火焰在腾腾地燃烧，但外表上却好像若无其事。他仍是平静而又柔声地问道：“有没有前因后果？他怎么就说你风骚了？”

小黄也慢慢平静下来了，边擦眼泪边说：“晚饭后，我到食堂去冲开水，路过姓江的门前，听他房里有好几个人在说话，是在议论我。我只听到一句，‘小黄那么风骚’，其他人乐得哈哈大笑。你说气人不气人？”

“好几个人在说话”！“乐得哈哈大笑”！不能忽视这些信息的重要性，更不能忽视这些信息产生的背景。老郭隐隐觉得，近一程区委机关似乎有一股冷风在潜滋暗长，锋芒所向，冲他而来。今晚这“事件”就明显露出了端倪，不能让它滑过去。抓阶级斗争的形式虽然不能用了，但抓阶级斗争的那些方法，还有无穷的生命力。“防患于未然”，是老祖宗治国平天下的法宝，更应该发扬光大。俗话说，“打狗还看主人面”，何况是戏耍我的爱人，这不明明是在往我脸上抹黑吗？如此这般一掂量，老郭越发觉得事态的严重，再也不能保持沉默。他站起来，打开门，大步走到江安堂的门前。

江区长正好开门倒洗脚水，猛见书记，不觉“哎呀”了一声，一闪身，脏水还是泼湿了书记的鞋。

若在往常，这本是小事一桩。可是今天，书记觉得区长是有意轻贱他，顿时怒火中烧，但话语出口，还是隐忍了三分：

“安堂！你说小黄‘风骚’了？”

“风骚？唔唔……”区长嗫嗫嚅嚅，似乎想赖账，“我……”

没等老郭张嘴，小黄扑上来了。她披头散发，伸手就要去抓区长的脸，边哭边骂：“风骚风骚，你姐你妹风骚，你老江家万代万万代风骚……”

江区长以手中的木盆为盾，且战且退。好几个房间窗户后都有笑脸，就是没有人出来解劝。区长毕竟刚过而立之年，在众目睽睽之下，又加血气方刚，哪里受得了这份窝囊气？他把木盆举过头顶，狠劲往地下一摔，在木盆的破裂声中，猛喝一声：“太不像话！”接着，乘小黄锐气受挫、猛一愣怔之机，一个箭步跳出圈外，指着老郭夫妇，数落道：

“说你风骚怎么了？这是看得起你哩。伟大领袖毛主席教导我们：‘惜秦皇汉武，略输文采，唐宗宋祖，稍逊风骚。’唐太宗、宋太祖都是皇帝，毛主席还说他们不够风骚……哼，说你小黄风骚，等于说你比唐太宗、宋太祖还厉害。这不明明是恭维你吗？哼，真不识抬举！"

不错！老郭想起来了：当年在长岭公社担任书记时，曾在公社大院砌一堵三丈高的照壁，上面写了一首毛主席诗词，其中的确就有"唐宗宋祖"的句子。这……一股寒气从老郭心头掠过，不觉打了个冷战；偷眼瞧瞧周围，只有小黄蔫蔫地站在自己身边。他飞快地瞪了妻子一眼："回去！"

老郭在书桌前急急地翻着一堆书，可哪有《毛主席诗词》的影子？他丢了一本《花卉栽培》，又丢了一本《常用菜谱》，又丢了一本《流行服装剪裁》，又丢了一本《计划生育文件汇编》，又丢了一本……丢着丢着，他莫名其妙地骂了一句脏话。

小黄见丈夫满脸刻毒，不觉有些害怕，但还是强装笑脸，说道："不要穷翻了，咱们去中学问问田老师，'风骚'到底是好还是坏？"

田老师名田仲济，是区委所在地江南中学的高中语文教师。提起他，老郭有些不舒服。"文革"初期，田老师在长岭初中任教。老郭曾在那儿抓过"三家村"，田老师被当作"邓拓"而挨整，闹得家破人亡。虽然在田老师平反昭雪时，自己曾给他赔过礼、道过歉，但心里总是不安实。

小黄明察丈夫的心思，催促道："从前那些'结'，不都早解了？一个中学老师有什么了不起？请教他还是抬举他哩。——走，走！"

老郭觉得妻子所言不无道理，但如今"臭老九"翻身了，中央又处处宠着他们，得细细检点自己的言行，弄不好，就会被人钻空子。这些，女人懂得啥？——他站起来，郑重地对妻子说："对田老，我向来是敬重的，理当去拜望他。到时，一切由我应付，你不要多嘴多舌！"

夫妻俩穿街过巷，不一会就来到江南中学。偌大的校园静悄悄的，教室里灯火辉煌。春节时，老郭曾来这儿看望过知识分子，对路径是熟悉的。为了避免撞见熟人，他领着小黄专拣荫浓的小径走，绕到田老师的屋后。扒在窗户窥视一下，田老师正面南而立沉思默想，细长的瘦骨伶仃的身影映在墙壁上，显得有些怕人。

两人转到田老师的门前。老郭上前一步，轻轻叩门。

门开了。田老师鼓得出奇的眼镜，在灯影里闪着晶光。当他看清来访者的面孔时，颇显得惊讶，以致说话都有些不连贯："……请……请……"

郭书记昂头一笑，紧紧握住田老师的手："田老！身体好！——我和小黄从亲戚家回来，路过学校门口，顺便来看看您……"

"哟！"田老师异常感动，"谢谢，谢谢！"

两人携着手坐到沙发上，老郭正儿八经地打量一下田老师，以欣慰的口吻说道："气色还好，气色还好！"接着，故作遗憾地说道："咳，路过这儿，空着两手……"

小黄偏坐在藤椅上，仔细瞧了瞧田老师：呀，这老东西还是老样子！吃了唐僧肉了，怎么不见老？想自己当年曾代表贫下中农批过他"三家村"，骂他是"武汉撂麻纱"① 的同伙，骂他是"刘少奇的小子先生②"，引得台下好一场哄笑，唉，真丢人！想起这些，小黄油然对老头儿产生一种恶感，或许是老头儿对她产生一种威压，顿时觉得浑身不自在。她暗暗向丈夫递了个眼色。

郭书记吸着田老师敬的带过滤嘴的香烟，急急喷了一口烟雾，缓缓说道："田老！最近我正重新攻读《毛主席诗词》，收获很大。不过，有些地方还没有读透，譬如那句'唐宗宋祖'……"

"'唐宗宋祖，稍逊风骚'。"老头儿马上接了下去。

"对，对，就是'……风骚'！"郭书记点头称是。

这回轮到田老师刮目相看了。老实说，眼前这位书记过去对自己的那种残暴、那种冷酷、那种打翻在地再踏上一只脚的架势和嘴脸、那种家破人亡的时时滴血的创伤，他是无法忘记的。但是，随着岁月的流逝，随着生活春风的吹拂，他对这一切都宽容了。如今，眼见书记来请教毛主席诗词诠释，来向他求索知识，还有比这更激动人心的事吗？迷蒙之中，书记的胖胖的方脸，化成了一朵花，早晨带露的鲜花，使人感到亲切，感到芳香和温暖——他愣愣怔怔地细声吟哦："唐宗宋祖，稍逊风骚……"

"田老！"书记把上半身倾向对方，"'风骚'二字怎么解释？"

总算提到关键上来了！小黄紧盯着田老师的脸，侧着耳朵，生怕漏掉一个音节。只见老头儿微微昂着头，满脸放光，眼镜在灯下燃着两团火，摇头晃脑地说着。一会儿是"尸精"③ 身上刮"风"，一会儿是"泥骚"塘里冒"骚"，又是什么"骚人""麦客"，说得她丈二和尚摸不着头脑。瞥瞥手腕上的小巧玲珑的坤

---

① 指"三家村"中的吴晗、廖沫沙。
② 实指"孝子贤孙"。
③ 指《诗经》《离骚》，下文指"墨客"。

表，吓，快到十点了。她向丈夫投了个眼波，终于插了一句：

"田老师！我没喝过墨水，肚里'谦虚'。这'风骚'到底是好货还是坏东西！"

"这……"田老师对自己的讲解收效甚微颇有一些不快。他沉吟一下，突然问道："你们见过龙了吗？"

书记也突然来了精神："龙？没见过！"

"我见过！"小黄又忘了丈夫的告诫，"去年夏天有一回，西南天边就挂过一条小白龙！"

"那是龙卷风！"书记瞪了爱妻一眼。

"那，凤凰你们见过？"田老师又是一问。

"凤凰不落无宝之地！"小黄又是脱口而出。

"非也。天方国古有神鸟名菲尼克司，殆即中国的所谓凤凰，雄为凤，雌为凰。"田老师断然说道，"那只是传说！"

书记夫妻俩都有些羞赧，一个劲地点着头。

"那么，乌龟你们该见过了？"田老师满脸皱纹中闪过一丝狡黠。

夫妻俩反而不敢回答。愣了半天，还是书记见多识广："乌龟？当然见过！"

"对！"田老师郑重地点点头，"龙凤龟麟，谓之四灵。在古代，喊别人一声'老乌龟'，比今天喊人'老先生''老伯伯'还尊贵。可在今天呢，'乌龟'成了骂人的话……"

"对对，"小黄这下听懂了，"乌龟王八蛋……"

书记又瞪了爱妻一眼："听田老说！"

"所以说，"田老师把手一劈，做着分析小结，"有些词语的含义，随着历史、时代的变迁而有所变化。这'风骚'也是如此……"

小黄盯着田老师的眼镜，在心里恨恨骂道：老王八！看你绕多少弯子！哪像咱们贫下中农，一根直肠通到底？——快到紧要处了，得细细听听。她屏神静气，只听"老王八"说道：

"含着好心说你'风骚'，'风骚'就是好话；抱着恶意说你'风骚'，'风骚'就是恶语！"

书记听到这里，感到非常懊丧。他假装看了一下手表，赶忙站起来，婉言告辞……

走到校外的小路上，书记打了个哈欠，说道："这件事算了！麻丝缠狗蛋，搅不清！"

早晨，郭书记刚刚起床，只见瘦瘦的区公安特派员刘绪如，蹑手蹑脚地蹩进屋。看他那鬼鬼祟祟的样子，老郭有些不高兴："啥事？"

刘绪如扭着小脑袋，向门外闪了一眼，在书记面前俯下身："昨晚，江安堂侮辱小黄的事，我一本清册！"

声音虽小，但在早晨宁静的氛围中，叫人听来却十分真切。小黄在卧室里嘣嘣地撂出话来："哼，一本清册？怎没听你放一个屁？"

"明着放屁有啥好？"特派员对着卧室房门上的珠帘禀告道，"材料我都准备好了……"

"材料？"书记慎重地眨了眨眼。

特派员从上衣口袋里掏出几张公文纸，指点着向书记报告："这，我特地查了词典。'风骚'一词有两种解释：一种是泛指文学，一种是指妇女举止轻佻。什么叫'轻佻'，就是言语举止不庄重，不严肃，就是喜欢同人家打情骂俏！"这后一句，是特派员临时发挥的。

"×××！"随着这声骂，小黄穿着睡衣跳出卧室，高高的胸脯在乱颤。

特派员毒毒地盯了她一眼，又赶忙把脸儿磨开。

老实说，郭书记对刘绪如的这番举动，心里并不完全赞成，所以迟迟没有表态。

特派员很不是滋味，只得进一步抛材料："昨晚他们的谈话情况我全调查清了。他们说长岭乡的大理石矿一开采，就会招来洋人。书记娘子小黄那么风骚，画个眉毛，涂个口红，蛮像回事儿。郭书记带着她同洋人打交道，尽占上风哩……听，这像人话吗？"

"唔，唔……"小黄哼哼着，气得眼泪直流。

书记脸上的肌肉也块块饱绽，拳头攥得紧紧的，就差砸在茶几上。

刘绪如进一步指出："他江安堂这是诽谤，诬陷，触犯刑律！"说着，迅速从口袋里掏出一个小册子："这是《中华人民共和国刑法》……第一百三十八条说得明明白白，诬陷他人犯罪，瞧，'国家工作人员犯诬陷罪的，从重处罚'……"

"对，决不饶他！"小黄咬牙切齿，"叫他蹲大牢！"说着，就要扑向门外。

书记威严地断喝一声："回来！"

特派员赶忙为书记帮腔，十分知己地劝慰小黄："不要激动，咱们再仔细合计一下……"

可是，郭书记却不耐烦地向特派员挥挥手，莫测高深地说："情况我都了解了。你去吧！吃过中饭，还要开区委扩大会哩。"

"这……"特派员细细看着书记的脸，想寻找答案，但终于没有找到，只得讪讪地告辞。

不管怎么说，老郭也算是钟鼓楼上的麻雀，经过大响动的。处理这区区小事，还不是得心应手？作为一级党委的书记，充分表现手段、表现腕力、表现制动权以至主宰权的，是在会议桌上，是在自己的意见被整齐划一地通过、贯彻和不折不扣执行上。会议桌上的气氛、倾向、一颦一笑和一举手一投足，都可觉出自身的位置和价值。这是一种处世手腕，也是一种领导艺术！

小黄给丈夫和了一杯麦乳精，旋又端来一碟淡黄色的芙蓉糕。老郭坐在沙发上，一口一口地呷着，一块一块地吃着，一件一件地细细想着。

吃完，他特地换上了钢青色的呢制服，站到大衣橱镜子前面，细细梳着早已花白但仍浓密的头发。然后，做了个深呼吸，挺了挺胸，自我感觉良好，这才往会议室走去。

长长的会议桌旁，已经坐满了人。郭书记用鹰鹫一般锋利的眼睛环视一下会场，以居高临下的大度向众人点点头，不紧不慢地坐到自己的位置上。这一切虽然发生在短暂之间，但他已经看到、听到、嗅到、触到会场上的丰富多彩的微观世界的动向：情况正常！

老郭宣布开会。这是一次区委扩大会，也是一次工作碰头会。内容涉及农村这个广阔天地的一切领域的一切工作。国计民生，生杀予夺，饮食男女，被淹没在浮泛的布置、枯燥的回报和无休无止地扯皮、争议之中。这种会议，像洪荒世界千年万载流着的淙淙作响的河水，像古老的独轮车行进在青石板上发出的单调低沉的轻吟，像在微微的春风之中、万类昏昏之时母亲为我们唱的催眠曲。

流得正常，行得正常，唱得正常，会议进行得也正常。可是，正常之中孕育着不正常；正常了，反而使郭书记萌生起炫耀权力的欲望。

那是在会议快结束时，老郭突然说："有些情况我想提请同志们注意。我总觉得，在咱们区委机关内，党的生活不大正常……"

区长江安堂立即搭腔："请把话说明白些！"

"不要打断别人的发言……"公安特派员刘绪如为书记助威。

"不要背后议论别人，这是对一个党员的最起码要求。"老郭说，"昨晚，在咱们大院内曾发生一场小小的不愉快。……安堂同志！此事你最清楚！"

"当然清楚，"江安堂甩起了阴阳腔，"一句风骚话，平地风波起。"说着，瞥了特派员一眼："哼，居然还有人往《刑法》上拉扯哩。"

特派员脸色骤变："王子犯法，与庶民同罪！"

"哼，大牢恐怕不敢接纳我！"区长恼怒交加，拳头在桌上重重地一擂。

全场顿时乱了套。……老郭毕竟是老郭。他把满腔愤怒隐忍到两只锋利的眼睛中，目光灼灼，面孔森森，逐一地将与会者注视了一遍。那目光中有火，有威，有阴险，有凛然不可侵犯，谁见了都得倒抽一口凉气。待众人屏声静气之后，他又把目光射到区长的脸上，含意复杂地说道："安堂同志，冷静点！"

区长并不买书记的账，反唇相讥道："共产党员，应该光明磊落。可是，有些人还在搞'文革'的那一套，动不动就整别人的材料……"

书记又羞又恼，恼羞成怒："你，你……"好一会才接上气："你这是什么意思？"

没等区长接火，突然从门外飞来一只痰盂，直向他砸去。谁知投器者分寸没有把准，抛物线顶端碰到天花板上，"哗啦啦"，把一只日光灯砸得粉碎。在众人惊躲的时候，小黄扑进会议室，边哭边骂。不知是谁反应特别灵敏，及时喊了一声："散会！"

"风骚"引起的风波，被飞旋的痰盂推向高潮之后，再也没有向纵深处发展。打那以后，区委再也没有开过碰头会。奇怪的是，无论是参与者或是目击者都守口如瓶。一直到三个月之后，内情才慢慢向外界透露。可是，那时已是另一番景象了。

阳光灿烂的六月里，三位日本商人来到县城，领队的是龟坂先生。他们指定要到江南区的长岭乡看看。长岭乡的竹编，是他们经营的主要商品之一；对那儿新发现的大理石矿，客人们也很有兴趣。于是，在一名副县长和几名有关局办负责人的陪同下，分乘三辆小"乌龟"，风驰电掣般地驶进江南区委会。

喜从天降！郭书记、江区长勠力同心，忙得不亦乐乎。可是，副县长暗暗招呼说，在区里不要再耽搁了，中午招待用的酒菜都从县上带来了，先到长岭乡看看，中饭就在乡下吃，别有一番田园风味。

车子上有空位子，郭、江两位当地领导理当作陪。在商品生产、交换日渐兴旺的今天，"夫人外交"往往能起到不可估量的特殊作用。所以，副县长特地叫上小黄，要她学点外交礼仪，说不定今后能派上用场。小黄受宠若惊，匆匆拿了点衣物就钻进小车，同副县长并肩而坐。

客人们考察了长岭乡的不同类型的竹园，又深入到个体、联营和乡、村办的竹编厂看了操作，感到十分满意。大理石矿目前尚未开采，副县长慷慨地送给客人三块样品，供他们作进一步考虑的实物依据。

中午的酒宴，是在长岭水电站的会议室摆的。谁说中国没有能人？这摆宴地点的选择，就表现出超常的审美情趣和外交意识。会议室建在水电站的南侧，四十平方米，采光条件相当好。屋后是碧绿如海的竹林，屋前有深不见底、水波荡漾的石潭；水轮机咚咚轻奏，山野松涛呜呜作响。此景此境，令人心旷神怡，不知人生之艰危！

除了从县里带来的丰盛佳肴之外，电站厨师特地捕捞了数条鳜鱼，烧烹蒸煮炸炖，每桌都添了六样鱼鲜。宾主上下，频频举杯。酒过三巡之后，不知不觉地，小黄变成了宴席的中心人物。大和民族不乏杰出之士，三位日商在觥筹交错之中也不忘窥测可乘之机，他们从副县长的眼色中、从众人的笑颜中，很快感受到了小黄的位置和分量，频频向这位风姿绰约的夫人祝酒。

小黄上身穿件薄如蝉翼的镶边短袖衫，酥胸隐约可睹，兀起两座富士山；下着刚刚盖膝的墨绿色的褶裙，长筒肉色袜子的下端，登一双玲珑的高跟皮凉鞋。山光水色洗去她脸上的俗气，酒力又在她两颊催开两朵芙蓉花。她痛快地同人碰杯、喝酒，伶牙俐齿地打着酒官司，还不时爆出清脆的笑声。

龟坂先生还是一位诗人，曾出版过俳句集，对汉学也颇有研究，说得一口流利的汉语。中国的奇山秀水和明眸皓齿的美人，使这位年近花甲的老人有些忘情，连连和小黄碰了三杯。中外古今，诗酒共生。老先生也没违例，即席赋起诗来：

同种同文手足情，山青水清人更亲；
风骚不过黄女士，拂我锁胸万里云。

"好！'风骚不过黄女士'！"副县长手舞足蹈。"来，为黄女士更加风骚干一杯!"

小黄像刚刚出浴的杨贵妃,娇体难支,如痴如醉。同众人一一碰杯时,竟也没有忘记江安堂。就在四只眼睛相视,两只酒杯相碰的刹那间,一切冰雪都在艳阳下消融了。

江区长意味深长地一笑:"祝贺你,风骚到外国去了……"

幸福的小黄,岂肯轻易服输?她嫣然一笑,瞪了区长一眼:"这'风骚',不管怎么说,还是不中听哩。"

站在一旁的老郭,随着众人一仰脖子灌了一杯酒,像个老小孩似的大笑起来。

1986.6 六安

哭丧悲喜剧

读者诸君不知注意到没有？如今办老人丧事的人家，很少有人会哭了。从前哪，家里逝去了老人，一般在家摆设灵堂，哭丧主角大都是中老年妇女，大姑娘小媳妇们帮衬。大家头戴孝巾，身着麻服，结扎齐整，根据不同情况，发出不同哭声：没有人来吊丧时，只是一般平稳地哭，波平澜静；如有人前来吊丧，特别是向死者或跪拜或鞠躬时，那哭声众籁交融，惊天动地，声掀屋宇；最感人的，还是前来吊丧的中老年女亲戚，在门外脸色平静，一踏进灵堂，顿时如丧考妣，哭声震天，根本不像如今的某些演员，需要抹风油精来刺激眼泪。

哭丧，表现孝子贤孙对死者的不舍、恋念和敬意，是必不可少的！但是如今，人们快乐多了，欢笑多了，愁眉苦脸的少了，唉声叹气的少了，时间长了，习惯成自然，使得家里死了老人，没有人会哭丧了。虽然如今有录音播放设备，什么《窦娥冤》《江河水》《二泉映月》等悲伤、悲凉、悲叹的曲调可以弥补，但总没有真人、真嗓、真哭来得撩人眼目、来得效果好啊！

怎么办？有需求就会有服务市场。在大别山下的武岭镇，随着承包丧仪组织的出现，近年又冒出一个新奇服务组织"哭丧服务队"，以解丧老人家的急需。这服务队由七名女同胞组成，原来都是镇上业余庐剧团的演员。她们哭唱并作，可以去哭丧，也可以去唱戏。领头的是任兰美，据说还是西路庐剧挂上号的演员呢。她们每场哭丧收三五千元不等，价格虽然不菲，但服务态度不错。除丧期每天在丧家分班轮流服务外，死者到殡仪馆火化则是全队出马，以形成众人围观之效。据目击者报道她们的服务情形：捶胸顿足涕泪进，哭声凄厉撼人心；哀痛绕梁久不绝，常使众人泪满襟。

今年春节刚过，哭丧服务队的头一份业务便落实在武岭镇街北头的赵家。赵家"五世同堂"的宋老祖奶奶过辈了。不得了啊！宋老祖奶奶享年103岁，据不精确统计，儿孙后辈足有122人，读书、就业、工作遍及村、镇、区、县、省以至国家机关，家道殷实自不必细说。为使丧事办得出色，赵家专门成立了"治丧委员会"。其委员长设置也有讲究：不用一个当官的，而由在武岭镇人缘极好、人人皆知、老少皆识的赵光耀担任。

赵光耀外号"赵拔柱"，今年75岁，是宋老祖奶奶膝下长房的孙辈。赵老身高体健，眉目清癯，高声大嗓，年轻时也是一位爱玩的角色，会唱庐剧，会演黄梅，生、旦、净、末，样样都能来一手。年纪大了，不能登台了，但酷爱赶戏、看戏。凡乡间不论哪村哪队露天搭台唱戏的，他一定赶着去看，不把所唱的戏看尽看绝完不罢休。因此，得了个"赵拔柱"的雅号。意思是，等把戏看完了、把戏台柱子拔掉了这才归家。

赵光耀荣任老祖奶奶"治丧委员会"委员长，想到的第一件事便是约请"哭丧服务队"。光耀先生深知家底：赵家虽然人才辈出，栋梁成串，但哭丧人匮乏，非要请外援不可。再说，像赵家这样在武岭镇上属头份家底的人家，不赶时髦、不请哭丧队来哭丧，也有负于武岭镇人的期待。

赵光耀同哭丧队队长任兰美很熟悉。任兰美刚过五十岁，不论从年龄或唱戏资历说，都是赵老的后辈。宋老祖奶奶是下半夜四点钟光景驾鹤西去的，按规矩遗体要在家停放三天。赵老吩咐后生们在家播放哀乐之后，这天一大早就去镇中间的住户找任兰美。

任兰美爱睡懒觉，又是大冬天，起来特迟。她被孩子们叫起床后，赶到了前屋。她一见赵光耀，便知他的来意了，赶忙掠了掠眼前的乱发，面显悲戚之色。

赵光耀嗓音喑哑："兰美！俺家祖奶奶昨夜走了……"

"一大早俺就听孩子说了，赵老！"兰美伶牙俐齿，"您家祖奶奶是俺们镇上的寿星，真是福如东海，寿比南山呢。人死不能复生。您老人家要节哀啊……"

"噢，谢谢你！"赵光耀说，"咱们想请你们哭丧队……"

"没问题！俺们是后辈人，对老祖奶奶应该尽孝。这么办吧，俺们七个人分两班，上午三人，下午三人，到贵府去支应场面。"任兰美对答如流。

"那好，俺熟悉你们的价码。整个一场三天，俺们照五千元付费，只求你们万万周全照应……"赵光耀说。

"好，赵老！一言为定！"任兰美说，"俺洗好脸，梳了头，就去通知她们，上午先去三人到贵府。"

"那谢谢你们哪！"赵光耀弯了弯高大的身躯，便从任兰美家退了出来，走到了街上。

赵家人多势众，家底厚实，在武岭镇影响深广；关键的是宋老祖奶奶是注册的百岁寿星，是镇上的唯一，在武岭区也极为罕见，每月还享受百岁以上老人一千元的补助呢。单凭这个由头，除亲戚朋友、邻里乡亲吊丧者众多外，有不少镇、区领导也格外亲民，亲临赵府吊唁。因此，赵光耀前后照应、支派，格外忙碌。

赵家白布帷帐从前厅扎到后堂，白花漫天匝地；白色作底、五颜六色的花圈，从后堂摆到天井院；后堂内，明烛高烧，异香点燃，全屋弥漫在淡淡的氤氲之中。后堂偏上的地方，两条长凳上摆放着丧仪服务队送来的水晶灵柩，宋老祖奶奶穿着精美丧服的遗体隐约可睹。灵堂内，众声嘈杂，收录机播放着阵阵紧、声声高的哀乐；而哭丧队的三名"哭员"也是尽职尽责，哭声时而凄凉、时而平稳，但都悲戚感人。

第二天早晨，任兰美才亲自出马，前一天由其他六名成员轮流值班。这位哭丧队队长不容小觑，她不仅以一顶仨，还是西路庐剧的区级代表演员，以在庐剧《休丁香》中扮演郭丁香著称，驰名遐迩，声震一方山川。赵光耀对任兰美很看重，说她是他的"梦中情人"，有污赵老清白；若按如今的流行话说法，说他是她的忠诚"粉丝"则不用存疑。

《休丁香》是由端公戏移植的庐剧传统剧目。其剧情说：天上的"聚财星"落凡转世为人间的郭丁香，嫁给"败财星"转世的浪子张万郎。一日，从家中花园中掘出多锭银子，张要买骡马，丁要置庄田，为此争吵而分居。万郎到洛阳去，路遇表妹、原勾栏女子王妙香，两人勾搭成奸。王挑唆说丁香是克夫命，不生育。张回家后休弃郭丁香，娶王妙香。丁香被休、被赶出家门，流落野外欲自杀，被樵夫范士江所救结为夫妻，生活渐富。万郎与王妙香结合后，任意挥霍家产，又遭大火，家产烧尽，王被烧死，张眼烧瞎沦为乞丐。后乞讨到丁香门前，丁擀了自己最拿手的龙须面给张吃。张吃面知是丁香所作，愧悔交加，触墙而死，变为至今还在农家锅灶上胡乱攀爬的"灶马"虫，以警世人。

《休丁香》反映了农民群众所认知的伦理，历来深受广大群众的欢迎。赵光耀更是珍惜如命，他的雅号"赵拔柱"所拔的柱子，大都是演《休丁香》的台柱；在赵老心中，任兰美是一位伟大的演员。

这天一早，任兰美踏进赵府。她今天穿了一身黑色的衣领、袖口、裤筒、脚口都镶有白边的、宽大的棉袄、棉裤，虽然有些臃肿但很雅致。最显眼的，是她头上戴了一朵白色的绸花，展示着极浓的悲色。

赵光耀将任兰美引进后堂，边走边说："兰美！你就边哭边唱《休丁香》吧。那戏，满满都是悲情哟！"

任兰美点头答应。这是她最熟悉的戏文，哭也好，唱也罢，还不是张嘴擒来！

按照安排，任兰美半跪半蹲在水晶棺前沿地上的蒲团上。她微闭双目，顿时泪眼婆娑，一边哭着，一边小声唱着。掌管放哀乐的年轻后生，一见有名演员前来哭丧，把按钮放大配合，哀乐如波如浪，在整个后堂澎湃。

赵光耀就躲在由梁上悬挂下垂的帷幔后边，打开了手机的录音，准备录下任兰美的"全哭"（或曰"全唱"），以备往后炫耀。当然，对此任兰美一无所知。

赵光耀对《休丁香》非常熟悉，年轻时他就扮演过张万郎。只听任兰美哭唱了一会儿，又唱起《赶绣衣衫敬夫君》那一段：

> 绣完胸前牡丹蕊，
> 再绣四角瑞祥云；
> 衣边又绣八团锦，
> 喜鹊登梅好喜庆；
> 出水莲蓬开并蒂，
> 鸳鸯戏水更可人；
> 红花绿叶两相衬，
> 愿张郎他穿衣不忘绣衣人。

这些都是赵光耀熟悉的唱词。随着《休丁香》剧情的发展，丁香被张万郎无理休弃、被赶出家门，独行到荒野的情河边上，她大喊着"我好恨，好恨啊——"随即唱道：

> 行一里来一声叹，

不觉来到情河湾；

我好似水上小船断了缆，

我丁香随风漂流不回还。

恨只恨薄情人儿把心变，

苦丁香偏遇无义男。

绕过山下九里店，

又到茫茫十里滩；

但只见乌鸦乱飞狂风起，

阵阵乌云遮住天！

就在这随着剧情雷电交加，大雨如注，丁香要投河自尽的时候，任兰美瞥一眼躺在水晶棺中的宋老祖奶奶，只见她高级丧服裹身，黄表纸覆盖面容，沉沉做着梦，幸福而安详，猛想起老祖奶奶由曾孙女搀扶着，在武岭镇街道上走动的身影，冬穿皮袄夏着绸，想吃想喝啥都有，私箱积钱发了霉，洪福齐天天低头；又想起祖奶奶经常逗自己唱戏给她听的笑脸；不禁暗暗收了眼泪，怎么着也悲伤不起来。她哼哼唧唧假哭了一会儿，突然想跟老祖奶奶开开玩笑，于是脱口唱道：

老祖奶奶俺想你哟，

想得顿顿吃不下饭，

碗大团的饭只吃几个团；

老祖奶奶俺想你哟，

想得茶水进不了喉，

漫口的壶只喝几小口；

老祖奶奶俺想你哟，

想得晚上睡不着觉，

睁眼扯呼如狗吵；

老祖奶奶俺想你哟，

想得半夜不梳头，

不梳头就不搽桂花油。

虽然任兰美在澎湃的哀乐中唱的声音不大，人们也不会听清，但躲在帷幔后的赵光耀严肃地录着音，还是句句真真切切地听清了。赵老从没听过《休丁香》有这样的唱词，以为这是任兰美反着劲儿搓绳，唱反词哭丧呢。还没等他想清楚，任兰美又想起最近从网上学的庐剧唱段，很好玩，又索性唱了起来，献给听戏常笑的老祖奶奶：

现在的女子赶时髦，
特别是小嫂子们都爱标：
巴巴头不梳梳个耳朵毛，
额前还梳一个望郎招；
花布褂子不穿，妈耶，
穿什么丝绸旗袍。
那些裁缝师傅手艺巧，
旗袍穿在身上一身俏：
两头大来中间小，
正好露出了杨柳细腰。
坐在三门口绣荷包，
大腿就往二腿上跷；
露出了红裤头子绿裤腰，
被那些光棍汉子看到了；
他两眼发呆口水掉，
想看又看不见，妈耶，
想摸又摸不到。
这好似那青竹竿上晒干鱼，
咿咿呀，呵呵噢——
活活急坏了那馋猫！

虽然后堂声音嘈杂，可赵老声声入耳，句句听清，而且极为准确地录了音。听到这些，赵光耀怒从心头起，一把撩开了帷幔，声音不大但却威严地命令任兰美："不用哭了，更不用唱了！"

任兰美这才瞪大了双眼，见了赵老的怒颜也大吃一惊，只得乖乖地哑了声。

赵光耀站起来，伸手把任兰美从蒲团上抓起来。后堂中的人这才惊异地盯着他俩看。赵老一挥手，命令年轻的后生们："你们事情照做，哀乐照放，俺得同任队长讲讲理！"说着，把任兰美拉进旁边的一个无人的空屋。

一走进这个房间，赵光耀便抖起了虎威："任队长！任兰美！俺算认得你了，你唱的好词呢。"

任兰美首先是装乖卖傻："赵老，怎么啦？"

"怎么啦？"赵老气不打一处来，"你唱了反词还不过瘾，还要来一段'红裤头子绿裤腰''活活急坏了那馋猫'，有这样为老人吊丧的戏词吗？"说罢，又扬了扬手中的手机："俺都录音了呢。"

任兰美心想：坏了！这"赵拔柱"还对俺来这一手！但她仍不服输，狡辩道："老祖奶奶高寿103岁，红白喜事，贵府这是喜丧，喜丧得按喜事办，唱段喜气的丧词怎么啦！何况，祖奶奶一百年都是庐剧迷，俺唱这些是送她老人家最后一程！"

赵光耀自知吵嘴不是任兰美的对手，进一步威胁道："有这么样送老人上路的吗？不行！咱们到镇政府请领导评评理！"说着，抓起任兰美的胳膊要走。

任兰美的心性这才软了下来：若把今天自己的表现传扬开来，对哭丧队的名声大为不利，更有碍今后哭丧工作的拓展。于是，她换了一副笑脸，说道："赵老！这又何必惊官动府呢？咱们都是武岭镇戏剧界的名人哪，有事好商量。您老说，该怎么办吧！"

"这场哭丧费折半算，由五千元降为两千五！"赵光耀不是可惜钱，他首先想到的是在经济上打击她们，让她们长点儿记性。

"不行！"任兰美头脑反映很快，"'两千五'容易使人想起'二百五'，咱们可不干！"

赵光耀哭笑不得："那就降为三千元！"

"行！"任兰美答得很干脆，"您赵老说句话，啥时掉到地上了？"

"谢谢兰美。还有，"赵光耀得寸进尺了，"今年清明时节，你们得在镇上的礼堂，为俺祖奶奶义务演出一场戏！"

这倒不难，唱戏是哭丧队的专长。但任兰美犹豫了，接受刚刚过去的教训，该为老祖奶奶演什么戏呢？《休丁香》不合适啊！她嗫嚅了一会儿，说道："行是行。可是，赵老！清明时节，咱们演啥呢？"

赵光耀胸有成竹："《姐妹冢》!"

《姐妹冢》这出庐剧是由本地区庐剧团创作演出的，距今已有六十余年。剧本反映姐妹两个少女在封建礼教的压迫下双双身亡，后来葬在一起人称"姐妹冢"。赵光耀年轻时演过这出戏，所以能脱口而出。清明时节演出这部悲剧倒也合适。

任兰美虽然没演过《姐妹冢》，但很熟悉。剧中出场人物也不多，唱腔很好听，所以便很利索地答应下来："行！赵老您可当咱们的导演呢。"顿了一下，她又提出进一步要求："赵老！今天的事只有咱们两人知道底细，您可不要对别人乱说啊！"

"行！"赵光耀答应得也干脆，任兰美的形象在他心头又慢慢高大起来；再说，他也得顾及赵家的颜面呢。

两人商量罢走出屋子。任兰美仍然跪在蒲团上，哭着，唱着，悲痛而伤心。

这天中午，任兰美哭唱很久才罢休。她走出赵家大门，站在街心，向赵家的门楼鞠了一躬，心里说："宋老祖奶奶！你上天堂一路走好！俺爱你，俺敬你呀！俺知道你爱热闹，喜欢小倒戏这一口，今天俺唱着送你上路。到了清明节，您老不要忘了来听《姐妹冢》噢。"

2021. 2. 26-28

三代经商记

　　《皖皋日报》近日以一个整版的篇幅，发表了题为《巾帼网红"云"助农》的画刊，报道了天堂寨风景区大学毕业回乡创业的李先玉的事迹。说她开拓、发展了"农场十农户十电商"线上线下相结合的生产销售模式，把黑毛猪、食用菌、山野菜、土鸡、蒿子粑粑等等特色农副产品远销全国各地，带动乡亲们脱贫致富，过上了幸福美满的生活。

　　这版画刊发表了十二幅大小不一的照片，画面热闹，内容厚实，异彩纷呈。报道了李先玉如何直播销售、如何介绍一些产品制作的过程、如何打包发货、如何培训农民、如何与村民们添加微信等等。画面中的李先玉，在不同场合穿着不同的衣服，漂亮，洒脱，俊美，尤其是微笑时闪烁着的那副洁白的牙齿，真可谓是艳如玉、赛天仙！

　　李先玉我认识！她不就是李玉堂的孙女、李绍斌的女儿吗？只是十年前给我印象深刻的李先玉，还是一个正读初中的黄毛丫头呢，如今竟出落成一位不仅人美而且本领高强的大山之间的人才了。

　　思念老李一家之情在心头缠缠绵绵、起起伏伏而不能自已。同时，就李先玉的事迹，还可以写一篇"人物特写"。我决定立刻去天堂寨，故地重游，看看老朋友一家。

　　我与老李一家的交往始于1986年的春季，山花烂漫、新茶飘香的时候。那一年，安徽省报纸副刊研究会在皖西召开，由《皖皋日报》和省直几家报纸联合主办，会议的地点在天堂寨。我作为《皖皋日报》文艺部主任，当然要挑重担子。那时候，天堂寨刚刚开发，但这个总面积达120平方公里兼有中国山岳型风景区

"北雄南秀"两大特点，并有 108 道大小瀑布和华东最后一片原始次森林的美丽的地方，令人心驰神往，特别是那些年轻的男女新闻从业者，更是乐山乐水恨不得付出整个灵魂！

当时天堂寨接待能力差，一百多名来自全省各地的与会者，有不少晚上借住在天堂寨林场的职工家里。我和报社的老陈，恰好借住在李玉堂家。那一年，李玉堂刚满四十岁，中等个儿，刚进不惑之年就显得满目沧桑，说话喜欢挤眼睛。他和夫人苗大嫂为人热情，家庭虽然清贫，但收拾得很干净。夫妻俩摊了地铺，把床让给我和老陈睡。补了补丁的被褥，散发着山花的芳香。

第一天爬山结束，报纸副刊研究会的会长老魏找到了我，说："吕主任！大家跋山涉水虽然快乐，可是口渴啊，渴得嗓子都要冒烟了呢。"

我说："那还不容易！天堂寨的水美呢。我听说，经国家有关部门检测，为地表一级矿泉水、一级卫生营养饮用水，pH 酸碱度为 6.9 至 7.1，酸碱度为中性，确是世上难觅的净水呢。口渴了，弯腰抄几口喝喝不就行了嘛！"

老魏是广东人，五十多岁了，瘦瘠，精明，他听我熟练地报出一系列数据，不禁笑起来："我的吕主任哟！话虽这么说，可是大家喝生水，总有一些不习惯呢。"

"那咋办呢？"

"你向林场场长反映一下：请他明天发动一些职工，在天堂寨的一些路途关口，为咱们烧一些开水。我们喝水付费，权当他们是在经商。"

我灵光乍现：这个主意好！立刻去找场长，场长到县里开会去了。吃过晚饭后，我向李玉堂介绍了会长所说的情况，请他在林场找几个伙伴，明天在天堂寨跋山涉水的关键路口为我们烧点开水，并特别强调"喝水者付费，权当作你们是在做茶水生意"！

谁知李玉堂听罢，脸立刻红得像树上经霜的柿子，两只眼睛也快速眨动起来，说话竟然有些结巴了："吕，主任！你，你，你说到哪儿去了？人家千里迢迢来咱们这儿看山看水，这是我们的光荣，我们的福分，喝你一口茶水，还要收钱，这是人干的事情吗？"

我动员他说："老李啊，现在讲市场经济了，喝水付钱是应该的。"

他说："不管是啥经济，来客敬烟奉茶，这是老祖宗传下的礼数。"

"这……"

"没有招待好茶水，这是咱们的失礼。我今晚就安排"。李玉堂脸带歉意地说，并且几乎赌起了咒，"谁要是收你们一个子儿，天打五雷轰!"

他话说到这个份儿上，我再也无法续话了。

第二天，李玉堂不仅动员了妻子苗大嫂、儿子李绍斌，加上他自己，分三处上阵；他还动员左邻右舍五家派人，在几十里地的关键路口，一共摆了八个茶水摊子。不仅不收费供应开水、温开水、凉开水，还一律泡"雨前"瓜片或天堂寨野茶。那茶哟，真是"甘泽润喉，齿颊留香，远胜幽兰"呢。

我们在天堂寨活动了三天，后两天均有茶水供应。这使得与会者个个眉开眼笑，赞不绝口。

林场职工们辛勤的茶水供应，我们当然不能白喝。可是，会议结束后我们想付茶水费就是付不掉。李玉堂已说过"天打五雷轰"那番话了，不能再为难他们了。最后，我们报社一位编辑出了主意，要我们从山下放开较早的粮站买了四百斤大米送给他们，好说歹说，李玉堂总算收下了。

那一年，省报一位编辑回了单位，写了一篇杂文《从卖茶不收钱说起》，论及推行市场经济的重要和人们头脑因袭思想改变的困难。文中举了李玉堂所言所行为例，引起了人们的重视。从此，我便与李玉堂一家交上了朋友。

此后，由于采访或其他原因，我经常到天堂寨去。原来的林场自景区开发后就停止伐木了，职工们也都改了行，有的搞管理，有的搞种植或养殖。天堂寨原来并没有街，但随着景区的开发和扬名，自景区大门之外，很快形成了一条两公里长的街市，农副产品、轻工业商品特别是日用品的交易非常繁华。于是，就出现了老李家第二代李绍斌经商的故事。

1986年我第一次见到李绍斌时，他刚满十八岁，在山下的一个中学读高中。小伙子比他老子足足高了一个头，纯然一位白面书生，见人特别腼腆，一张嘴脸就红。小伙子在李玉堂和苗大嫂的养育下，为人忠厚，遵从古礼，是一个人见人夸的好后生。

李绍斌27岁那年，同中学母校初中毕业的王广芳结了婚，广芳比绍斌小两岁。夫妻俩同父母分居，夫唱妇随，辛勤劳动，勤俭持家，小日子过得蜜糖似的。绍斌经商出洋相是在他32岁那一年。出洋相的由头咱不好下笔但也不得不说，完全是由于王广芳胸前长了两只瓠子乳。

天堂寨这儿的中青年女同胞，朴实，能干，漂亮。她们的乳房大体有两种类型：大多数都是挺挺的、翘翘的，当地人称"羊角乳"；还有少数人则长两只圆筒形的大乳，秋冬还可掩盖，夏天衣服穿得少了，即使勒紧胸罩，走起路来，还是控制不住地在胸前悠游，显得别致而独具风韵，当地人称"瓠子乳"。

不幸的是，王广芳便长了两只瓠子乳。她身子本就丰满、白净，两只大瓠子不免乘风就势，耀武扬威。她虽然每到夏天就尽量减少外出，胸罩也勒得比别人着力，但总是控制不住风韵外溢，常引起青皮们不甚友好的目光。

这一天，王广芳在菜园里割了半埫韭菜，摘好，拣净，用细麻绳捆成一把一把；又从鸡窝旁的板桶里，拿出 40 个鸡蛋；又捉了一只芦花母鸡，双脚、双翅捆扎整齐。众商品放在绍斌自编的一只大挎篮里，要丈夫挎到集上去卖。

虽然这是新世纪初年，当时在集上卖农产品大家已不陌生。可是，李绍斌很少上街卖东西，他觉得这不是男人干的事情。试想，堂堂仪表、凛凛一躯的一个大男人，站在街头卖鸡零狗碎，那多么跌相呀！见妻子已准备停当，绍斌不得不低头挎起篮子。

就在他临出家门的刹那间，王广芳特地叮嘱丈夫说："最近供销社新到了一批毛蓝布，又结实，又漂亮。你东西卖了，顺便去给俺扯一件褂料儿！"

李绍斌响亮地答应一声"好"，便离开了家门。

李绍斌来到街上，早已开市了，虽没有"万头攒动"的景象，但哄哄然的市声还是充盈耳鼓。他找一处没有摊点的地方放下了挎篮，顿觉有千万道目光射向自己，搅得浑身烦躁：这多么丑呀，竟然来卖韭菜、卖母鸡！

咋办呢？高中毕业的李绍斌不乏智慧，他走出距挎篮约 30 多米远处站着，来个用"瞭望法"卖菜：若是有人走近挎篮买东西，他快速上去招呼不迟。这时，初升的太阳照耀着集市，有些撩人眼目，李绍斌不时手搭凉棚张望，显得十分滑稽。如果他这样一直瞭望下去，顶多销售迟缓一时，倒也无虞。可不巧的是，绍斌突然小便急了，便快速走进附近一个厕所消急，等他扣好裤子走近放挎篮的地方，很不幸，不知哪一位君子为他排忧解难，顺手牵羊把偌大一篮商品挎走了。

李绍斌一时急红了眼，跺脚不迭。他在集上由南向北、由东向西仔细寻找失物，可连影子也没见到。一直到中晌下市，李绍斌才垂头丧气，两手空空地回到家。

王广芳见丈夫两手空空地回家，情知不妙。可等她详细问明了情况，不觉又急又气又心疼，两手一拍，竟然哭喊起来："俺前生作了什么孽呀，嫁了你这样一个不中用的男人！俺还等你扯毛蓝布缝褂子呢，等吧，等吧，两只大乳早晒成黑瓠子了！"

大路讲话，草棵有人。王广芳的"黑瓠子"的极其形象的谦虚，不知道被谁听在耳里，而且有意无意地传扬开去，一传十，十传百，竟在天堂寨小街像阴风一样肆意地流动。

而且令人厌恶的是，有人把"黑瓠子"一说不是用来针对王广芳，而是用来刻画李绍斌。绍斌后来也在街上卖过东西，总是有人对他指指点点，小声说着"黑瓠子，黑瓠子"的流言蜚语，好像他一个大男人的胸前，长了一对难对世人的瓠子乳！

可怜啊，这恼得李绍斌很少上街卖东西；王广芳呢，更成了惊弓之鸟，每到夏天，几乎是足不出户了……

我就是这样沉浸在对往事的回忆中，随着客车的起起伏伏来到了天堂寨。对于李玉堂的家，我是老猫上锅台——熟悉老路了。三年前，老李和儿子在街北原来林场的储木场旁边，盖了一栋三层小楼，白墙红瓦，上下十二间。小楼大门口右边，单独盖了两间厨房，小楼和厨房有盖瓦的走廊相通。大门衔接左右，是一道围墙。整个建筑，风姿独树，玉树临风。

当我走进小院时，李玉堂和苗大嫂刚从外面散步归来。一见是我，老李便扑向我，紧紧握住我的手。75岁的老人了，把我这个年近花甲者的双手攥得生疼。

苗大嫂站在一旁看我俩亲热，笑道："快进屋坐吧！"

我对老两口说："暂不进屋了。我是来采访你们的孙女李先玉的，快带我到她那儿去吧！"

"好，"李玉堂笑道，"你们报上印的画刊，天堂寨的人都看到了。先玉知道你来，一定很高兴。"说着，他便领着我走上小街。小街上，已是高楼林立，汽车穿梭了。

在小街偏东处，有一幢坐北朝南的四层大楼。一层楼的上方是一长形白色横幅，上面漆着一行大黑字："天堂寨黑天鹅特色农副产品电商运营服务中心。"李玉堂见我瞅着那行字，笑道："先玉就是这'服务中心'的经理呢。"

我们走进大楼。朝街的门面共有四间，高大，轩敞。由于时临傍晚，屋里亮着齐刷刷的白炽灯，照着东西两堆忙碌的人群：东边的一群正在忙着交货；西边的一群正忙着打包发货。

李玉堂把我带近西边的那群人，几排桌子上摆着高高的农特产品，凳子上坐着对着订单打包发货的人，大家忙碌着，挥汗如雨。李玉堂对着人群中正低头忙活的一个姑娘喊道："先玉，先玉！你看谁来了！"

李先玉抬头看到了我，惊喜地叫了一声："吕爷爷！"

随着她的喊声，一男一女抬起了头，原来是李绍斌和王广芳。他们用毛巾擦着汗，齐声同我打招呼："哟，吕大哥来了！"

我忙着向这对夫妻拱着手："你们忙吧！"这时，李先玉已跳到我的身旁，笑道："吕爷爷！到我办公室喝茶吧！"

我说："你正忙着呢，打搅了！"

先玉说："没事，今天的任务快结束了。"说着，领我和她爷爷走上了二楼。她先走几步，打开了自己的办公室。

办公室开了灯，宽敞明亮。李先玉的办公桌，又高又长，厚实而威严。最显眼的，是桌上摆着的电脑和一些我叫不出名的文具。趁她为我们泡茶之机，我细细打量了这个姑娘。

先玉今年23岁，长得高高朗朗，眉眼白净，湿漉漉的齐耳短发，犹如披着闪光的黑缎，既有知识女性的睿智，又有山村姑娘的质朴，说话、做事就是一颦一笑也显得麻利而自然。老实说，我特别关注她的胸部，两峰俏立，圆润丰满，迥异她母亲怕胸见人的命运。她学的是工科，毕业于合肥工业大学，但她深知家乡祖辈、父辈搞种植、养殖销售的艰辛，毅然自学了物流专业课程，回天堂寨发展产业，帮助乡亲们打通销售渠道。

待先玉在座位上坐定，我笑着向她问道："先玉！你毕业于名校合工大，起码是一个高级工程师的料儿。是什么一种力量，促使你走上电商扶贫之路呢？"

"是大势所趋。"李先玉胸有成竹地答道，"山区的农特产品销售，坐等客商上门不行，靠跑推销的人跑断腿也不行，必须拓宽营商渠道。电商，就是最好的平台。"

李先玉说到做到。自去年回乡之后，在镇政府和家里亲人的支持下，她做的第一件事就是搭建平台和直播间，先后在多家第三方大型电商平台上开设了店铺，她既是主播，又是策划、编导、场控，忙得风风火火。

在空档时间，先玉还和她的男朋友、大学同学、同乡黄和生，跑遍全镇30多家种植、养殖专业合作社和200多户家禽饲养散户，以高于当地市场价格收购他们的产品，加工处理后放到网上销售。大半年时间，网络销售总额高达 4000 多万元，其中销售扶贫产品 1000 多万元。李先玉的电商销售，在天堂寨打开了一扇崭新的窗口，特别是 150 多个贫困人口发展种植、养殖产业，在李先玉的电商平台助销下走出贫困困境，人均年收入增加 8000 多元。

更令人感动的是，在农特产品销售的过程中，李先玉特别关注市场接受度、客户评析、客户建议等信息，不断向镇各个产业协会提出"统一品牌管理和质量认证，提升品牌形象和知名度"的合理化建议，促成天堂寨多种品牌成功注册。今年，她在传统电商平台上，又新开了"抖音+快手"两大直播电商平台，除原来的农特产品外，还堆上了天堂寨的"生态""特色""家乡味"产品，通过网红直播带货推广，将农特产品电商物流配送的"最后一公里"的"天堑"，变成了宽广的"通途"……

李先玉正向我介绍起劲的时候，李绍斌、王广芳夫妻俩不声不响地走进屋。听到女儿介绍的尾声，绍斌向我笑道："先玉在学校是优秀学生呢。我们原以为她会在城市发展，没想到她会回乡间同咱们一道办农业做电商，带领大家一道发财呢。"

先玉笑道："农村怎么啦？广阔天地、大有作为呢。"

王广芳满脸慈爱地望着女儿，没有言语，深情中对女儿充满赞美。广芳年近五旬了，身体发福，显得膀阔腰圆，胸前的"瓠子"已不见踪影了。她对我笑了笑，说道："吕大哥！你们谈话就到这吧！先玉奶奶在楼下催俺们回家吃晚饭呢。"

"好吧！"我笑着站起来。众人相随着走下楼。

晚饭是在李家三层小楼正厅摆的。苗大嫂厨艺高，烧的全是天堂寨的特色菜：中间摆着烧得啪啪响的吊锅，四周围着八大碗：黑毛猪肉、蘑菇炖小公鸡、稻田鱼、血豆腐、将军菜、橡粒粉丝烧千张、石虾拌条皮……闻那特殊的香味儿，就叫人馋涎欲滴呢。喝的当然是自家酿造的小吊酒。这种酒甜美可口，15度，初喝者往往多喝，但由于它的后劲大又往往吃亏。我深知其酒性，细酌慢饮，尽享山间家宴的风情。

我是老李家的常客，这场家宴不招外人：李玉堂夫妇、李绍斌夫妇、李先玉和我，还有先玉的男友黄和生。三杯酒下肚，李先玉脸染春色。她向我敬了一杯酒，感慨地说："咱们这高山大岭，真是遍地是宝啊。就说只有几尺高的箬竹叶子吧，从前当烧禾人都不屑一顾，现在卖给海南做斗笠，卖给人们充粽叶，都卖大价钱呢；再说咱们田埂、闲滩上的地沓皮，多的是，谁吃呀？可是现在当宝贝卖到城里，客人抢着吃，还说是吃'乡情'呢。我常想，从前咱们父老乡亲穷，就是穷在没有把咱们的山间宝贝推销出去！"

我频频地点着头，赞成她的观点。但是，我还有一个不解：他们的运营服务中心，为啥用了"黑天鹅"三个字？当年她的妈妈因为所谓"黑"什么，吃的亏、受的苦还小吗？

对于这个问题，李先玉正色朗声道："吕爷爷！黑天鹅虽然没有白天鹅受人待见，但是黑天鹅飞得更高、飞得更远呢。用这个名字，表示俺和乡亲们的一种志气！吕爷爷，见你笑了。"

我没有说话，只是点点头。中国的经济发展熔铸了中国人民的挫折、成功和胜不骄、败不馁的一腔热血、奋斗拼搏。这是谁也压制不住、抵挡不了的蓬勃生机和活力。我望一眼窗外大别山的稳稳、巍巍的黑影，兴奋得昂起头，又干了一杯小吊酒。

2021. 6. 10 六安

变　迁

　　我和老张认识，是在 1967 年 7 月。那天早晨，我们正在县委招待所食堂吃早餐。快结束时，桌边突然来了一位年轻人，二十朗当岁，梳着分头，上穿对襟白褂，下着西装黑裤头，脚穿凉鞋白袜，浑身齐整，手脚麻利，面带笑容，首先向桌边坐的人点了一下头，然后便收拾起桌上的碗筷。我以为他是食堂服务员，也笑着回敬他一个点头。不想我们有一只碗底还剩有几口胡辣汤，他竟端起来，一昂头大口喝了。这令我吃了一惊。正愕然之际，站在邻桌的一位女服务员，手拿半只别人吃剩的馒头，递给这位男人，说道："老张！今天算你走运呢。"的确，那年月粮票紧张，吃早餐剩下半只馒头，的确稀罕。由此，我对这个老张的身份，十分不解。

　　中午，我们依旧在那个食堂就餐。掸眼就看到那个老张在食堂忙碌。我拉住一个服务员，指了指老张问道："那人不像是你们服务员呀？"

　　"哪是服务员哟，是'游民'！每天吃饭时他就来了，不惜力气为咱们忙碌。别人有残渣剩饭，他就吃一口；食堂有剩菜剩饭，也管他一个饱。"这个服务员笑道，"这，他卖力气不亏，咱们也划算，他可顶两个服务员干活呢。"

　　噢，原来如此啊！

　　老张这个人令人不解。我连续观察他两三天，他都是如此这般地在食堂忙碌，穿着干净齐整，和颜悦色，不卑不亢，谦恭有礼，眉宇间又露出一股凛然之气！

　　大约是四五天后的一个星期天，那天食堂吃饭的人要少一些。中午，我专为老张打了一碗饭并一份豆腐烧肉，静静地放在桌上。待老张走到身边，我把他拉到桌旁坐下，笑道："老张！我为一位朋友买了一份饭菜，他不能来吃了。你帮我把它解决了吧！"

老张望着那饭菜，咽了一口唾沫，意味深长地望了我一眼，笑着说："今儿又走运了。谢谢噢。"边说边在桌边坐下，又望了我一眼："那我就不客气了。"然后，低着头，大口大口地扒着饭、吃着菜，风卷残云般地把那份饭菜扫光了。

待他吃罢饭，我笑着问他："只知你贵姓张，还不知你大名呢？"

他突然站起来："不，敝，敝姓张，弯弓张，名张如海，本县刘家集人氏。"

我又问他："你来县有事？"

他说："现在是秋后，农村没什么忙活，来城里混混呗。世上机会不找人，得人去找机会，也许瞎猫能碰到死老鼠呢。"

我对张如海的了解慢慢多起来：他 1966 年 18 岁那年从皋城二中高中毕业，没有机会升学，便回到刘家集公社回澜大队务农；老张读高中时，品学兼优，不仅学习成绩好，还是县里学雷锋积极分子。他对县里的领导、人事很熟悉，嘴儿甜，舌头活。遇到科员喊"科长"，遇到股长喊"局座"；碰到婴儿就说"单疼"（可爱），碰到姑娘就称"美女"；若遇到中年妇女卖老资格，他也不惜喊"大娘"。如此，机关单位、上上下下，没有一个不喜欢他的。

有一天，我突然问老张："你晚上睡在哪儿呢？"

他大咧咧地回答："睡在县委大门口的值班室呀！"

我吃了一惊：在这狠抓阶级斗争的年月，居然让一个"游民"住在保卫科的值班室，岂有此理！

第二天我通过打听，老张晚上果然睡在值班室。原来县委办公大楼后面还有民房，住了不少户人家。民房也好，大楼也好，晚上以至深更半夜难免有人出入，掌管大门钥匙非常麻烦，即使冬天焐热被窝也得及时起来。而老张不怕麻烦，甘弃睡眠，及时予人方便。为此，每临冬天，老张成了值班室少不了的角色！

一天，我问值班室的负责人老耿："你怎么让一个'游民'晚上睡在值班室呀，还值班呢？"

"噢，你是说老张吧？我同他是一个大队的人，知根知蔓呢。"老耿笑道，"他呀，根红苗正，贫农出身，是咱们的阶级兄弟呢。"

此后几年，每到农闲时，老张就来县城混上一两个月。我也渐渐与他稔知，但对他来城里混的目的，仍然有些不解：既无收益，又无所获，陪工夫、贴精力，何苦呢？

有一次，在县委招待所食堂饭后休息，我向他提出了自己的疑问。

谁知老张听了两眼闪起了泪花，眼泪一滴又一滴，滴在面前收拾的一叠碗碟上："吕主任啊，你是好人！俺知道你想打听俺来城里的目的：农村实在太苦了，吃不饱，穿不暖。俺就想做一个吃商品粮的人，以此为台阶，跳出农门……"

我非常同情他："如今，你想吃商品粮的路，招工呀，招干呀，没有你的份；升学这条路，又被堵死了……难，难啊！"

"是呀，俺知道难。但俺总不死心，总想往外面跑，也许瞎猫能碰到死老鼠呢。"

1971年夏末秋初，皋城县革委会开展新一轮"抓革命，促生产"活动，组织一批干部深入农村抓工作。我被分配到刘家集公社，经我特地要求，被安排到这个公社回澜大队老张家所在的小洼生产队。老张见我前来特别高兴，将我的简单行李背到背上，说道："你就住俺家吧！"

我巴不得这样做，愉快地点了点头。

这刘家集是老淠河东岸的一个古镇，曾有市民三万多人。这个镇的地势很特别：东边五个大队位于"岗上"，西边五个大队位于"湾区"。所谓湾区，就是所临淠河历史上的最大行洪区。由于河水泛滥，带来大量泥沙，所以湾区是一色黑沙土，松软，肥沃，土地平旷，村庄环合，人烟稠密，春麦夏麻秋玉米，四季青纱不绝，但是又逢人多地少，收获无多，逼得人们想方设法谋生，民风豁达、多智而又锱铢必较。

老张家居的回澜大队紧靠老淠河东岸，因河流在这里拐了一个大弯，有回澜之势，古人为镇风浪建有回澜寺，今寺虽然不存，但地名留下了。而老张家的小洼生产队，则处于回澜大队的低处，若有外洪或内涝，则都是首当其冲。

小洼队一侧的老淠河，源自大别山，北流入淮，是淮河的主要支流之一。原先自淠河入淮处的正阳关，一直通航到大别山的深涧老岭。但自1958年国家兴建了淠史杭工程，在上游古镇苏家埠南侧建了枢纽控制工程，截水上岗，流向江淮分水岭，一直流到合肥及其以东地区，此条干渠人称"新淠河"。而老淠河虽然断流了，但仍然保持原状，因为平时的径流或上游突发洪水，还要走水、行洪。而且，每隔三五年、七八年，总有一场洪水袭来，湾区往往成一片汪洋。如此，对下游的群众来说，老淠河虽不能说就变成一条害河，但似乎变成了一条令人提心吊胆的河流。

小洼生产队村庄不大，住有30多户人家。老张家住最南头，泥墙草顶的四间房屋，倒还宽敞。老张同父母和两个哥哥已分家。妻子名叫韩谋英，是一名初中毕业生，生得娇小瘦弱，黄发黄脸黄眼珠，一动步就喘气，似乎害有什么病。夫妻俩生有一男一女，大的三岁多，小的不满两岁，大头大眼细脖颈，宛若两只嗷嗷待哺的黄口燕子。整个家里空荡荡，除了一张可供吃饭的四腿方桌，别无其他家具。老张看我打量他的寒碜家境，面闪羞愧之色，赶忙向妻子介绍我："这是县委办公室的吕主任!"万万没想到，小韩竟向我道了一个标准的"万福"。

在老张家安顿下来之后，逐渐熟悉这一带的情况。

老张他们生活最困难之处是缺粮，每人平均只有5分地，多种些麦子和早、晚玉米，大部分土地用来种大麻。这一是国家需要，二是大麻是经济作物，以解决社员们的用钱之需。我们这次下乡的目的，就是紧抓大麻砍掉之后安种晚玉米。这一带所种的晚玉米，必须在立秋之前种子下地长出三片叶子，否则当年就不结实。时间紧张，不能松懈一分一秒，必须紧催社员们快快地安种。

韩谋英身体羸弱，不能下地。她在家里服侍两个小孩外加家务，也够繁忙的。小韩中午常常是熬半锅红豆粥，锅沿上贴一圈发酵了的白面粑粑，当地称这叫"老鳖遛河沿"，清香、松软，非常爽口。我那时每天交他们一斤二两粮票、五角钱，每天中午吃一个"老鳖"，外加两碗稀饭。本来我还想吃一点，但看到两个小孩狼吞虎咽、小嘴好像永填不满的样子，不忍心再吃了。有一天中午，小韩煮了白米干饭，这很稀罕! 吃饭时，小韩用中型瓷碗为我盛了一碗。老张看了不满意，把米饭倒到锅里，自己亲为。他用锅铲在锅里秒了又秒、松了又松，然后轻轻、泡泡地堆了一高碗，其实要比小韩所盛的少得多! 当我的朋友客气地将那碗米饭端到桌边，我一边吃着，一边在心里暗暗滴泪!

这次在老张家住了五天，晚玉米种植便结束了。我离开小洼那天，特地绕了点路，到老潺河大堤上看看，然后再到刘家集。老张依然为我背着行李，送我一程。

老潺河静静地躺在小洼西边的不远处。登上不高的、残弱的大堤，放眼西望，从东到西，河宽约300米。辽阔的河面，尽是黄沙。河中心，依稀流着一弯明亮的浊水。没有水禽，没有飞鸟，西岸的烟村雾树，罩上天空的只有黄色的雾霭。而东岸，我们站着的附近，用绳拴着饲放的几只白羊，啃着脚下已没入黄沙的草根。大堤东坡的几丛竹子间，耸起绵延、高高的坟冢。这些宛如庄稼一茬茬收割而一茬茬逝去的淠河儿女，由于庄田常遭洪灾，子孙们便把他们葬在稍高的大堤上，好让他们面朝河水，保佑村庄、田地和子孙。

老张指了指小洼的村庄。村庄周围，一片苍茫。田野上的倔强的荆莽，微风中，似在微微颤抖。老张说："吕主任！我实实在在这儿住够了，足够了噢。村庄低洼，要是发水，总是先进水、后退水。这还不说，要命的是粮食不够吃，一年要吃八个月的回销粮，自己拿钱买。钱呢？救济款争不到几块；养鸡养鸭，没有喂食；就是孩子们下河摸田螺，也摸不到几个……唉，唉，做梦都想离开这个地方噢。吃商品粮，那是神仙过的日子哟……"

老张说在祖居住够了，那又咋办呢？他的想吃商品粮的希冀，无非全是梦想。但是，我还得用虚幻的言辞安慰他："老张！车到山前必有路……"

"无路，无路呀！"老张悲哀地说，"钻天入地的法儿俺都想了，无路，无路哟……"

就在张如海如此绝望的时候，他的命运却出现了"转机"。这一年快过春节的时候，老张来到了皋城，而且居然摸到了我的办公室。他见办公室只有我一个人，便抑制不住自己的兴奋，跑到我的面前，双手抓住我的手，一个劲地抖起来："吕主任！报告你一个好消息：俺和韩谋英并两个孩子，都变成刘家集的商品粮下放户啦！"

我站起来，头脑怎么也转不过弯来："什么？下放户？"

张如海于是说了事情的原委：原来刘家集镇政府响应上级"我们也有两只手，不在城镇吃闲饭"的号召，组织居民下放农村当农民。这项工作阻力很大，住惯了集镇，便是高人一等，纵使缺吃少喝，谁愿屈身去做"脸朝黄土背朝天"的农民哪！刘家集的下放任务是50户、不少于250人。经过两三个月的艰苦、细致、拿龙捉虎般的工作，好不容易凑足了49户、246个居民！腿勤耳灵的张如海，"瞎猫碰到死老鼠"，主动、积极地跑到刘家集镇政府，报告了家庭的人数，要当这最后一个"下放户"！

镇民政干事、居民下放领导组组长秦维明，非常熟悉张如海，冷冷地说道："老张！你这不是同咱们开玩笑吗？你本来就是农民嘛！"

"是呀，我是农民不错！"老张争辩道，"可是，湾区肥沃沙土地的农民，同岗上瘠薄黄土地上的农民，能一样吗？这回下放户全到岗上，我这是到艰苦的地方、条件差的地方当农民啊！"

秦维明被老张的狡理说得一愣一愣的，还没等他喘口气，老张趁机加码道："再说，我是堂堂的皋城二中 1966 届高中毕业生，在文化大革命中锻炼成长。俺响应毛主席老人家'知识青年到农村去'的伟大号召，到广阔天地与贫下中农一道战天斗地，难道你们不支持？"

"支持支持"秦维明郑重地说，"你让我们考虑考虑。"

"好！"老张握紧拳头表着态，"俺这是丹心耿耿，可昭日月啊！"

当时情形是：居民下放一事实在难办，秦维明几乎是"黔驴技穷"了，加之上面又催得紧，限期落实下放人员，张如海的行动也可以应付一番；关键的是，老张托了人，也尽其所能花了点钱。在那个年月，有了人，有了钱，就没有办不成的事。最后，老张一家终于变成刘家集最后一个商品粮下放户！

听了老张这一番介绍，我实在高兴不起来，说道："老张！你绕了这么大的一个圈子，把湾区农民变成岗上农民，这又何苦呢？"

"不。"老张认真地说，"常言道：树挪死，人挪活。咱那个小洼你也到过了，实在住不下去了。再说，虽是商品粮下放户，总算与'商品粮'三个字挂上钩了。瞎猫还能碰到死老鼠呢，俺总不会吃亏！"

我问道："这次，把你们一家下放到哪儿呢？"

他牢牢地记着呢："青峰岭公社马家岗大队横岗头生产队。"

我心里一惊：那是个三县交界的荒凉之地啊！老张经过这番折腾：从原来湾区的"穷洼"，搬到岗上的"贫岗"了。但是，我什么也没说。

张如海抑制不住心头的兴奋，恳切地要求我："吕主任！你方便的话，一定要去看看俺啊！"

"好。"我点头答应，并在两人握紧的右手掌上，覆盖了自己的左手掌。

张如海一家是 1972 年初春，下放到青峰岭公社的。那地方属三县交界之地，"山高皇帝远"，非常偏僻，平时难有机会涉足。一直到 1982 年初夏，我因调查农村"大包干"情况，才有机会到青峰岭公社。事情办完之后，我借了一辆自行车，问明了马家岗大队的方位，想去看看张如海一家。

青峰岭这儿既无峰、也无岭，纯属丘陵之地。岗、畈、冲三种田地间隔，高亢少雨，缺水易旱，是兔子不拉屎的地方。好不容易找到横岗头生产队，找到老张的家。这哪儿是家啊？但见稻场边卧着三间歪歪扭扭的土墙草顶的房子，大门连门板也没有，是用竹笆编扎的。我喊了半天老张的名字，才走出一个灰头土脸的汉子。细瞅，果然是张如海。论年纪，他不过三十四、五岁，但纯粹是一个半大老汉了。见是我，老张扑在我的怀里，喜极而泣，一面扑打我的后背，一面唔唔泣不成声："吕主任哟，十多年了，你才来看俺呀！"

我走进屋，三间房子空空荡荡。记得他们在湾区的家还有一张可供吃饭的方桌子，现在这儿连桌子也没有。屋中间摆着一个稻箩，箩上翻盖着一个木盆，平底上还摆着一碗咸菜，看来这就是他们吃饭的地方了。

我没见他的两个孩子，便问道："孩子们呢？"

"今天是星期天"老张答道，"生产队正割小麦，我叫他们拾麦穗去了。唉，粮食还是不够吃啊！"

"孩子十几岁了？"

"男孩 14 岁，女孩 13 岁，'半大小子，吃死娘老子'呢。大的上初一，小的在读小学六年级。"

"成绩都还好吧？"

"都好，在学校都是拔尖儿。我对他俩说了：现在能考大学了，你们自己的命运，得靠你们自己掌握着！"

"对，对，你说得对！"我说着，并又想起另一件事，"老张！前几年恢复高考，你怎么没去考大学？"

"想过了，"老张哭丧着脸，"不客气说，凭我的成绩，摸一个大学绝无问题。可是，我是这个家的撑天柱啊，又远离父母兄弟，我一走，韩谋英他们母子三人，只有死路一条！"说着，他把脸转向一帘遮隔的西屋："老韩哪！你没听咱吕主任来了吗？你能否起来为咱们烧点水？"

只听西屋里折腾了半天，韩谋英终于出来了。面黄、肌瘦，佝偻着腰，头上箍了一条半黄的白毛巾。她见到我，低低地喊了一声："吕主任来啦！"

我点点头看着她，半天没有回过神来，用眼睛询问老张："小韩这……"

"全是肺痨病折腾的！"老张说，"她这是老毛病啦！"

韩谋英烧好了水，当然没有茶叶。他们用的是春天炒焙的枣树的嫩芽，泡茶虽微微有点苦，但比白开水总好些。

我一面喝着"茶"，一面听老张倾诉苦情。他们来到青峰岭当农民，实在是选错了地方。首先是啥都得从头学，连走路、下地都是新课。湾区的土是沙土，下雨雨停路即干，没有泥泞，而这岗地是一派黄土，下雨泥泞路滑，晴天得要三天才不淖脚，老张一家往往雨天出门就走不好路；其次这里土地每人均摊 4 亩以上，但不像湾区主要种小麦、玉米、大麻，而这里除种植少量小麦外，大面积土地栽种山芋，只有少量冲田能栽些水稻，但又因缺水灌溉而往往绝收。他们每年大半年以上都以山芋为主食。即使如此，他家的粮食仍然不够吃。

他说到这里，我插了一句："你们作为刘家集商品粮下放户，上面有照顾吗？"

"哪儿有啥照顾啊！"老张双手一摊，"不错，每年也派人来看望咱们一次，带来百儿八十块的慰问金。俺们为着招待来客，几乎被他们吃回去一半了。"

这时，韩谋英坐着一条小凳没有坐稳，歪歪地跌在地上。她一边翻身竭力坐稳，一边哭哀哀地说："吕主任！俺为自己的小命掐好八字了：活不到两年。俺已向如海交代数百遍，死了以后，葬到澪河大堤上。回澜大队那儿才是俺的家呢。常言道：穷死总是家，丑死总是妈噢。"

见他夫妻俩如此悲观，我甚至连安慰话也说不出。虽然他们夫妻俩热情竭诚地挽留，我还是迅速地骑上自行车，告辞了他们。

再次见到张如海，已经是 2012 年夏季，三十年之后了。见面的地点，则是在刘家集镇卫生院。

这三十年，中国发生了翻天覆地的变化。张如海的家庭、张如海个人，理所当然地也跟着鸟枪换炮了。

老张的儿子张初阳，于 20 世纪 80 年代末，考取了首都师范大学数学系，毕业后留校任教，已在北京娶妻生子，现在是一位副教授。老张的女儿张初景，迟儿了一年考取了安徽医学院医疗系，毕业后因父亲死守刘家集，不愿到外地生活。为了照顾老父，她要求回到家乡，现任刘家集镇卫生院的院长，尚未结婚，老张暂同女儿生活在一起。

张如海已经 55 岁了，身体还好。他坐在女儿住处的沙发上，蓄着微髭，脸上露出一种"万般世事皆洞明"的微笑。前两年，刘家集镇将当年的一些下放户回收了，恢复了商品粮户口。张如海因老伴已过世，孤身一人，镇上也将其安排在回收之列，规规矩矩地变成了商品粮户口。

我笑着问道："你这次变成商品粮，没有人说二话吧？"

"有呢。"老张脸显不屑，"可是，俺捏起半个嘴，也说得过他们。当年，老子是刘家集镇堂堂正正的商品粮下放户，文件上的红印有盏口大。如今怎么回收了，你们反而唱阴阳腔？"

我微笑不语。

"俺说，俺当了三十多年下放户容易吗？"老张语气充满愤愤，"学了三十多年走岗上的田埂，到如今还走不稳；吃了三十多年岗上的山芋，如今一见山芋就漫酸水；再说呢，俺老伴在岗上卖了一把老骨头……"

我问："韩谋英哪一年去世的？"

"唉——"老张长叹一口气，涌出了泪花，"她没活过48岁呀，没享过一天福就走了。临死，还是交代我那句说烂了的话：俺死了也要回老家，也要葬在潩河大堤上……"说着，用手指了指西房间："她的骨灰盒俺宝贵着呢，想千方设百计，也要如她所愿下葬……"

我们交谈了一会儿后，张如海突然提出："咱们到回澜大队看看怎么样？"

"好呀！"我非常赞成，"有30多年没去那地方了！"

反正只有3公里路，我们步行着去。

刘家集如今脱胎换骨大变样儿了，南北东西四条大街铺排，高楼林立，小巷纵横，人们熙来攘往，各种车辆争道。我们由南大街西行下到湾区。一条笔直的水泥路通向潩河东岸，左右四条车道，行人车辆如织。南北两边岔向村庄的村村通公路，虽然稍窄一些，但同样是水泥路面，闪光可鉴。更可喜的是，路两边集体、合作、私人的工厂、企业、商店鳞次栉比。从房屋空隙处，可见小麦早已收罢，春玉米吐缨结束，在微风中卷着绿色的波涛。

我俩缓步走着，一面叙话，一面欣赏路两边的风光。张如海看着看着，无限感慨地说：

"吕主任呀！如今农民成了国家'上大人'啦！农民不仅免交皇粮国税，还有种粮补助、教育补助、医疗补助、危房改造补助、买农机补助、退耕还林补助、高标准农田建设补助、光伏产业补助，等等，我码算了一下，足足有二十多项呢，农民如今享福了！"

"是呀！"我说，"新中国建立以来，农民对国家作了巨大的贡献。如今，国家富强了，理当对农民做一些反哺！"

听我如此说，张如海两眼放光："倒退20年，俺若是当农民，俺不仅早当了万元户、百万元户，更早当了千万元户的农民企业家了。"

“这我完全相信”我对老张投以赞许的目光，“可惜时过境迁，你这只能是‘好汉不提当年勇’了。”

张如海苦笑了一下，领我走上了淠河大堤。大堤比原来高出三倍，伟岸，峻拔，堤面宽约四丈，柏油路面，随河就势，平坦如砥，一直通向遥远的大别山深处，看来这是防洪的千年一遇工程了。放眼河面，但见满河清澈、明净的河水，在微风中荡漾着清波。白鹭翔集，在蓝空下扇动着翅膀。还有三个挂着白帆的小船，乘着清风浮动。我吃了一惊，忙问道：“怎么蓄了这么多的水呀？”

“下游10公里的地方，筑了一道橡胶坝拦水呢。”老张说，“老淠河已经变成国家的湿地公园啦，从上游到下游，在合适的地方都筑了橡胶坝。蓄了水，就留住了淠河的生命呢。”

东岸靠河边原有一块高地，现在覆盖了光伏发电的电板，在阳光下闪烁着青色的沉稳的光彩。望了望河堤东坡，我油然一惊：“原来葬着的那么多的坟冢呢？”

张如海给了我答案：“那些坟冢呀，修大堤时都作了处理：老祖宗们的遗体都火化了，骨质迁入了骨灰盒，正择地安葬呢。”

老张说着，领我下了河堤，来到了原来的小洼生产队。村庄轮廓仍在，但房屋已破败不堪，似乎很少住人了。细瞅，老张原住的四间老屋招我眼目，大门重建，屋顶辅瓦，但旧容仍是难改。好在门口停着一辆红色的桑塔纳，显示了今天主人的威风。原来老张搬到岗上时，这屋子交给他的一个侄子住着，房屋并未过户，产权仍属老张的。

侄子见到老张，分外亲热，同我也热情地握了手。侄子喜笑颜开：“三叔！你最喜欢老淠河的鱼，今天俺买了两条红鲤鱼呢，足有三斤重。你们来了正好，中午咱们好好喝一杯。”

老张指指我，笑道：“你吕叔是俺四十年的老朋友了。中晌呢，俺已在‘满堂春’订了一桌。正好，你开车把俺们送回去吧！”

老张侄子的车技很“油”，既快又稳，躲闪行人也很利索。他已在镇上新开发的小区买了一套房子，同老张两个儿女给老张买的养老房同一楼层。只听老张问侄子：“你的新房装潢好了，啥时搬家？”

“快了。”侄子说，“三叔房子俺住几十年了，真搬家还有点不舍呢。”

“算了吧。”老张说，“那房子不是你们数年看守，早就墙倒屋塌了。如今，谁不想弃旧图新?"

就在如此说说笑笑间,刘家集便到了。

这一年冬季,张如海的女儿张初景,开着自己的小车找到了我家。我自退休后,很少"外骛",张院长的到来,使我很感意外。我请她进屋坐,正要泡茶,她说:"吕叔你不用张罗了,我带着茶呢。"说着,真的从手提包里掏出一个精致的茶杯。还没等我开口,她便笑道:

"吕叔你若是有空,最近抽空到刘家集走走,劝劝我爸。他跟镇上领导怄气呢,已有两三天没吃什么东西了。"

我吃了一惊:"这是为啥?"

"为啥?"张院长仍然面带微笑,"他要把自己的商品粮户口改为农村户口,镇政府不批!"

我心里暗想:时代前进,社会变迁,竟同张如海开了一场如此难料、苦涩的历史的玩笑!惊诧之余,竟一时无言以对。经过张院长的介绍,我大体了解张如海同镇上闹矛盾的缘由。

张如海全家户口迁出刘家集镇回澜大队已经40多年,他已由一个年轻小伙子变成一个白发皤然的老者,他的户口也是由青峰岭公社马家岗大队转来刘家集的。可以说,他的户口已与回澜大队很少有关系了。可是,国家近年来推行一种群众称之为"增减挂"的政策,这就是鼓励农民将没有人住的村庄变为可以耕作的农田,变动之后国家有巨额补助,动辄就是数十万、数百万元,这些钱有一部分当然要落到群众的手里。老张原来住的小洼生产队,30多户人家大都已经搬迁了,眼看原村落风雨飘摇、马上就要符合"增减挂"而变为农田了。虽然老张原住的房屋骨架仍在,但他作为一个离村40多年的商品粮户口,是没有理由享受回澜大队的"增减挂"的余荫的。老实说,老张如今不在乎钱了,十万、二十万,他已不看在眼里。但一般人总认为老张是冲着"增减挂"而要改户口的,所以有意防备、封杀他。其实,老张要改户口的用意是:老浵河河堤的兴建,迁动了很多坟墓,先辈们的骨质总要落土为安啊。湾区人众地少,土地紧张,辟一片土地作为墓园十分困难。聪明人想出了一个妙计:在老浵河边筑起两座宝塔,各个姓氏先人的骨灰盒,按辈分大小由上而下摆放。这既节约了土地,又构筑起一道风景,可谓两全其美。可是,回澜大队又建立了一项政策:你骨灰盒要想上塔,得有本地户口。换句话说,老张的夫人韩谋英就上不了高塔。这犹如一粒枪弹,狠狠地击中了老张的要害！这就是张如海要改户口的关键。

可是，如今在中国，要把商品粮户口转为农村户口，的确是难如登天呢。

为此，张如海先同镇民政干事吵了架。接着，又去找镇长评理。镇长管茹茹是位女同志，25岁，大学毕业，伶牙俐齿，能说会道。她一见张如海进了办公室，非常客气，忙着让座、泡茶。还没等老张开口，她便封了他的嘴："张老！我虽然年轻，可早知道您老人家是个传奇人物呢，对国家的政策尤其是户口政策，研究得非常深透。"

"好俺个管镇长！你给俺戴这样的高帽，实在不敢当。"张如海满脸谦恭，"俺要求不高，只是想变成农村户口。"

管镇长不置可否，按照自己的思路开导张如海："张老！咱们皋城市委、市政府已把'淠河生态经济带'建设与'皋城茶谷'建设，一并作为全市加快实施绿色发展的先行区、主战场和增长级，列为全市推进绿色发展的'一号工程'，实行'一把手负责制。'为此，按照'一个项目、一个专项、一套方案、一笔经费、一抓到底'的要求，确保工作有力、有序、有效地推进。"

张如海听她砍这份大道理，不禁有些恼火，但又不敢发作，只是低声下气地说："管镇长！那些大事，是你们市委、市政府、镇委、镇政府操心的，咱这个黎民百姓要求不高。"

"错了，张老！"管镇长提高了声音，"'天下兴亡，匹夫有责'。咱共产党办事，哪一件、哪一桩，不是为了百姓？你的要求，从个人角度看，似乎不高；但从整体、放在全局来看，要求高得很呢。咱这刘家集湾区，本来就人满地窄了，都要像您老人家这样，把商品粮户口变成农村户口，加重农村负担，这岂不乱套了！"

见张如海满脸赤红、沉默不语，管镇长又打起了比方："这户口关乎国家的法规和政策，咱们总不能像踏农村菜园的篱笆门，想进就进、想出就出吧！"

张如海终于忍不住管镇长的谆谆教诲了，从座位上站起来，打断镇长的话："管镇长！你说的都在理，小民都懂。你就给俺一句刀劈水清的话：俺这改户口，究竟行不行？"

这回镇长倒是果断，只回答两个字："不行！"说完，又觉得太陡，又转了一个弯安慰道："张老！听说您孩子已在镇上给您买了养老房，您老人家就在镇上颐养天年吧！"

听到这话，张如海泪如雨下，带着哭音实话实说："管镇长！俺不求那'增减挂'啥的，俺不要钱。俺若变不成农村户口，按照回澜大队的土政策，俺和老伴的骨灰盒放不进大队兴建的'思亲塔'噢！"

"噢——"女镇长这才了解到问题的关键，想了想说，"这个问题倒可以考虑。我来操办。您就放心吧！"

以上就是张如海回家以后吃不安、睡不眠的原因。他的女儿这才向我求救。可是，张院长离开我家以后，我患了病毒性感冒，吃药、吊水，拖了半个月才好。待感冒痊愈，我立即赶到了刘家集。

张如海的新房子，在镇南头一栋六层楼房的二楼，中套，90多平方米，一个人独居可算是优哉游哉了。我敲开了门，老张正坐在沙发上看电视，播的是庐剧，老张正捏着嗓子跟着电视学唱呢。我心想：老朋友心情不错呀！

张如海见了我，立刻紧紧抓着我的手，笑着说："俺算计着呢，你这两天肯定要来！"

我说："不巧得很，我患了病毒性感冒，谁知道一耽搁就是半个月。"

张如海把我按到沙发上，忙着为我泡茶，手脚麻利，喜笑颜开。我瞅瞅他，笑道："张院长说你身体不好，我看你这精神头，好得很嘛！"

张如海弯曲起右臂，握紧了拳头："前一程俺患的是'思想病'。怪只怪，都怪这鸟户口。回澜大队说，俺若不是他们那儿的户口，死后就进不了'思亲塔'，韩谋英的骨灰盒还放在俺床头呢，这不是要了俺的老命吗？"

"他们有这样的规定吗？"

"是土政策，要求很严呢，"张如海说，"要求俺们小洼队每家每户都同意，签名按手印；要求俺们张姓族长同意，签名按手印；要写报告给村'两委'，村两委研究同意后，要报镇政府批准。为的啥呀，怕俺吃他们'增减挂'的肥肉。"

"如今这些手续都办妥了？"

"办啥手续呀？"张如海咧开大嘴笑道，"管茹茹镇长把回澜大队书记找到镇政府一顿好熊，熊得他狗血喷头。镇长说回澜大队的土政策不仅违反人情，也违反人道。中国人几千年来都讲叶落归根。他张如海一家人根在你回澜，死后葬到出生地，还要政府批准？这是哪家的道理？"

大队书记也年轻，不声不响挨了一顿熊，一个劲地点头称是。

我问道："那'思亲塔'建起来了吗？"

"建起来了，先建的是两座，九层高塔呢。"老张说，"俺已打电话给北京的儿子了，要他大寒前后回来一趟，把他娘的骨灰盒安放好。按死亡时间和在张家的辈分，韩谋英安放在第七层。这一下，可算是站得高、看得远了呢。"

　　我突然产生想看那两座塔的兴趣，于是便提出心中的愿望。

　　"好呀！"张如海说，"咱们先去酒店安排好饭再去！"

　　待安排就绪，我们搭乘一辆顺路小车向西急行。远远的，就看见了两座塔的黑影。不久，两座庞然大物便清晰起来。

　　近看，原来两座塔建在潕河东堤脚下，为八棱圆柱体，主体由灰白色花岗石方砖建造，高 40 米，直径 20 米。基层为空心石室，南面有拱形塔门，呈穿窿形，内有螺旋形的砖梯通道，可以盘旋而上各层。站在塔外仰视，第二层、第三层每面都有砖雕，配以洞开窗户或假窗，似开，若闭，造型精巧。第三层八面还嵌有粉瓷长幅，白底上呈现黑色思念、祭祀词语："示回高台""亲情不泯""春风流霞""秋雨因缘"等等。从第四层到第九层，精巧窗户洞开，并嵌有梅花、兰草、翠竹、白菊和万字、汉纹等花卉、花纹。塔顶为八面金字塔形墙面，向上递减缩小，尖顶筑一象征圆满的白色圆球，顶端竖一高高的摩刺青云的避雷针。两座高塔可谓是：西俯潕河击翠浪，东仰高标拂长霓。

　　这天虽是冬天，万里无云。潕河大堤上游人如织。碧浪间渔船点点，人群中笑语声声。从小车上下来的一些人，有的还扛着钓竿呢。

　　张如海向右边的高塔凝视了一会儿，喃喃地说："韩谋英！高楼瓦房歇脚店，潕河才是你老祖家呀！"突然，谁也没有想到，只见老张趔趄着脚步，像喝醉了酒似的仆倒在石室前跪下了，嘤嘤地哭了起来，叽叽咕咕说着谁也听不清的话。

　　我赶忙走过去，想搀扶他起来，可是没有扶起。从他那嘟嘟嚷嚷的话语中，我分明听清了一句："……韩谋英！再过几年，俺就来这儿陪你了……俺们再也不离开这潕河大堤了……"

2021.7.20 六安

错认夫君

1946 年，蒋介石决心挑动内战。在中原，他陆续调集了 11 个正规军、26 个师、30 余万人，筑起十多万个碉堡和一道道、一层层密布着铁丝网、堑壕、鹿寨，纵深达十余公里的封锁线，把李先念司令领导的中原军区 6 万部队，包围在河南宣化店、北陂河为中心的一块东西仅 100 公里、南北大约 25 公里的狭长地区，并下令于 6 月 26 日向我中原部队发动总攻，一举消灭中原的革命武装。

中原局得此情报后，为了粉碎国民党反动派的"围歼"阴谋，根据中央指示，决定主力突围到陕甘宁边区，留下一支精干的部队作掩护，以保障主力部队突围的后侧安全。这项艰巨的掩护任务，落到了中原军区第一纵队第一旅的肩头。第一旅旅长皮定均、政委徐子荣，辖 3 个团、7000 余人。中原军区的王树声司令员指示皮、徐：要他们自 6 月 25 日起，采用一切办法拖住敌人，迷惑敌人，使敌人弄不清我们主力的行动方向。待主力西去越过平汉铁路，就算突围的初步胜利，你们的掩护任务就算完成了。至于你们自己部队的突围方向，周恩来同志有指示：一是西追主力，二是就地打游击，三是到华中苏皖解放区去，全靠你们自己拿主意了！

皮定均率部凭着机智和勇敢，胜利地完成了掩护主力西进的任务。为了进一步掩护主力、吸引敌人，皮旅于 6 月 28 日凌晨，向主力突围相反的方向东边，进入大别山，准备最后归向华中苏皖根据地。

在中原一败涂地的敌军，像输光了本钱的赌徒急红了眼：无论如何，也要在大别山区消灭皮旅，再不能让他插翅飞跑了！

皮旅像一条铁流，沿着一条撕开的血路，强越松子关，攀登大牛山，于 7 月

4日进入吴家店。

吴家店这个村镇，位于大别山的中心地区、金寨县南缘，距湖北省不远，是红四方面军诞生的一处摇篮，也是皮旅不少指战员的老家。皮旅长考虑到，经过一个星期的连续行军战斗，部队已很疲劳，粮食也已吃完，携带的草鞋都已穿烂，而且又连日阴雨，跋山涉水，许多战士都腿肿脚烂，非常需要休整。而吴家店又是理想的休整地点：小镇位于万山丛中，峰高岭大，连日大雨，山洪暴发，交通阻隔，利于隐蔽。敌人一直还没弄清皮旅的意图和动向，即使他们得到情报派兵赶来，至少也需要三四天的时间——因此，皮定均大胆决定：队伍在吴家店休整三天！他的决定，得到全旅指战员的一致赞同。

谁也没有想到，皮旅在吴家店的这次休整，引发了一场"错认夫君"的凄美故事。

原来皮旅三团有一个连的一些人，住在吴家店东的一个小山村。他们距营部还有一百多米的距离。休整第二天7月4日中午，雨后初晴，阳光普照。连长任庆余刚刚擦罢了枪，坐在驻地门口，享受雨后的阳光。这时，一位三十多岁的妇女走到他面前，两眼直勾勾地盯着他，说道："你一出去14年，连一封信也没往家打。好不容易回来了，连家门也不进，你把俺们都忘记了！"

任庆余瞅瞅这位妇女，披头散发，瘦削的圆脸上布满皱纹，两眼很大但无光，直呆呆地宛如两个黑洞，含着两泡泪水，燃烧着期待、渴望的火焰。她衣服不整，赤着脚，布满补丁的黑裤子，仍然显出两个洞；白色的粗布上衣也破烂不堪，甚至遮不住干瘪的乳房。

任庆余虽是皖西人，讲一口皖西话，但他老家住在六安县的独山镇，距这儿几百里路呢，同这位妇女八竿子打不着关系！抗日战争国共合作时，八路军是可以给家里写信的，她说丈夫14年从没给家里写过信，说明她参加红军的丈夫牺牲了。想到这里，任庆余更加冷静，明白这位可怜的妇女认错人了，把他认成自己的丈夫。但他没敢说她认错了人，因为从这位妇女的角度来说，突然遇到了阔别十多年、昼思夜想的亲人，如痴如醉，精神恍惚。在这种情况下，如若兜头向她浇一瓢冷水，她的精神会立刻崩溃。但是，他又不能说自己是她的丈夫，不能认这门亲。于是，他只能模棱两可地安慰她几句，匆匆赶到营部，向营长高德标诉说这件事情。

任庆余刚向高德标诉说完，那位女人也赶到了。当着高营长的面，她指着任庆余斥责道："你变心了，你不要俺娘仨了。你一走就是 14 年，俺一个人带两个孩子，容易吗？你这个没有良心的东西！"她说着，泪如泉涌，不禁用双手捂住脸，唔唔唔地哭起来。任庆余显得很尴尬，头一低，赶忙离开这个窘境。

高德标从来没遇到过像这样的难题！他只好硬着心肠向这个妇女解释，说她认错了人。他没有提到"丈夫"两个字，只是婉转地说："大妹子！你这是错认夫君了！"

女人瞅着任庆余的背影，连声说："没错没错没有错！"又向高营长投以埋怨的眼光："你们一个鼻孔出气儿，串通起来护着他、欺负俺！"说完，仍然捂着脸，大声哭着，慢慢出门走了。

营长高德标的一颗心，硬是被撕碎了！

正在此时，营教导员储胜彬回到了驻地。高营长向教导员介绍了刚才所遇到的难事。临了，营长说：这位妇女 14 年了，怀着与丈夫团聚的希望，支撑着一个家，把烈士的两个遗孤带到了十多岁。如果没有遇到与她丈夫相似的八路军，她还会靠着希望团聚的精神力量，依然支撑着这个家，直到老死。可是，今天这个意外的相遇，使她失去了心理上的平衡，她的精神正处于迷离状态，她已经承受不住痛苦所造成的巨大压力。无论怎么向她解释，她一门脑筋认准任庆余就是她的丈夫。如果她精神分裂了，她的两个孩子怎么办？那可是咱们红军的后代啊！

教导员听了也皱起了眉头，一时没有说话。他已经年过不惑，粗通文墨，感慨更多。当年，大别山皖西走出的十多万红军，大都已经为国捐躯了（储教导员当时不知道：长征路上，每走 300 米，就倒下一名红军战士；新中国建立后，当年红军活着归来的，不足千人）。他们绝大多数葬身在茫茫的雪山、饥饿的草地、鏖战的陕北、夺命的甘宁、激战的太行、奔腾的黄河、动荡的豫西，以及刚刚突围的中原、行进中的大别山……他们都是不屈父亲的儿子、思念中妇女的丈夫、刚刚懂事孩子的父亲。他们为了子孙后代的幸福，勇敢地献身，满怀胜利信念地躺在祖国大地的热土……想起了这些，教导员两眼不禁湿润起来了。

"这事，你看怎么办呢？"高营长向教导员讨起了主意。

储胜彬沉思良久，终于说道："为了不使这个女子精神分裂，为了红军烈士的两个孩子，我的意思就叫任庆余和她在一起生活两天，反正过两天就走，把咱们带的钢洋留下一笔，让她把两个孩子带到成年……"

"这，这……"高营长有些犹豫，"这样行吗？"

"我看行，咱俩先做个决定，"教导员说道，"不过，先要征得任连长同意。当然，还得向团部汇报。是否让皮旅长知道，这看团里怎么说。"于是，他们令一个战士，找来了任庆余。

　　任庆余走进门，脸红红的，低着头不说话。这时，恰好营部房东赵大爷也在场。大爷七十多岁了，精通这一带的人情世故。于是，高德标指着任庆余，问赵大爷："大伯！这个后生您认得吗?"

　　"不认得！"赵大爷摇摇头，接着说道："你们说的事儿，俺全知道了。俺村这个女子姓张，名叫张明芝，今年32岁，娘家在东边霍山县的磨子潭。她老子原在咱这吴家店开个小糖坊，她就流落在这儿了。民国十九年她18岁那年，同俺村老吴家的小儿子吴大雨结了婚。当年咱这儿立夏节起义成了功，年轻后生参军参战红火呢，当红军光荣噢。吴大雨当红军走了后，第二年春天，张明芝生下了一对龙凤胎，一男一女今年已经14岁了。红军离开咱这一带后，白匪跟过来'清剿'，石过火、人过刀，死人无数噢。张明芝的父亲死了，老吴家也家破人亡。张明芝起先还有一个瞎眼婆婆同她相依为命，六年前婆婆死了，她一个人操持一个家，抚养两个孩子，受的苦齐颈脖子深呢。今年夏天发洪水，她家的房子又倒了一间，真是走投无路哟……"

　　说到这里，赵大爷停住了话，将任庆余从头到脚细细打量了一遍，笑道："你们还别说是张明芝看走了眼，这位同志哥还真的像吴大雨呢。都是'柴骨人'，瘦精精的，身架不高，大圆脸，大眼睛，厚嘴唇……"

　　高营长听到这些，苦笑了一下，对任庆余说道："任连长哎，我同教导员研究了，你就认下这门亲吧，同张明芝生活两天，稳定一下她的情绪。不然，她受刺激疯癫了，咱们两个红军烈士的遗孤怎么办呢?"

　　"不行！不行！"任庆余向营领导投以埋怨的眼光，"高营长！教导员！不行不行！我不干，不干不干不干！"

　　两位领导看着任庆余坚决不愿的神气，不约而同都叹了一口气。

　　偏巧在这个时候，张明芝又到营部来要丈夫，两眼依旧直勾勾的，没有眼泪，深似枯井。这次，她还带来了自己的一双儿女。男孩骨瘦如柴，女孩宛如弱花，都穿着破衣烂衫，但个儿不矮，也都显得精神。张明芝指着任庆余，对两个孩子说："这就是你们的佬儿，快叫佬儿同俺们一道回家吧！"

　　"佬儿！"两个孩子撕心裂肺地喊着，一同跪下来，各自抱着任庆余的一条腿，用小脸在裤腿上摩挲，"佬儿！俺们回家吧！"

任庆余弯着腰，搂住两个孩子，泪流如雨。

站在一旁的高德标、储胜彬和赵大爷，目睹着这个场面，不禁都热泪滢滢。营长和教导员深知问题的严重性了，但一时又无对策。于是，营长对张明芝说：

"大妹子！你先带两个孩子回家。吃罢饭，俺们就叫这个同志回家。你放心，一定回家！"

待张明芝带着两个孩子走了以后，高德标、储胜彬赶忙带着任庆余，赶到驻在吴家店北头的团部。团长不在，团政委程行正见到了他们三人。

储胜彬简要地向程政委报告了营里所遇的难题、张明芝患病的现状、家庭的困难，以及她错认夫君给连长任庆余带来的尴尬和困扰。

团政委是河南林县人，身材魁梧，高声大嗓门。他先看了一眼任庆余，接着向高、储两人笑道："你们叫任连长去认亲，这事不能干。认亲了，就要生活在一起，同床不？那跳到黄河也洗不清了。至于这位妇女家有困难，莫说她是红属，就是普通百姓，咱八路军也要帮。吃罢饭，任连长带几个同志去她家看看，先帮她修房子；再给她一点钱，抚养烈士遗孤，这是大事。给多少？咱们部队也困难，俺建议不超过一百块大洋。等会儿，你们从团部领取。至于向旅长汇报，此事俺来办！"

团政委做事干脆，交代得清楚，三人很快回到了驻地。

吃罢午饭，任庆余挑选了三名战士，加上自己，四个人在房东赵大爷带领下，来到小村北边的张明芝家。

张明芝家住三间草房。北面的一间原是厨屋，已经倒塌。好在这间厨屋与其他两间之间砌有土坯山墙，对南面两间影响不大，仍可住人，只是新砌了一个小小的锅灶。

张明芝见赵大爷领着四个八路军走进家门，非常高兴，激动得两眼放光，惊喜地说："俺说嘛！红军不会骗人的，说来就一定会来！"说着，指挥着儿子："小豹子！快给你佬儿、叔叔们倒水喝！"

张明芝亲自端着一碗水，双手捧给任庆余："这是小豹、小妮刚刚从吴家店老油坊的砖井打来的。常言道：亲不亲，家乡人；美不美，故乡水呢。"

任庆余也是双手接过来，郑重地喝了一口，果然是沁透心脾。他打量了张明芝一眼，心头吃了一惊，她与上午所见，已判若两人：上身穿了一件短袖大襟白粗布褂子，下着半新黑裤子，还穿着一双碎布条编织的缀花的凉鞋。关键的是，她满面红光，两眼清澈，宛如两颗星星在闪动。黑发已经向后绾起，结了一个紧紧的巴巴纂，纂上还别了一朵洁白的小叶栀子花。两个孩子：小豹子虽仍光着脊梁，但换了一件崭新的黑布裤头；小妮呢，独辫子是新梳的，红花格布短衫，蓝色长裤，趿了一双牛皮制的拖鞋。

任庆余是聪明人，心里明镜似的：张明芝和两个孩子在这艰难岁月的这种竭力的打扮，的确是把他当作丈夫和爸爸回家了！心里不禁一软一热，抑制不住涌出两滴泪！

赵大爷领着四个军人打量了倒塌了的那间屋。细瞅，是大风大雨将屋子从上往下压倒的，竹檩条和木柱子都没有断，北边的山墙也没有塌，有些檩条还拖在墙上，只要把屋架重新撑起来，把竹檩条在南北两边山墙搭好，就可恢复原状，只是部分屋草要重新铺排。四个军人、赵大爷和张明芝一齐动手，没怎么费事就把房架撑起来了，接着又细细地进行了加固。

屋子大的框架重新站立，任庆余和一个军人搭好梯子爬上屋顶，想先把檩条上部分乱了的椽子先安排好，以便重新铺排屋草。就在这时，出了一件小事儿：一个军人递椽子给任庆余时，椽子上有根铁钉，不小心将他的衬衫撕裂有一尺多长，他的大半个左肩都袒露在阳光之下。屋上屋下的人都吃了一惊。任庆余拍拍左肩，笑道："没事，没事儿，没有挂花呢。"

张明芝在屋下脸都吓白了，她看着任庆余撕下了的衣服碎片在风中抖动，赶忙喊道："吴大雨，吴大雨！你快下来！下来换件衣服儿，家中有呢。"

众人也都劝任庆余："你下来歇一会儿，喝口水再干！"

任庆余慢慢地顺梯了由屋上退下，脚刚落地，张明芝就扑到他面前，吐口唾沫在掌上，不住地往他的左肩抚摸，心疼地问："伤着肉了没有？"

任庆余将裂布拿在右手上，护住左肩，笑道："没伤着呢。咱们成年累月经枪林、历弹雨，这根本就不是一件事儿！"

张明芝同两个孩子簇拥着任庆余来到住处。她先舀了一碗水让他喝着，然后走向一个破旧的站柜，从里面拿出一件白粗布衬衫，抖搂着。刹那间，大别山女人张明芝的头脑里，闪出了又喜又忧的画面：吴家店这儿男女新婚，都要缝一套白布裤褂。她手中的这件衬褂，就是当年吴大雨新婚时缝的，他参加红军时没有穿走。除了他，还有一个男人穿过，那就是方俊州。方俊州家住吴家店北头，两家相距不远，他俩自小是玩伴，青梅竹马有感情，两人长大后曾私订终身。但是，明芝父亲不明女儿心，执意要把她嫁给吴大雨。大雨参军后，明芝日子空前难熬。方俊州想方设法帮助她，不惜力气帮她干各种累活、苦活、脏活，还隐隐地对她不死心。在一个夏天急风暴雨的夜晚，方俊州为她干活暂时回不了家，明芝拿了这件白褂为他换下了脏衣服。屋外的风雨一直没停，快到半夜时，两个孩子睡着了。方俊州站起身，嗫嚅着说："明芝，今晚俺不想走了。"张明芝一听寒了脸，说："那不行！俺可以掌灯陪着你。雨一停，你得走！"方俊州控制不住自己的感情，将明芝推到床上，压在身下。张明芝挣扎着站起来，甩了他一个嘴巴，正色说："方俊州！感谢你这几年对俺的照应。但是，俺已嫁给吴大雨了，生是他的人，死是他的鬼。再说，他参加红军是为了穷人，就像歌儿上唱的，'为了穷人打天下，枪林弹雨咱不怕'！他是个好男儿。你呢，躲在家里，是个胆小鬼，现在还想占红军女人的便宜，是干着畜生的勾当！往后，你不要为俺干活了，俺累死累活，是俺的命！你，你走吧！"没有参加红军，是方俊州的软肋，总觉得在吴家店父老乡亲面前抬不起头来。现在，被张明芝挑出来不说，还被骂得狗血喷头，不禁又羞又气又忿又恼。他立即脱下了身上的白褂，光着脊梁，冲进了风雨里，一气跑到二里地外的百丈崖，跳崖自杀了。张明芝万万没想到，由于自己的忠贞和刚烈，竟令一个好男人舍弃了生命。但是，吴家店人们认为，方俊州只是误跌崖下，没有将他的死亡与张明芝联系起来。其实，这是张明芝数年来翻不过的一个坎儿，她觉得，等于是自己杀了方俊州，而且到海枯石烂、地老天荒都难以补救自己的过失。因此，她曾在暗地里哭过好几回。

张明芝脑中只是闪电般映出这些不堪回首的画面。她擦擦眼，镇定下来，将白褂递给任庆余，要他换上。任庆余不肯，说道："我带着衣服呢，回去就换！"

站在一旁的两个孩子也很懂事，小妮帮明芝说话："佬儿！娘已经把衣服找出来了，你就换上吧！"

张明芝扳过任庆余的左肩，硬要他换上。她透过他左肩撕裂的白布，大吃一惊："大雨，吴大雨！你左肩下背上的三颗大黑痣呢？怎么没有了！"记忆中，她为丈夫自豪的黑痣，三颗，呈三角形，在男人肩下像三颗小小的星星，幽暗地照亮着她经风历雨岁月的微弱的希望。

任庆余站起来，眼含热泪，他抓过张明芝粗糙的大手，紧紧地攥着，哀哀地说："大妹子！我不是吴大雨呀。我名字叫任庆余，老家住在六安县的独山镇，距这吴家店有好几百里路呢。"

张明芝犹如遭到了晴天霹雳！整个吴家店似乎在翻江倒海，嗡嗡地响，击碎了她生命的沉疴，她整个人从混沌中清醒过来了！她似乎听到了吴大雨、方俊州从遥远地方传来的呼喊："傻女人，傻女人！你认错人了！你认错人了！"

张明芝赶忙把手从任庆余的肩头移开，睁大了眼睛，将任庆余从头到脚细细打量了一番，双手一拍，哭道："娘哟！俺认错人了，认错人了：一样的灰军装，一样的枪，都像俺那大雨呀，可真的不一样！"

任庆余走出屋子。夏日炎炎，暑气蒸蒸地照着吴家店，照着张明芝已被修好的厨屋。他从一个军人手里接过一个红包，当着众人的面，递给张明芝："大妹子！这是一百块钢洋，是皮定均部队的一点心意。你们是红属，你的男人、咱的兄弟为革命为抗日立了大功，这是咱们为你抚育两个孩子尽一点微薄之力……"

张明芝接过红包，脸显羞愧之色。她人已完全清醒，表现出了素有的精明。她泪流满面，声音低沉地说："红军呀，救苦救难的菩萨！庆余大哥啊，对不起，你受委屈了……"说着，腿一软，跪到了地上。两个孩子见娘跪下了，也都哭着跟着跪下。

任庆余赶忙将他们娘儿仨一一扶起："大妹子！别这样！快起来！咱当年的红军、今天的八路军，同咱老百姓，本来就是一家人噢。"

皮旅通过在吴家店的休整，指战员们恢复了体力，备足了粮食，整理了衣鞋，又经过了动员，个个精神饱满。更关键的是，他们架设的电台，同延安总部联系上了，传来党中央、毛主席的指示。那指示只有两个字，反复出现好几遍："快走！快走！快走！快走！"但为指战员们继续东进鼓足了劲头。

1946年7月8日，皮旅由吴家店出发，经土地岭、西界岭，沿漫水河、黄栗庙向霍山、六安东进。战士们跋山涉水，连续行军，于10日中午，到达霍山县南缘的千笠寺镇，停留两个小时后，皮旅二团先头出发，旅直和一、三团跟进，向东进必经的青风岭疾走。可是，青风岭被敌人占领了。他们挡住了岭中唯一的一条石板道，扬言要使皮旅插翅难飞。但敌人经不住皮旅的荡涤，迅即灰飞烟灭，留下几百具尸体，抱头鼠窜，一、二团一气追击40里才算罢休。突破青风岭的当天傍晚，皮旅冒着倾盆大雨，到达了磨子潭。

磨子潭，紧靠霍山县的东淠河西岸，下游30里就是佛子岭。淠河发源于大别山，主要源流有两支：一支发源于霍山县，叫东淠河；一支发源于金寨县叫西淠河。两支在六安县南边的西河口会合，浩浩荡荡，奔腾三百里，在寿县正阳关汇入淮河。磨子潭这儿四面高山环绕，东淠河又是一条大河，使小镇的地势显得更加险要。皮定均旅长预料，敌人肯定会在这东淠河进行堵击。因为部队从吴家店出发后，其基本方向是向东，敌人已大体判明了我军的意图。

在磨子潭小镇的西头，皮旅三团三营的任庆余，做梦也没有想到：他在这儿竟然碰到了张明芝！

张明芝头戴一顶斗笠，白褂白裤，右胳膊套着一条黑布箍儿，两脚鞋头各蒙上一块白布，看来是为哪个亲人戴孝呢。她的巴巴纂也扎着白头绳，两个眼眶也显出淡淡的黑晕，好像哭过很久似的。风雨已将她的裤褂打湿大半，站在那里，像一朵早开的弱不禁风的苦菊。任庆余望着她，惊喜地问道："大妹子！你怎么在这里？"

"俺的娘家就在这里哪！"张明芝一改脸上的悲戚，露出惊喜的神色，"俺的婶娘死了，俺是来奔丧的。"

"你什么时候来的？"

"你们帮俺修房的第二天。"张明芝说，"俺婶娘已经落土了，落土为安哪。俺准备明天就回吴家店，俺娘仨都来了，穷家难舍呢。"

两人正说着，皮定均旅长打着一把油布伞过来了。旅长 32 岁，中等个儿，身体瘦弱，但军帽下的双眼，明亮而威严；一副厚嘴唇，显出了大别山人的淳朴而厚道。任庆余向旅长行了个军礼，因有老百姓在身旁，他没有喊"旅长"，只是热情地介绍了张明芝："这就是在吴家店我们碰到的那位红属。她的爱人吴大雨，是 1932 年 10 月，随着红四方面军，离开鄂豫皖根据地的。她的娘家在这儿，是来奔丧的。"

旅长的手打着伞，不便握手。他向张明芝点了一下头，笑道："你的事我知道。这么远的路呢，咱们又遇上了，有缘分啊。"

张明芝见这位军人待人可亲，笑容可掬，知道他是一位大"官"儿，于是热情地邀请道："俺二叔原在这儿开杂货店，是祖产，住家宽敞。如今，老两口都过辈了，一个堂弟接手他的生意。你们若不嫌弃，就进屋坐坐吧，喝口水！"

"好呀！"任庆余紧了紧身上破旧的雨衣，望着皮旅长笑了笑，"这雨太大了！"说着，两人跟随张明芝，走进她二叔的家。

二叔家店面向南，门面房虽然只有三间，但满满实实，摆着琳琅满目的货物。穿过过道，后面是一个大院子，厢屋和后堂都很齐整，一片精室瓦舍。堂弟正接待顾客，忙不迭地对堂姐说："快领他们到后堂坐！"

皮定均虽然坐下了，但对张明芝所泡的茶无心去喝，他心里焦急呀。刚才，他根据侦察队提供的情况，要了他们手里的窃听电话机，接通了伪霍山县政府的电话。他操着一口皖西口音，以国民党第四挺进队的名义，故意惊慌地喊道："不好了！听说大队共军马上就要到磨子潭了！我们的大军在哪里呀？"

伪霍山县政府的电话答道："不要惊慌！48军已派出部队赶来截击，半夜就可到达磨子潭。"皮定均放下电话，他派出向磨子潭邮差打听情况的侦察员也来到身边，报告说：国民党48军正在岳西、舒城、桐城、潜山一线布防，形成一个口袋形防线，企图阻击八路军跨出大别山向安庆方向进攻。

皮定均冷笑一声，心想敌人还没有摸准我军的突围方向。于是，他对任庆余说道："你快归队吧！叫你们的团长立刻来见我！"

不一会，三团团长曹玉春来到皮定均面前，旅长命令他并各部：立刻渡河！

皮定均并曹玉春等人走出屋子，来到河边。正值汛期，百米宽的东淠河水深浪阔，又赶上下着倾盆大雨，风助雨势，山洪暴发，河面上巨浪搅起巨大漩涡，犹如百虎齐吼、万马奔腾。

东淠河如何飞渡？

侦察队在张明芝等乡亲的带领下，好不容易找来5只小船，但根本解决不了7000人的渡河问题。皮定均命令曹玉春派出一个营，分批乘小船渡过河去，担任警戒。他对曹团长交代说："你看河东岸那三座大山，屏风似的挡在岸边。万一敌人抢占了山头，我们渡河就万分困难了。快，快！我们早占领一分钟，就会给战斗带来早一分钟的主动！"接着，皮定均命令工兵排赶搭浮桥；部队赶快就地做饭，等待渡河。

"酒，哪里有酒？"曹玉春似乎是在问谁。张明芝在旁边听到了，赶忙跑回了娘家的杂货店，很快拿来了一大瓶自家酿造的小吊酒，并一个粗瓷碗。曹团长要给她钱，她赶忙闪到一旁，笑着说："俺有钱，是你们给俺的！"曹团长还是把钱塞给了她。

皮定均从曹团长手里接过了米酒，把酒倒到碗里，一碗又一碗地端给工兵排的战士们喝，让他们暖暖身子，抓紧下河架设浮桥。虽是七月，山洪依旧砭人肌骨呢。

架桥没有器材，工兵们想在河里打桩。可是，一次、两次、三次，都被湍急翻腾的河水冲走了。没办法，又挑一个水性好的战士让他身缠铁丝游过河去，把铁丝拴在对岸的大树上，以便架桥。可是，这个战士每次还没游到河中心，就被激流冲走了。

天地交接，倾盆大雨，织成厚厚的帷幔，淹没了站在河岸的军和民，人人都被淋得睁不开眼睛。瘦弱的皮旅长掏出怀表看了看，已经是夜里11点多了。架桥无望，他心急如焚，眼睛望着周围的群众，问道："这河有没有浅一点容易渡过的地方？"

张明芝头脑里闪过了电光石火，赶忙说："有啊！"说着，领着八路军向磨子潭东南方向急急地走去。走了约莫两里路，显出一个河湾，河面虽宽一些，但水要浅一些。明芝指着水面，对皮旅长说："四年前，有一个种桑园的大户，曾在这里打过坝，提水浇园。如今，土坝虽被冲走了，但摸水过河总要容易一些。"

"谢谢你啊，同志！"皮定均看了张明芝一眼，深情地称呼她一声"同志"。两个战士听了，非常高兴，扑通一声跳下河去。可是，十多分钟后，他俩又游回来了，其中一个说道："虽说水只有胸口深，但浪大流急。咱们北方人多，不会游水的，在河水里根本站不住脚！"

皮定均自小就在水边玩大的，水性非常好。他说："水只要淹不过头，人就不慌，不要紧！"他命令工兵排把几根铁丝拧在一起，拴在两岸树上，让战士们抓着铁丝洇渡。

五只小船轮番运载妇幼病残，迅速抢渡。

骑兵通讯员火速飞往驻在西边20里外的二团，他们原在那儿担任后卫警戒，现在虽早出发了，但得要跑步往河边赶。

渡河的组织工作刚刚就绪，敌48军527团的一个营已经赶到了，抢先占据了河东岸的一座大山金鸡岭。皮旅先遣过河的三团一营的战士们，向敌人发起了冲锋，拼死保住渡口。但敌人以占据的制高点优势，在接连不断的曳光弹照耀下，以密集的火力向渡口扫射，子弹在战士们周围横飞、尖啸，可是，皮旅官兵仍然秩序井然，暴雨、浪花、人流，卷起一道白色的狂澜，向东岸席卷。

河边的乡亲已经四散，他们隐入黝黑的松林，透过矮树的枝丛，向河边张望。张明芝的心，像被人提起了，上下晃悠。八路军是她的亲人啊：一样的灰军装，一样的枪，都像俺那吴大雨啊，细想真的是一样！

皮定均也扑到水里,同战士们一样,在水里泅渡。大家见他虚弱,经不起浪激,硬要把他往小船上拉。他非常生气,大声喊道:"放开!我从小就在水边长大的,是'浪里白条'呢,我过得去!"

皮定均渡过东淠河,急速奔上一个小山头,就地指挥。这时,敌人已被皮旅渡过河的部队,击退到最北边的那座山头了。西岸等待的我军,已全部安全东渡。可是,二团久等不到,令人心焦。

这时,天已大亮。不知何时,已经风停雨住。但见二团指战员一气长跑十多里,已经全部到达西岸。皮定均命令一、三团以全部火力压制敌人,掩护二团过河。敌人的火力做着垂死封河挣扎,猛烈的炮火地动山摇,弹片横飞。但是,二团按照掌握水情的不同,冒着炮火,分小船、泅渡、浮水三路强渡,不多时,终于胜利地到达东岸。

这时,东岸的皮旅人多势众,已把封河的敌人,撵得很远,不时传来零落的枪声。

东方的浮云渐退,燃起火红的朝霞。任庆余和战友们遥遥望着明光亮眼的磨子潭小镇,望着镇南镇北幽暗的松林。他好像看到张明芝正在向他挥手,晨风吹动她额头的乱发,刚强地立在波涛翻滚的东淠河岸上。

任庆余在心中为这位大别山亲人祝福:张明芝!祝你一生安好!如果吴大哥还活在人间,愿你们一家人早日团聚!

2021.7.30 六安

大青骡子

　　皮定均将军爱马成癖，但在战争年月他常驭用的，却是两头骡子：一头是大青骡子，一头是枣红色骡子。行军打仗时，他总是骑着大青骡子，而让枣红色骡子驮着他的东西。

　　皮定均骑驭的这头大青骡子，可谓是"天上掉下来的腊鹅爪——不是凡角（脚）"！

　　这头大青骡子与刘伯承有关。1936年10月上旬，红军总部和红四方面军指挥部抵达甘肃会宁，实现了红一、红四方军继懋功会师后的又一次胜利会师。这时候，在红军教导师，刘伯承的坐骑生了一头小骡驹。那骡驹浑身生着黑缎般的毛，两耳尖尖，两眼明亮，长得既精神又漂亮。皮定均十分喜爱它，有事没事，常到马厩去逗弄它。

　　长征途中，1935年6月中旬，红一、红四方面军在懋功会师后进行了整编，21岁的皮定均被调任红军大学教导师第二团团长。这一年8月3日，党中央决定红军组成左右路军经草地北上。党中央随右路军行动；红军总司令朱德、总参谋长刘伯承，随总政委张国焘的左路军行动。张国焘认为自己山头大、人数多、装备好，便拒绝执行中央北上的方针，大造反党中央和毛泽东等人的舆论和行动。但是，皮定均在朱德、刘伯承的教导下，坚定地站在党中央的一边。他率领的第二团，很快地觉悟了，又带动整个教导师的学员们逐渐觉悟起来，有力地遏止了张国焘所掀起的一股反党中央的逆流。因此，刘伯承很喜欢皮定均。他见皮定均对小骡驹的一股喜爱劲，就说："皮团长！这头小骡驹，送给你了！"皮定均犹如得到了宝贝，派人精心喂养。

骡子，是驴和马所生的种间杂种，驴生的叫驴骡，马生的叫马骡，体形偏似马，叫声又似驴。它继承了驴和马的秉性，耐粗食、耐劳役、抗病力强，适用性广，蹄小、踵高而坚实，四肢筋腱强且硬。特别是这只小骡驹的父亲，是我国陕西渭河一带大型驴种产地"关中驴"，强悍的父辈使它更具有非凡的魅力！

　　饲养大青骡子的人，名叫段修德，河北人，外号叫"老八子"。因为他的右手，战争伤残得只有大拇指和小拇指，张开手像一个"八"字。这样的手指当然不能扣扳机，皮定均就把他留在身边当饲养员。他与大青骡子心有灵犀，互通声息。每到关键时刻，他常把自己的干粮送到大青骡子的嘴边，边喂边说："这一回，你可得立功啊！……"大青骡子边吃边眨眼，竖起耳朵听着，知道自己出大力气的时候到了。大青骡子几乎不用缰绳，自己和部队相随相依。它更能体察到骑在自己背上的皮定均的心态：如果是急着赶路，它会四蹄如飞；如果是在打盹休息，它又把脚步放轻、放稳，甚至迈起了碎步。

　　大青骡子是一个无言的战士，在战火硝烟中做着自己的贡献。1937 年全面抗日战争爆发后，皮定均所部被编入一二九师，任该师特务团团长。大青骡子也长大了，同皮定均在抗日战争中相伴，演绎着抗战的业绩。这里讲一个充满喜剧色彩的故事。

　　晋东南的黎城，是当地最富饶的一个县。距县城西北五六里，有一条自然大沙沟，当地人称"花果沟"。沟上沟下有两个村庄，分别叫作上桂花、下桂花。这花果沟景色秀美，春天花香鸟唱，秋天硕果满枝。这儿出产的梨子，皮薄肉细，汁多味甜，人们叫它"冰糖葫芦。"驻黎城的日本鬼子，发现了这儿的梨子，馋得直流口水。他们仗着这儿距县城据点不远，便常常溜来梨园抢劫梨子，大大的"咪西咪西"！

　　当地游击队向特务团报告了这个情况。皮定均觉得这是袭击鬼子的好机会。他派侦察员到下桂花去看地势。这村东南方有个大古塔，高十七层，摩天接云。侦察员站在塔顶极目四望，黎城敌人的一举一动都了如指掌。皮团长听了侦察员汇报后，便派一营三连去大沙沟梨园四周山坡上隐蔽，派一个战士在古塔上竖一标杆为号，一有鬼子到来，便将标杆放倒。

　　第二天下午皮定均兴致不错，便骑着大青骡子到下桂花去看热闹。一主一骡隐蔽好不久，下午四时许，但见 30 多个鬼子背着枪，大摇大摆地向花果沟奔来。到了梨园，他们把枪一架，一个个像猴子一样直往梨树上爬，抓到梨子，一面狼吞虎咽地往嘴里塞，一面狗急狐快地往口袋里装。

正当鬼子们吃得洋洋、装得得意的时候，古塔上的标杆倒了。连长立即命令两个排集中火力往梨树上射击，一个排冲进梨园抢枪。

这下热闹了！梨树上的鬼子像遇到了大冰雹狠砸似的，连人带梨子噼里啪啦直往树下掉。死了的掉到地上砸个坑；活着的，见枪没有了，没头没脑地直往梨城跑。特务团三连的战士紧追不舍，皮定均也骑着大青骡子不紧不慢地撵着。时已黄昏，暮霭四合。黎城的鬼子听着枪声越来越近，又影影绰绰地见到骡马的身影，误以为是八路军攻城。于是，他们把守城的全部火器，对着这些"攻城"的鬼子猛扫了起来，打得那些鬼子顺利地升上了西天。而皮定均率领的三连的英雄们，带着梨园缴获的30多支枪，哼着小曲儿往驻地赶。这其中，当然少不了大青骡子在县城前的表演。

1944年7月，党中央北方局和八路军总部，要求皮定均等人从太行地区抽调部队，渡过黄河，挺进豫西，开辟敌后抗日根据地。这年9月初，"豫西抗日先遣支队"在林县淋淇镇正式建立，下设两个团13个分队，1500余人，支队司令皮定均，政委徐子荣。

先遣支队向豫西出发的那一天，皮定均骑在大青骡子上，看着战士们踵行的身影，向送行者挥手作别。八岁的大青骡子，高头健躯，四蹄劲挺，驮着30岁的司令员，显得踌躇满志。虽然此行前程艰难，但全支队上下决心不负所托。河南曾由汤恩伯、胡宗南的部队驻守。这年四、五月间，日军五、六万人发动了一个河南战役，国民党的30万大军不战而溃，37天丢了38座城市。他们的部队一部分逃进深山，一部分被老百姓缴了械。豫西当前的情况非常混乱，老百姓深陷苦海之中！

1944年9月22日，先遣支队闯过黄河天险，在天色微明中登上黄河南岸的邙岭。迅即以嵩山、箕山为立足点，以箕山的白栗坪为中心，建立豫西抗日根据地，领导豫西10个县人民的抗日斗争。

先遣支队在豫西，很快取得了一系列的胜利。但是，敌人总是不甘心失败的，他们时刻都在谋划消灭八路军和民众抗日武装力量。敌人进攻白栗坪根据地的一役，可以说是皮定均所历最艰险的一次。这场战斗，是日、伪顽军和地方武装、反动枪会精心策划的。当时，先遣支队在白栗坪仅有一个警卫连，皮定均和分区机关部分人员住在这里。皮定均刚得到敌人进攻的情报，四面八方便响起了枪声。他赶忙率领警卫连和区机关人员带着电台，登上附近的一座小山。展眼一看，发觉自己已在敌人的重围之中。

从东面进攻的，是临汝县大土顽席某的顽敌；从西面进攻的，是伊川县参议长梁某的反动武装；南边的，是国民党登封县党部书记杨某的队伍；北面来的，是登封县城内的日本鬼子。合计约有2000余人，是我军的10倍。

"仇人相见，分外眼红"。皮定均把注意力集中在鬼子那边。他抬头一看，只见一大片黄狼一般的日本鬼子，正从北面河滩上往这边急奔，刺刀在斜阳里闪着寒光。皮定均急令警卫连一排分成三个战斗组，分别顶住东、南、西三面的顽军，自己带两个排向鬼子迎面隐蔽前进。他命令：鬼子不到有效射程内，不准开枪！

趾高气扬的一个中队鬼子兵，边跑边将机关枪、迫击炮、掷弹筒一个劲地向我阵地打来，火光冲天，浓烟滚滚。可是，等他们进到距我军阵地50米左右时，皮定均一声喊"杀"，机关枪、步枪、手榴弹一齐向鬼子打去。前面的十几个鬼子全部报销了，后面的很快卧倒在沙滩上，利用顽石作隐蔽，拼命还击。但是，由于他们摸不准我军的虚实，爬在那里，不敢冒进。

顽军先是见他们的皇军来了，振作了一阵。可是，他们三面的几次冲锋，都被打了下来。这会儿看见鬼子也被压在沙滩上，心里随即慌了起来，枪声也稀落了。

双方对峙着，直到天黑。八路军利用两敌结合部的山谷空虚，胜利地突出了重围。大青骡子载着皮定均，英勇无畏，四蹄如飞；它的甩动的尾巴，在夜色中闪烁，犹如一道道闪电；它带着战士们，旋风般地共奏了胜利的凯歌。

大青骡子最柔情、最细心的一面，充分地表现在皮定均率皮旅的中原突围中。

皮旅中原突围时，皮定均利用敌人统治区域间的封建割据和以邻为壑、互不通气的矛盾，以大山作掩护，充分发挥山地行军、山地奔袭的战斗特长，尽可能地沿着省与省、县与县的交界处穿来插去，因而走的都是一些人迹罕至、荆棘丛生、峭壁悬崖上的羊肠小道，人行走还稍好一些，骡马、辎重常常阻塞，时不时传来骡马摔下悬崖令人心颤的沉闷的声音。

行军期间，大青骡子担负了一项艰巨的任务，这就是背驮母亲和婴儿。原来在这支突围队伍中，还有23位女战士，其中有好几位怀孕临产，在突围中生下了孩子。严酷的战争岁月，可苦了这些母亲了。她们往往是刚生下孩子就随队行军，别说营养滋补了，连开水都喝不上一口。皮定均常常搂抱这些刚出娘胎婴儿的襁褓，感慨地说："说到底，我们闹革命还不是为了他们这些千千万万的下一代！"理所当然地让大青骡子驮载这些母亲和婴儿。大青骡子总是眼露慈光，四蹄稳健，小心行走；不用饲养员"老八子"担心，出色地在高山大岭的峰巅、小道、峡谷、溪涧中穿行，从没出过一丝一毫的差错。

皮旅通过一场恶战，渡过磨子潭附近的东淠河不久，便到达大别山的出口处六安县毛坦厂镇。这时，皮旅得到侦察报告：蒋介石正慌忙调集三个正规师和几十个保安团，妄图在江淮之间的平原上，堵击并歼灭皮旅。旅党委立即召开紧急会议，分析了平原地区的特点，而敌人正欲利用据有城市、交通、运输、通讯联络等有利条件，妄想实现他们在大别山未能实现的野心。皮旅能否胜利地穿越合六公路、淮南铁路和津浦铁路三条重要的交通干线，是决定成败的关键，也是一场更为艰巨的斗争。

为了保证完成战斗任务，部队又一次彻底轻装。除了武器、弹药、粮食、鞋，其他物品一律烧毁或丢弃，进一步加强部队的机动性：7000多个背包，全部丢在山沟；一驮子一驮子的文书档案，全部付之一炬；几十匹年迈体衰在风雨行军中走烂了蹄子的骡马，也要全部留下。大青骡子刚满十岁，正值青春，但它的四蹄已全部磨烂，很难驱使，皮定均也只得对它忍痛割爱了。

战士们为防骡马追赶部队，只得把它们拴在树林中的一棵棵树上。"老八子"不忍心和大青骡子分手，双手捧着袋子中剩下的饲料，递到大青骡子的嘴边，眼含热泪说道："吃吧吃吧吃吧，咱们不得不分手啊！你还年轻呢，往后流落到某户人家，养好了蹄子，要用心给人家拉车，驮货啊！"

"胡马依北风，越鸟巢南枝。"这些有灵性的骡马，分明感到离别的悲凉，根本不愿吃饲料，而是仰颈振鬃，向着长空发出长长的嘶鸣。它们在这幽暗的树林，集体奏着与人类战友诀别的悲曲，其中尤以大青骡子叫得哀婉而表达着难分难舍的深情。

分别的时刻总要到来！

皮旅，这是一支铁流，一支无畏的部队，一支求和平、求生存、与命运作顽强抗争的英雄之旅……半个月突围以来，翻山越岭，披荆斩棘，饥饿、疲劳、疾病，衣衫褴褛，瘦骨伶仃。但是，这支铁流姿容不改，精神百倍。他们心里只有一个念头：走，走，走！甩开敌人，越过平野，踏过险关，到苏皖解放区去！

部队已经疾行好远，还能听到树林里被拴着的骡马的凄厉的嘶鸣。

部队快速行进。转眼走了几十里山路。突然，大家听到了一阵沉重的骡蹄声。不一会，只见大青骡子驰骋而来，挣断的缰绳拖在地上，汗水顺着毛尖向下滴落，在阳光下闪着白色的荧光。它踏着四蹄，喷着响鼻，亲热地依偎着战士们，用头抵抵这个，用舌舔舔那个，并且很快地找到了它的十年伙伴"老八子"。

"老八子"一把抱住了大青骡子的头，频频理着它的湿漉漉的汗毛，热泪长流，一句话也说不出来。

大青骡子又回到皮旅的队列之中，旅长特别高兴。皮定均自幼便放牛。在冬天寒冷的日子里，他就和牛依偎在一起，甚至把冻得赤红的小脚放在刚刚屙下的牛粪里取暖。他对牛、对骡、对马，对这些为人类贡献大而索求少的牲畜，情有独钟，充分融汇了他的热烈的博爱之心。他让大青骡子仍然承担熟悉的担子：背驮母亲和婴儿。

大青骡子忍着蹄痛，踏过江淮之间的平原大野，迎着七月的热风，四蹄沉稳而坚定。它随着皮旅的铁流，奔过合六公路，度过淮南铁路，而在此后的第七个早晨，冒着津浦铁路敌人疯狂的堵截，在战火硝烟中，迎着东方的朝霞，随着皮旅的整建制7000人之众，胜利地到达苏皖解放区。

皮旅与华中军区新四军会合后，进驻到洪泽县自来桥等地区，靠近华中军区驻地淮安。党中央考虑到他们过于疲劳，批准他们就地休整三个月。

可是，皮旅怎么能安心休整呢？

原来从1946年7月到10月，是蒋介石所谓全面进攻的高潮。他对中原军区的"围剿"未能得逞，便又集中50万大军，向华中解放区进攻。皮旅到达苏中之时，正是炮火连天之际。真正的军人听不得枪声，见不得硝烟。事实上，皮旅只经过短暂的休整，便被编入华中野战军的战斗序列，番号是十三旅，不久改为独立师，旋又接受战斗任务，移往高邮地区，保证华中主力作战的侧翼安全。

八月的一天，大青骡子和一个班的战士乘船过洪泽湖。与淮河相连的洪泽湖正逢秋汛，波涛汹涌，水高浪阔。一架国民党的飞机低空巡视，发现了浪涛间的渡船和惹眼的大青骡子，于是便俯冲扫射。战士们举枪向飞机射击，飞机虽然受惊，但子弹还是打中了大青骡子。有人说大青骡子并未受伤，它为了减轻船载负担，主动扑向浪涛，消失在大湖的烟波浩渺之中。

洪泽湖畔的老乡们传说：每到一年之中七月看巧云季节，大青骡子就在巧云之中现身：有时是青色骡子在奔跑，有时是白色骡子在拉车，有时是红色骡子在驮载，有时是赭色骡子在嬉戏；五彩缤纷，五光十色，晚霞映衬着大青骡子高大、清晰的身影，随着巧云的变幻而任意驰骋。特别是皮定均将军为国捐躯之后，有人分明看到，将军骑驭着大青骡子，手指前方，挟风裹电，向远方奔腾……

2021. 9. 29 六安

第三辑

中篇小说

剪刀传

这天傍晚，剪刀铺的独苗女儿孙韵菡，绕过后院的一丛美人蕉，一双大眼睛滴溜溜转，透过垣墙边的一排向日葵，一个劲地向街南头张望。姑娘今年二十岁，生得高高朗朗，苗苗条条，单薄的夏衫勾勒出青春美丽的曲线。——每天这个时候，她都要在葡萄架下摆张红漆小方桌，上面放上香肠、咸蛋、卤鸭、熏鱼之类的四碟细菜，再放上一个葫芦形的白瓷酒壶、一个杯底能显出美人面孔的高脚酒杯、一双细纹密布的象牙筷子，让爸喝几杯解解乏。

韵菡灵巧地在葡萄架下穿行，很快地把一切布置停当。她直起腰，又向院墙外瞥了一眼，似乎有些神不守舍。她轻轻地舒了一口气，用略带撒娇的音调，甜甜地喊了一声："爸!"

老半天，通向院子的堂屋门才打开。刀爷趿着牛皮拖鞋，气冲冲地走出来。他光着上身，穿着一条五十年代盛行而今罕见的宽腰香云纱短裤，手持一把芭蕉扇，边走边拍大腿，拍得浑身的肥肉乱颤。

刀爷来到方桌前，一屁股坐到竹椅上，抓过酒壶，满满地斟了一杯，一仰头干了。他一气喝了三杯，脸儿红得像煮熟的海虾。也不知是天气燥热呢，还是心中烦闷，他一拳擂在桌上，怒气冲冲地骂道："狗! 潮水有信人无信……"

韵菡脸上浮上一层淡淡的红晕，赶忙打开后门。一阵凉润润的晚风，从屋后的仙踪河上吹来，令人浑身好舒坦。晚霞正镀红金童山的峰顶，把她的脸儿映得更加妩媚。

已有几分醉意的刀爷，瞪了女儿一眼，吃力地说道："爸不糊涂，爸睡着了也睁着眼哩。就是盲人，也能看到你的眼睛爱朝哪儿望；就是聋人，也能听出你的长吁短叹声。告诉你，那小东西吃了枯炭，黑了良心。往后再见你朝他家跑，仔细你的两条小腿！"

韵菡从没见过爸这样对自己发脾气，又委曲，又害怕。她用两只手捂着脸，嘤嘤地啜泣起来。

"怎么哪？他对我无情，我就对他薄意。天地公道！"刀爷瞪着眼，大声地教训女儿，"他吃人心肝不觉疼，还要我去赔笑脸？呸！"

要问刀爷为啥发火，还得多饶几句舌。

原来这剪刀铺所在的回澜集，虽然位于大别山的崇山峻岭之间，历史上却极其繁华。从南边流来的仙源河绕过镇东，从西边流来的仙踪河贴镇西拐了一个陡弯。两河在镇南镇北都有湾汊相通，使得小镇四面临水，风姿独树。三里长街沿河而建，依坡而筑。开门启窗，看得见帆樯林立，听得到哗哗涛声。那攀堤而上的四道糙石铺就的二十八磴石级，被人们的脚底磨得净光，骄傲地炫耀着小镇昔日的昌盛。可是，自从人民公社化后，由于众所周知的原因，它逐渐冷落，失去威势，降格为普通的村镇。那些掌勺、调朱弄粉的巧手，不得不捏起锄柄、握起柴刀，从土里刨食，从山上觅粮。二十多年来，它那狭窄、弯曲、古老的街道，在一场又一场风雨的摧折下，怎么也难保昔日的容颜。只有那店门铺板上剥落的油漆和街心青石板上独轮车的辙印，在无声地诉说着历史的兴衰。

可是，在如云似雾一般变幻的世事之中，居然有两个人不受上述命运的左右。他们凭着双手和心智，乘风借势，谋划运筹，在回澜集人的心目中，树立了自己立世的根基。这就是名扬一方的裁缝"剪剪秀"和理发师"刀刀光"。

"剪剪秀"姓方，人们都称她"剪婶"；"刀刀光"姓孙，老少通称他"刀爷"。剪婶自幼跟父亲学裁缝，心儿灵，手儿巧，绣的鹊儿会展翅，挑的朵儿惹蜂蝶，纳的鞋底儿，嘿，比芝麻粒按的还匀称。父亲去世后，她独自撑起了裁缝铺。刀爷哩，自小跟着父亲学理发，三更灯火五更鸡，练指练腕练刀法，不上二年，他在店堂站了位，剃头刀刀光，刮脸匀匀净，更叫绝的，是他的一套掏耳、推拿的本领，保叫你舒坦坦、喜悠悠地离开他的店铺。解放那年，两位年轻店主结了婚，两家合为一家。一位老塾师，给他俩写了这样一副喜联：

秀启家风裁绫截罗剪剪秀
光昭祖泽刮目修面刀刀光

横批是"剪刀合璧"——"剪刀铺"的店名和两位店主的诨号，就是从那时叫起的。到过回澜集的人，如果不知道剪刀铺，简直是白走了一趟！

艺精招客远。回澜集方圆数里的山民，凡是想理发、做衣服的，宁愿多跑点路，也要来找剪刀铺。三十多年来，剪刀铺经磨历劫，饱受炎凉，这对夫妻巧匠都熬过来了。前不久，他们居然盖起了四间门面的红砖青瓦的店堂，安装上落地玻璃橱窗、带弹簧的自动开关的大门；四架精致的屏风把房子隔为两半，剪、刀各显其能。谁走过这门面前，都要瞅上两眼，情不自禁地发一声："啧！"

夫妻俩惹人称羡的，还有一个美丽的独生女儿韵茵。她不仅喝过高中墨水，像妈妈一样心灵手巧，还是回澜集的一个"人面儿"。娇妻美女，往往是生意人的一种资本。可是韵茵行为端正，举止大方，只对妈妈的徒弟叶金铭有好感，常同他在一起钻研剪裁的学问。

如此这般，刀爷和剪婶可算是心满意足了。难怪刀爷每当把酒临风之际，总要跷起二郎腿，对着蓝天一字一顿地自叹："薄技在身，胜握千金哪！人情似水分高下，世事如云任卷纾哩。"

可是，老两口不知道，新的生活正逼着他们脱离旧有的轨道。

共产党的新政策的春风，越过高岗低峦、峻岭深壑，使冷落、萧条已久的回澜集得到了滋润，涨满了春潮：斑驳陆离的铺板重新油漆，烟熏火燎的店堂着力粉刷；油毛毡、塑料布搭盖的摊点遮阳棚，交织成五彩缤纷的河流。榨油，熬糖，制粉，磨面，旧业新作；茶馆，酒肆，货铺，书场，竞相张扬。每当太阳初升，街道上就响起哄哄然的人声；这边挤，那边拥，人头上点钞票。对这一切变化，刀爷和剪婶毫无思想准备。他们打量着一个个扬眉吐气的山民，总有几分不解："得了什么神通？"

更令他们惊诧的是，徒弟们也不安分了，在剪刀铺发起变革的攻势，决计要摧毁旧有的传统和积习！带头发难的，是剪婶的徒弟叶金铭。这位二十四岁的高中毕业生，剪刀铺的后起之秀，甩掉老掉牙的"浪琴"缝纫机，购置缝纫、锁边、刺绣三用的"蜜蜂"；扔掉又沉又笨、黄锈斑斑的铁熨斗，起用灵巧精美、自动调温的电熨斗；更可恶的是，他居然摈弃了师傅苦口婆心传授的剪裁法，去学什么洋式港式广式，而且妄图叫师傅改弦易辙，弃旧图新。真是岂有此理！

刀爷的徒弟黄春江也不甘落后。这位二十五岁的老实后生，也居然经受不住浮时艳世的蛊惑，一心赶起时髦来。他首先劝刀爷改了不给妇女剪发、洗发的老章程。这是孙家几代坚持的老规矩。徒弟此举，使刀爷时时有愧对祖宗之感。也罢，反正他刀爷洁身自守、不碰女发就是，倒也相安无事。谁知那浑小子一波未平，一波又起，自己买回了电剪、电吹风，还托人从上海买来了电气烫发的玩意。看那圆套子上挂着叮叮当当的毛夹子，刀爷惊得目瞪口呆。一提起电，他就心惊胆战：万一有个闪失，电死个人横躺在店堂，危乎哉！那他刀爷一生声名、几代功业将完全付诸东流。这，岂能大意！

两代巧匠、两种思想之间，经过半年多的无声较量，终于达到了冰炭不同炉的程度。双方都清楚，只有分道扬镳这步棋好走了。——刀爷夫妇以看透一切的大度，以长者素有的宽容，备了一桌酒席，请了镇上的几位头面人物作陪，宣布尽了为师之道，往后彼此无涉。

刀爷夫妇深信不疑：凭着自己数十年的威望和无可挑剔的技艺，在回澜集顶天立地，是谁也打不倒的：毛头小伙子翎毛未满就想高飞，就想同师傅较量，哼，叫他尝尝懊悔药的厉害！可是，事实出乎他们的预料。叶金铭在街南另辟新铺，自号"万家春"；黄春江在街北自建新店，名曰"八面风"。师兄弟俩一南一北，对剪刀铺形成夹击之势。不知他俩用了啥一套鬼手段，几乎截掉了剪刀铺的所有生意。剪婶和刀爷，一个气得犯了心口疼，一个恼得腿抽筋。被冷落的凄凉感，被凌辱的羞耻感，被淘汰的危机感，一齐袭上他们的心头。

刀爷在女儿的啜泣声中，一边自斟自饮，一边想心思。"酒入愁肠烦恼多"，老头儿既纳罕又伤心，不觉把酒壶喝了个底朝天，已有七分醉意了。他看着待在一旁、肩膀不断耸动的女儿，怒气仍然未消："哭，哭！我还没死哩，就要你号丧！一人尽孝合家欢。可你哩，胳膊肘儿尽是往外拐！"

老头儿越说越恼，"啪！"一个酒杯儿被摔得粉碎。

一阵细碎、急促的脚步声传来，接着，刀爷身后响起剪婶的愤怒的声音："老东西！马尿灌多了……"

刀爷回头一看，矮小、精干的老伴正站在身后，一双失去光泽的眼睛，在老花眼镜后闪着冷光："你不要讨厌和尚恨袈裟。自己没本事翻江倒海，倒拿我和菡菡出气！"

"你呢，你有本事！手中无网看鱼跳，亏得你的好本事！"刀爷寸步不让。

"呸！你枉为一个男子汉！'嫁汉嫁汉，穿衣吃饭'，咱娘儿俩得过你啥庇荫了，动不动就成了你的出气筒？"剪婶反唇相讥。

刀爷是个红脸汉，从来不在女人面前示弱，但又从来不是剪婶的对手，今天只是借着酒力抖着虎威："逆子拗妻，无药可医。唉唉，这个家就是败在你们手里！"

剪婶这一程柔肠寸断，正需要老伴相濡以沫，没想到老头子喷出来的尽是火药，她哪儿肯依？"穿破丈夫九条裙，未识夫心真不真"，此话不假哩。哼，不给老东西一点儿颜色瞧瞧，等两天他还两腿朝天走路哩——剪婶想到这里，怒气不打一处出，一个"猛虎扑羊"，掀翻了刀爷的坐椅。

刀爷突遭奇袭，又带着几分醉意，脊梁一拱，往前打了个趔趄，重重地跌了个嘴啃泥。

韵菡看爸跌得重，正要上前搀扶，没料到刀爷从地上一跃而起，像一头怒狮扑向老伴。只见他右手在空中一划，便挽住剪婶的巴巴髻，先是一拉，然后又是一搡。矮小的剪婶稳不住脚，也打了一个趔趄，一头撞到南垣墙上，老花镜飞得老远，鼻孔流出两股鲜血。

韵菡扑向娘，腿一软，跌在剪婶的怀里，娘儿俩紧紧抱在一起，哭作一团。

刀爷的酒全醒了，抱头蹲在葡萄架下喘着粗气。夫妻俩一辈子相敬如宾，到老来却大打出手。是什么强劲的风呵，把他们这个严丝密缝的家庭，吹得起了裂隙，以致慢慢摇撼起来？刀爷想不通，也想不开。两滴浑浊的泪顺着他那滚圆的面颊，划了两道明亮的斜线。

天已黑定。不知从屋外河上的什么地方，传来水葫芦的低低的叫声："咕哇——咕哇——咕哇……"水葫芦也有什么伤心事吧，叫得哀婉而凄苦。可是，韵菡的眉毛却悄悄闪动了一下，脸上掠过一层难以捉摸的神色。

韵菡安顿好爹妈，躲进自己房里梳洗了一番。然后，悄没声息地打开后门，来到仙踪河下，在夜色中凝视着河那边的柳林。

水葫芦的叫声又响起来了，依旧哀婉而凄苦。韵菡轻笑了一声，轻轻地啐了一口。这是她和叶金铭约会的暗号，学鸟儿叫唤。不论他是学斑鸠、学杨贵六，还是学叫天子、学鹌鹑等鸟儿的叫声，她一听便知道是他。她赶忙解开河边一支小划子的缆绳，轻盈地跳上去，在小船的颠荡中抓过桨，灵巧地划起来。满河星光摇曳，水浪发出轻轻的喧响。

坠在西山顶上的月牙儿，微光淡淡，照不透这片沿河延伸的柳林，使它显得幽深而神秘。可是韵菡的眼睛早已习惯了这夜晚，早已发现西岸泊着的一支小划子，不觉猛划了两桨。还没等她跳下船，金铭便从柳林里跑过来；还没容她两脚着地，便被他伸胳膊揽进怀里。

"你……"韵菡一把推开他，"你这水葫芦学得不像，'苦哇苦哇'的，像死了娘！"

小伙子耸了耸肩，笑了笑，白牙在星光下一闪。

两个拥依着来到柳林深处，在一个平缓的地方坐下。月色溶溶，萤火点点，各种虫儿争相鸣唱。无边无际的夜幕，柔和，恬淡，扩散着一种薄明，如熹微的晨光。

"师傅又骂我了吧？"聪明的叶金铭早从韵菡的言语神情中体味到了一切。

"何止是骂！"韵菡叹了一口气，"爸和妈今儿晚饭时竟动起手来了……"

"打起来了？"金铭吃了一惊，探过身子，似乎要从韵菡的眼睛里寻出答案，"为啥？"

"还不是因为你！"韵菡说。顿了一下，又改了口气："也不全是——他们最近心里就是烦！"

"嗨，真没意思！"金铭拍了一下大腿。

韵菡浑圆的肩膀一歪，倒在金铭的肩头。两人都不说话，任虫儿们的鸣叫将他们包裹。透过丛丛灌木的枝叶，仙踪河上有渔火在闪烁。他俩越靠越紧，彼此都听到对方的心跳。金铭说："菡菡！唱一段吧，都快憋死了。"

"还有心思唱？"

"愁有啥用？唱段歌，解解闷嘛！"

"唱什么呢？"

"唱你拿手的——《春闺怨》……"

"去你的！"韵菡轻轻从金铭怀中挣脱出来，轻轻唱了起来：

一轮明月当呀当空照，

两行珠泪往呀往下抛。

三更暗暗对天来祝告，

四肢无力呀实是难熬。

五言诗咏不尽奴的苦，
六壬课卜不出奴的焦，
七弦琴弹不出奴的调，
八行书情意长难画描。
九重阳奴送郎去赶考，
十里亭奴家把话来教。
你说至迟不过十月朝，
归家就在那九尽寒消。

流传在大别山的这支《春闺怨》，是韵菡和金铭两人最爱唱的一支歌。每每唱到"九尽寒消"，韵菡总是习惯性地停下来，金铭呢，也总是习惯性地张开嘴，霎时，变成了一支小合唱：

一心想郎君想奴郎君，
并无两样心全是真情。
三冬四季未见郎回程，
盼郎盼到五更金鸡鸣。
六壬课再卜怎也不灵，
操手焚香奴家拜七星。
一拜再拜八拜过往神，
盼郎九十月间转回程。

两个年轻人唱着，心儿化到了一起，甜甜地融成了一颗：

十想奴郎呀就是不来，
九月金风催得菊花开。
八步床奴无心上去歪，
七弦琴思别调飘天外。
六月又是荷花并蒂开，
我郎去游五洲并四海。

三更阳台惊醒两分开，

恨郎呵一片冰心今何在？

夜幕遮挡着柳林外尘世的喧嚣，为这对恋人庇荫着这一小块幸福的乐土。韵菡唱着，美美地眯上了眼睛。而金铭，心头却有波澜在翻腾。柳林梢头浮荡着的天籁之声，似乎正汇聚着一种巨大的不可抗拒的召唤——

他是一个有志气的青年，一个普普通通的远山古镇的裁缝。古往今来的历史学家，从各个侧面书写一个时代的历史。经济基础——衣食住行——人民的情绪，往往是他们追踪一个时代的线索。他，虽然想不到那么多，但从自己的剪刀下、针线上，分明感到时代脉搏的跳动。他自幼生长在回澜集，乡亲们的一颦一笑、一悲一叹，悉皆体察。他刻苦钻研裁缝技艺，仔细揣摩乡亲们的需求，决心用自己的手，凭借刀剪像历史学家们那样地去追踪时代：衫么，中西式、刀背式、接胸式、明腰式、胸褡式、连袖式，他会做；裙么，前开式、旗袍式、束腰式、侧襟式、松身式，还有直筒裙、西服裙、三角裙、百褶裙，他会裁。……每当看到乡亲们在他面前试穿新衣，特别是那些姑娘们，有的像雏燕展翅，有的似翠竹摇姿，有的赛蝴蝶恋蕊，有的如弱柳扶风，他就觉得舒坦、得意！师傅师娘呀，你们的徒弟叶金铭并不仅仅是营营于口食，而是要把父老兄弟姐妹们打扮得更庄重、更齐整、更漂亮啊！

想到这里，叶金铭心头突发一种热辣辣的渴望。他站起来，扶起不解其意的韵菡，说："走，到我家去！"

他们渡过河，来到街南头，走进一个小院落。一盘高大的葡萄架，筛下残月的清辉。金铭挽着韵菡的手，推开东厢屋的门。

来到明亮的电灯下，我们才看清楚叶金铭的面容。这位"万家春"的店主，高挑身材，白净的脸上五官端正。那双明亮的眼睛，流露着智慧和机警，还似乎藏着一丝丝狡黠——这个精干的小伙子，使人一看便生亲切、愉悦之感。

这间小屋是金铭的卧室。东边放着一张高低床。床头的小柜上，有一盆正吐幽香的米兰。窗下静静立着一台缝纫机。西边的墙上，龚雪、方舒、刘晓庆们，正笑得赛一朵朵怒放的芙蓉。

韵菡在一把竹椅上坐下，习惯地把裙子往下拉了拉，盖住了雪白的膝盖。她翻了翻缝纫机上放着的几本书，抬头望着金铭："这些说画画、唱歌的书，你也看?"

金铭点点头:"都是好书啊!"

"你的兴趣可真广哪!"韵菡语含讥讽。

金铭笑道:"裁缝,也是一种艺术呀!它同唱歌、画画,是异曲同工,都是为了使人活得舒坦,活得潇洒!"顿了一下,又说:"不研究画画,怎能裁出式样好的衣服呢?比如有位姑娘站在这儿,要你为她裁衣。你呀,肩部紧两针,可使她的肩膀更浑圆;胸部放两针,可使她的曲线更柔美;腰处收两针,可使她的腰肢更袅娜;臀部扣两针,可使她的体态更丰满……"

韵菡扑哧一笑:"鬼东西!叫我来就是说这些?"

"不,不,有重要事情告诉你哩。"金铭敛起了笑容,迅速从床上枕头下拿出一封信,递给韵菡。

信是县社队企业局寄来的。信文的主要内容是,对金铭创办服装厂的举动表示支持,并约他近日去城面谈。

韵菡浏览了信,问道:"你有把握?"

"路是人走出来的!"金铭说,"我们面临着缝纫机多如牛毛的竞争局面,同时也面临着广大群众对服装的审美需求愈来愈高的形势。单枪匹马不行,像你爹妈那样的作坊也不行,我们要走创办现代化企业的道路,做一个懂技术、通信息、会经营的企业家!"

"能行?"韵菡睁大了眼睛,"钱呢?人呢?设备呢?厂房呢?"

"一切都会有的,"金铭胸有成竹,紧紧地握着韵菡的手,"我只想问问你:愿意同我并翅飞吗?"

"并翅飞?"

"对,并翅高飞!"金铭点点头,"我们祖祖辈辈生活在这高山大岭,辗转沟壑,老死山野,就像那没见过天日的草棵葫芦。我们这一代,不能再过这样的日子了!我们要飞,飞到山外,飞到大世界,挣回花红柳绿、热气腾腾的好日月!"金铭激动起来了,把韵菡的手攥得更紧。

韵菡忍着疼,没有抽回手。面对自己熟悉的恋人,似乎感觉到了他的热血在奔涌;刹那间,她又似乎面对一个陌生人,面对陌生的梦想、陌生的事业、陌生的征途。她没有抽回手,只是动情地点着头。

他们又商量一阵,韵菡便回家了。刚推开家门,便听到一声炸雷般的怒吼:

"给我跪下！"

　　她迅速而又颤颤地扫了一眼，只见爸正威风凛凛地坐在椅子上，面目难看，像一尊凶神。娘偏坐在他的身后，眼睛望着屋顶。长了这么大，还是头一回遇到这样的场景！

　　"北风口放屁，还要臭一阵哩，当真你老子说话就一钱不值？"刀爷怒气冲冲地数落女儿，"晚饭桌上我念了那么多真经，你全当作耳边风！"

　　"爸……"韵菡定定地站在那里，没有跪。她深深地吸了一口气，心里镇定了一些。天气闷燥。东山那边，传来隐隐的雷声。又急、又气、又恼，浑身大汗淋漓。她定定地站着，没有跪，声音不大但却充满硬气地说道："爸，我没有错！"

　　"没有错？"刀爷冷笑一声，突然往前跳了一步，"人家往你老子眼里揉沙子，你还有心思去……去，去配鸳鸯？"说着，扑到韵菡面前，扫手一个耳光，直把韵菡劈倒在地。

　　"爸——"韵菡撕心裂肺地喊了一声，在地上痛苦地扭动着身子。

　　剪婶惊慌失措地跳起来，把刀爷往旁边一推："天杀的！黑良心！"边说边向女儿俯下身子，心肝宝贝地叫着，胡乱地揉搓着。

　　刀爷气咻咻地转身要走，剪婶喊住了他："天杀的！有你这样调教孩子的吗？你干脆连我也一刀捅掉算了！天爷！这日子还怎么过！"说完，呼天抢地地哭了起来。韵菡从地上站起来，擦干泪，扶起妈，转身面对刀爷，声音琅琅地说："爸！你错怪我了，也错怪叶金铭、黄春江他们了！往常，你不也常夸他们聪明懂理、遇事有主见吗？为啥一分手就变成冤家对头了？世界虽然大，可人多哩，强中还有强中手；道路虽然多，可难走哩，条条九曲十八弯——不去拼，不去斗，不去闯一闯，叫我们怎么处世为人？怎能在回澜集立足扎根？你和妈，能够护我一辈子？"

　　韵菡急急地说着，圆脸上沁出密密的汗珠。一缕鲜红的血，从她的嘴角渗出，渐渐地洇成了一朵小花。

　　刀爷瞥了女儿一眼：定定地站着，柔发纷披，柳叶眉儿斜射，显得那么苍白，又显得那么好看——老头儿轻轻地叹了一口气，但仍然没有松口："那小东西太不讲良心了！我拿他当儿子待，可没提防他藏着一副狼心狗肺！"

　　"路遥知马力，日久见人心。"韵菡仍然为叶金铭开脱，"爸，往后你会明白的!"

"我不听!"刀爷脚一跺,转身走了。

一阵清凉的风儿吹来,前后窗帘鼓得像河上的白帆。东山顶上,闪电正在撕裂着浓云,七月的雷雨轰轰而来。

剪婶一觉醒来,身旁不见了女儿。看看窗外,一片灰暗的天空,仍然飘着蒙蒙的细雨。她披衣坐起,喊道:"韵菡!菡——菡!"

没有回音。

剪婶打了一个冷战,依稀想起在睡梦中,似乎听到女儿的哭声,似乎听到过下床的脚步声……细瞅,韵菡平常用的那个皮革嵌花挎包不见了。哟,那把尼龙折叠伞也不见了——她翻身跳下床,大声喊道:"菡菡!菡菡!"

没有回音。

一股冷气直透剪婶的骨髓,浑身上下顿时鼓起鸡皮疙瘩。她大步流星地扑向西厢屋,没命地捶着门板:"天杀的!还挺尸哩,菡菡没了!"

刀爷睡眼惺忪地开了门,喝道:"嚷个啥?"可是,待他弄清了情由,也不由得大吃一惊,但口气仍然不软:"死不了!"

"老东西!心忒狠!"剪婶顿时眼泪汪汪,"昨儿黑,你只说要调教调教她,没料想你竟下起那么重的手脚。虎毒不伤子哩,你还不如畜生!老东西!菡菡若有个三长两短,看我不同你拼了!"

"小声点!吵得四邻不安,算个啥?"刀爷口气软和了一些。

在这远山古镇,风俗特别清纯、古板。跑了女孩儿,是失体面的;若是女孩同人私奔了,唉,那就算丢八辈子人了!"鸟惜翎毛虎惜皮",刀爷特别讲究这些。他想道,韵菡既然带了挎包,拿了雨伞,肯定不会寻短见的;爹娘待她恩重如山哩,就是昨晚那样处治她,也是为她好啊!她懂事理……不会有别的闪失!那么,跑到哪儿去了呢?

"到南头去看看!"刀爷顺理成章地想到叶金铭,用下巴颏向街南示意。

老两口忘掉了近一程的一切龃龉和纠缠,一前一后忙不迭地朝街南头走。小雨已止。天气放晴。街道上一片清新。四乡的山民正上市,熙来攘往,市声喧腾。

走到镇委会门口,刀爷站住了,对剪婶说:"你暗暗去看看……我找老县长说会儿话。"

"老县长"名叫丁兴苍,新中国成立前和刀爷同在一个辅子学手艺,长刀爷两岁，是师兄。新中国成立后，丁兴苍参加了工作，由街道主任而镇长而区长，而后又一直当上了副县长，是回澜集人的一份骄傲。如今，老丁退居二线，率领县里的一个扶贫工作队驻回澜集。平时，有事没事，刀爷常到镇委会来，或者把老丁请到家里，一壶老酒四碟菜，边喝边谈，挺投脾气。剪婶明白老伴的心思，他是怕去街南头丢脸，便点点头，独自去了。

刀爷整了一下衣襟，大步跨上镇委会的青石台阶，长驱直入，一直来到最后一进老县长的住处。

老县长正坐在桌旁看文件，满头白发，长脸清癯，戴一副老花眼镜，劲抖抖，挺精神。见到刀爷，他忙着拿烟倒茶，还切了一个马林西瓜。

寒暄过后，深知师弟最近心境的老县长，笑道："你的气色不大好哩，有心事？"

"有啥心事？"刀爷苦笑一声，"老丁，心劲不如人哩。"

"对年轻人，应该服老嘛！"老丁笑吟吟地说，"徒弟们另立门户创业是好事，竞争嘛，不要同他们闹别扭。'长江后浪推前浪'，这是规律哩。"

正说着，叶金铭气喘吁吁地跑来了。招呼过老县长之后，转身对刀爷说："大伯！韵菡没到我家去。"

"你师傅呢？"刀爷面色冷峻。

"她回去了。"金铭小心翼翼地答道。

"韵菡怎么啦？"老县长不解地望着他们俩。

刀爷忙起身告辞，没有顾得回话。

常言道：没有不透风的墙。不到半天，孙韵菡失踪的消息，便在回澜集的主街小巷播撒开了。

剪婶打开后门，一排枫杨树后面的仙踪河，展示着白亮亮的水波。一群大姑娘小媳妇，正在河埠抵水的石级上洗衣刷鞋。她们一边泼水嬉笑，一边毫无顾忌地发着议论：

"剪刀铺的妞妞跟人跑了……"

"那有啥稀罕？是仙女也要下凡哩。"

"嘻嘻，她的魂儿早叫小叶勾去了。"

"听说他们是出去'游婚'。"

"瞎扯！是'旅行结婚'……"

听说这些，剪婶差点儿气晕了过去，赶忙把门儿关上。瞄瞄老头子不在旁边，心才稍定，但还是扑通扑通跳得凶。她是怕刀爷听到，气中添恼，恼上增恨，闹出什么毛病儿。

吃过早饭，剪婶上菜市买菜。挎着篮儿，走在青石板上，她不敢抬头：眼睛儿昏昏，好像有人在指；脊梁儿痒痒，好像有人在戳；耳朵儿嗡嗡，好像有无数人在讥笑——"好一个剪刀铺！你也是养儿育女的人家？嘴上开莲花，心藏豆腐渣，腌臜透顶哩。"

剪婶匆匆买了一把青菜，连找的零钱也没接，便急急往回赶。似乎有人同自己打招呼，她没看，也没答，低眉顺眼地往回赶。

进了门，刀爷横空而来地爆出了一句："死了才好哩，丢人现眼！"

是谁死了好呢？是菡菡，还是我？——剪婶眼红了，但没有作声。她在心里恨恨地想："菡菡！你死吧，死吧！——一根肠儿扯两断，省得我操这份心！"

剪刀铺笼罩着阴云，缺少光彩，缺少热气，缺少笑声。

第一天过去了，老两口恼怒难禁。

第二天过去了，老两口哀怨有加。

第三天过去了，还不见韵菡的影子。剪婶柔肠百结，珠泪涟涟；刀爷呢，也是坐立不安，茶饭无味。直到这个时候，老两口才深沉而又清醒地感到：他们是离不开韵菡的！女儿，不仅是他们的血肉，是家庭的纽带，也是他们面向社会的一个窗口，联结人生的一道桥梁，更是他们步入暮年的阳光和希望！

第四天傍晚，剪婶怎么也按捺不住自己的焦躁，跑到街北头，在一堆"蹦蹦车"边溜达，同车主们搭讪，希望能得到有关女儿的一丝半缕的消息。

果然，一个长头发、留一溜小胡子的年轻人，笑嘻嘻地对她说："剪婶！实话告诉你吧，那天早上，你家小孙是坐我的车子走的。"

"真的？"剪婶鼻子一酸，差点哭出了声。

"还能逗你老人家？"小胡子笑着，把韵菡的穿戴细细说了一遍，"她叫我替她保密哩。这会见你急成这个样子，还保啥密？"

"对，对，剪婶！你和刀爷就放心吧！"另一个穿花衬衫的车主，细细打量着剪婶的脸色，才吐出下半截话："今天上午，在县城南边的大桥头，我看到韵菡和小叶……"

剪婶点头称了谢，转过身，顿觉身轻如燕，恨不得在街心的青石板上飞。她隐隐地感到，菡菡和小叶是对的！他们行得正，走得稳，往远处想，干大事情，并没有给娘老子丢脸，为啥非要难为他们呢？

剪婶一气回到家，赶忙把听来的消息告诉刀爷。见老伴不动声色，她劝道："女儿家是菜籽命哩，落到肥土长成捆，落到瘦土长成棍。唉，儿女眼前花，哪有长开不败的？咱们得想开点！"

又是几天过去了。

韵菡离家的第七天下午，老县长来到剪刀铺。他跨进店门，乐呵呵地喊着剪婶："剪剪秀！快炒两个菜，咱和师弟喝两盅，有喜讯报告哩。"

刀爷的酒壶常喝不干，菜也是现成的，很快便摆到后院葡萄架下的小方桌上。

酒酣耳热的时候，老县长喊来剪婶，要她也喝一盅。剪婶一向不沾酒，只是在旁边陪着坐坐。

丁兴苍看了他老两口一眼，笑道："叶金铭申请办的服装厂，县里批准了，银行、工商、财税等部门的手续也办妥了。小伙子很有气魄，不愧是名门高徒哇，哈哈……他不仅要生产山区男女老幼喜欢的各类服装，还包下了好几个'三线厂'劳保服的生产。……县里王县长听了企业局的汇报，很高兴，特地给有关部门打了招呼，要他们多扶植、多照顾些哩。"

剪婶赶忙问道："你在城里见到韵菡了？"

"见到了。"老县长昂头一笑，"她到合肥去了，参加什么服装设计比赛去啦！"喝了一口酒，又是哈哈一笑："听说你们还担心她丢失了哩，笑话！那么大的姑娘，又是满肚墨水，联合国都去得哩。"

刀爷和剪婶心上的石头落了地，又连连向老县长劝酒，彼此接连干了好几盅。趁着酒桌上的融洽气氛，老县长开导他们说：

"人跟时势走哩，不要抱个老古董不放。刚解放那一阵，妇女剪'二刀毛'，咱们上街扭秧歌，老一辈不也摇头叹气，在背后指指点点吗？后来呢，青山照样不倒！年轻人血气旺，心性高，让他们闯荡去！不要这也看不惯，那也不如意。有诗说，'牢骚太盛防肠断'，说得好哇！"

正说着，三人突然一愣：县里的有线广播，分明冒出了叶金铭和孙韵菡的名字！刀爷和剪婶大惊失色，唬得连大气也不敢出。

三人凝神细听下文，只听播音员说道：

"……金燕童装和男式春秋便服，是我县青岭区回澜镇年轻的服装设计工作者叶金铭、孙韵菡合作设计的，在这次全省第二届'黄山杯'服装设计大奖赛上，分别获得了银牌奖和铜牌奖。我县获奖的，仅他们两个人……"

"哎呀！"老县长惊呼一声，首先吐出一口气。

剪婶和刀爷也轻轻地舒了一口气，相视无语。

他们能说什么呢？说句文雅话，叫"此时无声胜有声"。随着一口气的轻舒，刀爷的心似乎突然亮堂了，但又分明感到自己确实是老了，赶不上时势的潮流了。一种愧疚之情油然而生，觉得自己不了解女儿，也对不起女儿。"只可栽花分天下，不可栽刺害别人"。说得对！人，真是个怪东西，有时候连自己也识不透哩。

"还有"，老县长打断了刀爷的沉思，"你那个高徒黄春江，又增加了新的服务项目。他花了好几千，从上海买回了一套美容设备，还从苏州请了一位师傅作指导……那个'八面风'，真的八面来风哩。"

刀爷脸色一变。他抖抖地斟了一盅酒，一仰头喝了个底朝天。

韵菡终于回来了！

她推开家门，清清脆脆地喊道："爸！妈!"

刀爷正在为人理发。他望了女儿一眼，宽容地点了点头，似乎还"嗯"了一声。

剪婶放下手中的活，一把推开缝纫机，急匆匆地搂住扑过来的女儿，又是拍，又是打，眼泪嗒嗒直滴："菡菡！你好狠心！这十天，娘真是度日如年哪!"

韵菡说，前一程，她觉得心里闷得慌，恨不得爬到东山顶上去呼喊几声。听金铭说要去县企业局汇报办服装厂的事，自己便谁也没告诉，超他先到了县城。见到了金铭后，得知省里要举办服装大赛。他们一合计，就在县城把平时设计的服装做出了两套，由她送到合肥，没想到一炮打响了。嘿，这下可开了眼界啦，模特儿、服装表演、评判会、洽谈会、经验交流会、专家讲座……原来世界是那么宽广，生活是那么斑斓，年轻人只要乘风就势，勇于开拓，社会自然向你展示诱人的用武之地——韵菡说："爸！妈！你们放心吧，我不会给你们丢脸的!"

随着独生女儿的归来，剪刀铺又恢复了往日的宁静。但是，在这宁静之中，又潜滋暗长着矛盾、不安和喧闹。

被淘汰、被抛弃、被冷落的痛苦，像毒蛇一样缠着刀爷和剪婶。"人争一口气，佛争一炷香"。他们心头怎么也抹不掉这句古老的格言。可是，这"争"的后面，是技术，是财力，是信誉，还有信息和社会联系的广泛较量啊。旧有的堤防，怎么承受得了奔腾的春潮呢？

不久，相继发生的两件事，使得刀爷和剪婶受到了前所未有的冲击，老两口因此差点儿丢了性命。

这天，剪刀铺的晚饭吃得很迟，待韵菡收拾碗筷时，已是繁星满空了。剪婶正准备洗个澡，忽听从前屋传来清亮的呼喊："方大婶！方大婶！"

剪婶答应一声，走进店堂。开了灯，但见门旁站着一个女人。她把眼睛揉了揉，细细打量一下来客：四十多岁，乌黑的头发拢向两边，露出个红扑扑的大圆脸，正笑容可掬地望着自己——哟，是丁素芝！

剪婶百感交集，一把抓住丁素芝的胳膊，笑道："你难得露脸呀，稀客！稀客！"

"忙哩！"丁素芝高声大嗓，"承包的田地，活儿一茬接一茬，鸡鹅鸭豕闹哄哄，还同别人合伙开了个糖坊——好大婶，哪有空上街看闲景呀！"

剪婶见她腋下夹着衣料，一面递过一只方凳请她坐，一边笑着问道："做衣服？"

"是哩。"丁素芝接过凳子，却不坐，"好大婶，我碰上件难心事。给大儿子说了一门亲事，光衣料就扯了几十件。可我那未过门的儿媳妇，还指定要一条涤纶块巴裤子，限期后天就要到手哩。唉，谁不知大婶你手段高，一定要帮这个忙呀！"说着，把衣料递给剪婶。

剪婶接过衣料，放在眼前审视了一番，笑道："如今的姑娘们，真讲究哪！"

丁素芝点点头："是呀，我也三番五次骂儿子哩：庄户人嘛，不要颜色，只要贤德，娶了个花瓶回来，指望她屙金尿银？"叹了一口气，又说："一生儿女债，半世丈夫奴。投胎做个女人，揪心哩。"

丁素芝嗓音清脆而洪亮，透出明显的喜悦。熟谙世态的剪婶，特意劝慰道："只要婚姻对，棒槌打不退。老为小，是真心哩。"

一句话说到丁素芝心坎里了，他喜得把两手一拍："对哩，对哩——等到儿子成亲，我一准叫他们送喜糖来。"

剪婶点点头，真心实意地笑了，忙着要给客人泡茶。

丁素芝一把拉住剪婶："不喝不喝，你不用客气。"她从口袋里掏出一小块红纸，"这是裤子的尺码。麻烦你了！听说街南头那个铺子是你徒弟开的。生姜还是老的辣哩，我信得过你！"她一边说着一边嘻嘻笑着，脚步轻盈地告辞了。

剪婶转过身，喊了一声："韵菡！"

女儿没有答话。在院中乘凉的刀爷，瓮声瓮气地甩来一句阴阳腔："人家忙哩，早飞了！"韵菡近一程帮着金铭操办服装厂的事儿，整天忙得两脚不沾地。刀爷心里仍是有气，但只得睁一只眼闭一只眼。剪婶心疼女儿，怕她累坏了身子，但每每看到韵菡红得发亮、神采飞扬的面孔时，又把要说的话咽回去。

剪婶戴起老花镜，把案板上的台灯移了个位置，然后摊开了丁素芝刚送来的那块涤纶块巴，照着尺码，准备剪裁……不知怎的，她只是觉得心思收拢不到一处来。

四十年来，剪婶的柔软的手指，接触过多少种布呵：老土布，扎花布，白洋布，线呢，直贡呢，苏联大花布，殷丹士林布，灯芯绒，平绒，板绒，的确良，涤卡，如今又有凡尼丁，涤纶块巴，进口弹力呢，令人眼花缭乱！衣服式样也不断翻新，就说裤子吧：平脚裤，大脚裤，大脚灯笼裤，紧脚裤，小脚裤，而今又有直筒裤、喇叭裤、牛仔裤、巴拿马西裤……变化，变化！剪婶不怕眼力不济，不怕手指僵硬，怕的是做工不好，式样难看，枉拿一把剪刀而惹人笑话！她是个要强的人哪！可是现在，在徒弟面前她成了绊脚石，在女儿眼里她是个守旧派，难道自己平生最怕的事，真的要发生？

剪婶信马由缰地想到这里，心儿微微颤了一下。她拿起画粉，在布上轻轻地划起来。她觉得两眼有些朦胧，平展展的衣料上，似乎出现了一幅画图。

那是一九七一年冬天的一个早晨，剪婶走过街南头的卫生所，看到一个披头散发的妇女，紧搂着一个半大孩子，坐在台阶上哭。珠泪串串，滴在孩子蜡黄的小脸上。

剪婶看着，心儿酸酸的。细问那妇女，知道她叫丁素芝，住家距这儿五里路。这孩子昨晚发高烧，抽筋，卫生所医生初诊是菌痢，开了点应急药，便打发她快带孩子到县医院住院。她一无钱，二无粮，急得在这儿哭。

剪婶一口气赶回家，翻箱倒柜，拣出了一堆旧衣裳，又拿出二十块钱、十斤粮票，团起一个包裹，匆匆赶回递给丁素芝。接着，帮丁素芝找到一个同村的熟人，要他通知丁的丈夫赶快张罗钱。

"好大婶呀！"丁素芝接过衣物，抽抽噎噎地哭着，"人在难处拉一把，胜到西天烧高香——婶，叫我怎么谢你呢？"她哀哀地哭着，任眼泪在脸上流淌："今年，春旱夏涝，没分到几颗粮；为着攒钱买救济粮，发的布票全卖了。我这孩子，活生生是冻的……唉，大婶！这日子怎么过呀？"

"哎呀！"剪婶惊叫一声。由于刚才走了神，把一条等分线画得又粗又长。她拂去衣料上的细粉，像拂去岁月的烟尘，拂去那令人痛心的往事。

这一晚，剪婶精心尽意地赶做那条涤纶块巴裤子。她要在细针密线里，缝进自己对庄户人的祝福，缝进新生活的欢乐。她那踩着踏板的两脚，灵巧有力，缝纫机"笃笃笃"轻唱，一直唱到深夜。

夜深人静的时候，韵蔰回来了。她满脸疲惫地嚷道："妈！有吃的吗？"不等回答便打开食品橱，抓出一块锅巴大嚼起来。

剪婶心疼地看了女儿一眼："成天风风火火的，事情办得怎么样哪？"

"难哩，到处都是绊脚石。"韵蔰叹了一口气。

"天上飞的野鸭，不能算碗菜。"剪婶也叹了一口气，"不把你们的头儿撞出几个紫疙瘩，你们能知道厉害？快去睡吧！"

第二天早晨，刀爷起得比剪婶早。

阳光染红了对面街屋的屋脊。赶集的踏着街心的青石板，卟卟达达，囊囊咚咚，犹如春江浪涌，发出动听的涛声。

刀爷宽大的右手捏个金瓜形的茶壶，一边呷着浓茶，一边摆放理发工具。他倏地觉得门口的晨光暗了下来，哄哄然的市声似乎被阻隔。乜起眼一瞄，原来有几个姑娘媳妇在门口，你推我搡，喊喊喳喳。

刀爷平生最忌讳妇女早晨进店，眉毛重重地蹙了一下，没有搭理。谁知那群"女流之辈"呼地一下挤进店，像闹开了一台戏。有一个剪着短发的，捷足先登，坐到他的转椅上，身子一仰，头枕椅背，手抓扶手，双脚在脚踏上摆了个"八"字，红红的脸在镜子里放着光辉，眼睛滴溜溜地闪动："剪发！洗头！"

刀爷脸色难看，哭笑不得。幸亏他恪守"人无笑脸不开店"的规矩，总算压下了心中的风暴，声音低沉但却是威严地宣布道："我这里不理女发！"

"什么？"女流们像喜鹊炸窝，"是怕我们不给钱？"

抢坐在转椅上的那个，回头盯了刀爷一眼："不理女发？这是哪一家的章程？街北头那家，怎么又剪又洗又吹又烫呢？"

一提"街北头"，刀爷更是冒火："不理就是不理！"说着，把椅背一掀。亏得那个姑娘灵巧，身子一歪，就势从椅子上跳到一旁。

刀爷知道自己做得过火了，他还从未这样待过顾客哩，但既然做了，就索性充起好汉："街北头好，滚到街北头去！我这儿又没下请帖！"

那个姑娘圆脸气得通红，火辣辣的目光逼视着刀爷："哼，瞧不起乡下人？"愣了一下，向同伴们一挥手："走！到'八面风'，排队去！"走到门口，又回转身，两眼狠狠地剜了刀爷一番，头一昂，竟挑衅般地唱起了山歌：

> 手拿剪子剪黄纱，
> 别把奴家当泥巴。
> 手指飞动惹郎眼，
> 胸前鼓出两朵花。
> 世上女子都不傻！

一伙女子附和她唱，嘻嘻哈哈地涌上街心，气得刀爷浑身发抖，恨不得把手中的茶壶摔个粉碎。恰在这时，店堂里又走进一个小伙子，笑嘻嘻地打着招呼："老师傅，你好哇！"

刀爷嗯了一声，强装笑脸，拿起白围巾掸着并没有灰尘的坐垫："理发？请——"

小伙子和颜悦色地坐上转椅。刀爷在给他塞衣领时，轻声问道："理什么式样？"

小伙子指指自己的头："老样子！"

"老样子！"——刀爷犹豫了一下，什么样式呢？往常，他给小孩子理发，一律是"粪扒式"（周围剃光，头顶留一块形如粪扒或寿桃的短发）；给青年人理发，一律是"一分为二式"（剪短后的满发梳得一分为二，或左多右少，或左少右多）；对中年人，一律是"平顶式"或称"板刷式"；而对老年人，不论是年近花甲，还是年逾古稀，也不论是志得意满的富贵之翁，抑或是苟延残喘的赢弱之辈，在刀爷的刀下一律平等，完全都是"光葫芦"——"老样子"，唔，"老式样"！刀爷果断地作出决定，就来个"一分为二"吧！

小伙子近些天有些疲劳，他舒舒服服地躺在转椅上，只觉得耳边的推子"嘀嘀"有声，脖子后有手指轻轻揉抚，不知不觉地打起盹来。直到刀爷猛地拍了一下他的肩膀，这才从香梦中惊醒过来。他向眼前的镜子中一瞅，只见镜中出现了一个怪物：头上顶着一个毛盖儿，毛盖向两边分披，露出一条白道道；道道正对额头，同两道蹙起的眉毛构成一个"丁"字形。——小伙子惊出一身冷汗，旋即跨下座椅，胸前的白围巾象出征将士倒穿的披风。他转过身，愤愤地一把抓下披风，急得直跺脚："什么年月了，还给人理这种发式?！真是田坎底的漏洞——土眼子！"

"你不是说要'老样子'嘛!"刀爷颇不服气。

"嗨——"小伙子长叹一声，"我是说，叫你照我上次理的样式理!"

"上次?"

"上次我是在'八面风'理的。今早那儿人太多，我才请你这位高手，嗨……"说着，掏出一张二元票面的人民币，飘飘地往转椅上一丢，扬长而去。

刀爷羞愧交加，像被什么东西搅翻了五脏六腑，顿时手脚冰凉。他深沉地哼了一声，只觉得晕天黑地，一个趔趄，仰面朝天地倒下去。身旁的洗脸架支撑一下他的肥胖身躯，一盆温水浇湿他的全身，店堂地上一片汪洋。

剪婶听到响动，跌跌撞撞地跑到东头。她见老伴躺在污水里，两眼紧闭，面色苍白，鼻子下只有丝微气息，顿时吓得六神无主，连喊女儿的声音也走了调："韵菡! 韵菡!"

刀爷闹的是休克。医生来把了脉，又让服药，又帮打针，到傍晚时他总算缓过气来了。他说手脚麻木，想贴两张活血止痛膏。女儿不在家，剪婶只得自己去卫生所。

剪婶从街南卫生所出来，天已黑定了。走过"万家春"裁缝铺门口，不禁透过玻璃门向店堂瞥了一眼：咦? 丁素芝竟然在里面，正指手画脚地同小金铭说着什么。

一种好奇心的促使，使剪婶不觉站到窗户旁边的阴影处。只听丁素芝说："……好一条涤纶块巴裤子，让你师傅做坏了。我那未婚儿媳妇穿着一试，横竖不满意。"

"刚才我看了，是我师傅没掌握好缩水率。"

"缩水?"

"缩水率，化纤这类玩意，品种不同，缩水率也不同。如果不注意，衣服一过水，就是不好看。"

"噢……剪婶是老师傅，也有闪失？"

"她做惯了布衣服，对涤纶块巴这类新衣料，也手生哩。"

"那也是，"丁素芝说，"算了，你帮我重做一条吧。这一件，我留着自己穿。唉，活到四十六，还没这么风光过哩。"

"好，你把裤料留在这儿，我赶晚给你加班做。"

"唉，今天我那小子同刀爷闹了一场，说把他的头发剪坏。我气得甩了他一个耳刮子。"

"噢？"

"我说，那一年人家剪婶给衣服给钱给粮救你的命，你这狗东西，怎能恩将仇报！"

"不要紧……我那师傅心肠就是好。"

"还有。"丁素芝提高了话音，"咱们几家专业户，手头活络了，也想学你师傅，做点好事哩。大家凑了几个钱，准备给河湾小学的每个学生做一套校服。我原想请方大婶代办。这么一来，怕又出事儿。"

"放心吧！"金铭说，"剪婶的女儿韵菡你该认识的……对，对，她比我的手段还高哩。人家设计的童装，在省里都得过奖哩。交给她们做吧，保险不会出岔子！"

莲子心中苦，梨儿腹内酸。剪婶听到这里，心中像打翻了五味瓶，酸甜苦辣咸辨不出是啥滋味。她转过身，三步并作两步往家奔。走过店堂，穿过天井，来到东厢房。她一头栽到床上，热泪涌流，恨不得立刻就死。

刀爷和剪婶相继病倒，闹了一个多星期，还不见起色，请医生看吧，又说不出个究竟。只有韵菡一清二楚；外伤好治，心病难医呀！

这天上午，老县长拎着几包点心，来瞧看刀爷和剪婶。老两口特别高兴，病自好了八分。闲叙一阵古今趣事、世态人情，剪婶便去整治酒菜。

吃罢午饭，老县长对师弟夫妻说："你俩年纪也老大不小的了，勒着一把老骨头硬撑，也不是长久之计。剪刀铺这市口、门面都好，冷落了可惜。……"他缓缓地说着，仔细地斟酌词句：

"小叶办的服装厂，区、镇两级都作了最大的支持。目前啥都差不多了，就是厂房还缺。原来准备再从综合厂拨一栋房子给他们用，可是刚上马的食品厂又缺房子。我看这剪刀铺……"

"怎么？想要我的房子？"刀爷急得满脸涨红，"老丁哥！这可万万不行！"

剪婶也很气恼，说："小人得志，胃口倒不小哩。"

老县长看他俩口气挺硬，没有通融的余地，赶忙笑道："不要错怪人家了，这事是我码算的。我的意思是，你们也可以办个什么厂嘛。"

"这……"剪婶先是一愣，继而苦笑着说，"倒退二十年，我们倒可以试一试。"

"韵菡就是个帅才嘛！"老县长说，"如今女厂长、女经理多的是哩。"

老两口脸色慢慢和缓了。三人又山高水长地闲扯了一阵，老县长才起身告辞。

岁月像剪刀铺屋后的仙踪河，悠悠地向前流淌。

叶金铭办的回澜服装厂，几经周折，终于建成投产了！

投产那天，县上和区里来了好几辆小包车。一万头的爆竹，炸得百鸟遁迹，群山回音，也炸得刀爷和剪婶心烦意乱。

剪婶知道老伴心里憋着气，午饭特地提前开。就酒的菜，除了平常的四碟，还特地加了一份酱猪肘。刀爷自斟自饮，像同谁赌气似的，一盅接一盅，喝得满头大汗。

这时，老两口怎么也没有想到，叶金铭竟精神抖擞地走进屋来。他同往常一样，亲热地喊道："大伯！师傅！"边招呼边把结结实实地捆扎在一起的四瓶"临水玉泉"酒放在食品柜头。

"哟——"剪婶这么"哟"了一声，再也没有下文了，只觉得两个眼眶发涩，一不留神，流出两行泪水。

常言道：凶拳不打笑脸。刀爷虽然心里还有些气，但对上门的客人仍然能大度对待，指了指椅子，做了个"请坐"的手势。

叶金铭没有坐，笑盈盈地说："大伯！师傅！我们厂下午有个庆祝会，我特地来请你们去参加！"

"不去！"刀爷斩钉截铁地说。喝口酒，又说："小伙子！你干得不坏！不过，咱剪刀铺并没有拦你的绊马索。我们家的韵菡，不也帮你在扑腾吗？"

"那是那是。"金铭真诚地点着头，"你们对我恩深似海……"

"不敢当。"刀爷打断年轻人的话，"我得把话说明白：剪刀铺永远是剪刀铺！只要咱老两口不死，这个招牌不能砸！我们也办厂，也要开理发厅！"

连刀爷自己也奇怪，怎么竟说出这样的话来！噢，对了，这全是老县长鼓的劲哩。"君子一言，驷马难追"，大话既然说了，索性说个痛快："头顶苍天，脚踩厚土。这世界也有我们一份哩。办个厂有啥了不起？倒退二十年，我兴许干得比你们还漂亮！"

机灵的金铭，发觉刀爷虽然喝多了但心地还很明白。他眼珠一转，说："你们的想法很好，赶快干吧！需要我出力，一定不推辞。"

刀爷点点头："能者为师。往后，有请教你的时候。"

剪婶连连向刀爷使眼色，可是没有效，只得把金铭的胳膊一拉："坐下喝杯酒吧。"

"不喝了，我忙得很。"金铭乘机告辞，"你们不能参加会，就算了。身体不好，多歇着点。"

傍晚，韵蔼回来了。她撒娇地拉着爹妈的手："你们也要办厂？"

"人随潮流草随风。"剪婶说。

"是呀，"刀爷头儿直点，"清风明月无人管，流水高山总自然。做生意，应该讲个随机应变。"

晚饭后，韵蔼去黄春江那儿，借来了"电吹风"等新的理发工具，对照使用说明书，把零件一个个拆下来，指点给刀爷看。剪婶自此也对女儿床头那一摞《服装剪裁法》之类的书，分外留心起来，虽然她识字不多，翻看起来却很认真。

老两口津津有味地钻研着新学问，再也顾不得闹别扭了。

有一天，在后院的葡萄架下，面对沉沉的落日，剪婶惋惜地说："年岁不饶人了。"

"朝闻道，夕死可矣！"刀爷冒出这句文绉绉的话，突然把大腿一拍，"我们让老县长牵着鼻子走啦！"

初秋的一天早晨，韵蔼捏着一封信，兴冲冲地赶回剪刀铺，像钦差宣读圣旨似的，向爸爸、妈妈读道：

师傅师母：

近闻二老小恙已安，不胜欣喜。二老呕心沥血教授我等技艺，弟子刻骨铭心。当此风调雨顺、国泰民安之际，广大群众对衣着仪表也颇多讲究，我等门面应接不暇。我们决定以剪刀铺为基点，扩大回澜服装厂，扩建"八面风"理发厅，成立服务公司，请二老作顾问。让我们师徒一心服务人民，不负众望。不知二老意下如何？

顺祈

康泰

徒弟八人顿首

这封文白夹杂的信，刀爷能听懂，剪婶也能明白个大概。徒弟们在搭梯子哩，还不趁机下台？剪婶瞅瞅刀爷，对女儿说："感谢他们的一番美意。就照信上说的办吧！"

这天，刀爷觉得非常顺心，阳光明亮，风儿清凉，连院内的几株凤仙花，开得也格外艳目。没等到傍黑，就催女儿摆酒菜。

韵菡仍像往常一样，在葡萄架下摆上那张红漆小方桌，桌上放四个盛满细菜的蓝花瓷碟，再放一个葫芦形的白瓷酒壶、一个杯底能显出美人面孔的高脚酒杯和一双细纹密布的象牙筷子。

葡萄架下，三杯酒落肚，刀爷跷起二郎腿，对着蓝天一字一顿："薄技在身，胜握千金哪！唉，人情似水分高下，世事如云任卷纾哩。菡菡，叫你妈妈也来喝一盅！"

剪婶喜滋滋地来到桌旁，刚坐下，刀爷就问："这'顾问'是什么官衔？"

"谁知道呢！"剪婶说，"听说老县长现在在县里，当的就是顾问。"

乖乖隆的咚！刀爷惊得倒抽一口凉气："这么说，我跟老县长也差不多了。"

剪婶一改旧习，居然陪刀爷喝起酒来。老两口你来我往，有推有让，没费事，就喝了个壶底朝天。刀爷脸儿像煮熟的海虾。剪婶脸儿像经霜的红枣。刀爷迎着最后的一抹晚霞，突然站起来，把剪婶的头发一挽。

"呀！"剪婶大惊失色，"你疯了？"

"从明儿开始，我就正式理女发了。"刀爷哈哈一笑，"今晚，先拿你的头发开刀！"

"噢——"剪婶舒了一口气，温顺地站起来，柔声地说，"你快一点儿。等天黑了，小金铭还来教我掌握几种新衣料的缩水率哩……"

1982.7. 初稿

1984.7. 改稿

第四辑

长篇小说

嫁　妻

前　奏

"龙华千古仰高风，壮士身亡志未穷。墙外桃花墙里血，一般鲜艳一般红。"在当年国民党反动派囚禁、屠杀革命志士的地方，在高高耸立的龙华寺黑色宝塔的对面，如今建立了雄伟、庄严的上海龙华烈士陵园。它是全国重点文物保护单位、全国百个爱国主义教育示范基地。蒋光慈烈士就在这里长眠。

蒋光慈，中国无产阶级文学的奠基人之一，或如他的战友钱杏邨所言，是"中国革命文学的开山祖"。蒋光慈是皖西中国共产党组织的创建者。他出身于小商家庭，在进步、革命师长的教育下，经受了五四运动革命大潮的洗礼，在阶级、民族搏斗中迅速成长起来。当时，他在位于芜湖的安徽省立第五中学读书，便是一位著名的学生领袖，曾担任芜湖各界联合会派驻上海全国各界联合会的代表。1920 年春夏之交，蒋光慈赴上海，通过陈独秀等革命领袖的关系，进入上海外国语学社学习。在此，他加入了中国社会主义青年团，成为最早的一批团员。1921 年 5 月，蒋光慈同刘少奇、任弼时、萧劲光、吴芳、韦素园、曹靖华等十余人一道，由上海绕道日本长崎再转海参崴，赴苏俄留学。1922 年 12 月在莫斯科东方劳动者共产主义大学，在陈独秀的主持下，被批准加入了中国共产党。1924 年 6 月 25 日，蒋光慈由莫斯科启程回国。接着，他返回故乡白塔畈，并赴母校、位于皖豫两省交界处的河南固始志成小学，介绍其老师詹谷堂加入中国共产党。

自此，在大别山北麓，便燃起了中国共产党所点燃的冲天的革命火炬。

蒋光慈在中国现代文学史上的形象，恰如他所主编的一份"左联"刊物的名字：《拓荒者》。为了中国无产阶级文学事业的创建和壮大，他不辞艰辛地勇敢拓荒。他被人喻为革命暴风雨前的"时代预言者""时代的战士"。

蒋光慈才华横溢，善于探索，勇于创新，始终领导着中国二十世纪二十年代和三十年代初的无产阶级文学新潮流。1924 年秋到 1927 年夏，他基本上是在上海大学任教，还担任苏联塔斯社中国报刊翻译的科长，工作任务之繁重可以想见。但是，他依然没有忘记中国无产阶级文学的创建。1924 年 11 月，他和沈泽民等人组建了中国第一个革命文学社团"春蕾社"，并在上海《民国日报》上，出版了无产阶级文学第一个周刊性的《觉悟·文学专号》。接着，他参加了郭沫若为首的"创造社"；并和钱杏邨等人组织、领导了全部由共产党员参加的"太阳社"。他是 1930 年春成立、党所领导的"左联"的筹备人之一，并被选作"左联"的领导成员。他先后主编了《太阳月刊》《时代文艺》《海风周报》《新流月报》和《拓荒者》等刊物，为发表无产阶级文学作品和译著、培养青年作家、推出文学新人，立下了很大的功劳。至于他主编的"太阳小丛书""拓荒丛书"和"中国新兴文学丛书"等三种丛书，更是发表了以鲁迅为首的一批左翼作家和柔石、白莽等一批先烈的一大批作品和译著，在中国现代文学史上发出了夺目的光彩。

蒋光慈是一位勤奋刻苦、创作多产、贡献卓著的小说家和诗人。他在 1925 年出版了诗集《新梦》之后，在短短的六年时间内，又出版了两部诗集《哀中国》（1927）、《乡情集》（1930）；又出版了一部短篇小说集《鸭绿江上》（1927）和八部中长篇小说：《少年飘泊者》（1926）、《短裤党》（1927）、《野祭》（1927）《菊芬》（1928）、《最后的微笑》（1928）、《丽莎的哀怨》（1929）、《冲出云围的月亮》（1930）和《咆哮了的土地》（1930）；又出版了两部散文类作品《纪念碑》（1927）、《异邦与故国》（1930）；又出版了一部文论《俄罗斯文学》（上卷，1927；下卷为瞿秋白作）；又出版了三部译著《冬天的春笑》（1929），《爱的分野》（1929）和《一周间》（1930）。2017 年 9 月，方铭、马德俊两位先生主编、六卷本的《蒋光慈全集》顺利出版，收入全集的小说、诗歌、散文、杂文、文论和译著等总计 160 余万字。

蒋光慈这一系列作品，在中国无产阶级文学的创建中，极富开拓作用，创建了一系列的"第一"和"先导""先声"。他于 1925 年出版的诗集《新梦》，为中国无产阶级文学大厦奠定了第一块基石，是中国现代文学第一部献给十月革命的歌集；他 1926 年出版的中篇小说《少年飘泊者》，被认为是中国"革命小说"的发轫之作；1927 年出版的中篇小说《短裤党》，几乎是同步地表现了上海工人三次武装起义，是第一部描写工人阶级在中国共产党领导之下进行大规模革命斗争的小说，同时也是中国"报告小说"最早成功的范例；他发表于 1930 年的长篇小说《咆哮了的土地》，就选择农民运动的重大题材，表现土地革命的农民武装斗争的重要主题，就真实可信地塑造了农民运动领袖的形象等等方面来说，在中国现代文学史上，都是第一部；蒋光慈在翻译苏俄文学上也有不凡的表现；他还是中国翻译斯大林著作的第一人。

蒋光慈从社会底层走出，站在时代的高巅，将世界文化的精粹揽于胸怀，所以能在 30 年的生命旅程中，绽放出灿烂的创造之花。他的很多作品，都被当时的青年奉为"圣经"。以胡耀邦、陶铸、习仲勋为代表的数百万青年，就是在读蒋光慈的小说之后，才毅然踏上革命的征程。朝鲜人民的伟大领袖金日成，在其回忆录中深情地表白："蒋光慈的小说《鸭绿江上》和《少年飘泊者》，给我留下了难忘的印象"。

蒋光慈曾同李立三推行的"左"倾冒险主义路线作了坚决的斗争，受到无情的打击和迫害。同时，国民党反动派又查禁了他的所有著作，断绝了他的生资来源。1931 年 8 月，他贫困交迫，死于这"双刃之剑"。但是，他至死也没有屈服。他说："我虽然受了许多创伤，但我从来未曾叫饶过，更未曾起过投降或屈服的念头，这是我引以光荣的"。蒋光慈就是这样一位诚如郭沫若所说的"不仅是'赤'其名，而且是'赤'其实"的铁骨铮铮的汉子。在临死前夕，他依然挂念着江西的红军，江西的革命根据地，依然关注着被国民党反动派杀害的"左联"五烈士。他是真正的共产党人，他是从大别山走出的中国人民赤胆忠诚的儿子。

在蒋光慈的生命过程中，曾有三位姑娘与其相伴。这就是大别山姑娘王书珍、"中州女杰"宋若瑜、"南国社"社员吴似鸿。她们与他厮守的时间都不长，但却在青春蓬勃、朝气焕发的蒋光慈心上，荡起了灿烂的心血之花。

三位姑娘中，王书珍与蒋光慈是小镇白塔畈的街坊，两家住处相距不远。蒋比王长三岁，青梅竹马，作为玩伴长大。他们的少年虽然蕴蓄着种种不平和苦难，但也充满生机、活泼和山乡的情韵。他们的短暂婚姻之后，虽然最终没有白头偕老，但蒋光慈作为一个革命者对王书珍的尊重，对她"终生负责"的情怀，还是令我们深深地感动。

蒋光慈是一位谙熟人生的作家，也是一位富有浪漫气质的诗人。他一生只活了30岁。他留给我们最后的形象，还是一位年轻人。现在，请读者就这部小说，看看年轻诗人和妙龄姑娘之间发生的种种故事，以致"嫁妻"的悲喜剧吧。

异邦归来

蒋光慈认为自己是一位"漂泊者"。所谓"漂泊"，比喻职业生活的不固定。事实上也是如此。他自9岁起，就外出读书，或河南固始，或安徽芜湖；成年后，更是远赴上海以至苏俄莫斯科求学；踏入社会后，更是走遍中国大地以及东瀛日本，即使鳞羽受伤甚至突遭横祸，也没有停歇。但是，小小的山镇白塔畈，是他的生命之根，是他胎衣埋没之地，那里有他的父母，有他的至亲，是他最为恋念的地方。人生的关键时刻，他还要"归根"啊！

这不，漂泊者又一次从苏俄归来了！

1924年7月的一天晚上，快要满圆的月亮，在一片稀稀朗朗的浮云中间徘徊。皖西大地沉寂在微微颤抖的薄明中。这时，从安徽六安县石婆店通往霍邱县南乡白塔畈的乡村小道上，急匆匆地走着一位年轻人：二十多岁年纪，高高挺挺的身架，体型偏瘦而显有几分秀逸。他上穿淡黄色的纺绸短衫，在月下泛着白色的光彩，下着黑色长布裤；一双厚底皮鞋在小道上迅速地移动着，激起一股股细微的烟尘。年轻人右手提着一个不大但显得很沉、乡村人罕见的牛皮箱，梳着分头，戴一副细边眼镜。就是在月下，也可见镜后顾盼闪动眼睛的聪慧的光芒。

乡村小道两旁的田野上，生长着正壮秆拔节的水稻。晚风轻拂，送来阵阵禾苗的芳香，令人神清气爽。有几只萤火虫，随人而移地在稻叶上翻飞，它们似乎在那喧闹的蛙鸣声中翩翩起舞。一处又一处黑魆魆的村庄，都在沉睡之中，偶尔传来乘凉人在蒲扇拍打中的笑语和几声狗吠。

故乡在召唤！年轻人的双眼湿润了，不由得加快了脚步。

蒋光慈之所以由六安经苏家埠、石婆店直奔白塔畈而来，是因为这是他自小就熟悉的道路。这一路上，有他的许多亲戚和族人。少年时的每年清明，他都跟随父亲一道，急匆匆地奔波在这条小道上，为六安蒋氏宗族诸项事情操劳。民国六年蒋氏宗族修谱，谱的《源流序》，是他父亲蒋从甫撰写；虽然蒋氏在六安是一个大族，族中人才济济，但谱的《续修谱序》，还是由刚满16岁的蒋光慈执笔写的。"国有信史，则直道彰；家有信谱，而仁孝著"，那也是一番盛事啊！

蒋光慈谱名蒋儒恒，号北峰，出生在霍邱南乡白塔畈，并在此处长大。但他在生前，向来都说自己是安徽六安人。当然，蒋光慈所说的"六安"，是指自己的祖籍。

原来"蒋"姓源于古代的蒋国，位于今河南省固始县西部及其周围。此为蒋氏根之所在。据《蒋氏宗谱》记载，在宋末元初战乱连年、灾荒频仍的情况下，蒋光慈祖先这支蒋姓人，曾和江淮之间的大批农民一样，涌向环境好一点的江南。他们迁至江西，但仍念念不忘故里。明朝末年，江西的蒋姓人中有一位"潮公"，往来六安和江西经商，最后逝世并葬在六安。潮公的孙子"贯公"，常来六安祭扫祖父坟茔，深知六安土地肥沃，民风纯美，于是率领全家迁居六安城西武陟山之南，依山为村。

贯公此举系"皋城（六安古称）蒋氏所由来也"，因此，他被六安蒋姓尊为"世祖"。他从江西来六安时，携万仓、万粮、万斗、万箱四个儿子。蒋光慈便是四子中的老大蒋万仓的后裔。传到他时，已是第十三代了。

往事纷纷攘攘，电光石火般萦回于蒋光慈的脑海中。忽然，他听到了河水流动的声响，赶忙停住步，定了定神，大步跨上了白塔河上的小木桥。

这白塔河又名戎水，是一条宽约30余米的山间河流。它是西汲河上游的一支，源出大别山北麓的奶奶庙。它和好几条支流一道缓缓向北流去，在六安县的固镇与东汲河汇合，总称为汲河，注入霍邱县的城东湖，然后又在溜子口汇入淮河。

汲河全长160公里，春夏浩浩荡荡，秋冬细水丁丁。它是皖西的一条颇关民生的河流，也永不枯竭地流在蒋光慈的心田。白塔河是沙河，河底由黄沙和鹅卵石铺垫，清澈见底。它流经白塔畈街北头，那儿的河流两岸长满柳树，交织成连绵数里的苍碧的柳林。蒋光慈还记得，每到夏天，他和小伙伴们便把那儿当成一处乐园。他们光着身子在那儿游泳、嬉戏。还常在柳林里用柳叶做柳笛、卷喇叭，用柳树皮编炸鞭。下雨时，他们把大批柳树条子编好支撑起来，连成一条"街"，他们便在街下躲雨。有时，他们还在河底的石缝中摸鱼、"敲鱼"。捉出一条条肥嫩而又骨软似乎无刺的"沙钻子"，在柳林地上挖个"灶"，把鱼放在卷起的铁皮上烤着吃。这些，他曾把它们写在自己的一首诗《乡情》中，多有意思的少年时代啊！

随着一阵令人惊惧的"丁零零……"的风铃声，传来一阵苍凉的吼叫："小心啊，小心火烛噢！"

蒋光慈惊的抬起了头，发觉吼叫声是从王家老楼传出来的。王家老楼位于白塔畈的东北边，是个有着七进正房、数间厢屋共一百多间瓦房组成的大庄园。庄主是大地主、大乡绅王子进。他的两个儿子分别在外面的政界、军界做官。

王家为了使这个封建大堡垒更加稳固，在庄园四周筑有三米多高杉木连接的围寨，围寨外面挖有三米深、五米宽的水沟，只有一个吊桥能出入。每天晚上，吊桥一抽，庄园内外就隔绝了。庄园四周筑有四个碉堡，每个碉堡都有家丁轮流站岗。碉堡内安有风铃，稍有动静，岗哨一拉风铃，全庄园里里外外都能听见；庄园里的洋枪、土炮随时都可以向外射杀。

蒋光慈向庄园西边的碉堡盯了一眼，只见高拔的黑影中现出一点摇曳的灯光，在月夜里闪闪烁烁，威严地俯视着白塔畈的天地。他加快了步子，向西边不远的白塔畈街道走去。

山间小镇白塔畈，地处大别山的北麓，山清水秀，人烟稠集。所谓"畈"，指的是山区的小平畴。因为这个集镇东北角有座寺庙，寺中有一座白色的宝塔。这使寺庙和集镇都得了名。

蒋光慈由街道东边的一条巷子，三步并作两步地走到了街上。当时街上约有一百多户人家。两丈多宽的狭窄街道路面，由各种鹅卵石铺就，中间铺有四尺宽的布满独轮车辙印的石板，在月下依稀闪着五颜六色的光泽。两旁的店面，均由一种秸秆结实的山草铺盖屋顶，松木铺排的门板，被红色的油漆髹得净亮。米行、商店、货栈、饭店、茶馆、药店等等交相排列。在这夜晚，街面上比较冷清，只有几堆乘凉的人，还在高谈阔论。

蒋光慈走到街道中间，在一处西向的两间名曰"蒋恒兴"的门面前站住，深情地细细浏览了一番，然后推开了门，走进屋里。

穿过头进房屋，便是一个天井院子。院子中央，长着一棵碗口般粗细的枣树。一家五六口老少，正坐在枣树下纳凉，只听一片蒲扇拍扑声。最先发现蒋光慈的，是大嫂子张氏。她盯着不声不响的蒋光慈，惊叫道："哎呀！巧子回来了!"

蒋光慈在白塔畈以聪明著称,乡亲们传说他后脑勺上有颗聪明痣,十岁就能赋诗。不知是谁带的头,大家都称他为"巧子"。

大嫂的这一声惊叫,宛如石破天惊,赛似天鼓骤响,众人齐刷刷地站了起来,一齐涌向蒋光慈。已经53岁、几近失明的母亲陈氏,颤颤巍巍地循声扑向老儿子。当她摸到儿子的双手时,情不自禁地号啕大哭起来。

蒋光慈紧紧地拥抱起母亲,并在老人的背上轻轻地抚拍着:"娘,娘!是我,是我,你的老儿子回来了!"

蒋光慈的家境原来十分清贫。他的祖父蒋德福是个轿夫,在六安祖居不能养家活口,便带着妻儿老小流落到白塔畈。因为上无片瓦,下无扎锥之地,只得寄居在人家的破草房里,仍用自己的肩膀,当作有钱人的路途。蒋光慈的父亲蒋从甫,自幼未曾读过书,十几岁便到河南固始县城当学徒。店主家设私塾教自己儿子读书,他便偷空在一旁剽学。久而久之,他的肚子里积了不少学问,不仅写得一笔好字,还会写诗作文。这以后,蒋从甫回到了白塔畈,先租房,后买房,开了一爿杂货店,店号曰"蒋恒兴",经营锅、碗、瓢、盆、笤帚、食盐、石膏、纸张、文具等小本生意。在农村收获季节,还开了一个临时性的米行。蒋家生活节俭,全家辛劳,逐渐有了一些积蓄,便在白塔畈东边不远的乡下,买了几十亩田产,盖了几间草房,家道逐渐步入了小康。因此,蒋光慈也才有机会上学读书。

蒋光慈归家的当晚,大哥蒋儒谦、二哥蒋儒让带人在乡下的田里忙庄稼,家里只有父母、大嫂张氏、二嫂司氏和侄儿等人。两位嫂子干净、利落地安排好蒋光慈的吃喝。他美美地吃了一顿家乡饭,又冲了个凉水澡,顿觉浑身清爽,毫无睡意,便坐在枣树下同父母叙话。两位嫂子不好插话,各自回房歇息去了。

母亲陈氏递给蒋光慈一把精致的、用小麦秸编制的团扇,又一把抓住小儿子的一只手,好像怕他又要飞了似的,要紧紧地攥在自己的手心:"巧子啊!你远走高飞离家四五年了,可想坏了娘啊,娘的眼哭得都快要瞎了。这些年你都到过哪些地方,跑了多少大码头?"

面对慈母的询问,蒋光慈心头涌起了千言万语,可一时又难以言说。母亲是与白塔畈仅一岭之隔的小关村一户穷人家的女儿,为人忠厚善良,是远近闻名的贤妻良母,也是丈夫的主心骨。蒋从甫在教蒙馆期间,一次赴一个学生家的丧事宴席,无意中坐到王家老楼亲族王小夫一桌。席间,王小夫奚落蒋从甫的父亲是一个轿夫，以示他没有资格与自己同桌："嗬，你的父亲力气真大呀，听说他给人家抬轿子能走四五十里路不换肩。佩服，佩服！"蒋从甫受到这无端的凌辱，一气之下，当即退席而去。陈氏知道这件事之后，把气咽在自己的肚里，一面服侍自己的丈夫，一面以此教育自己的孩子："靠自己的力气吃饭，讲到哪里不为孬；靠剥削人家吃饭，讲到哪里不为好！"蒋光慈听了这话，曾流下了愤懑的泪水。

陈氏对自己的孩子，最钟爱老儿子蒋光慈了。蒋光慈在苏俄留学期间，一度与家庭失去了联系。陈氏思子心切，几乎哭瞎了眼睛。蒋光慈也极爱母亲，在他的诗文中，经常出现母亲依依送别以及盼望游子回乡的句子。在长诗《写给母亲》的开头，就情真意切地表述了对母亲的依恋之情：

曾忆起我离家的那一年，那一年的春天，
那时杨柳初绿，草儿初青，野花儿初露脸；
在一个清醒明媚的朝晨，你送我一程又一程，
我说，"母亲，回去吧！"你说，"儿呵，你几时才回来？"

你走送我，走送我到你不能走上去的山巅，
你目送我，目送我到林木遮蔽着不能再见；
你只希望我，叮咛我，"我的儿呵，暑假早归来，"
又谁知一别七年，到而今我还是未返家园。

坐在一旁的蒋从甫，专心致志地抽着水烟。他左手将硕大的黄铜烟袋捧在胸前，右手执着捻得很长的火媒子，一星红火不时燃着烟袋上的黄烟丝，只听烟袋发出"卟噜——卟噜"的醉人的声响。听到老伴问儿子，他从嘴中抽出弯长的烟嘴，代儿子回答道：

"他不是打信回家说过了吗？是到俄国念书去了。"

"俺知道是去俄国"陈氏说，"念书那地方，离咱家一家很远吧，一路上大码头也一定很多吧？"

"娘！是很远很远。我去苏俄一个叫莫斯科的大城市，如果从上海算起，走了有一万多里路呢。"蒋光慈小声答道，又把目光转向了父亲。

蒋从甫当年56岁，显得有些过分的苍老。他自幼饱经忧患，历尽世态炎凉，深知受压迫、受剥削之苦，养成了敏感、豁达、耿直和疾恶如仇的性格，目光也比较远大。他曾多次被一些塾馆聘为先生，所作的诗文在当地也有一些名气。他以《淫雨十家九断炊》为题，写出了农民生活的艰难："阴雨连绵久未开，湿柴灶下费人吹。当年季子何嗔嫂，淫雨谁家不断炊？"他以《挑塘泥》为题，写出了农民劳作的辛劳："一肩泥土一吁声，仰叹长空恨不平。终岁辛勤难温饱，老天忍负苦耕人。"他曾警告有权有势者："当道莫栽荆棘刺，后来免挂子孙衣"。他曾以《秧母田》为题，表达了自己对学生的期望："蒙童好比幼苗生，隐隐锋芒未似针；若待老农分插罢，无边井字渐成文"。他了解农民的疾苦，渴望看到"闻得稻花香百里，收将谷子饱千乡"的景象。……这些朴素的诗歌，均以在农村所见所闻所感为题材，语言晓畅，立意高雅，不仅表达了作者热爱生活、爱憎分明的情感，同时也反映了他的磊落的个性和高尚的人品。蒋从甫的个性和人品，无疑对蒋光慈产生了巨大的影响。蒋从甫在《落花》一诗中说："漫云我是飘零客，待到他年再放羊。"蒋光慈终身都以"漂泊者"自况。他后来成为著名作家和诗人的最初的启蒙，得自父亲的影响。

蒋光慈环顾小小的天井院，已上中天的月亮，透过枣树浓密的枝叶，筛下几点晶莹的白光，依稀映出已经年老的父母的面容。他的心头似乎涌起一阵阵浪涛，这浪涛要包裹天井院，包裹白塔畈，包裹大别山。

父亲！母亲！你们的老儿子，怎么向你俩倾诉呢？

说吗？儿子1917年夏天之后，以蒋宣恒的名字，兴高采烈地奔赴安徽芜湖，进入省立第五中学读书。在安徽新文化运动的先驱刘希平、高语罕等人的教导下，思想产生了革命的飞跃。自己除了蒋宣恒、蒋侠生、蒋侠僧的名字之外，又将名字改为蒋光赤。同时改名字的，还有王持华，他将名字改为王赤华。我们两人，被芜湖的军阀马联甲称之为"安徽二赤"，视之为眼中钉、肉中刺。

说吗？儿子在伟大的"五四"爱国运动中，是"芜湖学生联合会"成立发起人之一，参与起草了《芜湖学生联合会宣言》；领导同学们走上街头示威游行，组织罢市，编发《鸡毛报》抵制日货；在芜湖《皖江日报》及其副刊《皖江新潮》上，发表崭新、革命的诗文；并于1920年春天，作为芜湖各界联合会和芜湖学生联合会的代表，专程赴上海，长期参加全国各界联合会和中华民国学生联合会总会的有关活动。

说吗？儿子在 1920 年的夏秋之交，经省立第五中学教师蔡晓舟的介绍，赴上海找到陈独秀等革命领袖，进入外国语学社学习，并加入了中国社会主义青年团；稍后于 1921 年 5 月，同刘少奇、罗亦农、任弼时、萧劲光、韦素园等人一道，由上海出发经日本长崎，直奔苏俄的海参崴。

说吗？儿子和同学们由海参崴出发，打破日军和苏俄白匪的重重封锁，横穿西伯利亚，行程 7000 里，终于在 1921 年 7 月 9 日，到达了国际共产主义运动的中心莫斯科，进入莫斯科东方劳动者共产主义大学学习。在这所大学，儿子在 1922 年 12 月 7 日，在陈独秀的主持下，加入了中国共产党；在这所大学，儿子克服了饥饿、不熟悉俄语等困难，在瞿秋白等兄长、老师的帮助下，经过红色土壤 3 年多的培育，经过红色风雨 3 年多的滋润，儿子长成一棵大树了；并于今年 6 月 25 日由莫斯科启程回国，不久回到上海，如今又回到家乡，就要竭力报效祖国、尽瘁桑梓了。

这一切，面对已迈入老年的父母，面对生活在大别山穷乡僻壤的两位老人，千头万绪，该从何处说起呢？颇富诗人气质的蒋光慈，心头凝铸成了无数激情喷涌的火热的诗句。这些诗句，在长诗《写给母亲》中，向世界作了宣布：

就在离家这一年的春天，我离开了悲哀的祖国，
跑到了那冰天雪地的冷土，探求那新邦的生活；
我是毅然地，冒险地，但同时又是偷偷地跑脱，
呵，我的母亲，请你宽恕我，我没给你字儿一个。

我经过海船的颠簸，度过了惊人的炮火，
我吃饱了西比利亚的霜风，沐浴了荒漠的风波；
在饥饿，危险，寒冷，困苦之中我寻到了，
呵，我寻到了最后的目的地，梦想的北国。

摩斯哥变成了我的亲爱的乳娘，给了我许多培养，
摩斯哥变成了我的第二故乡，我将留恋她永远不忘。
可是我还有我的母亲，我还有我的原来的故乡，
我遗忘不了悲哀的祖国，母亲，我也不能将你遗忘。

过了四年，别了，我的亲爱的乳娘！

过了四年，别了，我的第二故乡；

我要回去看看母亲，因为母亲你正为着我而惆怅，

我要回去看看祖国，因为祖国被弄得满目荒凉。

月亮已经移至西天。院中枣树投下浓密的黑影。蒋从甫和陈氏都有些倦意。陈氏轻轻地、小声地打了一声阿欠，又突然提起了精神，对老儿子说道：

"小珍子不知道你今晚回来。要是知道了，她甭提有多高兴了！"

蒋光慈知道，"小珍子"是母亲对她的童养媳王书珍的爱称。他心里早就想起她了，但嘴上又不好问，这时母亲提起她，他装作用轻描淡写的语气问道："真的，怎么没见到她？还有小妹呢？"

"小妹"指蒋光慈的妹妹蒋如香。蒋光慈一并问起她俩，以减轻父母对自己关注的注意。

陈氏答道："乡下的宅子住有一帮人在忙庄稼，厨上缺菜，晌午后俺叫她俩送点菜去了。乡下好玩，今晚看是不回来了。"顿了一下，又说："巧子你不知道，如今的小珍子长成大姑娘了，个儿足足比娘高出半个头，人又生得俊，都说是咱白塔畈人尖尖儿呢。"

"你少说两句行不？"蒋从甫想打断老伴的话。

"少说两句干啥？"陈氏道，"摊上这样的儿媳妇你不高兴？她不仅勤快，手儿也巧，是俺心头上的一块肉呢。"说着，把脑袋伸向老儿子，"巧子呀！你是光绪二十七年生，属牛的；小珍子是光绪三十年生，属龙的，比你小三岁。你俩一个二十四，一个二十一，镇上跟你们同年相膀的，有的都两三个娃儿了！"

"娘！"蒋光慈心情复杂地这么喊了一声。

"小珍子是一个有心眼的姑娘。她长年累月、春夏秋冬都在念叨你呢。"陈氏的话头打不住，"她房里的镜子上镶着你的照片。俺好几次见她捧着那照片看，眼儿红红的，想是哭了。唉，天可怜见的！"

"好啦，不说了！"蒋从甫从小竹椅上站起来，"儒恒一路劳顿，也该歇着了。"

陈氏坐在那儿没动，依然想着自己的话题："这回好了，老儿子回来了！

无论如何，得把你们的婚事办了！俺不能让镇上的人戳咱的脊梁骨！"

山镇姑娘

蒋光慈在酣梦中，被一阵压抑的但又银铃般清脆的笑声惊醒。他睁开眼，从竹枕上抬起头，透过蚊帐，发现小窗对面的乌黑屋脊，已被明亮的晨光抹红：呀，太阳升得老高了！

他一骨碌从床上翻起来，套好衣服，戴好眼镜，靸起一双草质拖鞋，走到窗前，往天井院里看动静。刹那间，他眼睛一亮，发现枣树下站着一个人！

这是一位身材颀长健美的姑娘。她的瓜子型白皙的面容，被屋顶阳光映照着，显得更加明丽和妩媚。弯弯、舒展的眉毛，乌黑、清澈的大眼，小巧、红润的嘴巴，搭配得非常妥帖。乌云似的头发向上拢起，似乎还粘着一两粒树上落下的小小的青枣；额前的一绺刘海儿，整齐地罩在额上；身背后拖一条油黑闪亮的大辫子，两耳上闪一副翡翠色的耳环。姑娘上身穿白色大短褂，偏大襟，褂边滚着暗红的花纹；两只雪藕似的粗胳膊，似乎无力地垂着，左手颈套着一只玉镯子，闪着绿莹莹的幽光。她的下身着一条蓝色的百褶裙，上边绣着红白相间的细碎的花纹；裙摆并没有拖地，露出裙下的一双半大小脚穿着的尖头绣鞋。姑娘站在几株正在争艳的大红、水红的凤仙花旁边，显得高高朗朗、亭亭玉立，宛如七月间挂在树上的一颗撩人眼目的熟透的山桃！

蒋光慈看着这幅《美女晨光图》，不禁轻轻地嘘了一口气，一股温暖、异样的暖流，从心田缓缓、舒舒地浸润过。他不禁在心里暗暗赞叹这故乡人生的硕果：呀，咱的书珍小妹呀，没想到你出落得这样标致！

由于小窗上蒙上一层黑色的纱网，姑娘看不到屋里的情形。但她仍然睁着一双黑溜溜的眼睛，窥探伴着想象，想看到昼思夜想的巧子哥的身影。

"五姐五姐！"突然，从旁边的屋里又跑出一个姑娘，走到王书珍的身边，抱起她的一只胳膊。

"嘘——"王书珍向窗户努努嘴，示意小姑娘小声一点儿。

小姑娘十五、六岁的样子，红红的圆脸上生着细眉秀眼，头上梳着两只"丫角"，还戴着几枝刚刚摘下的白色金银花。她上身也穿着偏右大襟白色短褂；与书珍不同的是，下面穿着的是黑色的宽筒长裤，脚上趿着一双拖鞋——蒋光慈认出了，这是小妹蒋如香，如今也长成大姑娘了。

小香子放开书珍的胳膊，又跳到她的身前，将她细细打量一番后，把嘴贴在书珍的耳边，笑着，小声地咕哝几句什么。

"死丫头！"书珍顿时脸红了，推开她，小声笑道，"看俺撕烂你的嘴！"

"哈哈哈哈……"小香子控制不住，仰头大笑起来。那放纵、清脆的笑声，划破了清晨小院的宁静。她头一缩，吐了一下舌头。稍做犹豫之后干脆走近窗户，向屋里窥探："小哥呀，小哥呀！太阳都晒屁股啦！"

蒋光慈笑了一声，打开门，张开双臂迎接小妹："好呀，看你闹的。都成大姑娘了，我的小天神！"

王书珍见蒋光慈猛然打开门，反而不好意思了，猛然转过身。小香子见状，把她的身子扳过来，数落道："整天叨咕巧子哥，巧子哥，流着泪儿瞅照片。如今真的回来了，却又假模假样子不瞅人家。这是怎么哪，怎么哪？"

王书珍这才走近蒋光慈，黑眼睛闪出两束火辣辣的火花，稍纵即逝地同蒋光慈的眼神交流了一下，红着脸，弯起腰，眼睛闪起泪花，向远方归来的亲人道了个万福："巧子哥！你回来了！"

蒋如香见书珍流泪，赶忙另开话题为她遮掩："小哥呀！昨儿俺同五姐下乡了，别提乡下有多好玩哪！那水田里的稻棵，长得绿油油的，一眼望不到边儿。稀溜溜的南风一吹，绿浪一波连着一波呢。那灰溜溜的秧鸡儿勾着头，在稻棵间跑得飞快；那鸽鸪看不见飞，只听它'洞、洞、洞'地叫着，像敲脆鼓；还有咱家那条黄沙牛，昨儿还下了个小牛犊子呢。"

"好啦，快嘴丫头！快给你小哥打洗脸水去！"蒋光慈吩咐道。

"好呀！"

见小妹走出房，蒋光慈忙摘下眼镜，用一种发自灵魂深处的温暖的眼光，将王书珍从上到下又细细地梳理了一遍，然后问道："你们是早上回来的？"

王书珍被他看得不好意思，刹那间，脸儿连脖颈都红了。她抿抿挺起的胸口的褂子，赶忙走到床前，一边整理床铺，一边轻声回答道："二嫂子一大早就赶到乡下庄子，说你回来了。"

蒋如香打来了洗脸水。蒋光慈用一只瓷杯舀了水，又从带回的箱子里拿出了牙刷、牙粉，然后走到院子里，仔细刷起牙来。

如香见小哥满嘴白沫，觉得好玩，自己的牙也又酸又酥。她咧着嘴、呲起牙对小哥说："咱家的坛子还养着粽子，俺给你剥去，还有洋糖呢。"

"亏你想得周到呀，"书珍笑道，"快去剥吧，鬼丫头！"

蒋光慈知道，白塔畈人家有夏天吃粽子的习惯。田长糯稻有糯米，山生箬竹有粽叶，方便得很啰。糯米粽子抹白糖，该有多好吃呵。他想着，赶忙以水漱净了口，等着享受家乡粽子的美味呢。

这天中午，蒋家要吃团圆饭。蒋光慈的大哥蒋儒谦、二哥蒋儒让，结伴从乡下的新庄子赶了回来，要会一会四五年未见的小兄弟。儒谦这一年34岁，儒让小两岁，32了。两兄弟个儿都比光慈矮些，都穿着粗白布对襟小褂，黑粗布短裤；黝黑的国字脸，大手大脚壮身板，一看就知道是吃力气饭的人物。蒋光慈在诗文中，常称这两位兄长为"小市民"（意思是，在小镇上找饭吃的普通市民），彼此见面，十分亲密。大哥拍着光慈的肩膀，笑道：

"兄弟！这一去就是四五年，漂洋过海，到外国喝墨水，算是见过大市面了。"

儒让说："听说俄国在咱们中国的北边，那地方冷得很，四季都下雪。出门撒尿要带棍子敲，不然就结成一根冰棍子了。"

"瞎说"光慈笑道，"那儿冬天是长一点，冷一些。春、夏、秋三季都短一些，但照常花红柳绿，鸟儿唱歌。"

"噢！"儒让领悟似的点了点头。

这时，蒋儒谦想起了另一个话题："听说俄国的女人很漂亮，白皮肤，黄头发，蓝眼睛，红嘴唇，像咱们这儿的鹦哥似的。"

蒋光慈忍不住笑了起来："苏俄人是白种人，长得跟咱们是有些区别，但怎么像咱们的鹦哥呢？他们皮肤是白的，这点不假。我们中国人是黄种人，你看，咱们的脸儿、身上，都是黄黄儿的。世界上还有黑种人呢。"

"黑种人？皮肤都是黑的？"蒋儒让大为惊异，"浑身都是黑的？"

"那当然了"蒋光慈笑着答道，"我们在莫斯科的大学，有同学就是黑人，男女都有。他们皮肤是黑的，浑身都是黑的，这倒显得他们的牙齿特别的白，白得耀眼呢。"

"世界之大，无奇不有呵。"蒋从甫在旁边插了一句。

"皮肤颜色不一样，但穷人的心是一样的，都盼望着普天之下的穷人都能作主，都能过上好日子"蒋光慈把话题引得深了一点，"血是一样的，都是红的，血管里都流着红红的鲜血。只要穷人万众一心，敢打敢拼，就能像苏俄那样，建设起一个穷人都能当家做主、都能扬眉吐气的新时代！"

陈氏见桌上的菜都摆满了，酒壶也端上来了，赶忙打断儿子们的热闹话："坐吧！尽说那些远在爪哇国的事情干啥？"说着，拉起老儿子就要入座。

大嫂、二嫂在厨房忙碌，小香子在院子照顾小侄子。王书珍呢，早把蓝色的百褶裙脱了，换上一件黑色的、裤脚拖到腿胫坎的短裤儿，显得洒脱而又麻利。她里里外外忙着端菜添酒，细腰扭动，浑圆的肩膀也随着舞摆，好像是在跳一种无名的舞蹈。姑娘觉得今天的一切都是那么美好，院里的凤仙花开得格外美艳，枣树上的喜鹊叫得格外动听；天上好像升起了两个太阳，照得满世界万类万物都是金灼灼、明晃晃的一片。她一面走动，一面向心爱的巧子哥闪动着眼波。那热辣辣的眼神里，包含着浓浓的情意、长长的情丝。

蒋光慈感觉到了王书珍的眼神，装作没有在意，一个劲地同兄长碰杯，向父母敬酒。

他们喝的是大别山特产"小吊酒"。这是一种家酿米酒，一般在农历九月菊花盛开的初凉季节酿造。所用的酒曲子称为"蓼曲"，用当地出产的多种天然山珍综合制成，所以酿出的酒入口绵甜而清醇；细细品咂之后，其间似乎还揉有山花涧草的芳香。山里人家往往每次酿造数百斤籼米或糯米，装在一个个半人多高的大肚酒坛里，以供全年之需。此酒只有十五度左右，人们喝起来常常失去警惕，往往成杯成碗地一干而尽，殊不知它有后劲，一旦发作起来，往往使贪饮者大出洋相！

蒋从甫脸上沁出了汗珠，他的瘦弱的身架似乎有点儿弱不禁风，红红的眼睛也不时洇出泪水，那是他有严重的沙眼所致。

蒋家有规矩，除了春节，妇女一概不上桌吃饭。今天都是家里人，陈氏也破例地坐了上席。她瞪着几乎失明的眼睛，一个劲地劝身旁坐在首席的老儿子多吃多喝。

今天桌上的菜，都是蒋光慈爱吃的啊！

这是一道"腊肉烧黄鳝"。这腊肉，取用山野饲料喂大的黑毛猪肉，先放瓦缸内细腌十多天，取出晒干后，再用茯苓皮烧烟慢熏一个月才成，可保鲜一年时间；这黄鳝，取中等个条的剖开洗净，切断以小锤砸软脊刺取鳝片。做菜时，以腊肉四成、鳝肉六成拌和放在铁锅里，文火焖炒，佐料大蒜必不可少。此时，腊肉和鳝肉的脂肪互相浸润、汤成青紫。待汤烧干、鳝肉色泽渐失才熄火。吃到嘴里，腊肉芳香，鳝肉鲜美，而且鳝刺自然剥落，美妙无比。

这是一道"血豆腐"。这是家乡招待宾客的佳肴啊。血豆腐是在腊月里，将猪血、肉丁、豆腐，并加生姜、细盐等佐料放在一起揣捏，使之互相浸润交融，之后做成小圆粑粑状，然后再用茯苓皮烧烟慢慢熏烤，历经一个月才成。做菜的时候，将圆粑粑状蒸熟切成薄片儿，再加佐料拌和。血豆腐具有腊肉的香味和豆腐韧性的绵软，醇美，可口，一年四季均可食用。今天，嫂子们将血豆腐的薄片，在白瓷碟上摆成几朵暗红的梅花，浇了喷香的麻油，还用葱白作了点缀。蒋光慈欣赏着，几乎不忍下筷子。

这是一道"干笋炒石虾"。石虾是虾子的一种，生长在大别山的深山溪涧中，多浮游在大石缝隙及其周围。山深水寒，生长艰难，石虾的个头长得很小。晒干之后，状似穗粒，但极鲜美。山人有诗云：一夜山泉没浅沙，平湖水涨湿桃花。樵户邀客尝新味，春笋蘑菇炒嫩虾。这干笋炒晒干之后的石虾，又别有一番滋味。

蒋光慈的眼睛，又盯着新上的一道菜，脱口说道："嘀，这是沙锥鱼呀！"

"是呀，这不是你最爱吃的鱼吗？"儒谦说道，"还记得小时候咱们下河敲鱼吗？"

"记得。"光慈笑着点点头。

沙锥鱼，个小，肥硕，头尖，喜欢钻沙，人们又称它为"沙钻子"。沙锥鱼也产在大别山的深山溪水中。溪水清澈，斗折蛇行，怪石盘踞，似乎难见鱼的踪影。可是，沙锥鱼就钻游在这溪水之间，尤其喜欢在石缝中嬉戏。山村儿童捕捉这种鱼时，往往不用渔网和钓钩，而是手执木棒，下到清水浅浅的河里，棰击怪石之间的水面。沙锥鱼被震晕了，自然就漂了起来。蒋光慈小的时候，常跟两位兄长一道，在白塔河里敲鱼。那是多么好玩、多有意思的日子啊！

蒋光慈见盘里的沙锥鱼两面焦黄，想起家乡流传着的一句俚语，笑道："鲜活的鱼炕着卖！"

"是呀，"众人笑着回应，齐把筷子伸向那炕得两面焦黄、诱人食欲的沙锥鱼。

原来人们在集市上卖沙锥鱼时，不论是盘装还是篮提，都是先把鱼炕得两面焦黄，叫作"鲜活的鱼炕着卖"。光慈小的时候，曾经追究人们炕鱼卖的原因，发现一是为了保洁；其次也是最主要的，是为了保鲜。试想，活蹦乱跳的沙锥鱼，放在用洁净稻草擦得锃亮而且又几乎是烧得微红的锅里，"嘶啦啦"一阵爆响之后快速翻炒，使鱼的新鲜味儿得到了凝固和升华；还有，小鱼经过炕炒之后，鱼体硬化，容易翻拣、拿取，便于买卖。多妙啊！

今天，嫂子们做的这盘沙锥鱼，是红烧。鱼儿长约三寸，小头，胖身，非常肥嫩。光慈夹了一条放进嘴里，顿觉肉嫩，刺软，满嘴流香，而且鱼体自然裂成两半，吐出的是完整的鱼刺。他咽罢一口鱼，高兴地称赞道："好！"

"好！"蒋从甫也称赞道，赤红的脸像九月经霜的红枣，"这沙锥鱼也是咱们大别山的一宝啊！"

"是呀是呀！"众人附和道。

蒋光慈吃着、喝着，头脑中突然升起一种思绪：故乡，故乡！人们想念故乡，不仅想念慈祥的父母、友爱的同辈、多情的少女、动听的丝竹，也想念故乡的明山丽水、纯风厚俗、美饮妙食！今天，嫂子们呀，凭你们这手绝好的厨艺，使小弟得到多少慰藉啊！

"巧子！"儒谦望着光慈说，"你从俄国寄回的那首诗《少小怀雄思——笑俗儿》，在咱白塔畈已经传开了，很多人都会背诵呢。"

儒让点点头，带头背起来；儒谦也不示弱，随着帮腔。蒋光慈觉得，两位兄长将那首五言诗，背得很完整：

为人当卓绝，切莫守乡关。
只因家太贫，愁愿总难填。
或然时运转，去岁遇机缘；
悠然赴长途，羞作回头看。
迢迢数万里，尝遍苦艰难。
路远关山隔，家音迄杳然。
可怜亲父母，盼断此云山。
昨宵接家信，未拆先喜欢。
平安两个字，折得万金钱。
双亲俱康健，两兄良且贤。
代亲理家事，我可卸双肩。

行行重行行，人生一渡船。

始终不懈怠，总可达江边。

蒋光慈记得，他 1921 年由芜湖安徽省立第五中学毕业后，先赴上海学习，后赴苏俄留学，和家庭音讯隔绝达一年多之久。母亲思儿几乎哭瞎了眼睛，后由蒋从甫多方设法，才恢复了通信联系。这首诗就是 1922 年自己接到家信时于喜悦之中写的，并寄回了白塔畈。诗歌洋溢对故土的思念、对血泪亲情的依恋和不舍。蒋光慈想到，自己犹如白塔畈亲人放飞在蓝空中的一只风筝，即使飞得再高、再远，风筝线还是掌控在白塔畈亲人的手中！想到这里，他站起来，端着满杯的酒先敬父母，说道：

"娘！爹！原谅儿子的疏顽吧！这是儿子的不孝，我先干为敬吧！"说着，喝了满杯的酒，并亮了亮朝下的杯底。

接着，蒋光慈又斟了满杯的酒，敬向两位兄长，并向厨房方向的两位嫂子样了样杯子，说道："我的两位良且贤的兄长呵，我敬你们！"

蒋如谦、蒋如让赶忙站起来，兄弟仨碰了杯，都是一昂头，一干而尽。

蒋家的团圆饭，吃得热闹而圆满，屋里屋外洋溢着笑声。

晚上，乘了一会儿凉后，蒋从甫老两口把老儿子叫到自己的厢屋。屋不大，屋顶被烟熏得一片油黑。挂在墙上的一架油灯，灯盏里只点着一根灯草，灯光还没有院子里的月亮明亮呢。

蒋从甫给儿子泡了一杯瓜片茶，示意儿子坐在床前。从老人严肃的态度看，蒋光慈明白，父母要同自己谈"正事"了。他也猜到，无非是要自己同王书珍圆房成婚的事。

原来蒋光慈自幼就同王书珍订了"箩窝亲"。箩窝，是大别山人家用的一种竹编摇篮。这就是说，他俩还是小娃儿睡在摇篮里，两家父母就为他们交换了生辰八字，订下了亲事。王书珍的家也住在白塔畈街上，就在蒋光慈家的斜对面。她父亲叫王持华，是开猪肉案的，还兼营一个豆腐作坊。书珍在共祖父的家族中排行老五，人称"王五姑娘""五姑娘"或"五姐"的。她的母亲姓姚。在她长到 12 岁时，姚氏生了伤寒死了。王持华又为她续娶了一个姓蔡的晚娘。蔡氏为人凶狠，将王书珍视作眼中钉、肉中刺，想方设法虐待这个前娘养的丫头。不仅白天叫她干家务活、带孩子，晚上还逼她到豆腐坊去干活。据说有一天晚上，小书珍因为个子矮，站在小竹凳上筛豆浆。筛着筛着，就打起瞌睡来。小姑娘嘴儿巧，随嘴儿编唱道："瞌睡沉哪瞌睡沉，瞌睡来了压死人；巴望晚娘早早死，一觉睡到大天明！"她声音唱得很轻，不知怎么的被蔡氏找头不找尾地听到了。于是，那婆娘恶声恶气地喊道："死丫头！你唱啥？你唱啥？"小书珍吃了一惊，但她一点也不慌张，平心静气地掩饰道："妈妈哪！俺在唱：瞌睡沉哪瞌睡沉，瞌睡来了压死人；巴望俺娘活百岁，好将小丫头带成人！"蔡氏道："你刚才好像不是这样唱的嘛！"小书珍道："俺娘！刚才就是这样唱的嘛！你想，这歌是能随嘴编出的吗？俺可没那么大的本事！"蔡氏想想她说得有道理，也就不再发作了。

王书珍长到十四岁那年时，不仅身架蹿起来了，眉眼也生得有模有样，俨然是一个大姑娘了。遇到晚娘辱骂她时，她也敢顶嘴；遇到晚娘动手动脚时，她也往往不叫那婆娘占大便宜。如此一来，常常搅得家里三江水波浑！加之白塔畈山里土匪横行，无恶不作，也常常绑"花票"。他们在月黑风高之夜，把人家大姑娘、小媳妇抓去，先作践一番，然后令家主花钱去赎，不然就要"撕票"处死。基于上述两个原因，王持华将王书珍送到蒋家作童养媳，意思是：俺把闺女交给你蒋家了，如若出事，与王家无关！

在皖西农村，凡出童养媳人家，均属家境贫寒，或子女多，或无力为子女正式举办婚嫁一应仪式，而将其幼小女儿送到男家抚养。及至婚龄，择日梳头，名曰"圆房"或"磕头"，即与男子同房。在年龄上，男大于女者较多，有的年岁相差很大，往往造成男女之间不睦。至于童养媳在男家受虐待，几乎是非常普遍的事情；童养媳被逼投水上吊的，也不少见。

王书珍身为童养媳，却不能列入上述之例。一是她与蒋光慈年龄只相差三岁，彼此家庭街坊邻里，两人自幼就在一起玩耍，青梅竹马，两小无猜，积了不少儿时的感情；及至蒋光慈从9岁起便在外读书，她更是常到蒋家走动，俨然像蒋家的一个女儿。如今来蒋家当童养媳，更是如鱼得水，比较惬意；二是蒋家家境较好，又是厚道人家，劳力充足，不需要书珍过多操劳，更没有虐待她的事情发生；三是王书珍人很能干，嘴儿又甜，服侍得蒋家老老小小都很舒坦；加之蒋光慈在外读书，数年不归，蒋家把思念游子之心，化成万般珍爱，一齐浇到童养媳身上，使她倍感滋润，出落得标致有姿。可以说，蒋从甫老两口待王书珍，比看待亲闺女蒋如香还要重！

蒋从甫待小儿子喝了半杯茶后，向他问道："你这次回家，能住多少天？"

"月把时间。"蒋光慈答道。"我从苏俄回国到了上海,应一个既是老师又是朋友的瞿秋白之约,要到新办的上海大学教书,要当教授。因此,在家不能久待。"

"要当教授?"当着乡村塾师的蒋从甫听了很高兴,"咱们蒋家世世代代,你是第一个做大学教授啊!"

陈氏听说小儿子在家只能待个把月时间,非常着急,赶忙说道:"时间这样短呀!你和小珍子该圆房了。"

蒋光慈沉吟良久,心中似有千言万语,但又似乎很难表白,他只是淡淡地说:"二老在上,这事儿子反复考虑过了,还是等待一两年再说吧。"

"不行!"蒋从甫断然说道,"不行!这事,不能再拖了!你不想想,你俩都多大岁数了?咱和你娘不能担个养'老媳妇'的骂名。这事不仅要办,还要风风光光地办一场。算算看,咱家已有七八年没办过热闹的事情了。"

蒋光慈听了,在心中暗暗叫苦。他下了一种决心似的,起身把房门关好,回到座位上,压低声音神秘地对父母说:"爹,娘!儿子在苏俄参加中国共产党了!"

"共产党?"二老一惊。

"就是乡下人常说的'过激党''黑杀党'!"蒋光慈说着,想到目前中国虽然处于国共合作时期,但是安徽的国民党,已经分裂为以柏文蔚为首的左派和以管鹏为首的右派,并都挂上了省党部的牌子,各行其是。在偏僻的皖西白塔畈,黑暗势力还是非常强大的。特别是他到红色苏俄留学这件事,小镇茶余饭后的议论正在潜滋暗长,说他把一种红色的"风"带回来了,对他构成了一种潜在的威压。因此,他这次是悄悄地暗地回乡,尽量减少影响。今晚要不是被父母逼急了,他不会说出入党之类的事,以免吓着父母。

果然,陈氏听说儿子干了"过激党",顿时吓得脸都发白了。她战战兢兢地对光慈说:"儿呀!你读了十几年'长学',也算是知书达理的人了,怎么能忍心干这伤天害理的事情!"

蒋光慈扑哧一声笑了:"娘!共产党是好人办的党呀!在苏俄,共产党领导穷人闹革命,那儿的天地翻了一个个儿,反动的资本家呀地主老财呀,统统都被打倒了,穷人坐了天下。中国有了共产党,中国的将来也会如此。什么'过激党'呀、'黑杀党'呀,都是人们胡说的,也是坏人造的谣,你们不要相信那些鬼话！"见两位老人还没有反应过来，他继续说道："有人说'过激党'都是一些青面獠牙、杀人放火的野人。你们看，儿子是那样的人吗？——还有，我这回是暗地回来的，千万不可张扬。我是躲在家里尽量少出去，怎么能敲锣打鼓办喜事呢？这些话，我只能说给你二老，其他对谁也不能说！"

蒋从甫冷静下来了。他嘘了一口气，缓缓地说道："儒恒！既然你人在家里，就不妨圆房。你就让俺同你娘，了却这桩心事吧！小珍子那丫头，天可怜见，等你等得可怜呵！就是瞎子，也能想到她的愁眉苦脸；就算聋子，也可听到她的长吁短叹！"说着，他恢复了自信："咱家在白塔畈，始终抱着耕读传家的处世之道，没有得罪过什么人；同时，小珍子同王家老楼是一个亲族，人们也知道咱家同王家老楼有着千丝万缕的关系，谅一些小人也不敢对咱家怎么着！"

"爹！"蒋光慈嗫嚅了一会儿，又说出自己的另一番难处，"儿子在外面常写文章，也还想着著书立说。我总要娶一个识文断字的媳妇，帮我抄抄文稿呀！"

"吓，你是嫌小珍子不识字？"陈氏明白了儿子的心思，"这有啥办法？自打盘古开天地，三皇五帝到如今，哪有女子识文断字的？"

"娘！你这是老皇历了。"光慈婉转地反驳道，"如今在外面，妇女读书识字多得很呢。"

蒋从甫以一副深谋远虑的神态，慢条斯理地说道："儒恒！'人无远虑，必有近忧'。你同小珍子是'箩窝定亲'，她来咱家也有七八年了。这，是铜板钉钉的事，全白塔畈的人都知道。她家是王家老楼的亲族，王家已几次来人问你几时回来，催婚不停。咱们就是有天大的胆子，也不敢得罪王家。再说，她小珍子又是一个好丫头，睁大眼睛挑剔，也寻不出她有什么短处。人无信不立。子曰：'敬事而信''言而有信'。翻开《论语》《孟子》，孔孟二位先贤论说信用重要的，有上百处之多。咱们总不能做不讲信用的人啊！"

蒋从甫搬出圣人的教诲，强调断不可撕毁与王家的婚约。见儿子还想说话，老人又说："识文断字抄誊文稿，这倒也很重要。要不，你在外面纳一房'小的'，帮你操办这些事情。咱们不管！"见儿子不语，蒋从甫以饱谙世情的口气说道："如今只要你有钱有势，即使娶了三妻四妾，也没有谁来管你！陈独秀不是你们共产党的头儿吗？他不就是娶了两房夫人吗？"愣了一下，又接着说："他的两房夫人都是咱霍邱县人氏。民国七年冬天，陈独秀偕两位夫人到县城，在咱霍邱住了半个多月。俺当时有事正在县城，还在城关小学校，听了他和小夫人的演说呢。"

蒋光慈听着，依旧不说话，只是无可奈何地看了蒋从甫一眼，无可奈何地轻轻喊了一声："爹！"

"好了，"蒋从甫威严地站起来，快刀斩乱麻般地挥了一下手臂，说，"这'房'一定得'圆'！你不让张扬也行，咱们就悄悄地办！——不过，俺担心'悄悄'不了。"

一直没有说话的陈氏，这时候补了一句："这结婚是人生的大事，怎么能悄没声息、遮遮掩掩地办呢？"

父母的话，如雷贯耳。一向对父母极端孝顺的蒋光慈，双臂垂立，头也不觉耷拉了下来。

青梅竹马（上）

这一晚，王书珍失眠了。这是从来没有过的事。姑娘长到二十一岁，哪有睡不着觉的时光？人常说"人大了，心也大了"，果真如此吗？

她在铺着凉席的床上，像贴烧饼那样翻来覆去，可就是合不上眼。更恼人的是，每月一次的"老表"来了，足足提前了七八天呢。今天早晨，见着了昼思夜想的巧子哥，看到了他那温暖无比、深含情意的目光，心儿一松，心头一热，浑身像提到九天又往下一沉，不觉感到下身是热乎乎一片。真丢人！听说新娘嫁到夫家第一天来"老表"，这叫"跨门喜"，又叫"跨门红"。这喜呀、红呀到底是祸是福呢？这事，不管咋的，不能让小香子他们知道！

她翻了一个身，又想：白塔畈一带的新娘子，出嫁坐花轿那多美呵！"腊月腊八日子好，多少姑娘变大嫂；嘴里哭，心上笑，屁股还坐大花轿"。出嫁上轿前三天，都不吃饭，不喝水，免得去婆家的路上，抬轿子故意颠轿发生呕吐，也少了解手上茅厕一类的麻烦事。巧子哥回来了，就要"圆房"，明天吃不吃饭呢、喝不喝水呢？吃，喝！俺在家里怎么能不吃不喝呢？吃喝得饱饱的，才有力气呢。

就要"圆房"了，就要同巧子哥拜天地、配夫妻了，多叫人心爽哪！书珍又翻了一个身，忽然想到"倒七戏"《花园扎枪》，想到戏中的一对夫妻高怀德和赵美容。你看人家一个是英雄好汉，一个是皇姑御妹，春三月同游花园，多叫人眼馋哪！那赵美容右手一摆说："丫鬟带路！"接着就唱："春三月和风轻鸟语花香，离前厅去花园越院穿廊。"高怀德妇唱夫随，接着就唱："美夫妻相依伴并肩齐步，正好似双飞鸟比翼翱翔。"赵美容唱："红妆女得配这英俊夫婿，好姻缘真可算盖世无双。"高怀德唱："英雄将美佳人天成佳偶，虽然是不得志也聊慰愁肠。"最后呀，两人还笑着同唱："今日里去花园同赏春景，但愿得夫妻情日益深长，如胶漆似鱼水欢乐无疆。"……巧子哥呀巧子哥，你就是那英俊好汉高怀德呀，俺呢，就是那红妆女赵美容，不，红妆女王书珍呀！

王书珍在心里甜甜地唱着，终于进入了梦乡。

王书珍自小就聪明、伶俐，心灵手巧。她所受的整个教育，大都是从大戏（京剧）、小戏（倒七戏）、山歌和大鼓书什么中得到的。这姑娘不论听戏还是听山歌之类，过耳就会唱，还能用心去领会那戏文、那山歌所表达的意思。

书珍小的时候，亲娘还在。她一天到晚唱呀、跳呀，乐呵呵的。有一天，隔壁的婶娘找她的碴儿："哟，人常说'嘴一张手一双，不怕公婆赛阎王'。俺看咱们家的五姑娘呀，手儿不行，嘴倒是可以。十只蚂蚱蒸一碟儿，尽都是嘴壳子了。"

书珍被婶娘这一说，羞得在家躲了三天。三天之后，她竟拿出一双纳好的鞋底，请婶娘过目、指教。婶娘一看，针脚比芝麻粒按的还匀称，不相信是她纳的。书珍在鼻孔里轻哼一声，不慌不忙地飞针走线，表演给婶娘看。婶娘这才信服了。自此，书珍又开始学绣花。她用起那五色丝线得心应手，搭配大胆，绣出的花儿、朵儿既艳丽、又大方，看到的人没有一个不啧啧称赞的。过了一程，隔壁的婶娘又夸赞起她来了："那小书珍哪，可是俺的亲侄女呀！那丫头挑的花儿惹蜂蝶，绣的朵儿扑鼻香。俺说的可都是真话呀！她自小就许配老蒋家的小儿子，长大了，可是一房好媳妇哪！"

真的，书珍自打记事起，就知道自己长大了是蒋家的"人"，是蒋如恒的"丈母丫头"。小小的人，竟然注意起蒋儒恒的行踪。那时候，蒋光慈小小的身材高挑、健壮，梳一条黑乌乌的小辫子。冬天外套粗布长衫，夏天换短装，脚穿小紧口布鞋。火红的脸上神清气爽，手提一个竹编的书笼，在白塔畈鹅卵石的街面上，迈着轻快的步子。小书珍看着，心中暗想：巧子哥多俊呵。

有一天，循着巧子哥的背影，书珍居然来到蒋光慈念书的私塾来了。私塾设在东后街一处人家偏北的房子里，老先生名叫朱丹。书珍走到屋后面的窗下，踮起脚尖向书房里张望。呀，二十多个小蒙童挤挤挨挨，好热闹啊。十多张小脸，面对窗外的一角蓝天，正摇头晃脑齐声吟诵呢：

清明——时节——雨纷——纷；
路上行人——欲断——魂。
借问——酒家——何处——有，
牧童——遥指——杏花——村。

抑扬顿挫，随意挥洒；音韵旋律，自成一格。大家唱歌般地互相照应，使吟诵在总体上达到浑然一体，音流在山镇的上空久久地回荡。原来该私塾在每天中午、傍晚快放学时，大家齐诵一首古诗，小书珍刚好碰上了。

小书珍最爱听唱歌了，但今天听不清他们唱什么，只觉得耳边嗡嗡的一片，像无数的小蜜蜂展着翅膀飞向空中，又像白白的炊烟样子袅袅四散，让人听了觉得心里非常舒坦。她也摇头晃脑地循着他们的声音，咿咿呀呀，跟着唱起来。

塾馆散学时，小书珍依然站在那里，嘴里高一声低一声地唱着，舍不得走。不想，她被一个小学生发现了。他立即拍着小手，又是跺脚，又是喊叫："快来看呀，快来看蒋儒恒的丈母丫头哪！"

众人一窝蜂似的涌向小书珍，把她围起来，争着看稀奇。只有蒋光慈见状，悄悄地溜走了。

小书珍看了看那些挤眉弄眼的小蒙童，装作不解的样子问道："怎么哪？俺是蒋儒恒的丈母丫头怎么啦？"

"呀，她还问咱们呢！"

"看，一点都不害羞！"

"怎么哪？"小书珍装作傻乎乎的样子继续问道，"你们自己就没有丈母丫头吗？你们的姐呀妹的，不也是人家的丈母丫头吗？"

小蒙童们被书珍镇住了，相对无语。旋即，一哄而散。

书珍娘知道这件事，有一天数落书珍道："你与蒋儒恒定了亲，你是他的丈母丫头不假，但是这件事只能装在心里，是不能跟人家说的：在人面场上见到蒋儒恒，要装作不认识。"

"这又为啥呢？这不是丑事呀，怎么不能说？"小书珍反问娘，"娘！你不也是俺爹的丈母丫头吗?"

娘被她问得扑哧一声笑了,用手指刮着她的圆圆、红红的小脸蛋:"傻丫头!不知羞!"

不知羞就不知羞,小书珍依旧往蒋家跑。她不是贪吃陈氏妈妈偶尔递到她手里的欢团、塞到嘴里的冰糖,而是想听巧子哥读书时琅琅的声音,唱歌一般地好听。巧子哥同蒋大伯坐在桌边下象棋,她也托着腮帮子,睁着黑溜溜的眼睛,观看他父子俩在楚河、汉界上厮杀,从不说一句话儿。更有趣的是,巧子哥还有一部《芥子园画谱》,上面的山呀石呀、花呀草呀特别好看。巧子哥喜欢蒙着一张竹纸在那些图上,然后一笔一笔地把它描下来,跟书上的图画几乎一模一样。有时,书珍也央求巧子哥,把那些花呀朵呀画到白布上,她就用心地、一针一线地把它们绣出来。更有意思的是,巧子哥每年春节前都要在家写春联。左邻右舍都送来了红纸,请巧子哥帮他们写。巧子哥个儿矮,就站在矮凳上,挥着一支大笔,在红纸上龙飞凤舞地写着自己编的春联。这当儿,书珍总站在一旁为他磨墨、拽纸,还把要贴在一起的地方放在一起。有时,她还叮嘱巧子哥:"多写几个'福'字呀,贴着喜庆呢。"

真正让王书珍发现蒋光慈长得俊美的,是那一年春节期间闹花灯。

霍邱县的民间玩灯,可谓五彩缤纷。那"打铁花",铁花飞迸,赛似流星;那"龙灯",金龙狂舞,欢庆飞腾;那"狮灯",扭头舞爪,憨态逗人;那"高跷",腿绑高棍,空中表演;那"肘阁",肩扛铁杆,杆上坐人;还有那花挑、小车、旱船、犟驴、蛤蚌、金鱼、花山、腰鼓、小五彩、独杆轿、皮老虎、大头娃……而在白塔畈,常玩的是旱船。每年春节从正月初三到正月十五,只要是晴天,几乎每天晚上都玩。镇上玩遍了,就到四周乡下去闹腾。

那是小书珍最高兴的夜晚!

试想,一条彩装绣裹、五颜六色的旱船,在轻轻地游动、悠摆;两旁各有一个活泼、漂亮的小"兰花",两手舞彩巾,随着锣鼓的节拍曼妙地左右跳动;船后是一个划着桨的老艄公,他头戴一顶翻卷翘起的帽子,嘴上罩一副髯口,俨然是京剧《秋江》陈妙常追舟时为她划船的那位艄公;船前呢,跳着一个扎着冲天小辫子,鼻子上点着白粉的嘻嘻哈哈的小丑,人们称他为"骚答子"。他常是一边唱,一边划着手中的破芭蕉扇。这可是一个关键人物,他有望风采柳、随编随唱的本事。看,这个阵势够吸引人的!

旱船表演最吸引人注目的，是在旱船内手提船帮、掌握旱船的姑娘，人们叫她"灯芯"。这灯芯和两个兰花一样，当然都是男孩子扮演的。这一年，由蒋儒恒装扮灯芯。他头戴假发，簪金戴银，颤悠悠地闪着富贵之光；上插大红花，两旁垂飘带。身穿大襟红袄，下套百褶裙，脚登红绣鞋，鞋脸缀彩缨。他脸色红润，小嘴儿紧抿，黑眼睛顾盼流动，脚步舞中不乱，腰肢儿款款扭摆。那气派，那装扮，真如九天下凡的仙女，美极了，俊极了！——小书珍一时看得目瞪口呆。

旱船游到了人家门口，骚答子摇着芭蕉扇，随着锣鼓声欢快地跳舞，整个团队也扭跳成一团。待锣鼓声停罢，骚答子唱道：山歌好唱口难开，樱桃好吃树难栽；大米好吃田难种，馒头好吃磨难挨——

骚答子唱到第四句，声音下抑、拖长，并短暂地停顿一下。这时，两个兰花赶快扬声问道："答子哥哥怎么讲哉？"

骚答子这才唱出"五句头"山歌的最后一句，也是"抖包袱"似的关键一句："鲜鱼好吃网难抬！"

这旱船来到人家门口，骚答子可以根据房主门前的景况，即景编唱。比如这家门前有棵枣树，他们就唱道："东家门前一棵枣，弯弯曲曲长得好；满树铁干绿叶衬，绿叶下面结红枣——明年要结大元宝。"比如这家门前有棵槐树，他们就唱道："东家门前一棵槐，槐树上面搭戏台；财东上台望一望，金银财宝滚滚来——乖姐情郎乐开怀。"再如这户人家所住屋宇有气派，他们就唱道："上了场子喜加喜，夸夸东家好住居：左边青龙乱弹爪，右边白虎把头抵——财东住在龙窝里。"这些人家听到称赞和祝福，喜上眉梢，笑不拢口，不仅站在门口打躬作揖答谢，还把准备好的纸烟、麻糖、欢团等等吃食乱撒；有时还包上一个"红包"，交给玩灯的"灯主"。有时他们玩到大户人家门口，便受到东家放鞭炮甚至打土枪的欢迎。那土枪，有"独眼铳"或"三眼铳"，装上火药，外引药引子，点燃引子后，举枪往空中射击；声音虽有点沉闷，但非常火爆。这时，玩船的一班人就唱："玩到贵府喜洋洋，又是爆竹又是枪；又是新官去上任，又是状元探家乡——五子登科上金榜。"

在看热闹的人流中，不乏乡村著名的民歌手。他们嗓音嘹亮，满肚山歌，急不可待地想露一手。他们挑战的对象，往往是位居花船中心的万众注目的灯芯：小小鲤鱼红红腮，上江游到下江来；上江吃的灵芝草，下江吃的绿青苔——

这时，船两边的两个兰花赶忙问道："帮腔哥哥怎么讲哉？"

挑战歌手听问，立刻抖出最后一句："不为乖姐俺不来！"

"乖姐"指的是灯芯。人家自然为乖姐而来，灯芯必须要搭腔：太阳渐渐往下丢，打把金钩钩日头；金钩插到云彩眼，钩不到日头不收钩——找不到情郎不回头。

听到"太阳渐渐往下丢"，那挑战歌手就以此为题，继续挑战：太阳渐渐往下丢，乖姐请人搬圩沟；圩沟搬得深似井，白天搭桥晚上抽——情郎隔在沟外头。

小书珍听着，怕巧子哥对不出歌，急得浑身冒汗。没想到蒋儒恒从容自如，听到他唱"搬圩沟"，立即以"搬塘埂"来对应：新搬塘埂二面光，左插杨柳右栽桑；刮着东风桑缠柳，刮着西风柳缠桑——乖姐缠的是情郎。

你来我往，双方都不愿败下阵来。这不仅要有好嗓子，还要有山歌积累，非常不易。特别是灯芯，集人生美好于一身，往往是众矢之的，没有几番真功夫，是难以招架的。当然，如果灯芯唱累了，显出败象，骚答子、兰花、艄公或是看热闹的人，可以出歌"搭救"，但都要唱得不显山不露水，不能让人看出有搭救之嫌疑。不过，蒋儒恒做灯芯，从来没有要人搭救过。

小书珍那天晚上最紧张了，一路紧跟花船，总是为巧子哥捏一把汗。她听着歌，嗓子痒痒的，有好几次差点出歌搭救巧子哥。不过，她一来人小，二来怕羞，总没有勇气亮起嗓子。晚上回家上床，兴奋得好长时间睡不着觉。她非常羡慕巧子哥穿戴的那副行头，多美啊！

第二天一早，小书珍就跑到蒋家，找到巧子哥要那簪金戴银的花头套戴："让俺戴着试试吧！看你昨夜戴着那样，多俊气呵！"

没想到她这要求，遭到蒋儒恒的一顿白眼："去去去！那东西是乱戴的呀？也不怕羞死人！"昨晚玩灯结束，他就把那副行头交还给灯主了。

青梅竹马（下）

当王书珍在床上翻"烙饼"的时候，蒋光慈也是心情如潮啊！这位年轻的小伙子青春蓬勃，精力旺盛，生命如阳春三月的春笋拔节长高，面对自己的婚事，怎能无动于衷呢？

他比王书珍大三岁，自幼耳鬓厮磨。他在自己长大的过程中，也看着她慢慢长大。自懂事起，他也知道她是自己的"丈母丫头"，长大了要住在同一座房子里，要睡在一张床上。有心没心的，他也关心起这个小妹妹来。

蒋光慈关心王书珍的第一件大事，要数是他阻止王书珍的缠足。

王书珍刚满六岁，姚氏亲娘就给她缠足。那时她幼小无知，知道脚被缠得不舒服，只是哭闹一番而已。随着年龄渐长，裹脚布愈来愈长，缠得也更紧。长到七、八岁时，她觉得不能忍受，裹脚布一沾足，她就撕心裂肺地大哭大闹起来。每到这时，姚氏娘总是皱着眉，毫不让步，并且愤愤地说："哭，哭！不给你裹脚，两脚长得像一副大门板，将来蒋家会要你！"

有一次，王书珍一瘸一拐地挨到街上，恰巧被蒋光慈看到了，他回家对娘说："娘！你去劝劝姚妈不要给小珍子裹脚了，那多疼哪！"

"白塔畈像模像样的人家，哪家丫头不裹脚？"陈氏说，"不裹，长成一个大脚婆谁会娶她？"

"咱会娶！她不是俺的丈母丫头吗？"蒋光慈理直气壮，"朱洪武的皇后马娘娘，不也是个大脚板吗？"皖西六安县独山镇的马姓，是一个大宗族，传说他们与朱元璋的皇后马娘娘有宗亲，白塔畈的人都知道马娘娘的故事。

"你能跟朱洪武比？"陈氏生气地把嘴一撇，"人家可是一代皇上！"

"一代皇上又怎么哪？谁不知道他是小放牛子出身，曾流落到咱霍邱一带讨饭度日呢。"蒋光慈说着，忽然想起自己写在本子上的两句话："狂兮，狂兮，我真狂，唯愿五洲拜我为皇上。"

第二天，光慈又在街上遇到了小书珍。他见周围无人，走近她，低下头，快速地交代她说："不要让给你裹脚，不要让！她一裹，你就哭、哭、哭，你给俺不要命地哭！"

果然，此后只要姚氏一提裹脚布，小书珍就张着小嘴嚎起来；那裹脚布一沾脚，她就会哭得惊天动地、哭成了泪人，直到哭得昏厥过去。姚氏无法，又加她未来婆婆陈氏从旁劝阻，姚氏只好将书珍的裹脚布放了。此后，王书珍总算留了个半大脚儿，虽然走路仍然不太方便，但避免了一些小脚婆娘"走路摇呀摇，大风吹得倒，怕走独木桥"那样的窘样儿。

随着年岁增长，书珍总爱跟大孩子后面玩耍。大孩子们嫌她累赘，往往快步跑走，把她甩在后面。每当这时，小书珍总是仰着小脸儿，眼泪汪汪地喊着光慈："巧子哥哪！等等俺呀，等等俺呀！"

光慈一听她喊，心就软了，放慢脚步等她。为着这样的事，他多次受到小伙伴们的奚落和嘲笑。但他总是抿着嘴儿笑笑说："大家玩，大家乐。丢下她一个在后面哭，多不应该呀！"

　　光慈自九岁起，便离开白塔畈到外面读书。每当寒假、暑假回乡时，如有零钱，他总要买一些洋袜子呀、香胰子呀，还有小圆镜、红头绳什么的，回家后暗暗交给小书珍。此后几年，比光慈小八岁的蒋如香大了，他就叫小妹将这一类东西送给书珍。小妹倒也听话，总是乐滋滋地去找王五姐。五姐家前户有狗，她就在后门拍门喊道："五姐呀，五姐呀，快开门哪！俺给你送红头绳呢。俺小哥带给你的，多好看的红头绳呀！"

　　蒋光慈睡在床上想着这些，屋子里静悄悄的，似乎依然回荡着如香小妹的敲门声。

　　随着王书珍渐渐地长大，蒋光慈也越发注意起这个小妹妹来。夏天从学校放假回来歇伏，每当逢集小街上人多拥挤的时候，他往往看到她站在自家门口的豆腐摊前，帮助她娘收钱或称秤。那一枚一枚铜钱摞到钱箱里，发出咯嘣脆儿的响声。再后来，他就看到她在豆腐坊筛豆浆了。也就十一二岁的年纪，扎着两个小"抓鬏"，站在小凳子上，一双健壮、雪白的胳膊，随着架起的筛浆布，上下左右划着圈儿地晃动。那情形，既有几分好看，也有几分滑稽。这时，不知怎的，蒋光慈心中总漾出几分感动。

　　闲暇的时候，小书珍依然喜欢跟在蒋光慈后面玩耍。

　　白塔畈地处江淮丘陵的西部，是大别山北麓的外山区。如果从这里往西、往南走一二十里，便是摩天接云的崇山峻岭了。但在小镇这儿，虽然周围山峦起伏，但都不怎么高峻。东边的陡山，南边的施家坳，城墙般地拱卫着百十多户人家。西边，走过一段平畴，便是石山和海螺山。往南看，距小镇十多公里，三仙山像一抹秋云一样地横亘在天边。它随着春夏秋冬四时的更迭，总是以或碧绿、或蔚蓝、或苍黄等不同的色调，激起蒋光慈的绵绵遐思和漫想："啥时能登上三仙山，去会一会仙女呢？"

　　有一年秋天，光慈带着小书珍，爬上施家坳玩耍。这里是一处乱坟山。光慈常来这里，每每对着那些杂乱无章堆着的野坟荒冢，总要发出一些不平的感慨。

　　家乡实在是穷啊！交通闭塞，兵连祸结，灾害频仍，地瘠民穷。很小的时候，蒋光慈就会唱小镇流传着的一首民谣："铙钹敲打脸朝天，白塔畈十年九年干；

碰着一年收成好，还了主人去讨饭。""主人"就是地主老财呀，还了欠他们的地租或高利贷，农民手上就啥也没有了，就要去讨饭了。听父亲说，从清朝康熙年间到现在的240多年间，家乡就发生自然灾害130多次。其中，较大的旱灾每5年一次。每逢特大旱灾时，"草木尽枯，井水皆涸""赤地千里，籽草无收。"而一旦山洪暴发，又会发生特大水灾。那时，"午夜苍黎呼救切，千家万户逐波浮""民死之十六，阖家尽毙，无人收殓"。旱涝之后，虫灾相继，"飞蝗蔽日，落地盈天"。即使如此，地主豪绅对农民的压迫、剥削，并未心慈手软。他们横征暴敛、兼并土地、高利贷盘剥、任意抢掠。距白塔畈不远的霍邱县李家圩，圩主从咸丰初年开始发迹，占有的土地横跨皖豫两省的霍邱、颍上、阜阳、固始四县，达20多万亩之多；扬言"马行百里不吃人家的草，人行百里不踏别人家的地"，占有土地面积居中国地主庄园之首。白塔畈镇旁边的王家老楼，楼主每年也收有几百担租课，家有长工、伙计几十人，还有60多条看家护院的枪支。王家财旺势大，心狠手毒。佃户若拖欠一点租子，轻则赶走，重则或殴伤、或杖毙。因此，摆在穷人面前的只有两条路：要不就是走向死亡，要不就是起来反抗。

小书珍看着那些野坟荒冢，枯草抖动，阴风惨惨。一群乌鸦凄凉地叫着，在低空盘飞。一些未烧完的纸钱，被秋风旋到半空，又纷纷扬扬地散落到地面。她不禁打了一个寒噤，不知不觉地抓住光慈的手，低声地说道："俺怕！"

"不怕。"光慈说着，拉着小珍子在野冢之间走动。他一边走，一边念念有词："这里一无庄严的碑石，二无分别的记号，大家都自由地排列着，也不论什么高下的秩序。你们这些孤坟野鬼，生前受尽残酷的蹂躏、尝尽人世间的苦痛，但是现在呵，你们解脱了，自由了……"

小珍子不解地望着光慈，问道："巧子哥，你在说啥呀？"

实际上，他念念有词的这些话，是他对施家坳孤坟野鬼的感慨，一直积压在心中，以致后来写到《少年飘泊者》书中了。听小珍子问他，他从沉湎的思绪中清醒过来："俺在说呀，人都难免一死。"

"难免一死？"书珍说，"说这话，多不吉利呀！"

"就是难免一死嘛！"光慈重复了这句话，"人出娘胎下地，慢慢地长大，也就是慢慢地走向死亡。你就是活到七老八十，最后也是要死的呀。"

"这倒也是。"书珍想了想说。

"这社会太不公平"光慈说，"这社会必须要改变。人既然来到人间，就要干一番大业，活得轰轰烈烈！"

"轰轰烈烈？"

"对！"光慈抓紧小珍子的手，抬起头来。他的目光越过了面前的荒丘苦冢，落在家乡的青山碧水之上，又加重了语气重复一句："活得轰轰烈烈！"

大约是光慈14岁那年夏天的一天，刚歇罢晌，天气依然很热。树上的知了一个劲地叫着，叫得人心烦意乱。小书珍到蒋光慈家来玩，看到巧子哥在读一本厚厚的书。

蒋从甫坐在一边，望着光慈沉思默想的样子，边抽水烟边问儿子："你《史记》读到哪里了？"

"正读朱家郭解传呢。"光慈两眼没有离开书答道，脸上露出激动的神色。

蒋从甫瞅着儿子，又问道："《史记》上写了那么多英雄豪杰、先贤圣人，你最佩服哪一位呀？"

"我最佩服朱家郭解这一流人物！"光慈答道，"也许周公呀、孔子呀、庄周呀，还有那些三皇五帝、忠臣勇将，都有令人崇拜的地方，但是他们对于我来说，没有什么兴味，我对他们不怎么感兴趣。"

"为啥？"蒋从甫颇为诧异，"朱家郭解有啥值得你佩服？"

"他们是好汉，他们爱打抱不平，他们能帮助弱者！"光慈说道，"爹！我不喜欢那些有钱有势、耀武扬威的人，我不明白为啥非要尊敬那些圣贤先哲。我最佩服那些路见不平、拔刀相助、专为穷人壮腰出气的人！"

"胡说，"蒋从甫气得站了起来，"小小脑瓜，怎么生出这么多异端邪说？"

"啥是异端邪说呀？"蒋光慈也站了起来，"我最崇拜光绪二十四年了不起的傅延龙了！"

傅延龙是白塔畈附近的人。1898年他揭竿而起，组织2000多人的农民队伍，杀富济贫，抗租抗债，开仓放粮，在白塔畈周围百里之内，震动很大。蒋光慈一想到他们"斩木为兵，揭竿而起"的壮观场面，总是遏制不住自己的亢奋。

"傅延龙最后怎么了？还不是被朝廷砍了脑壳！"蒋从甫虽然心中崇尚傅延龙的为人，但嘴上还是以社稷纲纪来规范儿子，"不学正道，有砍你脑壳的时候！"

"啊呀！"蒋光慈故意叫了一声，一面笑着以手护着颈脖，一面拉起小书珍的手，就往门外跑。

跑到了街上，小书珍挣脱了光慈的手："天这么热，跑啥？"

光慈又抓起她的手，附在她耳边神秘地说："我要带你去见一位好汉！"

原来七天前，王家老楼门前发生了一件大事：一个叫"雷神"的乞丐，以王家家丁辱骂乞丐兄弟、还砸碎他们的讨饭碗为由，组织100多个乞丐到王家老楼门前讨"说法"。这些乞丐多是耳聋眼瞎、歪鼻斜眼、缺胳膊少腿的人。他们在门前的空地上，或站或坐或走，有的哭爹，有的喊娘，有的叫屈，还有的随地屙屎撒尿。当王家家丁叫骂着、持枪来赶时，乞丐中跳出七位壮士，从怀中抽出闪光烁烁的菜刀，各人朝各人的额头便砍。霎时，七张面孔鲜血迸溅，白褂染成了红褂，活人成了血人。

这种带有流氓性的但又非常恐怖的举动，吓坏了王家老楼的家丁。他们迅速退回楼内，一面提起楼门前的吊桥，一面派人飞报楼主王子敬。

王子敬闻报赶到楼前一看，也吓得目瞪口呆。他面对那七个舞着菜刀，依然在跳着叫着的血人，心想：要是真有七条人命躺在门前，不仅不好向社会世人交代，而且可能要惊官动府，罢，罢，罢，"小不忍则乱大谋"——他令家丁放下吊桥，一面派人到镇上去请郎中，一面向乞丐们抱拳作揖："兄弟们！你们受委屈了。欺侮你们的家丁，俺一定严惩不贷。今天凡来的兄弟，俺每人给两块钢洋；受伤的兄弟，每人八块。俺除了医治伤口外，中午在镇上'五味斋'另请！乡里乡亲的，抬头不见低头见，何必用自戕自残来结冤家呢。"

乞丐们的这场"事"闹得轰轰烈烈，也大获全胜。蒋光慈听人绘声绘色地说了事情的前后经过，觉得又兴奋、又解气。他心想，穷人们只要抱成团，敢作敢当，富人也会装孬，也会让步。他听说那位绰号叫"雷神"的好汉，就住在白塔寺。因此，他要和小珍子一道，去目睹那位英雄的仪态。

白塔寺在小镇的东北边。两栋八间南向的瓦屋，包着东西两个各三间的厢房，构成了一个四合院。院中央立着一个高高的铁制多层的香炉。炉东有一个花台，台上长着一棵茂盛的栀子花；炉西长着一棵高高的李子树。前一栋房屋的佛像，全部移到后一栋房屋内的佛坛上去了，因而显出前一栋较大的空间。

这空间，是各种在社会上游走人们的"自由"的住所。比如说，那些唱"大戏"、唱"小戏"的演职员们，就常以此为家。那些在戏台上扮作帝王将相、才子佳人的人们，在此用布幔遮挡构成一个个小"家"，在这里过着普通百姓实实在在的生活。又比如，那些低级的客商行旅、流浪乞儿，也常常以此为家。风雪之天，冷落之夜，他们将这里权当作温暖的人生驿站，停一停脚步，歇一歇翅膀，以便积聚体力，好继续往前面的路程漫步、飞翔。

今天，这里住着一伙"大光蛋"。大光蛋，是白塔畈人对那些比较高级乞儿的称呼。这些人往往生得身材魁梧，眉目英俊，穿戴整齐；就是那些年老的，也不显邋遢、萎靡之态。他们或玩蛇、或弄猴、或拉胡琴、或唱莲花落，原在社会上有些地位，或因天灾人祸、或因突遭不测而流落到大光蛋一族。他们洞察世事，熟悉社情，阅历丰富，懂得交友之道；虽然处于社会的下层，而往往却能以最小的付出，获得较大的收益。——蒋光慈对这种大光蛋总是另眼相看，而且还怀着一种敬畏之心。他以为，说不定这伙人之间，就藏着几个"振臂一呼，应者云集"的英雄呢。好汉"雷神"，就属于这类人物。因此，他才能在堂堂的王家老楼门前，编排出那一场既热闹、又惊心动魄的大戏。

蒋光慈看到空空的地上，铺放着几张破凉席。那些大光蛋，正怡然自得地躺在席子上，有的在养神，有的在剔牙，有的在喂蛇，有的在戏猴，谈笑风生，快快乐乐。光慈细瞅，找不到一个头上有伤或者头上包扎的人，说明"雷神"不在这里。他不禁有些失落，丧气地抓着小书珍的手要走。

"朋友，请坐呀！"一个满脸络腮胡子的人，高声大嗓地招呼光慈，并用一只蒲扇似的大手，劈着凉席的一角，向光慈示意。

光慈一看，凉席上坐满了人，根本没有放腚的地方。他笑了笑说："不坐了。"顿了一下，眼光又在群里仔细搜寻："俺想看看雷神！"

"雷神哥可不是好看的！"众人昂头大笑起来，"听说官府也有人找他呢。"

小书珍被那放纵的笑声，震得有些害怕。他紧紧地抓着光慈的手，就往外面走。

走到庙外，光慈以一种愧疚的眼光看着书珍，长长地叹了一口气："唉，英雄没有看到，可惜呀！"

"啥英雄？"小书珍小嘴一撇，"讨饭的！"

"他们活得多自在啊！"光慈又叹了一口气，"长大了，咱们也当大光蛋去！"

"那么，世上有女光蛋吗？"书珍不解地问了一句。

成长烦恼

王书珍被送到蒋光慈家当童养媳的前一年即1916年的冬天，蒋光慈出了人生道路上的第一个大挫折：他被河南省固始县立中学开除了！

原来在 1916 年的暑假，蒋光慈从志成小学毕业。他以"蒋北峰"的名字，和同班同学叶毓情一道，赶往位于固始县城的固始县立中学，参加升学考试。结果，两人都被学校录取。

固始县立中学创办于 1912 年。此校同志成小学一样，紧靠史河西岸，两校相距 50 余公里。史河从大别山流到固始这平原大野，显得舒缓绵阔，碧波滚银。两岸人烟稠集，稼禾丰稔。学校位于县城东关的汪家塘沿，大门朝南，有房舍 30 余间，还有上下各五间的楼房一座。这在偏僻的豫东边陲县城，倒也显得风姿独树。

这所中学是固始县历史最悠久的一所中学，素有"大别山文化摇篮"之称。当时，该校有 10 多位名流任教，如国文教员张维忠（字绍波）、数学教员高洗尘（字述阳）等人，均不乏真才实学。但是，这所学校由于地处偏僻、封建氛围浓厚，刚从学风活泼、民主思想涌动的志成小学走出来，蒋光慈深有压抑之感。

蒋光慈在课余时间，经常在史河岸边流连，尤其喜欢在附近的白姑坟走动。那坟也如白塔畈附近的施家坳的乱坟山一样，坟冢累累，乱七八糟，埋的都是穷人。面对野坟凄冢，蒋光慈更加体会到社会的黑暗和不平。他尤其不能忍受的，是校长刘春阶对贫富学生相待亲疏的悬殊。比如说，缴同样的学费，富家子弟住小房间，有专人送开水；贫家子弟住大通铺，常常连开水也喝不上。光慈强忍心头的怒火，没有发作，但到第一学期快要结束的时候，他实在忍受不下去了，向校方提意见没有用，于是他伙同几位主持正义的同学，打了校长刘春阶。

学生打校长，这还了得！蒋光慈被视为"大逆不道"，当即被校方开除学籍。他的同学叶毓情爱莫能助，转学到了古城开封的第二中学。两位同学之间，一直保持着密切的联系。

王书珍来到蒋家，正赶上蒋光慈"赋闲"在家。小书珍看他心情忧悒，脸呈愤懑，饭也吃得少，不知怎的，就有些心疼他。光慈有时帮母亲、嫂子做点家务，还到乡下的新庄子放过牛；有时跑到白塔河边的柳林深处，看一些写游侠故事的所谓"闲书"；有时他爬到陡山之巅，极目向远处眺望，口中还"啊啊啊啊"地大声喊山；喊过之后，便大声吟诵"三万六千日，夜夜当秉烛""口衔山石细，心望海波平"之类的诗句。看他那样儿，自己恨不得化作一只自由翱翔的飞鸟，振翅飞到山外熙熙攘攘的大世界，去干自己想干的大事。

在白塔畈小街蒋家的斜对面，便是"万春生堂药店"。药店老板万金斋的独生子名叫万恕存。此人读了很多书，不仅知识面广，而且还行侠好义。蒋光慈和他自幼便是朋友，此时更加投机。他们邀约了少年医生王仲卿和住在白塔畈附近有才子之称的李宗邺，四人结义为弟兄。他们常聚在万春生堂药店，一住就是好几天，作长时间的倾谈。特别是在晚上，或秉烛而坐，或煮酒小酌，谈兴更浓。英雄豪杰的行侠天下，文人学士的遗闻佚事，社会不公及如何变革，是他们畅谈的主要话题。伴着大别山呼啸的山风和白塔河淙淙的流水，四位少年心潮澎湃、热血偾张！

蒋光慈在家无所事事，常觉得百无聊赖，有时就想找点乐趣儿。

白塔畈西边的石山上，有一处天然的"斗歌台"。山坡相距约10丈，生长着两棵几人合抱才搂过来的山毛榉，绿叶扶疏，高耸入云，映下两块天然的荫凉地，地上全是纵横交错的石板。这是放牛牧童们斗歌的好地方。

这一天下午，鬼使神差似的，蒋光慈和小书珍竟玩到斗歌台来了。这时，恰巧对面山毛榉树下有一群牧牛少年正在打闹，蒋光慈提出要同他们对歌。对方哄闹声中答应了。于是，光慈一个单打独斗，同对方数人对起歌来。你唱我应，我唱你答，各不相让。

先是两方各吹大牛，竞相说自己肚子里歌儿多，以吓倒对方。这边光慈唱道：

叫俺唱歌歌没来，歌在万山陡石崖（ai）。新打镰刀安上把，一砍蒿子二砍柴，砍条大路歌就来。

对方一听，马上跳出一个牧童，仰头唱道：

五句山歌五句联，是俺家乡土特产。鄂豫皖边歌千首，没俺五句歌新鲜，会唱五句是歌仙。

这边蒋光慈一听，岂肯让步：

你歌没有俺歌多，俺歌比那沙子多；五黄六月发大水，冲走一河又一河，淌走没有唱得多。

要说歌多，那边又跳出一个牧童，一边拍着胸脯，一边放了大话：

好久未唱五句歌，嗓门结了蜘蛛窝。今天打开喉咙唱，唱到明年割早禾，乖姐打鼓俺打锣。

听到那边提到了"乖姐"，并向站在一旁的书珍瞥了一眼，蒋光慈有些生气了：

清早起来把门开，黑毛牯牛赶出来。红漆鞭杆拿在手，满肚歌儿腰里揣，谁敢上我斗歌台！

这边生气，那边的另一个牧童，更是激了一把：

东边飞来小白鹅，扑啦膀子来唱歌。嗓门没有铜钱大，肚里没有二百歌，放牛孩子别惹我！

战火似乎越烧越旺。蒋光慈挠了挠头，换了对歌的章法：

什么花开开得高？什么花开开到梢？什么花开一身刺？什么花开一身毛？什么花开姐来瞧？

这问得太简单了，那边立马回答：

高粱开花高又高，芝麻开花开到梢；黄瓜开花一身刺，棉花开花姐来瞧。

见那边对答如流，蒋光慈急了，忙把五句山歌改成了四句，并且加快了节拍：

什么对对在水乡？什么飞舞常成双？什么行雨水量大？什么地方落凤凰？

那边一听，对得更快：

鸳鸯对对在水乡，蝴蝶飞舞常成双；龙要行雨水量大，勤劳人家落凤凰。

在这紧要关头，光慈忽然听到小书珍在背后轻声喊他"巧子哥。"他扭头一看，见她躲在身后的一堆树丛中，涨红了小脸，满头大汗，好像是一员助阵大将。只见她扬起了右手，急急地说道："唱《出四门》……""好"，光慈在心里说道，"天助我也！"他立即清了清嗓子，唱道：

闲无事，出南门，碰见四个古怪人：一个用针不用线，一个用线不用针；一个点灯不干活，一个干活不点灯。你猜都是什么人？

对方愣怔了一会，但还是跳出一个牧童，唱道：

闲无事，出南门，碰见四个古怪人；蜜蜂用针不用线，蜘蛛用线不用针；萤火虫点灯不干活，老鼠干活不点灯。两个飞行两爬行。

小书珍见唱《出四门》没有奏效，立刻又说："唱'提歌长来道歌长'……"光慈在心头又赞了一声"好"，赶忙擦了擦头上的汗水，高声唱道：

提歌长来道歌长，俺提歌儿你帮腔：一把筛子多少眼？三斗芝麻多少双？五斤黄丝有多长？

这也没有难住对方，他们跳出一个小将，边拍胸脯边唱：

提歌长来道歌长，你提歌儿俺在行：筛子数把不数眼，芝麻过斗不过双，黄丝论斤不论长。

对方是一群人，自己是一个人。老实说，蒋光慈的心有些发虚了，回头以求救的眼光，瞥了王书珍一眼。小书珍只是在一旁干着急，哪有女孩儿同小放牛们对歌的呀？她想了想，又提示道："巧子哥，唱'对歌'呀！"哟，蒋光慈心头豁然一亮：对，大别山的对歌多丰富呀！好，这一下得胜十拿九稳了：

什么红红红上天？什么红红水中间？什么红红长街卖？什么红红姐面前？

对方对"对歌"也不生疏，立即有人毫不含糊地答道：

晚霞红红红上天，荷花红红水中间；辣椒红红长街卖，胭脂红红姐面前。

于是，两边唱花名、唱鸟雀、唱物件、唱四季、唱古人、唱今人、唱饮井、唱劳作、唱爱情，歌山韵海，谁也没有难住谁，彼此打了个平手。蒋光慈见暮霭沉沉，准备抽身。于是，他亮出最后一组歌题：

什么人恩重大于天？什么人恩爱万万年？什么人有喜甜如蜜？什么人受苦似黄连？

这组歌题出得怪，而且回答涉及的范围大，应对不准就不切题。没想到，对方的阵脚霎时乱了，你推我让，没有人出来应答。蒋光慈很友好地等了一会儿，还是听不到对方回音。于是，他很友好、大度地回答了歌题：

父母恩重大于天，夫妻恩爱万万年；怀抱娇娃甜如蜜，寡妇死儿似黄连。

光慈唱罢，正欲转身招呼小书珍下山，没想到，对方的阵营里，突然跳出一个愣小子，一面做着极其下流的动作，一面唱起辱姐骂娘的山歌。

对方开始摆起骂阵。光慈赶忙掩住耳朵，狠狠地朝地上"呸"了一口。他见对方人多势众，不敢造次，只是急急地招呼小珍子，急急地择路下山。

那群小放牛见自己的"奇招"收到良效，立刻爆出了山洪冲障般的一阵狂笑。光慈感受到了极大的侮辱。对了半天，自己彻底输了个精光。他步履匆匆，想尽快躲开这是非之地。小书珍跟不上他的脚步，在后面一个劲地喊："巧子哥！你慢点走哇！"

蒋从甫早就对在家闲游浪荡的蒋光慈看不惯了。他在学校居然打校长，不论理由多么充足，也是不可原谅的。《三字经》云："养不教，父之过；教不严，师之惰。"作为一个父亲，作为一位塾师，每当想起这事，他就觉得愧对桑梓、羞对先人！

就在蒋光慈在"斗歌台"与牧童们对歌的第三天下午，歇罢晌，光慈手拿两本"闲书"正要外出，蒋从甫在一旁喊住了他："慢着！"

光慈停下步，望了望父亲，没有作声。

蒋从甫走近小儿子，劈手夺过书一看，都是花花绿绿的封面，一本是《平妖传》，一本是《五女兴唐传》。老人看罢，不禁怒从心头起，给了儿子一个狠狠的"栗凿"（两个手指屈起，用突起的骨节处敲人头顶），斥责道："玉不琢，不成器；人不学，不知义。雕你、琢你的校长，你都敢打，你还能成人？"

"那校长该打"。蒋光慈顶了一句。

"放屁！"蒋从甫声色俱厉，"你在外面'抖横毛'，抖掉了一世的前程，抖掉了祖宗的期望，你还有理了！"说着，又给老儿子一个栗凿。

这个栗凿很重，扣得蒋光慈脑瓜生疼。但他站在那里没有动，只是两眼噙满了泪水。他咽了一口唾沫，用父亲经常教化人的孔孟之道来同父亲辩驳：

"爹！子曰：仁者，爱人。孔老夫子还说：老者安之，朋友信之，少者怀之。张三是学生，李四也是学生，只因为他们家庭贫富不同，他校长凭啥嫌贫爱富，狗眼看人？爹，你也是一位塾师，你老说，他这样做能合乎为师之道？"

蒋从甫一时被问住了，气得跌坐在凳子上，呼呼地喘气。过了好一会，他又换了话题质问儿子："听说前两天你竟同小放牛们对起了山歌，是怎么回事？"

蒋光慈在心中暗暗叫苦："这事怎么被爹知道了！老实说，这事做得也确实不光彩。"这样一想，脸上就露出了羞愧之色。蒋从甫细看儿子的脸色，原来对别人的传言还有些疑惑，现在竟得到了确认。老人顿如火上浇油，高声骂道：

"下作东西！文不能拆字，武不能挑水。俺看你怎么能混过一生！斗歌台上唱角歌，多新鲜哟，多光彩哟！啥叫角歌？那叫'噘歌'，噘（骂）人的歌！你蒋儒恒也算是读过圣贤书的人，怎么这样丢人现眼哪！"老人越说越气，又大声命令人高马大的小儿子："还不给俺向祖宗跪下！"

蒋光慈向来觉得自己骨头很硬，"男儿膝下有黄金"。可是今天，在严父面前，在祖宗神牌面前，更主要的是为羞愧和悔恨所淹没，使他不觉双膝一软，跪到了地上。

蒋从甫和光慈在堂屋的言语和动静，被站在院子里的王书珍听得一清二楚。她想起那天对歌，自己也有错。不仅没有劝阻巧子哥，还暗暗给他提词儿，这不是一个吹笛、一个捏眼吗？想到这里，她走进堂屋，在跪着的蒋光慈身旁，卟的一声也跪了下去。

蒋从甫见状，大惑不解，说道："小珍子！你为啥也要下跪？这里没有你的事儿！"

王书珍没有解释，仍然跪着，泪如雨下。

两个男女少年跪在那里，腰杆挺得笔直，宛如供桌上两根插蜡烛的烛扦。

蒋光慈瞥了一眼小珍子，暗暗感谢她送来的温暖。他鼻子一酸，不觉也泪水长流。

心的交流

"三月里，三月三，荠菜开花上高山"上高山干啥？求神拜佛去呀！有道是，"天下名山僧占多"。世上大凡名山胜景之处，常盘踞着寺庙，活动着僧尼。白塔畈周遭的名山，也大抵是这样。这其中最有名的，要算是南边十多公里外的三仙山了，顶上有一座远近驰名的三仙庙。

那天，蒋光慈被蒋从甫罚跪，王书珍竟然陪跪了一个多时辰。这使光慈的母亲陈氏深受感动，也受到了极大的震撼：这丫头小小年纪，就懂得心疼、体恤男人了，了不得！为此，陈氏觉得亏欠小书珍的一份情，要寻找机会补偿她。三仙庙的会期，恰逢三月初三前后三天。自己早就想朝山进香、拜佛许愿了，带小书珍出去走走，这不是个好机会吗？

陈氏把自己的意图朝小书珍一说，童养媳立刻两眼放光，又惊又喜。愣了一下，她又提议："俺娘！咋不带巧子哥一块去？"

"带巧子去？"陈氏在心头码算，"一儿一媳，这合适吗？不过，他们并没有成亲，都是童男童女。这正好，三仙庙的仙女们，最喜欢童男童女了！"码算好了，她笑道：

"好呀，咱娘仁就一块去吧！你们首先要磕头、上香、拜佛，然后才能去玩。俗话说'诚则灵'嘛！"

"是，是"小书珍鸡啄米似的点着头，转身跑去找光慈了。

蒋光慈听说娘要带他们到三仙山拜佛，也很感兴趣。老实说，他早想去三仙山逛逛了。他听人说，很久很久以前，有姐妹三个在三仙山上修仙学道。大姑娘叫云霄，二姑娘叫琼霄，三姑娘叫碧霄。三姐妹都生得眉清目秀，一个比一个漂亮。她们三人在山上搭个茅庵，敝衣劣食，青灯黄卷，足足修炼一百年，都成了神仙。功德圆满之时，她们骑在白鹤背上，一齐飞到天庭去了。后世人知道这件事，将那山称为"三仙山"，还在山上建了一座"三仙庙"。那庙中不供别的神仙，只塑她们姐妹三个长生不老、依旧是姑娘模样的神像，单享远远近近老百姓供奉她们的香火。听说她们很显灵，有求必应。特别是无子的人向她们求子，一求一个准。因此，每年三月的庙会期间，简直是人山人海呢。——蒋光慈自小就在白塔畈北边的固始县一带活动，南边的三仙山还从未去过。因此，那山那庙那仙女，对他有着特殊的诱惑。

三月初三这一天，是春日少有的响晴天气。吃罢早饭，虔诚的陈氏背起黄色的绣有"朝山进香"四字的香袋，从后街雇了一条毛色油光黑亮的小毛驴骑上，喜滋滋地带着光慈、书珍，向三仙山方向进发。三仙山的庙会，最热闹时候是在晚上，陈氏眼睛又不好。因此，他们走得并不急，还准备到三仙山下的一位亲戚家看看，顺便歇歇脚。

他们边走边歇，快响午的时候，才来到那位亲戚家。按陈氏指点，光慈、书珍喊一位50多岁、长得像弥勒佛似的老头为"表叔"，喊他的老伴为"表婶"。他家是开糖坊的，因为正逢庙会期间，老两口忙着搓欢团、拼切糖、制糖杠、做方片糕，忙得火烧眉毛似的急。

表叔一见陈氏，笑得两眼都没了，喜得连手上拿着的切刀也忘记丢，赶忙迎了上来："哎呀，陈姐呀！你可是稀客！"

"不是西客，"陈氏喜哈哈地开着玩笑，"俺们是从北边来的客人呀！"

"是北边，是北边，"表叔点着胖圆的头，"你看俺家这忙的，真是——真是'狗咬羊，雨泼场，稀饭潽在锅台上，小孩爬到井沿上'，事情一件比一件急！"

"生意好嘛！"陈氏说着恭维的话，"生意兴隆通四海呀！"说着，忙放下香袋，抓过表婶送过来的瘦骨嶙峋的手。

表婶说："孩子们全上山卖糕点去了，家里只剩咱两个老的忙活。"

表婶为客人们泡了新茶瓜片，端来家产的撩人口水的各色糕点，招呼他们边吃边喝。然后，她自己扎起围裙，准备为客人们烧饭。

书珍见状，赶忙站起来："表婶！让俺帮你忙吧！"

"哎呀，这可使不得！"表婶直是摇手，"你快歇着，快歇着！"

"行呀，让她帮你忙吧！"陈氏说道，"他表婶！这就是王家那丫头呀，今年过了年送过来的。委屈她了，就做童养媳妇了（她把'养'读作'秧'）。这丫头，做事麻利呢。"

"哟，哟！"表婶又将王书珍的眉眼细看了一遍，显得有些夸张地赞叹道，"你看这丫头，俊得像天仙哟！"说着，又瞅了瞅光慈，继续说道，"你看这巧子哥，也长得人高马大了。他们就像戏文上说的，郎才女貌哟。咱陈姐，你修得的好福，是得该上三仙山烧高香了！"

表婶这番话，说得王书珍羞红了脸，一头扎进厨房里忙活去了。蒋光慈听着，也觉得脸上挂不住，跑到门外瞧风景了。

这是一个单门独户住着的美丽的小山村。门前池塘里，浮游着几只嘎嘎叫的老鸭。"春江水暖鸭先知"，它们是在呼唤春水的日渐温暖吧。池塘周围，长着十多棵一人搂抱不过来的枫扬，有几棵枝干伸到水面上，绿叶似在与水浪轻吻。走到屋后，更叫蒋光慈惊羡了，因为屋后长着一片比水塘面积还大的竹林。春雨滋润，春笋尖个小嘴儿，正发猛劲地往天上窜。墨绿色的竹叶，在轻风吹拂下，互相挤擦，似乎是在喃喃地低语。整个俯仰起伏的竹浪之上，挺立着几棵悄愣愣的枣树和油光光的柿子树，青枝碧叶之间，似乎正在扬花挂果儿。而在竹林的外沿，挖一道弯弯的阻止竹根继续外延的深沟。沟边，杂乱无章地生长着茶花和蔷薇。红白相间的花儿，开得傲慢而斑斓。

"多好哟！"蒋光慈轻轻地叹了一口气，在心中默想道，"找一个小山村住下，种点地，读读书，吟吟诗，也算不枉此生了！"

好不容易等到傍晚，等到掌灯。在表叔家吃了晚饭后，陈氏带着一儿一媳，慢慢登上三仙山。陈氏的眼睛不好，光慈和书珍从两边抱着她的两只胳膊，一步一步地往前挨。好在山道开了石阶，虽然不很齐整，但脚下少了不少磕绊。

这是一个温暖的夜晚，连一丝风也不刮。田野上的青蛙，热闹地敲着手鼓，似乎要把天地搅翻了似的。弯弯的小月牙，在西边的树丛间，露出她的娇小、玲珑的面孔，叫人打心眼里爱煞。隐隐地，三仙山周围好像正涌起一波连着一波的海浪，搅得人耳根很不安宁。细听，那是喧嚷的人声，像万马疾走，像群鸟噪林，伴着夜空中撩人眼目的灯笼火把，织成一股股人流，正从四面八方向三仙山聚拢而来。

转过一个山口，蒋光慈眼睛一亮，从山下到山上，似乎有一条火龙正在扭曲着身躯。三人不禁加快了脚步，汇入了这股人流涌成的巨潮。狭窄的登山石阶的两旁，摆满了出售香火、纸马、鞭炮、吃食、饮料和形形色色手工艺品的摊点。每个摊点的上方，或依树枝，或靠竹竿，高高地挂着一盏、两盏的灯笼，构成了刚才看见的那条火龙的主体。登山的人摩肩接踵、挨挨挤挤地向前涌动。每逢在那山道的陡峭之处，前面的人几乎踩在后面人的头上。也有少数人没有熄掉手上的灯笼、火把，照亮了前后簇拥的人头，照出一张张或惊喜、或兴奋、或渴望的笑脸。

"哎呀，不得了！"蒋光慈惊叹道，"这三仙山，香火可真盛啊！"

"听说每年的三天庙会期间，来这儿朝山拜佛的人，有10多万人呢。"小书珍把刚才听到的消息，作了一番描述。

"乖乖隆的咚，不得了！"蒋光慈说着，还在暗夜中吐了一下舌头。

陈氏一步一步地登山，步子倒还有力，只是大口大口地喘着粗气。她对这儿的庙宇和仙家非常熟悉，于是边走边向两位少男少女介绍：

"咱们这儿是安徽、河南、湖北三省的交界。三位仙人的娘家在河南省，有一位表亲住在湖北省，成仙得道又是在安徽省。因此，每年来三仙庙赶会的人特别多。"

"她们仨也有娘家？"蒋光慈觉得有趣，笑着问道。

"女人怎能没有娘家？"陈氏解释说，"她们姐妹仨成仙之前，也是凡人嘛，在这儿足足修炼了一百年呢。她们是凡人，对凡间的事最了解。身为女人，她们最可怜那些结婚多年、没有生养的女人。因此，这些女人来这儿求子，几乎个个有求必应。"

小书珍听了，不觉把婆婆的胳膊抱紧了点，脸也发烧，涨起了红潮。好在有夜幕遮掩，别人没有在意。

"来此求子，有这样灵验？"光慈似乎不信。

"就是灵验！"陈氏非常肯定地说道，"咱们这三位仙女脑瓜特灵，非常聪明。这三仙山原先叫独览山，集天下灵气，聚四方福祉，风水特别好。有一年，山东泰山奶奶云游到此，看中了这块宝地。她怕别人来侵占，就脱下自己一双绣着凤凰的红绣鞋，埋到了独览山的山尖尖上，算是自己先占这座山的证据。第二年咱们的三位姑娘从河南云游到此，降下祥云，也看中了这座山。一打听，泰山奶奶已在山尖上埋下了鞋子，抢先占了。怎么办呢？"陈氏说到这里，有些累了，打住了话头。

"怎么办呢？"小书珍拽一下婆婆的胳膊，有些紧张地问道。

"不要紧哪！"陈氏继续说道，"咱们的三位仙女，都脱下了自己的绣着红蟠桃的蓝绣鞋，一共三双呢，齐齐地埋在泰山奶奶的红绣鞋下面。接着，她们三人在山上搭了一座茅庵，打坐念经。泰山奶奶知道自己看中的山被人占了，非常生气，一状告到王母娘娘那里，请她公断。王母娘娘飞临下界，问她们有何凭据证明此山是自己看中的。泰山奶奶心想这下稳操胜券了，就指着山尖尖说，咱在那里埋了俺的一双鞋。下锹一挖，果然挖出一双红绣鞋。三仙见到此情，不慌不忙。她们胸有成竹地说，此山咱们早就占了，并埋下了咱姐妹仨的三双蓝绣鞋；泰山奶奶后到，把鞋埋到咱们鞋的上面了。好，继续深挖三尺，果然挖出了三双蓝绣鞋，并都绣着王母娘娘最喜欢的红蟠桃。这一下，泰山奶奶傻眼了，自认栽在有心人手里。于是，她给王母娘娘磕了一个头，云游到别的地方去了。打那以后，姐妹仨就占据了独览山。如今，这山又改叫三仙山。"

小书珍听到这里，终于长长地舒了一口气。

"仙人也这样钩心斗角！"蒋光慈在心中说，"看来仙境也同凡间一样，充满着尔虞我诈呢。"想着，不觉冷笑一声。

"巧子哥！你笑啥？"小书珍问道。

"咱们三位仙人得胜了，俺高兴哪！"光慈遮掩道。

爬了一段山，眼前突然出现了一座大放光明、烟雾缭绕的建筑物。听人说，这是"南天门"。

南天门只有一间高高耸起的瓦房，大门和后门贯通，房内也没有什么佛像和设施。空荡荡的屋子中央燃着一堆火。细看，原来是香火。拜佛的人将成把成把的香往火堆上扔，火焰蹿有二三尺高，不时还夹杂着爆竹的爆炸声。

小书珍从背在身上的香袋中，麻利地取出一把香，也准备往火堆上扔。蒋光慈劝阻她说："不见真佛不烧香呀，等一会到庙上去烧吧！"

"这就是庙嘛，逢庙必烧香呢"。书珍说着，把香扔在火堆中。刹那间，那把香就被腾起的火苗吞噬了。

"对，"陈氏脸上显出满意的神色，"小珍子做得对！"

过了南天门，山势更陡。山风大作，山间松涛阵阵。不过，被挤得满身是汗的人们，反而觉得这山风刮得好。好不容易挤到三仙庙门口的小平台，两个男女少年扶着陈氏站在平台上，一面乘凉，一面俯看来路：火的巨龙，继续往山上游动；灯火中，全是一张张向上的、表情错杂的面孔。小月牙早就落了，黑魆魆的山林中，似乎跳动着很多人。

拥过了庙的大门，便是一个偌大的院子。院子中央，也高烧一堆比南天门那儿大10倍的香火。火堆周围，人山人海，随着爆竹爆炸激起的火花，爆发出一阵比一阵高的欢呼声。还有一堆人在争抢一块据说是沾染了仙气的红绫子，混乱中透出几分热闹。陈氏在四只胳膊的扶持下，怎么也接近不了位于院子北面的大殿。情急之下，陈氏忽然想起自己的老朋友——三仙庙住持老尼慧真法师，住在大殿东边的小院。于是，她赶忙说道：

"往东边走，咱们往东边走！找慧真法师去！"

东边的禅心苑附近，香客果然少了些。陈氏来到院门口，通了姓名，一个小尼打开了门。陈氏被门槛绊了一下，身子一歪，前来迎接她的慧真法师一把上前扶住了她："呀，阿弥陀佛！"

小书珍看法师身穿无领黑褂，头扣一顶小圆帽，帽下是一张生着慈眉善目的大圆脸，脖子上挂一串拖到胸前的大念珠，不觉十分高兴。她忙扶着脚步有些不稳的婆婆，坐在一张雕花的大靠椅子上。

叙过了礼，喝罢了茶。陈氏从怀中掏出10块鹰洋，郑重地交给慧真，笑着说："钱不多。俺知道你们点着长明灯，不容易。这点钱，权供你们买点灯油吧！"

十块鹰洋！这是一份沉甸甸的施舍。慧真将洋钱放在手里颠了颠，满脸堆笑。她赶忙请陈氏坐到垫着锦绣软垫的椅子上，并令小尼拿出珍藏的特等好茶叶，为陈氏换了茶。

蒋光慈早就坐不住了，不耐烦地向人声嘈杂的苑门口张望。慧真自然知道他的心思，于是对着两个男女少年说："你们玩去吧！让老施主在这里歇一会儿，咱们叙叙话。"

"这样好，俺也不想再去挤了！"陈氏说，并提醒小书珍，"你不要来三仙山挖宝吗？这就去吧！"

蒋光慈轻舒了一口气，拨开门，就往院子里跑。跑了几步，就被院中的人潮扑了回来。他赶忙抓住小珍子的手，继续往前涌，想方设法接近大殿，一睹三位仙女的芳容。可是，总很难成功。每当他们挤上几步，"哗——"又被人潮涌了回来。最后，光慈拉着书珍，沿着大殿的墙壁往前挤，这样可以减轻人潮的压力。慢慢地，总算靠近了大殿前的一排雕花格扇门。

光慈透过格扇门的一个棂眼，竭力向里张望。但见大殿内明灯亮火，人头攒动，烟雾弥蒙，佛坛上立着三位仙女的塑像。他所看到的，不知是云霄、琼霄，还是碧霄。只见她亭亭玉立，披着红色的仙氅，低垂着眼睛，含情脉脉地笑着，手头还持着莲花或柳枝一类的物件。霎时，蒋光慈憋着的一股瞻仰仙女的渴望，一下从心头迸散了：这同一般庙宇中的观音，不是一个神态吗？有什么看头啊！光慈听人说，真正的雕塑大家，在为庙宇雕塑女佛时，总要踏遍庙宇的四方，寻寻觅觅，挑挑拣拣，见到当地眉清目秀、神色灵动的女子面容，总是牢牢地记在心中。看得多了，总括在一起，塑出具有当地女辈风采、神态，但又不像具体一个人的佛像，使朝拜者人人觉得亲切、而人人又能够心仪。这多不容易啊！他疾步从大殿旁边退了下来，把小书珍的手拽得生疼。

"不看了！"蒋光慈懊丧地说。他本想再说一句"有什么看头啊"，但还是没说，又推脱着说了一句："这儿的人真是太多了！"

小书珍兴头未减，怂恿光慈道："巧子哥，咱们去挖宝吧！"并且出人意料地，从身上摸出一把挑菜用的精致的小铲子。

所谓"挖宝"，蒋光慈早就听人说过：三仙庙的尼姑们，为了增添香客朝山进香的积极性和兴味，每年都会购买几百个憨态可掬的小瓷娃娃，用红绫包着，埋到山林上的树根处，让香客们去挖取；挖了后，土要重新填覆好。这是一举两得的事：既满足了求子人渴望祝福的愿望，又为山林松了土。因此，此举数年不衰，甚至变成三仙庙有名的佛俗。蒋光慈看着小珍子兴冲冲的喜悦的样子，不想打煞她的兴头，说道："你还是有备而来啊！"

"好玩呗！"小书珍笑着答道。

两人从三仙庙的后门，跑到附近的山林里。山上长的多是松树、橡树和榉树，微风刮过树林，树叶轻摇，飒飒有声，播出一股沁人肺腑的香气。草虫唧唧，万籁有声。天空中星斗灿烂，照着在薄明树林中活跃的人影。光慈一面陪着书珍挖宝，一面向左右张望。他很快发现，原来周围的人们，多是成双成对的青年男女，有的不是在挖宝，而是抱在一起亲嘴，唔唔哝哝，唛喋有声，像一对对在水中活动嬉戏的小鱼儿。

"哟！"蒋光慈惊得"哟"了一声，油然在心中想到，这阳春三月，草长莺飞，正是世上万种生灵的发情期呀！，他还想起在一出倒七戏中，丫鬟咏唱她所服侍的小姐，是如何怀春的："春三月，东风软，桃花红，柳条青，狗起槽，猫叫春，砖头瓦砾都翻身——叫俺小姐怎不怀春！"想到这里，光慈苦笑了一下，摇摇头。这时，他又听到从远处飘来的歌声：

三月恋妹三月三，求拜菩萨到仙庵；见了菩萨就下跪，磕破膝头泪潸潸——只跪情妹不跪仙。

回应那山歌的，分明是个女儿腔：

女到十八莲到夏，青枝绿叶开红花。喜鹊铺出云水路，敢上银河放竹筏——会会牛郎小冤家。

听着，看着，已经开始懂事的蒋光慈，突然迸发出一声轻笑。他在心里说："怪不得这三仙庙香火很盛、求子很灵呢。原来，这儿就是这样求子的啊！"正想着，小书珍突然向他跑过来，惊喜地喊道："巧子哥！巧子哥！"

书珍止不住步，一下扑到他的怀里："俺挖到——挖到娃娃了！"

光慈以胸怀接纳了她，抓到了她手中攥着的一个瓷娃娃，连同她带着泥巴的小手，一把攥起来。他很用力，很温存，时间也很长，直到他俩的两只手，把那个瓷娃娃攥得发热。

蒋光慈和王书珍自从那晚在三仙山无意相拥之后，两人事后都有一种异样的感觉。不过仅此而已，好像感情暖流还没有真正向内心蔓延。真正使他俩做到心灵交流的，还是在看了倒七戏《打芦花》之后。

倒七戏又名"小倒戏"，是皖西也是安徽的主要地方剧种之一，流行于六安、合肥、巢湖、芜湖、滁州、淮南等地的 20 多个县市的广大城乡。1955 年 7 月 1 日，因它主要流行区的皖中地区，古为庐州府所辖，所以将它改称为"庐剧"。

庐剧诞生、发脉于皖西的六安、霍山等地，发展、繁盛于皖中的合肥、巢湖等地。它以大别山区的民间小调、音乐、舞蹈为基础，吸收了鄂东花鼓、端公戏、嗨子戏、徽剧、采茶戏等剧种的艺术长处，逐步发展壮大起来。目前仅知的倒七戏最早的班社，是建于清道光八年（1828）的霍山县东北乡的"张家班"。

光慈和书珍少时看的倒七戏，也都是农民搭凑的班社演出的。他们上台是演员，下台是农民；几张方桌一拼，就搭起戏台；汽油灯甚至松明子一点，就有光明借用。随着几番"噪台锣鼓"一打，那些老少戏迷们的魂儿就被钩去了。听着热闹锣鼓和动听琴弦的伴奏，听着熟悉的戏文，常常出现"台上唱戏台下和"的动人场面。不闹到半夜三更，总不算过瘾。

光慈和书珍是在白塔寺门前的广场上，看的倒七戏《打芦花》的。

《打芦花》的剧情是，春秋时代有一个人叫闵直公的妻子死了，留下个儿子叫闵损。后来，闵直公又娶了一位姓李的妻子，生下儿子闵华和一个尚在襁褓中的三子。这个李氏很不贤良，趁丈夫外出教书之机，想方设法虐待前妻之子。她用芦花为絮给闵损做寒衣，企图人不知、鬼不觉地冻死闵损。闵直公回家后，带两个儿子外出去赴朋友的宴请。路上，大雪纷飞，寒风凛冽。闵损怕冷，勾腰缩背不想去；而闵华却身板挺直，气宇轩昂。闵直公见闵损委琐怕冷，非常生气，拿起车上的鞭子就打，打破了闵损的棉衣，但见芦花飘飞。他知道李氏虐待前妻所生之子的实情，愤而要休掉李氏，于是引起一场家庭纠纷。后来，李氏在自己父母亲的教育下，特别是受了闵损一系列言和行的感动，终于认识改正了错误，使家庭和睦如初。

小书珍不止一次地看过《打芦花》，每每总是想到自己晚娘折磨自己的情形，特别是听到戏中李氏唱的那段"二凉调"："我把芦花当棉絮，来替闵损把衣成。外看着也像棉花铺多厚，其实是穿在身上冷透心。今日他父子出门去，寒风要冻坏小畜生！"总是唏嘘不止，不停抹泪。今天，小书珍和光慈并肩站在看戏人后面的一条长板凳上，看见闵损挨冻，就开始抹泪了；及至看到闵直公父子——

闵直公：闵损！你真是个没有出息的东西。你弟兄二人，穿的是一样的衣裳，弟弟不叫冷，兄长倒叫冷，真是大不如小！你幸而是在中途提起寒冷，若是到了酒席筵前，众目之下，畏寒怕冷，岂不丢了为父的脸面！看你这寒贱骨头，叫为父好气！（唱）

骂闵损，不该中途提寒冷，

不给为父把脸争。

取过丝鞭将儿打，

打你这无能的小畜生！（打）

闵损：爹爹！

闵直公：（接唱）

丝鞭击破儿衫袖，

呀，哪来芦花乱飘零？

闵损：（跪地）爹爹呀！

看到这里，小书珍在长板凳上哭得前俯后仰，几乎站不住了。光慈扶着她的背，说道："这是唱戏呀，你还当真了呢。"

小书珍见不少人回头看自己，羞得红了脸。她赶快掏出一块手帕擦了泪，耸着肩膀抽咽着说："你看那闵损多可怜哪！俺，俺就是伤心嘛！"

他俩继续向下看。光慈看到闵直公知道实情后，朋友的酒筵也不赴了，掉转车头回家，同李氏论争"同为膝前一双子，你为何待他们两样心？丝绵保住闵华暖，芦花冻坏小闵损！"的时候，觉得非常开心；再往下看，闵直公当着岳父、岳母的面，要把李氏休弃，"日后男婚与女配，各不相干自担承。'手模'打出李氏女，休书丢开夫妻情！"更有点欣喜若狂。

谁知在这关键时刻，倒是闵损为李氏晚娘说情。他对闵直公说："堂前留母一子寒，堂前休母三子单！"并说，两个弟弟年幼，爹爹一定会再娶。"若要娶得贤良之人，倒还好；若是娶不到贤良之人，我兄弟三人，岂不是更受苦！"闵直公当即表态："为父往后不娶妻"，并对下一步全家生活作了安排："当前休掉李氏女，田地房产施庙宇；高脚担子来担起，南庙游到北寺里。哪里少我父子吃碗饭？哪里少我父子穿件衣？"光慈想：这样的安排，岂不妙哉，岂不解气！哪知闵损还是要为李氏求情："爹爹呀！若是南庙北寺到处跑，岂不是要荒废了我兄弟的学业？三弟又无人抚养。爹爹呀！莫为一点芦花小事，闹得全家骨肉分离吧！"

闵损的态度，不仅蒋光慈不理解，戏中的闵直公也不理解："儿呀，为父要休掉你母，也是为了她虐待于你。如今我儿反来说情，实叫为父心疼。儿呀！只怕你母不能悔心转意，日后还要害你。"嘿，闵损竟然转身往后娘下跪："祸事只从儿身起，连累妈妈来受气。爹爹若把娘亲休，剩下我兄弟三人谁料理？爹爹若不休娘亲，又不知娘亲可转意？"在他的带动下，李氏生的闵华也趁机跪求母亲："妈妈！你快悔心转意吧！不然爹爹将你休了，剩下孩儿多想娘亲呀！若是爹爹再娶后娘，也以芦花为絮虐待孩儿，娘亲心里不难过吗？到了那时，后悔就来不及了！"李氏在两个儿子的跪求下，又加自己父母软硬兼施的说理教育，最后悔心转意，并跪地向丈夫起誓："从今后，若要再把前子害，黄沙盖面无善终！"

光慈和书珍看完戏，一个是义愤填膺，一个是肝肠寸断。戏散了，他们在回家的路上，都依旧沉溺在剧情之中，竟然斗起嘴辩驳起来。

蒋光慈认为，戏中最可恨的不是李氏，而是闵损。他受李氏虐待，差点丢了小命，还跪地为李氏说情。太下贱了，骨头太软了，没有一点男儿的硬朗劲。书珍则认为，闵损是贤良之人，能够拢起全家，照全大场面，值得世人引为榜样。

光慈说："屁！照你这么说，人家打你的左脸，你不仅不生气，还笑着把右脸送给他：请，再来一下吧！"说着，扛着长板凳，还做了个送右脸的姿态。

书珍说："巧子哥，闵损说得对呀！若他再换一个后娘，也不一定就比李氏好哪！"

"不好就再换！再换！再换！"光慈恨恨地说，"要让这世上，坏人都没有立足之地！"

小书珍哭了，边抹眼泪边说："那一家人怎么过日子呀，整天五马六羊闹闹腾腾，还像一个家吗？"她之所以哭，是想到自己的身世。自己的亲爹，不也娶了一个像李氏那样的后娘吗？只是她没有以芦花为絮，给自己做棉袄罢了。她之所以到蒋光慈家来，还不是体谅自己的亲爹，顾全一家吗？幸亏蒋家待她还好，若像多数童养媳那样挨打受骂，自己还能活在世上吗？

光慈瞅瞅书珍的哭相，心软了，低低地说道："俗话说，唱戏的是疯子，看戏的是傻子。看就看了，心里思谋思量，不必那么顶真啊。不过这世上，坏人坏事也太多了，要砸碎掉。不砸碎不行！"

光慈和书珍当时虽然谁都没说服谁，但这毕竟是他们对世态人情第一次作心的交流。光慈心里突然空虚起来。他觉得自己和小书珍之间，不仅只有亲热和攥手，他俩对人生、人世的看法，还有不小的差距。这个身处山乡闭塞小镇的小妹妹，受传统的、因袭的、守旧的思想影响太深了。不客气地说，还要对她进行重新塑造呢。

苏维娅歌

蒋光慈和王书珍少年时代的感情，是由朦胧爱情和亲密亲情交融而成的一种感情。光慈知道书珍是自己的童养媳。但与其说他把她看成自己人生的伴侣，不如说他把她看成自己同情、关爱的小妹妹。随着人生的成长、人生的演进，像两条平行的铁轨伸向远方，似乎很难有交会的时候。

1917 年夏秋之交，蒋光慈经白塔畈同乡、结拜兄长、芜湖省立第五中学学生自治会会长李宗邺的推荐，结束了在白塔畈家中大半年无所事事的生活，兴高采烈地到省立第五中学读书。

这所中学坐落在芜湖的赭山上，它的前身是清朝末年的皖江中学。当时，该校聘请了有强烈爱国思想的留日学生、在学界深孚众望的刘希平，和《新青年》编辑、在朋辈中富有才名的高语罕担任教师，胡适和皖督孙少侯也来学校讲学，对学生们影响很大。在这里，光慈经受了时代风雨的洗礼，练就了一双远飞的翅膀。王书珍虽然目送着巧子哥整理行装到远方求学，但对巧子哥到远方求学的变化则很茫然。

芜湖是一座古老而秀丽的江城，地处长江下游南岸，青弋江、漳河、运漕河与长江的汇流处，宛如浩荡东流的万里长江上的一颗璀璨的明珠。鸦片战争后，帝国主义列强依仗炮舰打开了清王朝"闭关锁国"的大门，清光绪二年（1876），清政府同英国签订了《烟台条约》，芜湖被定为通商口岸。从此，英、美、法、日等帝国主义侵略势力，从经济、文化、军事等各个方面，在芜湖进行了扩张和渗透，使之成为他们的势力范围。1914 年第一次世界大战爆发后，日本帝国主义乘机独占了中国的市场，在芜湖大街小巷的商店和小贩的货摊上，都摆满了日货。那时，正值北洋军阀统治时期，倪嗣冲率部盘踞安徽，掌握军政大权，残害革命党人；他在芜湖的代理人，则是皖南镇守使马联甲，此人更是穷凶极恶。

从大别山区山间小镇走出来的蒋光慈，面对浩浩荡荡的长江，面对熙熙攘攘的闹市，面对多难的祖国和处于水深火热之中的人民，一腔爱国热情和抵抗侵略、重整山河的伟大抱负在年轻的心头悄悄地勃发。他经常在芜湖的街头漫步，追寻文天祥督师芜湖、抗击元军，张煌言坚守城池、抵御清兵和芜湖市民反洋教暴动的遗踪；或登上赭山顶上，俯瞰大江之滨的静静江城，吟诵岳飞、陆游等人的爱国诗词，一泄心中的气愤或愁闷。在学校，除了蒋宣恒的名字外，他又公开自号"侠生"，表示一定要行侠仗义。他说："我之所以自号侠生，将来一定要做一个侠客，杀尽这些贪官污吏，削尽人间的不平！"后来，他又由痛恨卖国辱名的北洋军阀政府，发展到愤世嫉俗、想离开混浊的人世去当和尚，又将"侠生"改为"侠僧"。

一位精力充沛、俯瞰人生、整装待发的年轻战士，正在四处求索。而他准备去当侠僧的时候，自然完全忘记了王书珍的存在。

蒋光慈思想进步的起点，是从信仰无政府主义开始的。

1918 年，省立第五中学的部分学生，在刘希平、高语罕的支持下，组建了一个"安社"。"安社"是无政府主义组织，取其"无政府主义"的音译"安那其"的第一个字"安"而结社。无政府主义当时刚刚开始受到马克思主义者的批评，但它却又被北洋军阀政府宣布为"异端邪说"，"其祸甚于洪水猛兽"。足龄 17 岁的蒋光慈，虽然还不可能看出无政府主义思想的本质和危害，更不可能站在马克思主义的立场上去批判无政府主义，但他以大无畏的勇气成为"安社"的干将，旗帜鲜明地在多篇文章中表述自己的信仰，毕竟有着革命的反封建的一面。

"安社"当时编发了一份油印小报《自由之花》，宣传自己的主张，一时在全国特别在安徽影响颇大；"安社"成员还轮流在芜湖《皖江日报》的副刊《皖江新潮》上发表诗文，内容多为反列强、反军阀、反封建等等，蒋光慈是此类诗文写得最多的一位；"安社"当时还公演波兰名剧《夜未央》，在学校的师生中激起强烈的反响。

《夜未央》的作者，是波兰作家廖抗夫。主要内容是反映苏维娅的革命事迹。苏维娅是俄国的女革命家，因参加 1881 年 3 月 1 日暗杀沙皇亚历山大二世，于同年 4 月 3 日被沙皇杀害，年仅 28 岁。当时中国无政府主义者创办的刊物《新世纪》，曾载文介绍过她的事迹，并刊出她的照片。那照片，年轻，美丽，两只大眼睛平静地凝视，朝气蓬勃，英气逼人。

蒋光慈细读了《新世纪》上的文章，细看了苏维娅的照片，细读了廖抗夫的剧本，并组织、参加了《夜未央》一剧的公演。

《夜未央》剧情紧张，扣人心弦：主人公华西里陷入爱情与革命的冲突之中，内心极其痛苦，随时想求一死解决矛盾。当压迫来临、青年们所组织的和平宣传遭受镇压的时候，华西里主动承担了暗杀总督（指沙皇亚历山大）的任务。他临行前，向所爱的安娜（指苏维娅）表白了爱情。安娜支持华西里，并担当了此次暗杀总督事件中掌管信号灯的任务。行动开始时，安娜心中异常痛苦，但她仍然毫不犹豫地点亮了作为信号灯的蜡烛。一声巨大的爆炸之后，华西里与总督同归于尽。在爆炸声中，安娜也昏死过去。昏迷之中，她仍然大声疾呼："前进呀，前进！"

《夜未央》的内容既壮烈、又有点浪漫。它所反映的革命者勇于献身的精神，同蒋光慈"一定要做一个侠客，削尽人间不平"的抱负极端吻合。他看着苏维娅那张勇敢、坚强而又美丽的照片，心中犹如点亮了一盏明灯：苏维娅是革命的象征，圣洁的象征，更是爱情的象征！寻找苏维娅那样的姑娘，作为终身的伴侣，应作为自己人生追求的一个目标！——蒋光慈心潮澎湃，诗兴大发，曾当众即席赋了两首赞美苏维娅的诗，其中有一首在同学之间广为流传："茫茫人海求爱情，男女务须结同心；此生不遇苏维娅，死到黄泉也独身"。

可是，王书珍显然不是蒋光慈的"苏维娅"。那么，在黑暗沉沉的中国，在攘攘熙熙的"茫茫人海"中，蒋光慈能寻到自己的"苏维娅"吗？似乎也很难。

寻找苏维娅，最好当然是到她的祖国去寻找。可是，蒋光慈自1921年7月到达苏俄首都莫斯科，进入东方大学学习以后，由于学习任务繁重，加之生活艰难，"爱情"这两个字，被他压在心底深处，从不让它抬头。一直到了1923年，随着生活的日趋安定，学习的走上正轨，光慈的心头慢慢地笼罩起了家国之思、亲友之念。爱情、寻觅苏维娅也像一颗种子，在这位22岁青年的心田深处滋润、萌发，慢慢长成稚嫩的幼芽。

1923年春天的一段时间，蒋光慈的沙眼病犯了，看一切都朦朦胧胧的，无法坚持学习。于是，学校安排他住进了医院。寂寞、清静的病房，增添了他的孤独和苦闷的感觉。就在这春含笑色的美好季节，蒋光慈以《病魔》为题，写了三首小诗，其中一首说：

　　当我病的时候，
　　倘若我有一个心爱的她，
　　来到床前温存地问一声：
　　"我爱！你的病好了一点吗？"

我的病一定要即刻减轻了十分！

倘若伊情切切地，

向我接了一个香蜜的吻，

那么，一百剂药的效验，

也抵不了这一吻的灵验！

诗中所写男女相爱情景的前面，加了"倘若"一词，说明这一切都在追想之中，是并不存在的。但是，事实上蒋光慈此时已初涉爱河，他爱上了俄罗斯的一位美女"安娜"。

安娜，安娜！请读者朋友注意这个名字。这不就是波兰名剧《夜未央》中女主角的名字吗？那个演绎俄罗斯女革命家苏维娅革命事迹的安娜！这是蒋光慈寻觅苏维娅举动初获的成果。

原来安娜是东方大学国际图书馆的一位管理员，20多岁，是一位工人的女儿。她身材颀长，健壮而丰满。她的一张秀气的脸，长得极像苏维娅；一头纷披的金发，扎两条辫子拖到身后；蓝色的大眼睛像两汪碧潭，清冽而幽深；微翘鼻子下的小嘴，妩媚而红润；每当她笑起来的时候，随着琅琅的笑声，小嘴张开，现出整齐的珍珠般的白牙。安娜年轻、活泼，充满朝气，无论是站立或走动，总是显得青春焕发，青筠滴露，宛如俄罗斯大地上的一株呈姿亮彩的小白杨。

安娜负责借阅图书的登记。她早就注意到蒋光慈了。这个瘦高个子的中国青年，略显苍白的脸上，生着匀称的五官；眼睛上架着一副宽边眼镜，使他更添了几分文气。他每次来都是借一摞书，两三天就看完，按时归还，然后又借一摞。他在窗前连眼睛也不抬，办完手续后，默默地转身就走了。一天，安娜想同他多说几句话，于是脸上挂着幽默的神色，郑重其事地喊道："乌特金同志！你看书的速度好快啊！"

"乌特金"是学校给蒋光慈起用的俄国名字，是从俄文"鸭子"化来的。蒋光慈十分讨厌这个名字，不到万不得已非用不可的场合，他是不肯使用的。安娜知道蒋光慈的这个态度，她喊他"乌特金"是故意"炒话"，意在挽留他在窗前多待一会儿。

果然，安娜这一招收到了效果。蒋光慈的脸上立刻起了红潮，由于激动，两片薄嘴唇微微颤抖（他在激动时，总是流露出这个毛病）。他看一眼安娜，也是

郑重其事地说道:

"安娜同志!请你喊我'蒋光赤'!"

"你在登记册上写的名字,就是乌特金嘛!"安娜故意说,"怎么,我喊错了?"

"应该喊我蒋光赤!"

"应该喊你乌特金!"

"蒋光赤!"

"乌特金!"

"哈哈哈哈"安娜昂头大笑起来,笑得胸脯乱颤,连眼泪也笑出来了。她看蒋光慈认真、着急的样子,这才真诚地说道:

"我在同你开玩笑呀,请你不要计较。从今以后,在任何地方的任何场合,我都喊你蒋光赤。光赤,是红色的光芒吧?这名字多好啊!"

"谢谢。"蒋光慈弯腰鞠了一躬。

这是他俩第一次认真做了较长时间的谈话。自此以后,蒋光慈来借书,在窗前再也不是默默无语了。

他俩更长时间的交谈,是在深秋的一个早晨。那天,安娜背个小挎包,踏着林荫道上金灿灿的落叶,精神抖擞地去上班。在图书馆的拐角处,遇到在林荫道上漫步的蒋光慈。他好像在背诵着什么,是俄语单词,还是他所钟爱的诗歌?不清楚,反正他在咕咕哝哝地说着什么。安娜觉得他那样很有趣,在走到他身旁附近的地方突然停步,高声朗朗地招呼道:

"蒋光赤同志,早晨好!"

"好,好,"蒋光慈似乎遭到了袭击,忙不迭地扶了扶眼镜,"啊,是安娜同志。你好,早晨好!"

安娜并没有移步。她大胆地凝视着蒋光慈,笑道:"蒋光赤同志!你在小声地说什么呀?"

"呀!"蒋光慈被她问得不好意思,红着脸笑着承认道,"是在念一首诗。"

"诗?什么诗呀?"爱好文学尤其爱好诗歌的安娜,更感兴趣了,迫不及待地追问。

"是布留梭夫作的《暴动》。"蒋光慈红着脸,小声答道,"这首诗是追念威尔汉的。你读过吗?"

"读过，读过！"安娜的眼睛刹那时亮起来，"我很喜欢这首诗！"说着，迎着早晨有些凛冽的清风，高声地背诵起来：

伟大的人啊，/你穿着红的衣，黑的衣，/暴动起来，/好一似翻天覆地；/那数千年的执权者，/逃跑了，逃跑了，/不能抵御……

蒋光慈高兴极了，没想到在这里遇到了知音。他随即简直有些手舞足蹈地加入了安娜的背诵：

啊！暴动，/你永远的光明，/永远的自由，/永远的新鲜，/好一似那深山流瀑的清水……

接着，他们讨论起布留梭夫的为人。原来布留梭夫和白芒德，是俄罗斯文坛上齐负盛名的"象征派"的双星。可是，十月革命爆发时，白芒德跑到国外去了，艺术生命也就死亡了；布留梭夫不仅没有跑，还接受了十月革命，参加了布尔什维克，为新兴的无产阶级国家的文化事业做了许多工作。因此，他受到了俄国的劳动群众对他的由衷的尊敬。在讨论到《暴动》一诗的内容时，光慈和安娜一致认为，这首诗的主题，应是诗中的这么两句："啊！破坏啊！我庆祝你！"

"革命者就是要破坏！"蒋光慈有些激动，"要敢于破坏旧的，打碎旧的世界，才能建设起一个崭新的世界。"

"像我们俄罗斯这样，建设起劳动人民当家作主的世界。"安娜补充了一句。

他俩谈得非常投机，也非常合意。分手的刹那间，不知怎的，蒋光慈突然想握一下安娜那双戴着薄薄的黑色手套的小手。这时，从树林空隙间升起的太阳，照亮安娜向后梳着的纷披有致的金发，和她的明丽、活泼、生动的笑脸。蒋光慈一时愣住了。他忘记了握手，只是张大了嘴巴，从眼镜后面定定地凝视着她，头脑像有闪电划过，闪起这么一串名字：

安娜——苏维娅——安娜……

在他的思绪里，排在前面的"安娜"，指的是《夜未央》剧的女主人公安娜；排在当中的"苏维娅"，指的是剧中安娜所演绎的俄国女革命家苏维娅；而排在后面的"安娜"，则是沿着苏维娅所开辟的道路正在前进的眼前的安娜！……这种联想，是在电光石火闪烁的刹那间完成的。

"真是踏破铁鞋无觅处，得来全不费工夫。"蒋光慈在心中暗暗惊叹了一声，"眼前的安娜，不就是我众里寻他千百度的苏维娅嘛！"

安娜被他看得不好意思，脸红了。姑娘扭怩了一下，挥了一下小手，转身走了。她那丰满的胸脯，在阳光中轻轻一闪，又使蒋光慈的眼睛一亮。

自此，中俄之间的这一对青年男女，开始了交往。当然，这种交往主要是在图书馆进行的。每当蒋光慈去借书时，总是得到安娜尽心尽意的指点，特别是在文学作品上介绍得格外细致。因此，蒋光慈除读了普希金、果戈理、列夫·托尔斯泰、契诃夫、陀思妥耶夫斯基、涅克拉索夫等人的作品之外，重点则读了十月革命后活跃在苏俄文坛上的一些作家的作品，如高尔基、阿·托尔斯泰、勃洛克、别德内依、爱伦堡、叶赛宁、马雅可夫斯基以及"谢拉皮昂兄弟""十月的花"等文学组织的一些作家的诗歌、小说和文学论著，感到如鱼得水，浑身舒适……

蒋光慈正想着这些，"哒哒哒"，听着病房的门有人在敲。他抬起头来，扶了扶眼镜，说道："谁？进来呀！"

门被推开。像美丽的春天一样，安娜走了进来，右手还举着一把五颜六色的花束。姑娘穿一身蓝色的春装，微笑着，睁着一双明亮的大眼："哎呀！原来在这里！"

惊喜而激动的蒋光慈，穿着病房的便衣跳下床，笑道："安娜！你怎么来了？"

安娜张开了双臂，搂抱了光慈，把那束鲜花远离他的肩膀，说道："你快坐回床上去，别把这花揉碎了！"

光慈听话地坐回床上。安娜把那束似乎还沾染晨露的鲜花展示给他看："昨天我同朋友去城郊游玩采集来的。怎么样？好看吗？这是红莓花，这是紫罗兰；这个呢，他们说是野百合……这，插在哪里呀？"

光慈指着床头柜上一个养花的小瓶，那上面正插着青叶还带点暗红色的柳枝，倒也显得生机勃勃："把那柳枝拿掉，就插在那儿吧！"

安娜把柳枝拿掉，但并没有插花。她举着花，扬起两臂，轻踏细步，扭动腰肢，分明在为蒋光慈跳舞，还唱起莫扎特谱曲的《渴望春天》：

来吧！亲爱的五月，

给树林穿上绿衣。

让我们在小河旁，

看紫罗兰开放……

蒋光慈也非常高兴，击起两掌，为安娜打着节拍，接着两人哈哈大笑。闹完了，安娜插好了花，坐到床头，为光慈掖了掖被子，笑着问道："你身体不是好好的吗？怎么住院了？"

光慈指了指眼镜后边的眼睛，笑道："不碍事的，沙眼。这是我的老毛病了，这次得好好治一治。"

"是得治。"安娜说着，从怀中掏出一本书，递给光慈："这是别德内依的诗集《寓言》。你不是在寻找它吗？不过，你眼睛不好，暂时不要看。"

蒋光慈接过书，非常高兴："他现在是咱们苏联的著名诗人呀！这《寓言》是诗人的第一部诗集，出版于1913年，距现在10年了，连列宁同志都很重视它呢。我很喜欢别德内依的诗。去年十月革命五周年时，他发表的那首长诗《大街》，写得多好啊！"

安娜点着头，随即却说："可是，有人不喜欢他的作品呢，说他不是诗人……"

"可恶！"光慈打断安娜的话，"那些所谓的文学家，所谓文学批评家实在可恶！"停了一下，他又气愤地说，"他们看不起别德内依，无非说他是一个农民的儿子；'别德内依'这个笔名，就是'贫穷者'的意思。他的诗歌所用的语言，都是合乎民众的俗语；他所写的对象，不外乎是农民、兵士、牧师、地主、革命的日常生活，没有香艳的百合花、玲珑的夜莺声、男女间美丽的蜜梦、纤纤的玉手、柔软的沙发、微细的情感、海边林下的幻想……他们认为，没有这些内容，怎么能是诗呢？写这些日常生活，尖锐斗争的作者，又怎能算是诗人呢？可恶！"

安娜张大小小的嘴巴，惊奇地看着面前的中国留学生，笑道："呀，光赤同志！你好激动啊。"

"不是激动。我就是爱打抱不平，爱为受憋闷的人叫屈！对别德内依的这种现象，我考虑很长时间了。"蒋光慈说着，向安娜苦笑了一下，"好，任你们一些文学家、批评家说别德内依不是诗人，不是天才，然而俄国的工人、农民、兵士仍然崇敬他，把他看成是自己的诗人，自己唯一的诗人，唯一为他们所需要的诗人。我将来若做诗人，一定要做别德内依这样的诗人！"

看着蒋光慈严肃认真的神态，安娜觉得有些好笑。她说："好啦，我的大诗人！我是很尊重别德内依的，也很崇拜他，你不用向我做宣传啦！"

光慈觉得自己的确有些失态，忙向安娜道歉："对不起，安娜同志！我的眼睛里，就是揉不得沙子！"

安娜笑了起来，一语双关地同光慈开起了玩笑："你害沙眼病，怎么能揉进沙子？"

两人对视了一刹那，又都仰头大笑起来。

就是这样地，两人不知不觉地加深了友谊，加强了情感。这一年的冬天，蒋光慈有感于安娜立在雪中形象的美丽，还特地写了一首《小诗》：

她有这般的美丽，
她有这般的姣好！
当她笑吟吟地立在雪中时，
倘若你走她面前不留心一点儿，
她就要化成一朵鲜艳的玫瑰花，
战兢兢地在雪中开着了。

蒋光慈和安娜之间的友情，随着时间的推移，更向两人的心灵深处发展。有一次，他们在讨论叶赛宁诗歌的时候，讨论到他的诗歌所包含的两重性：对旧的留恋和对新的企望。叶赛宁来自荒漠的平原，他与俄罗斯的土地有着密切的关系。从他的诗中，可以听见松子的摇落声和鸡犬的叫鸣。他爱农村中那如方盒子一般的茅屋、那被人抛弃的野地、那颓废的庙宇和那沉默的、然而又时常呼吼的森林。这一切，无疑地，都透露着一种凄凉的温暖。两个青年人低吟着那些温暖、柔美的诗句，不知不觉地互相执起了手，继而又互相热烈地拥抱接吻起来。虽然俄罗斯人把朋友之间的接吻看得很平常，但这是异邦的朋友啊，光慈把它看作与"爱情"两字接近起来。

蒋光慈，缓缓地、润物细无声地逐渐走向安娜的柔软的内心。她爱这个高大、英俊而又温文尔雅的中国青年，他不仅懂诗，而且还会写诗。他的那些诗比别德内依含蓄多情，比叶赛宁热情奔放，似乎句句都能打动人心，将来一定会大有作为。这样的人，是值得为他奉献一切的。而蒋光慈呢，一直把安娜当作自己心中的苏维娅，当作自己追求的天使。1924 年 1 月底，他写了 42 行的诗《与一个理想的她》。诗的开头一段说：

昨夜里将你梦见
在那无名的、诗境的花园里；
那花儿真芬芳啊！
是你的香气？
那鸟儿真欢叫啊！
是你的妙语？
你把我的心灵浸得沉醉了，
我倾卧在你的温怀里。
哎！我是如何欢欣而荣幸啊，
你证实了诗人的想象是真实的。

在诗中，蒋光慈把爱一个姑娘（安娜）与爱诗歌紧密结合起来。爱的梦境就发生在"诗境的花园里"，花园里鸟语花香，非常美好，"把我的心灵浸得沉醉了"。

诗的第三段说：

我爱！你为甚这般疯狂地爱我呢？
为着我的财富，为着我的貌美？
不是！那财富是赃物，
那美又是时常变动的；
你爱我哪是为着这个呢？
你爱我，疯狂地爱我，
因为我是诗人，你是司文艺的神女。

这段诗说得很清楚，他们之所以相爱，"因为我是诗人，你是司文艺的神女"。这里的"司"，是"主持""掌控"的意思。正如诗中所说，这爱是建立在

"革命的诗吟""芳琴的细奏"的基础上的。

虽然蒋光慈在这首诗的最后，表达了"我们的结盟永不破裂，我们生命的流泉永不干竭"的美好愿望，但是，他又是一个头脑清醒的人：他势必要回到祖国工作。当时黑暗的中国军阀横行，豺狼当道，人民在死亡线上挣扎，他能给心爱的姑娘带来幸福吗？很难。"爱一个人，就应该对她的一生负责！"他想起自己经过千思万虑过后而得出的这个信条。因此，每每看到安娜渴求爱情的眼神、鼻息的气喘和起伏的胸脯，他总是采取回避的态度。

1924年7月回国后，蒋光慈写了一首《与安娜》，诗中将隐晦的"我爱"，改成直呼"安娜"，九曲回肠，欲言又止，表达了自己想爱又不敢爱的矛盾心情：

> 安娜啊！
> 我爱你，
> 我真爱你。
> 我虽未尝向你表示我的爱情，
> 但是安娜你是聪明的，
> 爱情何必用语言表示呢？
> 安娜啊！
> 我爱你！
> 我真爱你！

事实上，蒋光慈在苏联时就写这首诗了，只是没有定稿。但是，他把要回中国的信息，透露得很清楚：

> 时间不能多留我了，
> 我要离开红色的莫斯科——
> 回到那灰红的中国做工去。
> 我的安娜啊！
> 我不愿意留恋你——
> 留恋你徒增加我的失意。
> 但不知他年重游俄土的时候，

我能不能再与你重新相遇？

　　光慈把这首诗写在一个本子上，并没有让安娜看。可是，安娜对他写诗的本子很熟悉，她在那上面读过蒋光慈写的很多诗。这一次，她又随便翻看，无意中发现了《与安娜》。这不是写给自己的诗吗？她迅速地浏览着。当他读到"时间不能多留我了"那一段时，她再也不能平静下来了。姑娘鼻子一酸，滚出两颗晶莹的泪珠。她在心里暗下了决心：不让他走，抓住他，我要嫁给他！

　　安娜不动声色，装作什么事也没有发生。星期天，她把光慈邀到自己家里去。盛情招待一番之后，趁父母不在家的机会，把他请到自己温馨的卧室。那是个十余平方米的房间，属于安娜个人的空间。房间摆了一张大床，床前的小桌上，摆放着一摞书，还有一个精致的花瓶，插着一束鲜花。花的种类，同去年春天她送到病房那一束差不多。整个房间的墙壁，贴着粉红色的壁纸。初夏的阳光透过淡蓝色的窗帘，把墙壁照得粉艳艳一片，令人感到无比的温暖、无比的放松，还激起翩翩的浪漫的遐想。

　　安娜请光慈坐在桌前唯一的椅子上，自己则坐在整洁的床上。姑娘尚未开口脸就红了，呼吸也显得急促起来：

　　"光慈同志！你们就要回国了吗？"

　　"是的，"光慈老实地点点头，"可能就在最近。"

　　"怎么不告诉我呢？难道我们不是好朋友吗？"

　　"是好朋友。正因为我们是最好的朋友，所以我才没有勇气告诉你。"

　　"懦夫！胆小鬼！"安娜说，"你写给我的诗，就是《与安娜》，我读过了。既然你爱我，为什么不表白？连一束鲜花也舍不得送？"不等光慈回答，她又俯身扑向他，四只手紧紧地攥在一起："光赤，光赤，光赤！我爱你，爱你爱你……"

　　姑娘的表白太执着，太热烈，光慈有些招架不住，低低地说："我知道你爱我，你是我心中的苏维娅呀！我也爱你，我诗中不是说了吗？'我真爱你'。我真爱你啊！"

　　"你真爱我！难道就非要回国不可吗？不能留在咱们这儿吗？我要嫁给你！"

　　"这怎么可以？"蒋光慈挺直身子，正襟危坐，"我是中国共产党党员。党把我们送到这儿来，就是取回'真经'，回中国闹革命，把中国建设成另一个苏联！我们肩上负有艰辛的历史使命，我怎么能临阵脱逃，拒绝为祖国服务呢！"

"那我随你到中国去！"安娜说着，脸上显出坚毅的神色，"你曾对我说过，你的老家住在大山边的一个小镇上，镇边有一条河，河边长满柳树。春天了，柳树飘起了柳絮，雪一般地纷纷扬扬，飞向空中。你那首诗歌《柳絮》，写得多美啊。我爱你的家乡，也爱你的祖国。"

"我反复考虑过了。这怎么可以？"蒋光慈又这么问了一句，微笑着说，"你父母就你这么一个独生的女儿，怎么会放你远走高飞到几千里路以外的中国去？再说，中国不像苏联这样是一个光明的世界，那里是暗无天日的黑暗的地狱。虽说现在两个意见分歧的政党搞了'国共合作'，谁又能估算到历史有什么样的发展进程？既然爱一个人就要对她的一生负责。连我个人回到中国还不知怎么样地生活和工作，我又怎能让你随我去受苦呢？安娜，我不能这样做！"

安娜听了，有些绝望地睁着明亮的大眼，泪流满面。她屁股蹭着床铺说："我就是要到中国去嘛，到中国去！我不怕吃苦，不怕吃苦！"说着站起身，拥抱起蒋光慈，又往床上一躺。这样，心爱的人整个身子，就俯伏在她的身上了。

这是初夏，两人着衣都不多。安娜的宽大的胸脯柔软如绵；那高耸的乳峰，跳动在光慈的身子下，使他觉得又紧张、又憋气。他想站起来，但安娜的两手像铁钳一样紧紧地箍住他，使他动弹不得。他干脆让自己放松一些，吻起安娜火热的嘴唇、鼻子、眼睛、前额的纷披的金发。两人都哭了，泪脸贴着泪脸。

长吻了十多分钟，安娜放开手，轻轻推开身上的光慈，深情地说："光赤呀光赤！我本想把'第一次'献给你。可是，我想，那样做并不好。因为我们都还有漫长的人生道路要走。未来的日子，什么风雨都有可能发生。"

光慈的心灵受到了极大的震撼。他讷讷地说："你说得对。我们都还年轻，人生道路漫长。再说，即使我回中国了，将来还会有再见你的日子呢。"

"即使再见，你也不属于我了。"安娜伤心地说，"你这样优秀，无论走到哪里，身边还会缺少姑娘吗？"

"我不是泛爱者"，蒋光慈赶快表白，"我对爱情很严肃。既然爱一个人，就要对她的一生负责。"

"这我相信。"安娜点点头，"可是，我俩之间有爱无果，我还是觉得深深的遗憾。这样吧，我们交换一张照片，让我们永远地互相忆念吧。"说着，站起身，从书桌的抽屉里拿出一本影集，挑选出自己的一张两寸左右大小的微笑的照片，迅速在照片背后签上自己的名字。然后，郑重地双手递给蒋光慈。

"请你也送我一张吧！"

光慈双手接过照片，放到嘴边吻了一下，赶忙说道："今天我就去照相馆，照好后立即送给你！"

"好吧！"安娜又扳低蒋光慈的脖子，接了一个深吻，"去吧！光赤同志！我祝你有一个美好的未来！"

这场异国情缘，在男女双方的冷静处理下，总算有一个不错的结局。安娜献出的真爱，使蒋光慈铭刻肺腑，难以忘怀。可以说，从苏联回国的一路之上，他都在忆念安娜。刚踏上祖国的土地上海，他继诗《与安娜》之后，又写了一首《怀都娘》。所谓"都娘"，指首都（莫斯科）的姑娘。明眼人一看，"都娘"就是指安娜。只是为了减少读者对他"怀爱诗"的关注，他为安娜又化了一个名字。《怀都娘》说：

秋风渐渐凉起来了，
使我更忆起那已到深秋的莫斯科；
树叶想早已落尽了，
但是都娘你还是从前一样康健么？

"愿这一张小小的画片儿，
为你我二人永远友爱的押礼；
维嘉！你应当常常地忆念呵！"
这是你送我相片上的题语。

"维嘉！回到那中国去，
好好把自己的热血掺和被压迫人民的酸泪！
去吧！我祝你的将来……"
这是你当我临行时的赠语。

当我临去莫斯科的前一日，
在你的家里，你斜卧在床上，
我摩着你的头发，伏着你的身子，

我的心做第一次最难受的战栗。
"都娘！我本不愿堕入情海里，
但是现在我不能自持；
给我一个温柔安慰的蜜吻罢！
此生我将长念而永忆。"
我大胆地向你哀说了，
却又怕听着你的答语。

"维嘉！你是个好孩子，
我真正地爱你且明白你；
但是我俩不过是朋友啊，
我们不必过于悲哀……分离……
你盼望着你的将来罢，
那将来可以使你愉快而欣喜。"
你竟笑嘻嘻地给了我温柔安慰的蜜吻，
你竟很畅达地给了我温柔安慰的答语；
你所给我的真是无量啊！
此生我将长念而永忆。

你常为我唱革命之歌，
你的歌声悲壮而苍凉；
你常为我唱失恋之歌，
你的歌声哀婉而悠扬。
但是现在我听不着你的歌声了，
空向那渺无涯际的云天怅望！

秋风渐渐凉起来了，
使我更忆起那已到深秋的莫斯科；
树叶想早已落尽了，
但是都娘你还是从前一样康健么？

这首诗首尾呼应，愁肠哀婉，一唱三叹，细致地抒写了"我"与"都娘"（安娜）基于"苏维娅"的革命友谊的难分难舍的心情，令人"长念而永忆"。这也说明，蒋光慈一心想寻找"苏维娅"那样姑娘为终身伴侣的决心、诚心和恒心。还有，蒋光慈曾把他与安娜的友谊，细致地告诉了他的三位爱人王书珍、宋若瑜和吴似鸿，这也表达了他的一颗纯洁无私的爱心。同时，我们还应注意到，在这首诗中，"都娘"的男友名叫"维嘉"。而蒋光慈写于1925年、出版于1926年1月的中篇名作《少年飘泊者》，其内容，就是以主人公汪中给"维嘉先生"写了一封长信而叙述出来的。"维嘉"贯穿于首尾。很显然，这位"维嘉先生"身上，也有着蒋光慈的影子。

人生总是充满遗憾。蒋光慈和安娜的爱情，就是一份遗憾。可贵之处在于，他对这份爱情，一直坚持"长念而永忆"。蒋光慈为安娜写的诗，超过任何女性。这可能是他真正初恋情真意切的缘故吧。

心系苏维娅，心系苏维娅！大千世界，茫茫人海，蒋光慈仍要寻找他的苏维娅。苏维娅是与暴政作斗争的战士，是对黑暗做冲锋的英雄。阶级斗争的急风暴雨，在俄国已基本结束，和风丽日正拂煦、普照俄罗斯辽阔的土地。那里怎么会有苏维娅呢？苏维娅要在中国寻找。

"王书珍啊，你虽然是我的童养媳，但我是把你看作自己的妹妹啊！"蒋光慈在心中痛苦地沉思默想，"难道命运之绳、婚姻之锁，非要把我俩捆绑在一起？"

圆房悲叹

就在蒋光慈想着苏联的安娜，想着他继续寻找千念万想的苏维娅的时候，蒋从甫也下了不可更改的决心：儒恒和书珍一定要圆房。这是他在一盘象棋中摆下的关键的一着；王书珍是王家老楼的族亲，王家已经催婚好几次了，只是因为光慈在苏联留学而办不到，王家是万万不能得罪的。同时，王书珍也的确是一位好姑娘、好闺女，更是一位好媳妇；况她在蒋家已经等婚数年，无论如何也得圆房，对这闺女也是一个交代。

蒋从甫以一个塾师对婚嫁礼仪的熟悉，和一个商人的行事周密及谨慎，不声不响地调动一切、操纵一切。

皖西霍邱这一带，在结婚正期这天上午，男家派出一顶四人抬的花轿（轿顶和轿幔都用红布镶围，轿顶上的红布绣有"麒麟送子"图案），并有礼盒（木制，两人抬着）或雨箱（篾制，一人挑着）装着礼品，由媒人率领至女家。夫家必备公鹅一只，名曰"催妆鹅"，送至女家；女家配以母鹅一只，一并送回夫家。此双鹅相配，永不宰杀，任其老死，以示新婚夫妇之偕老。所送的礼品，一般有边猪（半个猪）、坛酒、红糖、喜粑粑四种，并有香艾一束、白锡一团（含意是"爱媳"）；女方收下礼物后，回赠蒜头一双、棉絮一把（含意为"说话算数""爱婿"）……

对这些礼数，蒋从甫当然明白。但是，王书珍人在蒋家，是童养媳身份，无须上面所说的繁文缛礼，小儿子也不会同意这样操办。因此，他备办了四斤茶叶、四斤核桃、四斤红枣和一百个团得圆溜溜的欢团，用两个花袱包着，令儒恒和书珍去拜望王持华和蔡氏。这就等于告诉他们：俺蒋儒恒回来了，俺即将同你们家的女儿圆房。

蒋光慈对父母至敬至孝。父亲的话，他不得不听，也不敢不听。在一个恰逢白塔畈闭集（白塔畈隔日逢集）的清冷的早晨，他低着头，极不情愿地拎着一包礼物，跟着王书珍来到她的娘家。

书珍父亲王持华已经六十多岁了，满头白发，明显地显得很苍老，背也驼了。他正吆喝着一条油光水滑的小黑毛驴拉磨磨黄豆。在石磨的均匀幽响中，他看到从门外进来两个人，睁着红肿的眼睛细看，原来是女儿书珍，后面还跟着一个穿着洋装、戴着眼镜的小伙子。呀，他打了一个激灵，听说蒋儒恒回来了，这来的，不就是他吗？于是，他立刻满脸堆笑，赶忙说：

"哟哟！原来是你俩。坐，快坐！"

磨旁仅有的一条长凳子，上面沾满水渍，不能落座。书珍一面拿起抹布抹凳子，一面低低地喊了一声："爹！"

蒋光慈也向老人弯了弯腰，也是低低地喊了一声："王大伯！"

书珍晚娘蔡氏，听到前屋来了人，赶忙拐起小脚，从后屋赶了过来。她比王持华的年龄小一些，身子骨也还健朗，只是浑身上下长得圆溜溜的，腰像水桶般粗细，大圆脸上的肉嘟噜着，说话高声大嗓：

"哟，一大早俺就听到树上有喜鹊叫唤。果然，今天有贵客临门！"说着，眯缝着一双小眼，将蒋光慈打量了一番，接着说："巧子呀！你长高了，也长胖了。好呀，听说你到俄国念书去了，吓，那多远哪！这回回来了，有出息了，该有官做了！"

蒋光慈看着她，一种不屑的情绪在心头漾起。他尽力压下从少年时代起就对她积起的那种嫌恶，脸上堆起一种莫名其妙的笑容，一个劲地莫名其妙地点着头。

蔡氏看到桌上摆放的礼物，向书珍看了一眼，笑道："这下好了！咱们小书珍总算熬到头了！这几年，咱们丫头流了多少泪哪，不容易啊。"

"你少说两句吧，"王持华打断蔡氏的话，"一张乌鸦嘴，呱呱个不停。还没给客人泡茶呢。"

"俺说多了吗？俺说的都是家常理儿。'嫁汉嫁汉，穿衣吃饭'。生为女人，不就图寻个如意郎君吗？"蔡氏继续发表着高见，"俺书珍到蒋家已过了八年。生是蒋家人，死是蒋家鬼。"

"看你这张破嘴，扯到哪儿去了！"王持华发火了，脸上暴起了青筋，边说边抽黑毛驴一鞭子，"赶快泡茶去！"

"不喝茶啦，爹！家里事多，咱们回去了！"王书珍怕亲爹和晚娘干仗，赶忙找了个托词，转身步出门外。蒋光慈暗暗地舒了一口气，跟在书珍身后，逃也似的离开了王家。

回到家，光慈见爹和娘正和请来的两个裁缝商量，要为他和书珍做新衣。各种花色、成色的布料，家里早就准备好了，还特地买了好几段杭纺。于是，光慈立即表了态：

"爹！不要为我做什么衣服了。你看，我穿的都是西装呢。家做的老式的衣服，我穿得出去吗？"

这倒也是。就在蒋从甫愣怔的时候，光慈娘陈氏在一旁郑重地说道："不做外套可以，但是，生布褂裤总要做的呀！"

所谓"生布褂裤"，就是用家织的细白布做的内衣。这是结婚的男女新人必须要穿的，表明他们的生命已步入全新的阶段。蒋光慈听了娘的话，无话可说地垂下了头。

圆房的一切准备，都在悄悄、紧张地进行之中。这期间，陈氏、王书珍、两个嫂子以及小妹蒋如香最为忙碌。

王书珍不仅身累，而且心也累。姑娘以紧张、惊喜而又对前景似乎把握不住的复杂心情，做着该做的事情。心情的主流，当然是甜蜜。这几天，她老是想着倒七戏《英台打枣》中祝英台的一段唱词：

手拈红枣尝一口，吃在嘴里甜在心。半红半青篮里放，鲜红枣子怀里存。袖子装来怀里存，一颗枣子一颗心。心连心，枣连心，留给梁兄他尝新。

王书珍想，英台打枣让梁兄尝新，咱家院中枣树上的枣子，还是青果果呢。书珍哪！拿啥给巧子哥尝新呢？

家里偏东的一间卧房，原是书珍和如香共同用的。姑嫂同处一室，同卧一床，什么心底话都往外掏，倒也其乐融融。如今，小儒香已是16岁的半大不小的姑娘了，巧子哥回来，哥嫂要圆房，她就要搬出来了。小姑娘也是以喜悦的心情忙这忙那，整理属于自己的衣物，嘴上还哼着小曲儿。

这天早晨，趁书珍不在房，如香把光慈叫到房里，有点神秘地说："小哥！你来看哪！"说着，她伸手掀开一个红漆大木箱的箱盖，对小哥挤着眼说："小哥，你看！"

蒋光慈认得，这只大木箱是王书珍从娘家带来的，是她的亲娘姚氏生前用的。书珍被送到蒋家做童养媳时，什么也没要，单就要了这个箱子。她说："这是亲娘留给俺的念想。"平时像看待宝贝似的，整天锁着，不让人瞧见里面装着啥。这两天，她忙得乱了章程，不知不觉忘了上锁，被小如香瞅到空儿了。

蒋光慈走近箱子，随着小如香的手臂在箱子里的翻抄，他看到，放在上面的，都是自己从前买给她的一些东西，诸如手帕、梳子、镜子、香皂、头绳等物件，她没舍得用，全留在这里了。再看，则是男人穿用的布鞋、袜子、荷包、头帕等等，嗬，一大堆呢。小如香一边翻着，一边啧啧地称赞道：

"小哥哪！这都是五姐为你做的呀！单鞋袜，就有20多双呢。她晚上做针线时，油灯只点一根灯草，也不误穿针引线。有时，她一边做，一边还流泪呢。"

一大堆为自己穿用的物件，全是细针密线缝制，有的还尽显了刺绣的手段。这凝结着王书珍多少汗水、多少聪慧、多少对远方游子的思念、渴盼哪！——蒋光慈被震慑住了。他一边看，一边摘下眼镜，擦了擦不觉湿润的眼睛。

"还有呢，"小儒香放下箱盖，走到床头枕边，拿起一叠细白布，展开，原来是一幅绣枕面子：碧绿的荷叶，粉红的荷花，花间衬着的蓝色水波中，游戏着几条深红色的小鲤鱼；荷叶、荷花鲜艳夺目，水波似乎在动荡；而那几条红鲤鱼正摇头摆尾，栩栩如生。在整个枕面的上方，绣着四个墨绿色的大字：鱼水和合。

光慈看那字写得端正、秀逸，经过丝线堆绣，更显得凝练而富有神采，不禁问道："这字，是俺爹写的？"

"对！"如香念过几年私塾，认得字，不禁说道，"五姐除了这'鱼水和合'以外，还绣了'百鸟朝凤''喜鹊登枝'。这字都是俺爹写的。写得好吗？"

"字写得好！花也绣得好！"光慈脱口而出。

"五姐最喜欢这'鱼水和合'呢。"儒香笑着补充了一句。

这天下午，蒋光慈从后院走进堂屋，发现堂屋的香案上，正点着一对焰火煌煌的红烛，照着父亲极其喜欢的那幅《松鹤延年》的中堂，和悬挂在中堂两边的长幅洒金对联：耕读传家乾坤大，忠厚流宅日月长。再看，但见堂屋正中摆着椅子和红纸包着的米斗。王书珍正坐在椅子上，气定神闲地仰着脸，双脚踏在米斗上。儿女双全的大嫂张氏，正张着十指，还动用牙齿，运作一根丝线，专心致志地脸儿一仰一俯，绞着王书珍脸上的汗毛。

蒋光慈知道，这叫作"开脸"。女子不除去汗毛，称为"毛脸丫头"；除去汗毛，就是结过婚了。这是区别婚前姑娘和婚后妇女的主要标志。一看到这个场景，蒋光慈着急了，赶忙说道：

"大嫂子！我不许你给她梳巴巴纂儿！"

大嫂子松了几个手指间绷紧的丝线，笑着问道："新媳妇不梳巴巴纂儿，难道背后仍然拖着辫子？"

皖西当时的风俗：女子在娘家做姑娘时，拖一条独辫子在背后，额上留一绺刘海，叫作"望郎招"；出嫁时一律解开辫子将纷披的头发向后拢起，梳一个"元宝"状的发髻，髻上罩着发网，插上簪子戴上绒花或珠花，一动步，花儿乱颤，煞是好看，俗称"巴巴头"或"巴巴纂"。梳辫子或梳巴巴纂，也是区别姑娘或妇女的颇为明显的标志。蒋光慈自幼年开始，就对妇女梳在脑后的巴巴纂儿，怀着一种恶感。特别是那些年轻、标致的姑娘，脑后缀个元宝状的发髻，不仅显得青春散尽、朝气全无，更给人一种老气横秋的感觉。这是蒋光慈无论如何不能接受的。他又恳切地望着大嫂，继续央求道：

"好大嫂！你办法多，咋说也不能给书珍梳巴巴纂儿，那多丢人哪！"

"丢人？"张氏笑了，"老猫呼呼睡，上辈传下辈。难道你要改了章程？"

"我就是要改章程！"蒋光慈梗着个脖子，有些不讲理似的执拗地说，"就是不给她梳巴巴纂儿！"在他的潜意识里，还有这样一种诉求：不要让世人知道王书珍已做了媳妇了。

"好了，好了，巧子哥！"王书珍红着脸，瞥了十分认真的蒋光慈一眼，"不梳巴巴纂就是了。这还不行吗？"说这话，她胸有成竹：她常在七八月天气最炎热的时候，把独辫子解开，梳两条辫子，然后纠结盘在头上，显得又利索、又凉快。凡是见到的人，都称赞她的梳法好看。近些天，天气已开始热了，头发就那样梳，岂不是两全其美吗？

按规矩，新娘的头发张氏是没有资格梳的，得要未出阁的姑娘来梳。因此，张氏为王书珍绞好了脸后，一边扑打她落在身上的汗毛，一边笑着说："俺一个老妈子，只能做她梳头的军师，她还得另请高手呢。"

她的话，说得在场的人都笑了。

夏日昼长。天气黑定的时候，已是晚8点多钟。蒋光慈坐在爹娘住的卧室，显得六神无主、坐卧不安。他想：天哪！寻找多年的苏维娅，难道苏维娅就是王书珍吗？不是，不是啊！他想起父亲蒋从甫的话：你得考虑王家宗亲王家老楼的势力，他们已经多次催婚了；你得考虑书珍小丫头的为难，纵使你今后在外面纳一房"小的"，咱们不问，你也得对书珍有个交代。霎时，光慈觉得，他已身不由己，他已被多种力量形成的一种势力所绑架，想起父母无可奈何的眼光，想起王书珍希冀渴求的神色，想起全家通力合作办喜事的笑脸，唉！罢罢罢，看来这"房"一定得"圆"！就在光慈心猿意马之时，大嫂张氏、二嫂司氏同来到房间。大嫂笑盈盈地说：

"兄弟！该去拜堂了！你的两个哥哥到南方买石膏去了，说是今晚到家，但迟迟没有回来。你们是亲兄弟，不外，咱们不等他们了！"蒋光慈站起来，被两个嫂子一左一右拥着，来到堂屋。堂屋里灯火辉煌，人声喧闹。蒋光慈没有想到会有这么多人，心一急，满身出了汗，头脑几近晕眩。

他被人拉到香案前，看到墙上挂着的明光灼灼的松鹤画图，那上面似乎闪烁、交织着一些苍老的面影，那是他由江西迁来安徽六安的贯公，及其后裔十一世先辈，直到坐在上沿的十二世父辈敦芳公（蒋敦芳，字文周，号从甫）及母亲陈氏。他在心里油然呼唤道：列祖列宗啊！天可怜见！你们就是这样督视着蒋儒恒在你们面前拜了天地、娶妻生子、繁衍生息吗？不啊，蒋儒恒要同你们过去的生活分道扬镳，蒋儒恒要过另一番崭新的生活！他就是在这样的心烦意乱中拜了天地、拜了祖宗、拜了高堂，也和王书珍作了对拜。

拜了天地后，贺客们没有尽兴。他们要送新人进新房，还要闹洞房。

皖西风俗：送新人进新房、闹洞房的主要内容，是要唱"赞喜词"或称"道好"。即一人唱赞词，众人随声道"好"。唱的赞词，有前人传下来的版本，但更多的是望风采柳，随口编唱。今晚，贺客们从白塔畈街北头，请来了擅唱倒七戏的周三。他嗓音洪亮，口齿流利，是远近闻名的唱赞词的专家。

在闹哄哄的洋溢着喜气的喧嚷中，30来岁的周三，穿着白细布裤褂，腰系一条红绸，打扮齐整，满脸喜悦。他怀抱一个大果盘，盘中放着花生、红枣、棉籽等果实。他一面唱着赞词，一面抛撒盘里的吉祥物。他步履很慢，一面走，一面唱（这里把众人道的"好"，省略了）：

送新人，入洞房，众亲友，喜洋洋。送一步，一品当朝，一高升，一层台，一枝红杏出墙来；送二步，二仙传道，二月花，二黄林，二月黄鹂飞上林；送三步，三元及第，三鼎甲，三喜家，三月春光正养花；送四步，事事如意，四相阁，四屏门，四月清和雨乍晴；送五步，五子登科，五花殿，五凤城，五月榴花耀眼明；送六步，六合同春，六龙观，六龙欢，六龙西幸万人欢；送七步，七子团圆，七巧图，七星剑，七月七日长生殿；送八步，八仙庆寿，八圆和，八音和，八方齐唱太平歌；送九步，九世同居，九老阁，九日高，九重秋色醉仙桃；送十步，十全富贵，十喜庆，十吉祥，十月梅花开岭上。

众人缓缓移步，随着周三走进重门。他当即高唱喜曲，众人随声喊"好"：

转过堂屋进重门，天井院子面当阳。天井院子四方方，金砖墁来银砖镶。举目抬头朝上望，枣树罩顶碧苍苍。满树满桠坠喜果，早生贵子早呈祥。月亮初圆喜气满，满天星斗泛银光。紫微星君居其所，二十八宿列两旁。银河滚滚水流满，两岸织女会牛郎。喜鹊展翅仙桥架，助他夫妻好成双。

走过天井院，众人相拥着进入洞房。房间不大，只拥进一小部分人，大多数人仍站在院子里。周三清了清嗓子，继续唱道：

红烛高照亮堂堂，照得新人好嫁妆。红漆柜，黑漆箱，梳妆台放在靠近窗。左边搁着穿衣镜，桌椅右边摆停当。八步牙床红罗帐，绫罗绸被叠满床。久闻新娘巧手艺，各种花卉都绣上：一绣正月迎春开得早，二绣二月兰正芬芳，三绣三月桃花初放蕊，四绣四月梨花惹蝶狂，五绣五月榴花红似火，六绣六月荷花配海棠，七绣七月莲蓬结五子，八绣八月桂花满园香，九绣九月菊花开东篱，十绣十月梅花开岭上。床上一对绣花枕，绣的是"鱼水和合"花正芳。鲤鱼戏水凤求凰，才郎姣妹喜成双。

唱到此时，周三口渴，出去找茶喝。众人开始同新娘嬉闹。嬉闹还是以唱喜曲为主要内容。他们不像周三胸有成章，而是随口编造，以致有的有些粗俗。书珍明白，这时任人说啥，也不能不高兴，更不能翻脸。有的唱："手拿蜡烛亮堂堂，照着新人好嫁妆。象牙床上鸳鸯配，明年生下状元郎。"于是，引起众人的一阵欢笑。有的唱："手拿蜡烛亮堂堂，照着新娘好脸膛。扬州官粉搽白脸，苏州胭脂点嘴上。惹得新郎动了火，紧紧搂着不肯放。"于是，众人报以热烈的掌声。还有人把新娘拉着在床边踏板上转了一圈，高喊"新娘转转面呀！"要求新娘面向众人转了一圈，然后唱道："手拿蜡烛亮堂堂，新娘玉立踏板上。头戴珠花身披霞，眼如圆杏面如花。大红罗裙腰中系，三寸金莲红椒大。不愧深闺姣姣女，举止端庄又文雅。"于是，众人争着拉扯新娘的披霞、罗裙，欢笑声几乎要冲破屋顶。

这时，有人嫌喜曲唱烦了，要蒋儒恒和王书珍表演《换鸭毛》。这个节目很简单，就是要光慈扮一个换鸭毛的货郎，手拿扑浪鼓，一面"卟咚咚、卟咚咚"地喊着模仿鼓声，一面向新娘问道："大姐呀！你家有没有鸭毛换呀？俺用来换的东西，可都是上等货色呀！"新娘则要答道："俺的鸭毛嘛，只有几根根呢。"这个节目的主要意思，在于新娘的答话，"鸭""丫"同音，说"鸭毛"等于说"丫毛"。光慈和书珍不得不表演。表演时，众人一边鼓掌，一边喊道"丫毛只有几根根呢"，虽然有些粗俗，但把新房闹成了欢乐之海。

在众人处于欢乐的高潮时，早已回来的周三，抓起盘中新装的各种果实，大把大把地往床上挂的蚊帐上抛撒。众人知道，这叫作"撒帐"。这时，撒的果实愈多，愈示新人多子多福。几个挤在洞房里的孩子，则扑到新床上抢拾果子。周三一边撒，一边唱起《撒帐曲》：

撒帐东，撒帐东，嫦娥生在广寒宫，今日攀折蟾宫桂，始信仙家补壁功。撒帐西，撒帐西，当年有个百里奚；后来秦国为宰相，以前曾赎五羊皮。撒帐南，撒帐南，好似花香蝶也贪；梁鸿本是真贤士，娶得孟光来举案。撒帐北，撒帐北，一双跨凤来鸾客；萧史弄玉飞升去，凤女台前留美说。

在这段唱曲中，周三不仅唱出了嫦娥和百里奚的故事，还唱出了汉朝的梁鸿和孟光夫妻相敬友爱，孟光每每用托盘为丈夫端饭，总是把托盘端到同眉毛一样齐的程度；还说了古代的萧史是吹箫高手，秦穆公把爱吹箫的女儿弄玉嫁给他，夫妻志同道合，和谐相处。数年后，萧史乘龙，弄玉乘凤，从住处凤台飞升成仙。但闹房的人不管这些，尽情欢闹，周三见已是夜深，忙唱起《闹房结束曲》：

闹房闹到一更长，香雾空蒙月转廊；只怕夜深花睡去，故烧红烛照红妆。闹房闹到二更深，桃红又是一年春；花飞莫遣随流水，怕有渔郎来问津。闹房闹到三更涯，刺史传宣坐赐茶；归到晓窗寝不寐，月钩初上紫薇花。闹房闹到四更将，钟鼓楼中侍漏长；独坐黄昏谁是伴，紫薇花伴紫薇郎。闹房闹到五更头，永和三年荡轻舟；新人家住桃红岸，直到门前溪久流。闹房闹到何时休，新人房里低了头；罢罢罢，收收收，洞房花烛自风流，但等来年生贵子，生的贵子独占鳌头！

闹房结束，众人散了。但是，还有一些至亲好友留在新房，接下来要举行合卺仪式，即新郎、新娘要同喝"交杯酒"。

大嫂、二嫂迅速地在新房里摆了一桌酒席。桌中间的盘子里放一只整鸡，鸡头上还插着两朵花儿。此鸡只看不吃，保持完整。鸡盘周围，摆了八碗时鲜荤菜、素菜。光慈和书珍站在床前的踏板上，每人手里均端着一杯酒，两杯之间连着一条红丝线，线端各系一枚铜钱缀在怀里。两人举杯同时喝了半杯酒，然后，男杯倒点酒给女杯，女杯倒点酒给男杯，再一同举杯同时喝尽。之后，至亲好友陪新郎、新娘饮酒、吃菜、说笑、逗趣，几乎闹到东天现了鱼肚白，大家这才喜滋滋地散去。

待众人把桌子上的残羹剩菜收拾了、把饭桌抬走，王书珍才轻轻地把房门关上，又从头上拔下银簪子，麻利地挑了一下两只红烛的烛芯。

蒋光慈疲惫地坐在床上，轻轻地舒了一口气。他对故乡的闹房风俗很熟悉，也多次到人家闹过房，充当了不同的角色。他觉得，故乡的亲人、邻里、朋友、同窗、旧雨，来闹他的"房"是真心祝福他婚姻美满，虽然他们不了解他蒋光慈内心的痛苦和矛盾，但他们所唱的喜曲，还是至真、至诚、至纯，充满浓浓、深深的爱意，蒋光慈从内心深处感激他们。

光慈看着书珍穿得怪模怪样，胸前挂着的小铜镜，还在烛光中闪烁了一下，不禁笑道："快把衣服脱了吧，看你满头都是汗……"

王书珍没有说话，只是向窗前轻轻指了一下，暗示蒋光慈小心有人"听房"。她很听话地把外衣全脱了，只留下一件绣有鸳鸯戏水图案的红兜肚儿。两只乳房放松了，把兜肚顶得现出两个小山峰。

蒋光慈瞅了瞅她，轻轻地叹口气，说："书珍哪！我一直把你看成是小妹妹呢，不知怎的，总不习惯咱俩做成夫妻。"

书珍低了头，不习惯地以手护着胸，小声而深情地说："巧子哥！俺本来就是你的养媳妇嘛。这夫妻，早晚总得做的呀！"

蒋光慈一仰身躺到床上。被子早都移走了，席子也早都抹过了，凉凉的，躺着非常舒服。王书珍坐在一旁，轻轻地为他扇着扇子。鹅毛扇过滤的清风，似乎是从绿波荡漾的水面吹来，凉爽而柔和。蒋光慈不知不觉之中沉沉地睡去。

蒋光慈睡了一个多时辰醒来，天已大亮。

睁开眼，王书珍正坐在他身旁打盹儿。戴着珠花的头不时地一俯一仰，那红红的花儿在熹微晨光中发颤。光慈伸懒腰将她惊醒，她揉揉眼，笑道："巧子哥，你醒了！"

"哎呀！"蒋光慈一下从床上坐起来，有些惊讶地说，"书珍！你一直未睡？"

"俺不困，打一会盹儿就行了！"书珍说，"你这一回来，又拜了堂，结成了夫妻，俺心里就踏实了。常言道：人逢喜事精神爽嘛！"

两人起身洗了脸。大嫂子满面春风地来到新房，要陪书珍到公婆面前请安。蒋从甫和陈氏早就起床，穿戴一新，满面喜气，正坐在房里喝早茶。见张氏和书珍出现在房门口，不等书珍说话，陈氏便迎上来，抓起书珍的两只手轻轻摩挲，喜笑颜开地说："一家人，都是一家人，还拘这些礼数干啥？"事实上，脸上还是堆满高兴的笑纹。

　　早饭后，按白塔畈一带风俗，应举行开拜仪式，名曰"拜三"。此时，堂屋内应灯烛辉煌，香烟缭绕；大门上应挂两只红灯，门外放爆竹。新郎、新娘应面对上沿香案，由一名"全福"女子（即父母双在，男儿、女儿俱全，既不属龙也不属虎）唱礼："新郎、新娘拜高堂！"新郎、新娘当即跪在红毡子上，向父母磕三个头，公婆立即给新媳妇喜钱。接着，拜伯父母、叔父母、舅父母、姑父母、姨父母、兄嫂、姐姐及姐夫，总之，当天到场有什么亲戚，就拜什么亲戚，拜时都要磕头；凡受拜的人，都要给新娘喜钱。这天，蒋光慈和他们的"拜三"被蒋从甫"免了"。老人说："一来在白塔畈是单门独户，亲戚不多，二来书珍早就是一家人了，这礼数咱们就免了吧！"

　　中午，蒋从甫和陈氏设了家宴，款待新媳妇。老两口坐在桌子的上横，王书珍坐了首席。按照白塔畈一带的风俗：新媳妇在婆家一辈子，只坐这一次首席。为了讲究一些，蒋从甫从街上的"同心楼"酒店请来厨师，做了很阔绰的"八大海"。第三道菜，是一大碗黄澄澄的肉圆子，象征着合家团圆、和美。王书珍此时站了起来，向公婆、然后向众人行礼谢了座，蒋从甫也郑重地给做圆子的师傅递了一个红包。家酿的小吊酒很可口，大家喝得很高兴。儒谦和儒让两兄弟竟划起拳来，欢声一浪高过一浪。

　　就在家宴结束的前夕，谁也没有在意，鬼精灵蒋如香双手蘸满了新和的"洋红"水，以迅雷不及掩耳之势，将大嫂、二嫂和书珍抹了个红花脸；二嫂司氏早有准备，双手也有洋红，反将小如香抹了个花脸，顺带也将婆婆陈氏抹了一把。一家人顿时有五个女花脸，乐得男人们哈哈大笑。小如香一不做二不休，干脆将三个哥哥顺带化妆了一下。于是，一家人除了蒋从甫，都唱起了"关公"，乐呀，笑呀，闹呀，似乎连白塔畈小街都被震动了。

　　家宴在嬉闹声中结束。按礼，众人应该陪着新郎、新娘到祖坟上去上喜坟，到祠堂里去拜祖宗。可是，蒋家的祖坟和祠堂，都在东方百里之外的六安附近，下面的礼数不可能继续下去了。于是，蒋从甫按照大儿子、二儿子结婚时采用的办法，他对光慈和书珍说：

　　"你们面朝东方，向祖宗磕三个头吧！"

　　小儿子夫妇二话没说，恭恭敬敬地趴在地上，磕了三个头。

　　中饭后歇晌。

蒋光慈来到新房，就着床上叠着的被子，半躺在床上。因为刚才喝了点酒，他觉得很兴奋。虽然脸上被抹的洋红已经洗净，但还是显得满面红光。

王书珍随后跟进房，给巧子哥端来一杯新茶。她手脚轻盈，面如桃花。光慈示意她关上房门，拉好窗帘。待这些做好后，然后又拍了拍床铺，示意她坐到自己的身边。

书珍早脱了衣服，只穿着短裤、红兜肚，她以手护胸，低着头，笑着，温存地坐到丈夫的身边。

光慈细细地捏着她的软乎乎的右手，由手慢慢地向上捏起胳膊。那胳膊犹如刚卸花的白藕，但比白藕柔软、润泽、温暖。旋即，他的手又移向她的宽大胸脯。一股电流掠过两人的全身。王书珍的大眼不觉地闭上了，黑长的眼睫毛在微微地颤抖。光慈细看妻子，觉得她既美丽，又可怜；自己呢，身为七尺男儿，不仅可怜，更显得渺小。一条无形的绳索，硬是将他俩捆在一起，恰如俗话所说，"鹭鸶拴着乌龟腿，飞不掉我也爬不了你。"既然如此，那就苟且偷安，让生命之船暂泊家庭这处温馨、宁静的港湾，享受一次生命的盛宴吧。想到这里，他低声对妻子说：

"你昨晚没睡，赶快上床歇一会儿吧。"

"中午睡在一起，多不好意思。"王书珍的脸红得要滴下血来，"别人看见了，会说的呀！"

"那就让他们说去！"蒋光慈愤愤地说，"在中国，平常行男女之事，都要遮遮盖盖，偷偷摸摸，生怕别人看见，生怕别人知道。但这结婚，明明是行男女之事，却要敲锣打鼓、大放鞭炮，恨不得告诉天下所有的人：这对男女就要在一起睡觉了。你说这怪也不怪？不要紧，你上床来睡！"

王书珍犹豫了一下，走到从娘家带来的那个红漆大木箱前，打开锁，胳膊穿过满箱的物件，在箱底摸索了好一会，终于摸出一个用红绫缠裹得很紧的小包儿，低着脸，低着头，羞羞答答地递给蒋光慈，低声说：

"本派昨晚给你看的。你睡着了，就没给你看！"

蒋光慈抬起身，接过红绫包裹，重又把放在枕边的眼镜戴上："这是啥宝贝呀？我倒要看看。"他一边说，一边放开红绫，到最后，手中出现一个两半相合的粉红色的瓷蟠桃。揭开盖子，桃下部躺着一对白白胖胖、光着身子的男女；男子正爬在女子身上，行那云雨之事。整个瓷蟠桃做得纤丽、生动而精巧，那一对瓷男女笑模笑样，润洁如玉，宛若活人。光慈在手中翻来覆去地把玩，欣赏那种难得一见的工艺品。

这种工艺品叫作"压箱底"，是一种"避邪"和性教育的工具。姑娘出嫁前，母亲把它放在陪嫁的箱底，喻示女儿懂得男女之事。更重要的，当时人们迷信，认为鬼怪来无影、去无踪，有本领把箱子里的贵重东西摄走。箱子里放了这件男女正行"污秽之事"的压箱底，鬼怪就会避而远走，不敢接近箱子了。蒋光慈似乎听人说过这事，但从没有见过。没想到在王书珍的箱底，竟藏着这种稀罕物。他有些惊讶地问道：

"这物件，你是从哪儿得来的？"

书珍红着脸说："是俺亲娘临死前交给俺压箱底的。她用红绫裹了个严严实实，要俺跪在床前踏天板上指天发誓：结婚以前，决不拆开观看。还说，最好是成婚的第一夜，同夫君一道观看。俺20岁那一年，忍不住拆看了。一看吓得要死，这多丑哪！"

光慈笑着追问道："不知你娘又是从哪儿得来的？"

"听娘说，是姥姥传给她的，姥姥又是姥姥娘传给她的。听俺娘说，姥姥家祖上有人到扬州贩盐，看到了这物件，就买了一个，代代相传……"

"嘿，还'代代相传'呢。"蒋光慈笑道"老一辈人真是细心哪！怕下辈子不懂风月之事，传这玩意儿来教呢。"说着，摘下了眼镜，怪怪地凝视着王书珍，接着问道："你想想，咱们真的不懂吗？"

王书珍没有答话，只是睁着黑亮的眼睛，深情地瞥了丈夫一眼，旋即又羞涩地低下了头，喘气竟粗了起来，胸脯也剧烈地起伏着。光慈也深情地看着她，年轻人再也把持不住自己了。他迅速而有力地将王书珍推倒在床，迅速而麻利地脱下她的裤衩、解开了精致的红兜肚。刹那间，王书珍像一条丰满、硕大的白鱼儿，无助地躺在沙滩上，小幅度地扭动着躯体。书珍以手护着胸，眨着水汪汪的眼睛，低声说："巧子哥！这大白天的……"说着，掀起头旁的枕巾，盖到自己的脸上。

"我就要大白天看你！看看我这个童养媳！"蒋光慈面对这生命的盛宴，觉得自己的整个身子飘浮到空中，又从空中迅速地降到了地面，心里漫起甜甜、酸酸的暖流，欣欣然如坐春风。他把书珍洁白、柔软的躯体细细地浏览了一遍，突然想到：真是美人啊！

虽然他们彼此献给对方的都是第一次，但他们不用上一辈子细教。两个年轻、蓬勃的生命，如胶似漆地绞缠在一起，刹那升到空中的云缝，霎时又降到地面的花丛。随着一阵久已渴望的疼痛，书珍明白：自己的姑娘时代结束了。事后，她拿起身下垫的一块白布，红艳艳、湿润润，绘上了一幅美丽的"桃花"。

书珍凝视着白布上的桃花，百感交集。突然，两颗晶莹的泪珠，划过她的面颊。她睁着泪眼，心舒意畅地看着自己心上的人。那意思好像在说：巧子哥哪！俺可是洁白如玉的女儿身哪！

光慈见书珍流泪，很是不解，忙摇着她的胳膊，问道："你怎么哭了？是疼吗？"

书珍摇摇头，笑着小声说："你不懂……"

光慈突然来了兴致，笑着说："书珍！唱一支说男女之事的山歌吧！"

书珍犹豫了好一会，也想了好一会，终于唱道：

"小小鲤鱼红红腮，上江游到下江来。上江吃得灵芝草，下江吃得绿青苔，不为乖姐俺不来。"

光慈听了，说道："这歌谁不会唱呀？怎么是唱男女之事呢？"

"就是讲男女的事情嘛！"书珍说，"巧子哥，你还是个读书人呢，怎么连这个都不懂？"

"我就是不懂！"

书珍说："俺听唱戏的人说，女人下面的，像鱼儿，特别像两条摆在一起的鱼儿；鱼又多子，多子就多福。所以呀，古人就用'鱼'来比作女人。不然，这唱'小小鲤鱼红红腮'的歌儿，怎么唱到'不为乖姐俺不来'呢。"

"噢——"光慈叫了一声，似乎恍然大悟。他指着书珍绣的枕头："这'鱼水和合'，也是说男女之事了？"不等书珍回答，他油然想起小时候读《乐府诗集》里的诗："江南可采莲，莲叶何田田，鱼戏莲叶间。鱼戏莲叶东，鱼戏莲叶西，鱼戏莲叶南，鱼戏莲叶北。"当时曾想，这诗为啥这么啰唆呢？原来是在说男女之事啊！你看那些'鱼儿'多么高兴，多么活跃哪，她们是在作生命之舞呢。他想着这些，并没有说出来。愣了一会儿，他又要书珍唱了一首有关"鱼儿"的"五句头"：

日头落了万里黄，草鱼不跳鲤鱼塘；草鱼翻身要洒子，乖姐翻身搂着郎；红绫帐里卧鸳鸯。

书珍知道巧子哥一肚子都是歌儿，她想叫他也唱一支渔歌帮衬，可是总没勇气说出来。

办大事去

作为一个年轻的生命，作为一个青春的胴体，王书珍是十分出色的。蒋光慈在温柔乡中，享受着原始的性的满足，似乎把一切都忘记了。没有啊！他毕竟在苏联留学三年，毕竟是 1922 年加入中国共产党的一名党员，他怎么能忘记自己所坚守的道义，和自己肩上所承担的责任呢？

这天晚上，小夫妻躺在床上，书珍正为蒋光慈打着扇子。没想到，他忽然抓着她的手说："书珍！明天，你跟哥哥办大事去！"

"办啥大事？"

光慈发觉自己说漏了嘴，赶忙改口说："明天咱们到叶集去，到姑妈家去看看。"

光慈有一位远房姑妈家住在叶集。

叶集，又称叶家集，在安徽、河南两省的界河史河的东岸，与河南固始县的陈淋子镇隔河相望。这一带河两岸，蒋姓人家很多，蒋从甫年轻时曾在此活动多年，与此地蒋姓人家认了宗，并认了叶集一户汪姓人家的女主人为姐姐。蒋光慈自 9 岁起，便到陈淋子南侧的志成小学读书，一直读到 15 岁。每逢学校的寒暑假或节假日，他总要到叶集的姑妈家去走走，逐渐建立了深厚的感情。这些，王书珍是了解的。她想了一下说：

"叶集是水旱大码头呢，俺去过，比咱白塔畈小街热闹多了！"

第二天一早，蒋光慈就向父亲说了自己的打算。没想到，蒋从甫听了非常高兴。老人心想，小儿子自圆房后，似乎心事重重，总躲在家里看书，不肯外出。这晴朗朗的大好天气，让他带上新媳妇出去散散心，不是大好的事情吗？于是，他对光慈说：

"你说得对！叶集的姑妈家，应该去看看。你在志成小学的那些年，可没少叨扰他们。人家有春风，咱们就应该有秋雨。"

蒋从甫立即着手，从自己家和别的商号，包了二斤冰糖、三斤茶叶、四斤绿豆糕，精心装在一个细篾竹篮，外面用红线缠绕停当；又雇了一个两人抬的青布小轿，让书珍带着礼物乘坐。吃过早饭，这对小夫妻就出发了。

白塔畈距叶集三四十里地，其间多是些平岗丘陵。两个三十多岁的轿夫，抬着打扮得花枝招展的新媳妇，沿着被人们踏得宽阔、平整的乡村大道，轿杆上下悠悠颤动，觉得非常惬意，跨步也格外高远。蒋光慈跟在轿后，竟然跑得气喘吁吁。

小中晌时，终于来到了叶集。南北走向的五里长街，瓦房、草房相间，鳞次栉比，挨挨挤挤。远远的，就能看到集镇上空聚集的烟霭，就听到哄哄然的市声。

这叶集，形成于明朝永乐年间（1403-1424）。当时徽州歙县有一户叶姓人家徙居于此，集镇迅速发展，人们便将这个雏形集镇称为"叶公店"。此后，从外地迁来的人越聚越多，特别是由山东迁来的澹台氏（来叶集后，将复姓"澹台"改姓为"台"）等表兄弟三家，更增添了叶集的势力。各家竞相办店经商，生意日渐红火，遂将"叶公店"改称为"叶家集"，人们简称为"叶集"。

叶集西临的史河，为安徽、河南两省的界河。它上通大别山深山老岭，下达淮河长江。因此，这里很快成为大别山北区和中原东域米、麦、竹、木、茶、麻、丝和中药材等等土特产品的集散地。全国各地的显商大贾纷纷来此经商，逐步建立了三楚、河南、江西、山陕、河北、安徽等六个会馆。清乾隆二年（1737），霍邱县将原设在县南部开顺镇的"开顺汛"（"汛"为县属地方防卫机关），迁至叶家集，改为"叶家集汛"；又将"开顺镇巡检司"（"巡检司"为县以下地方政府机关），迁至叶家集，改称"叶家集巡检司"。这进一步加强、巩固了叶集的经济、政治地位，使其逐步走上繁荣之途。

几百年来，叶集英杰辈出。就在蒋光慈此次来叶集后的1925年，由鲁迅在北京倡导成立并领导的"未名社"，曾在中国现代文学史上写下了光辉的一页。该社的六名成员，除鲁迅、曹靖华外，其余四位韦素园、台静农、李霁野、韦丛芜都是叶集人，史称"叶集未名四杰"。还有，后来曾任中国人民海军副司令员的陶勇等五位开国将军，也都是叶集人。

王书珍乘坐的轿子，转过叶集南大街南端高巍巍的炮楼，迅速走上铺着青石板的街道。在拥挤的人流中走了一段路后，便在"万年春"商号前停了下来。待书珍下了轿，光慈便右手提着沉甸甸的礼物，左手托着新媳妇扭动的腰肢，款款地走上台阶。两人来到商号门口，同时喊了一声："姑妈！"

姑妈和姑父喜滋滋地迎接了小两口，姑父双手接过了礼物。将近八年未见了，姑妈将光慈扳过来看、扳过去瞅；又见侄儿"收亲"了，侄媳妇长得漂亮，嘴儿又甜，心里更是高兴，少不了嘘寒问暖，亲热的话说了一大堆。

住在街上很方便，姑父很快从饭馆里叫来了一桌菜。叶集李家的"双端糯米大曲"很有名，姑妈老两口为侄儿、侄媳妇筛酒夹菜，劝吃劝酒。光慈心里有事，一再致谢，不敢多喝。

饭罢，茶后，蒋光慈对姑妈说：

"我要过河到志成小学看看。先生和学友多年未见，说长叙短难免，今晚恐怕回不来了！"

"去拜望先生，应该！"姑妈说，"书珍在这儿俺自有安排。俺家房屋宽敞得很呢，你就放心去吧！"

蒋光慈出了姑妈家的门走了没一会，便来到史河的东岸。

这浩浩荡荡的史河，又称决水，主源出自安徽、湖北两省交界的天台山羊角尖，全长220公里，流经当时的六安、霍邱和河南商城、固始等县，最后在霍邱县的陈村附近汇入淮河，是蒋光慈家乡的一条母亲之河。

史河从大别山流入这平原之后，显得舒缓绵阔。河床100多米，沙滩最宽处几近千米，至于它的行洪区（俗称"湾区"），最宽处竟达10公里。两岸田地均是油沙黑土，如膏如腴，春麦、夏麻、秋玉米，掩映着竹树环合、屋舍俨然的村庄，"白鸟一行天在水，绿芜千阵野平云"，真是如诗如画。

光慈来到渡口，跳上一只大渡船。这船是他所熟悉的，不过显得更破了。乘客多是往来两岸赶集的。待人上定，艄公手持竹篙猛撑了几下，渡船立刻驶入滚滚翻腾的波涛。光慈站在船头，解开上衣的纽扣，任河风吹拂着自己的胸怀，默吟着自己12岁那年，面对这史河奔腾洪水所作的诗："滔滔洪水害如何？商旅相望怕渡过。澎湃有声千尺浪，渔舟遁影少闻歌。"念罢，他看着两岸的景色，油然想到：祖国壮丽的江山啊，如今却民生凋敝，山河失色；中国，多像这横行着的破船哪！她应该由谁来掌舵呢？而自己，不正从事着选择这"掌舵人"的事情吗？

蒋光慈踏上了史河的西岸，迅速向位于陈淋子南侧钟集子的志成小学赶去。

"钟集子"原来是个乡村露水集，光慈在此读书时，已经有集无市，集市贸易已经逐渐往北转向陈淋子镇上了。

志成小学紧靠史河西侧，背倚虽然不高、但却满目青翠的"丁大山"。该校创办于清光绪三十四年（1908），全名为"固始县保和镇公立志成小学堂"。校名"志成"，取"有志者，事竟成"之意。首任校长为叶兰谷。

志成小学位于两省交界的商贸发达之处，面临史河这条交通大动脉，八面来风，音讯畅达，很多事物都是开风气之先。学校推行民主教育思想，教师也多具有真才实学。蒋光慈在这儿读书时，学到了国文、算术、英语、历史、地理、卫生、自然、图画、体操、音乐、手工等课程。学了五年毕业；又在学校补习了两年，读了中国古籍"四书"和"五经"。光慈的各科成绩都好，尤以国文最为突出；加之他忠厚待人，品行出众。因此，常常受到师长的表扬。几位德高望重的先生，如詹谷堂、詹祜堂、曾楚香等人，更是对他特别关照。蒋光慈边走边看，特别看着这里熟悉而又更破的校舍，看着那些熟悉、长高的树木，想着就是在这寂静的校舍，度过了自己的整个少年时代，不禁百感交集、感慨万千，心中像打翻了五味瓶，酸甜苦辣咸，啥味儿都有。

蒋光慈走进了学校朝南的大门。因为正逢暑假，师生暂时离校，校园显得冷冷清清。夹道的高大的榆树，枝叶交织成浓密的绿云，遮蔽了炙人的阳光。树上的知了，竞赛似的争相鸣叫，弥补了学校的冷静。

学校的大门后面，布列着60多间校舍。蒋光慈正欲迈步往里面走，忽见从传达室的拐角处，走出一个40余岁的中年人，浑身白褂白裤，对襟褂子的口袋里装一块怀表，一截黄表链子闪闪地拖在纽襻下面。他中等身材，生得壮实；红红的国字脸上方，布两道浓眉，一双深邃的眼睛，似乎能看透人的骨髓。他向蒋光慈张望了一下，急步迎着自己的学生：

"好呀，蒋北峰！你言而有信，今天真的来了！"说着，亲热地拉起学生的手。

"蒋北峰"是蒋光慈在志成小学读书时用的名字。实际上，这是他的号。他在六安老家《蒋氏宗谱》中所载的，就是"名儒恒，号北峰"。

"你好，詹先生！"蒋光慈向他鞠了一躬，"师长如父，岂敢妄言！我从上海一到家，就给您写了信，相约咱们今天会面的时间。"

"寄到这里的信，都要从县城绕一圈呢。"詹谷堂说，"还好，我是昨天上午收到你的信的。总算没有误事。"说着，抑制不住高兴的心情，朗声大笑起来。

蒋光慈的国文先生詹谷堂，是一位富有传奇色彩的人物。他和蒋光慈这对师生，在人生的征途上互为影响，互相促进，各自在生命史上写下了辉煌的篇章。

詹谷堂（1883—1929），又名詹生堡，1883年生于河南省商城县南溪镇葛藤山下獐子岩（今属安徽省金寨县）的一个农民家庭。兄弟姐妹六人，他排行第四。全家依靠父亲教书的微薄薪水和母亲及两个兄长的劳动维持生活。因此，他直到14岁才开始读书；21岁那年，他同哥哥詹祜堂同榜中了秀才。

詹谷堂为人正直，爱打抱不平。凡是触犯地主豪绅的诉讼，他总是奋力承担。他痛感清廷的腐败和民族灾难的深重，努力探索救国救民的真理。1905年，他在家乡设馆教书，破例招收女生，穷家子弟则免费入学。1908年，他被丁家埠绅董周凤仪聘至家塾任教。因他公开摒弃旧礼教、反对丁凤仪纳妾而致宾主争吵，结果愤而离开周家。接着，他又被聘到固始县吴状元家教书。吴家对他的文才倍加赞赏，但对他那些富于"煽动性"的宣传却十分反感。一次，他在吴大公子的作文上做了"庶民救国"的眉批。吴大公子反对，他又愤而离职。

两次与学东闹翻后，詹谷堂宁肯在家干农活也不再接受富人家的聘请，常同自己的学友和社会上的进步人士林伯襄、詹朗山等人在一起谈古论今，抨击时弊，抒发自己的抱负。其中林伯襄（1878—1956）名英赞，号思宇，系商城县南溪镇人。他早年受进步书刊和维新思想的影响，思想进步。他见詹谷堂有才学、有抱负，便时常送一些进步书刊给他看，两人来往密切，结为挚友，他对詹谷堂影响很大。

詹谷堂虽然在深山隐居务农，但他的声名依然远播。志成小学校长叶兰谷亲自登门，聘请他到志成小学任教。1914年，詹谷堂来到志成小学任国文教员。由于该校主持办学和任教的，多是一些比较进步的人士，学生也大都是年龄较大的有志青年，詹谷堂如鱼得水，感到这里条件较好，可以大有作为。基于这种考虑，他担负了繁重的教学工作，深得全校师生的敬重。

蒋光慈很快与詹谷堂相熟、相知。他不仅佩服詹谷堂学识渊博、素养高深，更佩服詹谷堂倡导民主自由、解除思想禁锢、彻底砸碎封建桎梏的主张。学校以詹谷堂为中心，很快形成了一批进步骨干。詹谷堂常拿一些进步书刊给蒋光慈看，教导他要做一个品行高洁、堂堂正正的人，一个对社稷、对庶民有贡献的有志青年。蒋光慈的思想进步很快。社会的不公、贫富的不平等一些尖锐矛盾的问题，常常萦绕在他的心灵深处。

矛盾在心头缠结愈紧，激化便愈烈，更使蒋光慈时而做出一些出人意料的举动。比如说，他怒砸李荫堂的坐轿，就是一个突出的例子。

李荫堂是太平天国叛将李昭寿（1822-1881）的儿子。李昭寿，字松崖，系固始县陈淋子镇李后楼人。李后楼距志成小学不远。1863年，李昭寿奉命击败捻军苗沛霖后，被迫交出兵权。次年，他携带多年来搜刮到的大量财物，回归李后楼，建起了占地百亩的豪华庄园。虽然李昭寿于1881年因和安徽巡抚裕禄闹了狗咬狗纷争被清廷处死，但他的小儿子李荫堂在固始老家却做起了"八保练总"，横行乡里，无恶不作。詹谷堂曾向蒋光慈等人讲过李昭寿出尔反尔、卑鄙丑恶的历史和李荫堂鱼肉百姓、为害一方的罪行，激起了蒋光慈等人对李氏父子的切齿痛恨。一天上午，李荫堂平时乘坐的一顶四人抬的轿子，不知怎么空空的停在志成小学门口。蒋光慈等人见了，心里的气不打一处来，冲上前去稀里哗啦地将轿子砸了。事后，李荫堂闹得不可开交，幸亏校长叶兰谷上下敷衍，左塞右挡，答应赔偿损失，事情最后不了了之。

此时，随着1911年辛亥革命的爆发，清朝皇帝宣布退位。这场资产阶级民主革命的胜利，不仅结束了清朝260多年的反动统治，也结束了中国两千多年的皇帝专制制度，在中国的国土上树起了民主共和国的旗帜。虽然这场革命的胜利果实，为代表帝国主义和中国大地主、大买办阶级利益的袁世凯窃夺，但它所倡导的民主潮流，不可抗拒地浸润着华夏古老的土地。特别是在1915年创刊、陈独秀主编的《新青年》的影响下，在中国逐渐形成了一个有着巨大历史意义的文化思想运动。

蒋光慈离开志成小学已有七八个年头。这些年来，这里革命形势的发展、新的情况的发生，他通过先生詹谷堂的书信，多少了解一些，但有些事情的详情，还得当面询问。于是，这对师生疾步走着，来到詹谷堂的住处。

志成小学的先生，大都是两人共用一间房子，既作卧室，也作读书、备课、办公之处。因为詹谷堂教务重、杂事多，学校照顾他，给他单独安排了一间房子。门朝南开，靠北有一个大窗户，屋前屋后都长着高大的榆树。门窗空气对流，屋里显得很凉爽。

进到屋里，詹谷堂安排蒋光慈洗了脸，然后，从一个半装凉水的大瓦盆里，抱出一个正冰着的硕大的西瓜，旋即用一把长长的西瓜刀切开，递给蒋光慈一大片。

蒋光慈捧着瓜，低头咬了一口，满嘴流汁，凉沁肺腑，不禁赞道："这红瓤西瓜好甜哪！"

"这是河东叶集的西瓜，也是叶集的一种名产呢。"詹谷堂说，"这西瓜是在沙土地上种的，肥料用的是饼肥，所以结出的瓜特别甜。"

吃罢了西瓜，蒋光慈见屋中只有师生两人，便想打听母校的情况。詹谷堂深情地瞅了学生一眼，早已作了准备地开始介绍起来。他先是微微笑道：

"万事俱备，只欠东风哪！"

原来五四运动及其以后的革命斗争，促进了马克思主义在中国的传播。皖西和豫东在外地求学、谋生的大批学生和学者，不断传回马克思主义书籍和进步报刊；当地的一些进步的知识分子，也开始活跃起来。在志成小学，以詹谷堂为核心的一批师生进步骨干，更是推崇民主自由，解放思想，彻底砸碎封建枷锁，开展新文化运动。

1921年，由詹谷堂倡议，志成小学建起了"读书会"，除曾庆华等进步教师参加外，还吸收了一些年龄较大、思想进步的学生参加。詹谷堂被推荐为"读书会"的主持人。由于林伯襄等人的供给和自己的留心，詹谷堂不仅收集了当时最有影响的《新青年》等进步刊物，而且还得到一些马克思主义著作的传抄本。他所教授的国文课，已由过去的单纯的个人理想的传布，变为将无产阶级革命理论和新文化思想糅合起来向学生宣传。一次，他在谈到军阀混战、人民受难时，脱口吟了一首诗："茫茫四海起战争，苍生何日庆升平？大江一片狂浪起，斩尽妖魔济众生。"学生们纷纷传抄此诗，很受教育。

随着革命形势的发展，"读书会"逐渐发展到百余人。他们活动的形式，也由过去的口头宣传、秘密酝酿而变为公开的行动；活动范围，也由学校内部逐渐转向周围社会。

一口气说了这些，詹谷堂向学生投来了渴望的眼神，说道："现在，咱们这儿犹如大旱之盼云霓，真是引领而望之哪！"

蒋光慈兴奋地说："志成小学的'读书会'，咱们可以作为建党建团的基础。"

"咱们也是这样想的！"詹谷堂说，"中国共产党早就成立了，咱们知道。可惜的是，没有管道同他们联系。一位朋友替咱们同武汉的董必武联系，但还没有回话。"

蒋光慈听到这里，浑身的血几近沸腾。他从座位上站起来，低声说："先生！学生已是中国共产党的党员了。"詹谷堂把同光慈握着的手加了点力，还抖了抖，笑道："哎呀，这是天大的喜事！俺从你的几次来信中，已影影绰绰地猜测你准是。你信中所说的'办大事'，也是指这件事吧！"

蒋光慈点点头："我是在苏联首都莫斯科，参加中国共产党的。1922 年 12 月 7 日，陈独秀在莫斯科参加罢共产国际第四次代表大会，来到东方大学，主持召开了中国共产党党员会议。出席会议的，有瞿秋白、刘少奇、罗觉和李人俊四人。经陈独秀提议，这次会议讨论通过了八位同志加入中国共产党。其中，王一飞、彭述之、任弼时三人，是'转为正式党员'；华林是由联共党员转为中共党员；蒋光慈、抱朴、谢文锦、许之桢四人，是新加入的候补党员。我现在用的名字是蒋光赤，党籍也早已转正了。"

詹谷堂听说蒋光慈入党是由陈独秀主持讨论通过的，脸上出现了喜悦、钦佩的神色，高兴地说道："陈独秀，俺多次拜读他的文章了。大才子啊！"

"是啊！"蒋光慈点点头，"他在中共第一次全国代表大会上，被选为中央局书记。现在，是我们中央执行委员会的委员长。"说到这里，蒋光慈顿了一下，目光炯炯地凝视着自己的先生，深情地说，"中国共产党内，聚集了不少志士英杰，他们誓为中国人民的彻底解放而献出毕生力量。先生！你过去不是教导我们，要做这样的人吗！今天，我特地奔你而来。先生若是想加入中国共产党，我愿做你的入党介绍人！"

詹谷堂点了点头，激动得说不出话。他把学生的手握得更紧，脸上显出坚毅的神色，两滴热泪亮晶晶的夺眶而出。

当天夜里，蒋光慈选了一个偏僻、安静的教室，为自己敬爱的先生詹谷堂，举行了入党宣誓仪式。参加仪式的七、八位师生，都是学校"读书会"骨干。他们有的就住在学校附近，是接到通知后，于晚上先后赶到学校的。

仪式很简朴。在一支摇曳烛光的映照下，蒋光慈在黑板上画出了镰刀斧头的图案；詹谷堂在图案两边，题了一副对联："漫天撒下革命种，伫看将来爆发时"。蒋光慈坐在一条板凳上，把身子趋向众人，压低声音说：

"如今的中国，是黑暗沉沉的世界。要使中国光明起来，要使中国人民获得解放，就要在中国共产党领导之下，发动起人民群众，打倒帝国主义及其走狗封建军阀，建立起像苏联那样人民当家作主的政权。这是一项艰巨而光荣的任务。要完成这项任务，还有漫长的道路要走。我们所有有志于此的同志，必须努力学习马克思主义，多做实际工作，一刻不停地努力奋斗。詹谷堂同志是我的先生，我非常了解他。先生品行高洁，追求进步，德高望重，有口皆碑。我非常高兴地介绍詹谷堂先生加入中国共产党。这是志成小学第一颗革命的火种。我相信，在不久的将来，这颗火种一定会点燃起漫天的革命火炬。"

蒋光慈说罢这一席话，和詹谷堂面对面地站起来，在黑板上镰刀斧头图案和革命对联下，彼此望着对方闪着赤诚之光的眼睛，然后高高地举起了右手，先生随着学生庄严地宣誓道：

"牺牲个人，努力革命……"

詹谷堂 1924 年 7 月加入中国共产党以后，又发展志成小学教师曾庆华和学生杜孝芬加入中国共产党，不久，与从武汉中学毕业来到志成小学任教的共产党员袁汉铭，共同组建了党小组，詹谷堂任组长。1924 年学校寒假前，詹谷堂和曾庆华以讲学的方式，到商城县笔架山农校，发展该校"青年读书会"骨干李梯云、周维炯、漆德玮、漆海峰、李声武等人加入中国共产党，并成立党小组，李梯云任组长。不久，党小组扩展为党支部，李梯云任支部书记。这是金寨地区也是皖西地区建立最早的一个党支部。

1925 年 3 月，詹谷堂离开志成小学，回家乡商城县南溪办学。办学期间，他又发展进步教师王凤池、曾昭烈等人加入中国共产党，并建立了党支部。这年年底，南溪党支部与笔架山党支部合并到一起，发展成为南溪特别支部，詹谷堂任书记。1926 年 10 月，南溪特支属地跨鄂豫皖三省的商（城）罗（田）麻（城）特别支部领导。

虽然"建党"和"个人发展党员"不是一个概念，但詹谷堂以及他在笔架山农校和南溪等地发展的这批党员，绝大部分都是商城南部（商南）人。1932 年商南又划归新设置的立煌县（即金寨县），金寨县又属于皖西范畴。因此，人们又习惯地把蒋光慈发展党员称为"皖西建党"。詹谷堂在笔架山农校所发展的党员，均进入武汉黄埔军校、后改名"中央军事政治学校"学习，蒋介石 1927 年发动"四·一二"反革命政变后，他们回乡按党的"八七"会议精神，组织农协会，建立农民武装，1929 年发动了立夏节、六霍起义，建立了两支工农红军师，他们都是红军师级干部，开辟了皖西革命根据地，使之成为鄂豫皖苏区的主要区域。

詹谷堂在大革命失败后，一面从事教育工作，一面深入农村，继续开展革命活动。1929 年 2 月，他任鄂东北特委书记兼商城县中心县委书记。同年 6 月，调任红军独立十二师政委。他是皖西革命根据地和红 32 师的主要创建人之一。1929 年 7 月部队撤离，詹谷堂在地方坚持斗争，由于坏人告密而被捕。

蒋光慈的这位先生，革命意志坚定，战斗作风昂烈。《金寨县革命史》记录了在红 32 师撤离根据地之后，他率领农民赤卫军与顾敬之民团所作的殊死的斗争。被俘后，"敌人施尽了严刑，要詹谷堂交出党组织名单，交出农协会武装，遭到詹谷堂的严词拒绝。结果被敌人三次用铁丝穿胳膊游街，五次陪斩，詹谷堂誓死不屈。牺牲的前夜，他用自己的鲜血，在监狱的墙上写了'共产党万岁'五个大字。第二天敌人来提审时，发现他已停止呼吸，又将其尸体拖出枪击示众。"

詹谷堂不愧是蒋光慈的先生！不愧是皖西地区党的早期的主要领导人！詹谷堂的高大形象，宛如大别山的主峰白马尖，顶天立地，永垂不朽，万代流芳！

如今，你若在白塔畈一带采写蒋光慈的革命事迹时，老一辈人总常说这么一句话：我们这里的"风"是巧子带来的。

我们知道，"巧子"是蒋光慈的乳名。"风"，则指革命之风。这句话的意思是，蒋光慈在那黑暗如磐的漫漫长夜，在皖西大地上，乘着十月革命的长风，播下了中国共产党的火种，很快燃起了燎原的烈火。

蒋光慈回家乡虽然是秘密建党，但没有不透"风"的墙。其父蒋从甫感到很大的压力，所以于 1925 年至 1926 年之间，将家从白塔畈搬回到祖籍六安县莲花庵。就这样，仍然逃脱不了遭受迫害。1931 年夏天蒋光慈在上海的病榻上、在死亡线上挣扎的时候，国民党反动派查禁了他的所有著作，使他贫病交加，无钱住院。此后虽然借钱以陈资川化名住了院（出殡时化名蒋资川），但其妻吴似鸿也患病使他缺人服侍。吴向六安老家求助，但都石沉大海。事实上，此时老家也被敌人抄了家，家人四处星散，怎么能对上海伸出援手？而且就在这一年，蒋光慈的大哥蒋儒谦、二哥蒋儒让并两个侄子，同时死于非命。这四人死亡详情史无记载，只留下蒋从甫老人诸如"怕临残境发忧白，每到伤心泪滴红"等等的诗句，蒋家所受的沉重迫害可想而知。

1957 年 4 月 17 日，安徽省六安县人民委员会追认蒋光慈为革命烈士。如今，他的遗骸安眠在全国重点文物保护单位、全国百个教育示范基地和上海青少年教育基地——龙华烈士陵园。陵园内的龙华烈士纪念馆里，展示着蒋光慈的大幅照片及其事迹介绍；陵园碑林内的大型碑壁上，镌刻着著名书法家书写的蒋光慈的诗作《诗人的愿望》：

> 愿我的心血化为狂涌的圣水，
> 将污秽的人间洗得净净地！
> 愿我的心血化为光明的红灯，
> 将黑暗的大地照得亮亮地！
> 愿我的鲜艳的心血之花，
> 香刺得人们的心房透透地！
> 愿我的荡漾的心血之声，
> 飞入了人们的耳鼓深深地！

以上这些，当然都是后话。

第二天下午，蒋光慈和王书珍依然是一人乘轿、一人步行，从叶集返回到白塔畈。

晚上，书珍见光慈很兴奋，便说："巧子哥！你说要去叶集办大事，俺没见你办啥大事呀！"

对这样的问题，光慈怎么能说真话回答呢？难道能说她这次去叶集，实际上是掩护他办大事的吗？不能说！于是，只得掩饰道："去叶集看姑妈，去学校看先生，这还不是大事吗？"这样说了，又觉得对不住妻子：睡在一张床上，却不能作真心坦诚的交流！光慈觉得，应该向妻子宣传一些革命道理，启发她的思想觉悟，不能光顾在外面"办大事、办大事"的。愣了一下，他向书珍问道：

"书珍！我问你：穷人一年累到头，黄汗流白汗淌，为啥还吃不饱、穿不暖？富人任啥也不干，为啥还能吃香喝辣、穿金戴银？"

"这，都是命啊！"书珍很快地回答道，"巧子哥！穷人之所以穷，是命不好。'命中只有三合（ge）米，走遍天下不满升'嘛！富人之所以富，是他摊上一个好命哪！所以呀，人活在世上，就要多烧香、多拜佛、多修行，以求得来生摊上一个好命！"

"不对！你说的这一套全不对！"光慈说，"这世上哪有什么命运呢？那全是一些编鬼话哄骗人的。富人压迫、剥削穷人，才造成如今不公平的世道。哥哥去苏俄念书，就像唐僧到西天取经。取得了真经回来，才能改变中国这个不平等的世道。"

"真的，你不说俺也不敢问"书珍说，"唐僧到西天取经，历经七十二磨难。你去苏俄这一趟，也一定吃了不少苦吧？"

"是吃了不少苦，但也遇到了不少贵人啊！"光慈说，"就说去苏俄的盘缠吧，要自筹，家里出不起那一笔钱。无奈之下，我就自己的难处，写信告诉了自己的先生、合肥人蔡晓舟。蔡先生又转告了孙少侯先生。孙先生在民国初年还任过安徽的都督呢，对我很了解，也很器重。他卖掉了自己珍藏的古董字画，将卖得的钱寄给了我。这才解决了我的燃眉之急啊。"

说到这里，光慈想到了自己留学的艰难，继续说道：

"三四年前到苏俄去，最方便的路是从咱们中国的东北去。可是，那时东北的军阀很凶恶。他们仇视关内南方的革命，捉住了去俄国的人，往往不分青红皂白就要杀头。咱们第一批去的人，全被他们杀了。没办法，咱们从上海绕道到了日本国的一个城市叫长崎，再从长崎到俄国的一个城市叫海参崴。海参崴那一带当时还在打仗，日本鬼子和他们支持的苏俄白匪也很凶恶，捉住了弄不好也要杀头。我有一个同学叫刘少奇，就被他们抓住了。刘少奇很聪明。他是湖南人，就用白匪听不懂的湖南话同敌人纠缠，一口咬定自己是做裁缝的，死不松口。因为当时南方人在海参崴的很多，大多数人是做苦工或者做裁缝、理发等手艺活的。敌人审问不出什么结果，就把刘少奇放了。

"发生了这件事后，我们决定尽快地离开海参崴这个危险之地。十几个人集体行动太引人注目，我们决定三三两两地分散上火车，约定到一个城市伯力再会合。从海参崴动身时，每个人身上都带有秘密通行证。先行来到这里接待我们的，是王一飞同志。他要求大家说：'环境复杂，斗争严酷，红白难辨，凡事务必要细心、沉着，机智而果决。每人所带的机密证件，千万妥藏。路上不遇真正的红军，就不能暴露，也不能丢失。暴露了就要丧命，丢失了就不能进入俄国。要准备敌人检查，他们会连头发丝都一根一根地检查。八仙过海，各显神通，每个人自想办法吧'。王一飞的话，说得多吓人啊！

"我和曹靖华、韦素园、吴葆萼等四五个同学，前后一道登上火车。当时，海参崴和伯力之间的乌苏里江支流伊曼河，是日本军占领区和俄国红军控制区的分界。这段交界区是危险地段、'真空地带'，各个要口都有日军武装把守，盘查很严，弄不好就有生命危险。更要命的是，在海参崴的一家旅社，我们碰上了一个红胡子的头目。红胡子，就是一贯行凶作恶、抢人杀人的土匪。他见我们穿戴整齐、衣冠楚楚，错以为我们是大富商，身上一定藏有大量的金银珠宝。其实啊，我们这群西装笔挺的青年，口袋里仅仅装有三块银洋，这是组织上发给我们的旅途生活费用的全部啊！土匪头子哪知道这些呢？他们在火车站不敢动手，就一会儿劝诱，一会儿威逼，要我们到附近的小旅社住下，以便他纠集土匪，动手抢劫。我们见他凶相毕露，就没有上当。

"双方正在争执不下的时候，忽然从北边开来几节火车皮。我们像见到了救星，飞奔上了车箱；那个土匪头子，也不要命地扑上了火车。在列车上，那个土匪头子更认准我们是富商，千方百计地威胁我们，逼我们下火车。我们坚决不干，于是互相争执起来。这一下，惊动了列车长。列车长外表没有任何标志，板着脸把我们叫到了车务室，进行严厉的盘查。他不会说咱们的汉语，只会说俄语；而我们的俄语还说不好，只能勉强地讲点儿英语。双方语言不通，误解更深了。幸而他们中间有一个人懂点儿英语，于是双方便用很蹩脚的英语问答起来。

"他们先问我们是干什么的？我们说是新闻记者，还掏出了身上带的记者证给他们看。他们不相信，又问，到了海参崴为什么还要向北走？我们说，是想到前面去采访新闻。……他们更加怀疑了，已断定我们是日本军队的间谍，马上就要把我们推到火车下处死。就在这生死关头的一刹那间，我们一位同志身上带的密件被他们发现了。这一下我们心想，全完了，必死无疑！谁知那位列车长对着密件验看了一会儿之后，死板的脸上竟露出了笑容，接着哈哈大笑，猛一下子把我们拥抱起来。我和同学们被他这突如其来的举动弄得不知所措，还处在惊愕之中时，列车长和他的伙伴们立刻发出一片欢呼声：'我们是红军！是布尔什维克！是共产党员！咱们都是同志，是一家人'……"

"哎呀，吓死俺了！"王书珍苍白的脸上，现出一双惊恐的眼睛，"这真是一会儿地狱，一会儿又升上了天堂啊！"

"是呀，敌友莫辨，真假难分，一会儿差点丢到火车外丢了小命，一会儿又受到朋友和同志的狂热的拥抱，"蒋光慈苦笑着说，"这天地之别、生死之差的待遇，真是极度考验人的神经啊！"

书珍听到这里，显得轻松起来："有俄国的红军护着，这下总算好了！"

"哪里呀？遭罪这只是开头呢。"光慈继续说道，"我们好不容易到了伯力，受到了俄国红军的接待。可是，在这儿等了好一段时间，等不到能同时把十几个人带到莫斯科的火车。怎么办呢？只有从伯力乘船到海兰泡，再从海兰泡乘车到赤塔，从赤塔上车去莫斯科就比较方便了。我们从伯力乘船到海兰泡，也是分散行动的。这段水路也不好走，也不安全。船在黑龙江上航行，有时主航道在俄国水域，有时主航道在中国水域，船航行在中国水域时，往往会遇到中国军阀军队开枪恫吓和强令停航检查，弄不好也有生命危险。唉，经过八天的曲折航程，轮船终于到达海兰泡。我们上岸在一个中国人家里住了几天，终于乘车到了赤塔，又从赤塔登上西行的火车。

"登上火车也不行，情况并没有变好。由于俄国爆发了十月革命，好多帝国主义国家出兵干涉，原来的沙皇也不甘心失败和灭亡，拼命地反抗无产阶级所建立的新生政权。那时俄国的工厂、矿山被破坏停产，农村被洗劫一空，粮食和其他物资极度缺乏，铁道、公路和桥梁被破坏得不像样子。整个俄罗斯都处在饥荒之中，每天都有人饿死在路旁。没有煤，只得烧木柴。烧木柴烟囱里就要飞出木柴火星，往后飘落在车厢篷顶上，不经意之间就酿起火灾。车上人一看就喊'起火了，起火了！'火车就得停下救火。有时，铁道被人破坏了，火车还得停下来修铁道；或者车上的木柴烧完了，就要组织人现砍木柴作燃料；夜里，车上的人还要组织起来轮流值班，防止小股白匪的袭击。难哪！

"我们就是这样地走走停停，断断续续，走了三个月，直到1921年7月9日，才到莫斯科。这一路，共有七千里；如果加上绕道日本的路，从上海算起，足足有一万多里呢。"蒋光慈说到这里，看了王书珍一眼，暂时停住了话。

"这下总算好了吧？"书珍不知道巧子哥下面还有什么难事，不置可否地这么说了一句。

"不行。到了莫斯科，留学念书开始了，我们还要过两道难关呢。"蒋光慈说，"第一道难关，就是吃不饱，饥饿。当时莫斯科的工人，每天只能得到八分之一磅的面包。一磅还不到咱们中国一斤呢，八分之一磅，你说吃啥？我们留学生面包享受红军的待遇，也是全国最高的。每天呢，也就只有一块像两个手掌合起来大的黑面包和几个土豆。早上切下一块面包，中午就不敢切了，否则晚上就没有吃的了。我们的课堂在四楼上。我们都是小伙子，本来上个四层楼不算什么，可是那时肚子饿没有力气，上四层楼真困难啊，一步一步地慢慢往上挪，中间还得休息好几次。"

王书珍听着，不禁心酸起来，眼中闪起了泪花。

"还有第二道难关呢，"蒋光慈说道，"这就是不懂俄语。我们出国前在上海，虽然学了几个月的俄语，可是学到的只是皮毛。真正到了俄国，先生课上课下讲的全是俄语，叽里咕噜的，还有卷舌音，我们傻眼了，一点也听不懂。后来呢，我们日夜刻苦学习、练习，我又得到一位既是先生、又是朋友名叫瞿秋白的人的帮助，总算慢慢地闯过了这道难关。唉！"

蒋光慈说到这里，长长地叹了一口气，脸上显出一种凝重的、不堪回首的神色。

王书珍想了会儿，问道："巧子哥！你们吃了这么多苦，干吗非要到俄国去！"

光慈苦笑着回答道："我不是说过吗？就像唐僧那样，去西天取经呵。"

"取回经了吗？"

"经是取回了。"光慈答道，"可是，还要在中国的菩萨面前念！"

"中国菩萨？"

"就是中国的老百姓呀，老百姓就是菩萨！"光慈笑道，"我们要把俄国的经，在中国老百姓面前念，宣传他们，感化他们，使他们全都站起来、干起来，建设一个像俄国那样的国家：乡里打倒了地主老财，城里斗倒了恶霸资本家，老百姓翻身当了国家的主人，都有一个好命，都能过上好日子！"

"俄国真是这样？"

"真的是这样！"光慈说，"俄国出了个大圣人，就像中国的孔夫子。他的名字叫列宁！"

"这个姓聂的，有这么大的能耐？"

提到列宁，光慈一时没有说话。他一向崇敬列宁，把他视为无产阶级的革命导师。今年1月21日列宁逝世。第二天，他就写了一首68行的诗歌《哭列宁》，歌颂"列宁你啊！／你是一个空前伟大的个姓：／你送给了人类不可忘的礼物，／你所遗留的将与日月以同明！"今年2月25日，他又写了一首《临列宁墓》称赞"列宁啊！你的光荣如经天的红日，／我要赞美你罢，我又何从赞美起？／你的墓是人类自由的摇篮，／愿你把人类摇到那自由乡里去！"十月革命是无产阶级的革命，列宁是无产阶级的化身，苏维埃俄罗斯之所以能够诞生，是因为工农兵群众的努力和斗争，可是列宁是一个总指挥。想到这里，光慈望一眼王书珍，回答她的话说：

"列宁就是有能耐。他之所以有能耐，是因为他想着老百姓，处处为老百姓谋利益，所以他受到老百姓的拥戴。将来在中国，也一定会出现列宁那样的人物！"

"但愿有这一天啊！"书珍合掌朝天拜了拜。

蒋光慈饱尝了王书珍这颗成熟、丰美的果实，但又经常扪心自问：爱一个人，就要对她的一生负责。我爱她吗？我真的爱她吗？可是，她毕竟不是我所追求的苏维娅啊！小时候，我多么傻啊，怎么不叫她读书识字呢？詹谷堂先生在葛藤山下设馆教书，不就招收过女生吗？如香小的时候，不也随爹塾馆读了好几年书吗？不，不，在白塔畈女孩读书毕竟稀罕，书珍的爹和娘（更不用说晚娘了），能让她上学读书吗？

这天早上，王书珍还在凉席上伸懒腰，蒋光慈突然对她说："书珍呀，快起来！快起来！我来教你念书识字！"

"念书识字？"书珍不相信自己的耳朵，"你是说，教我念书识字？"

"对呀！"蒋光慈答道，"怎么，你不愿意？"

王书珍轻轻笑了一声，猛然把脸贴上丈夫的胸膛，亲着，吻着，脸色转为黯然神伤："巧子哥呀！难得你有这份好心肠。可是，你书珍妹是念书识字的人吗？有念书识字的福分吗？在白塔畈，从来没有女人像模像样念书的事啊！"

"没有不假。从今天起，我就叫他有！"蒋光慈就像那天不让嫂子为她梳巴巴纂那样执拗。他很快穿衣下床，坐到桌边，拔起毛笔就写下了"蒋儒恒""王书珍"两个大字干。写罢，指着字对书珍说：

"这是我俩的名字：蒋儒恒，王书珍。从今天起，你一天认三个字，十天就是三十，一个月就将近一百个。两三年下来，你就能看书写信了。你这么聪明，一定能做到。"

王书珍听着，脸色沉重，欲哭无泪。

蒋光慈见书珍有些伤心，笑着开导她说："这念书识字，全靠有恒心。要拳不离手，曲不离口，可不能三天打鱼、两天晒网啊！"为逗妻子开心，他笑着说：

"我给你说一个笑话儿：从前有一个商人，特地请来一位老先生，在家教他的呆儿读书识字。老先生第一天教了个'一'字是一横；第二天教了个'二'字是二横；第三天教了个'三'字是三横。呆儿子不耐烦了，他说这读书认字有何难哉？俺的书已念成了，说着就把老先生赶走了。第四天，呆儿子对商人说：'爹呀！儿子的书念成了。这一字就划一横，二字就划二横，三字就划三横，一点儿不难。从今天起，儿子我就可以给你记账啦！'说话当儿，来了一个买货的，因为钱不凑手，结账时还缺五百文，要账房给挂个账。呆儿子文绉绉地向那人问道：'敢问客官贵姓大名？'那人回道：'免贵。在下姓万，名叫万三！'呆儿子一听这名字，记账要划一万零三横，顿时吓得晕了过去。"

王书珍听着，并没有发笑。她站起身，双手抓着光慈的手说："巧子哥呀！俺知道你的心意。你是想叫俺像老鹰那样同你一道高飞。可是，俺就像那秃尾巴鹌鹑，飞不高了。哥呀，你就别操这份心儿了！"说着，郑重地收起那两个大字干儿，小心地压在枕头下面。

离愁深深

人处在身心愉悦之中，日子往往过得很快。转眼之间，蒋光慈在白塔畈的温柔乡里，已近一个月了。就好像五月麦黄季节，在大别山村寨田野上下急飞的布谷鸟催耕一样，他的耳边，似乎时时响起好友瞿秋白催促他重返上海的呼唤：归来吧，归来吧！上海大学就要开学了，开学了！

他像一匹伏枥的战马，一旦听到进军的号角，就要奋蹄扬鬃了。可是，有多少事要安排啊。最近几个晚上，他老是睡不安实。

从归家见到小妹蒋如香的第一眼起，蒋光慈就决意要把她带出白塔畈，到外面的世界读书。小香子生于 1909 年，虚岁已经 16 岁了，生得该圆的地方圆、该凸的地方凸，已像一个大姑娘了。她虽然跟爹在私塾里读了几年书，但这远远不够啊！……蒋从甫和陈氏对小儿子的决定不置可否，心想让女儿出去，伴在小哥左右，也是一个伴儿，说不定能有一番好出息呢。出于这番考虑，陈氏张罗着为女儿置备衣服、行李。

这年秋天来得特别早，还未到八月下旬，天气就明显转凉了。这天早晨，听窗外的风声正紧，王书珍穿着内衣，起来将窗户关了半边。光慈看着妻子丰满、白皙的躯体，不禁受到某种感染。他轻轻地在她浑圆的肩上拍了一把，淡淡地说："小珍子！我要走了，我要回上海！"

王书珍听了，心里颤抖了一下。她好像早有准备似的，问道："你要走？什么时候？"

"实在不能再拖延了，就明天吧！"光慈说，"我要到上海大学去教书。学校就要开学了！"

"明天？这么急！"书珍喃喃地说，"那俺得准备准备……"

"有什么好准备的！"光慈说，"我拎着一个小箱子回来，依旧拎着一个小箱子走！"

"那俺的东西呢？"书珍盯着光慈，细看丈夫的神色。

"你？"蒋光慈不好意思地望着妻子。

"怎么？"书珍一下子跌坐在床上，"你不带俺走？"

光慈的脸色一下子涨红了，难堪地垂下了头，也不敢再看妻子。他没有面对妻子渴求眼神的勇气。

王书珍的疑问得到了证实，翻身扑到了床上，嘤嘤地哭泣起来。她一边哭，一边埋怨道："你能带小香子出去，干啥不能带俺呢？你在外边做事，身边总要有一个烧烧煮煮、缝缝补补的人呀！俺能吃苦，俺啥都会做！你教俺识字，俺也学了。前天你写的俺俩的名字，俺都认得了……"

"小珍子呀！"光慈轻轻拍着书珍起伏的后背，轻轻地说道，"为着带不带你走这件事，俺的脑壳都想疼了。你想想，我在苏联念了三年书，刚刚回到咱们中国，一切都要去闯荡。能不能闯出个眉目，还很难说。也许我今天要到南方，明天要到北方，你又是个半大小脚，外出走路很不方便，多难呵。再说你又不识字，外出连个男女厕所都分不清，怎么能居家过日子呢？"

"不认识字俺不可以学嘛！"书珍说，"你不是在教俺吗？"

"对呀！"光慈说，"读书识字，也不是一天两天就能学成的呀！"

"那你带小香子出去怎么办？"王书珍还不死心。

"我要将她送到寄宿的学校去呀。"光慈解释道，"就是住在学校里读书。她都是小大人了，会料理好自己的。"

这一下，王书珍无话可说了。他抬起头，用手帕擦着满脸的泪花。光慈俯下身，把她搂在怀里，充满感情地说道：

"小珍子呀！咱们是自小一块儿长大的，你还不了解哥哥的为人吗？哥哥最讲行侠仗义，从来没做过对不起朋友的事，何况是我最亲爱的小珍子呢！俗话说，一夜夫妻百夜恩。"

"是呀是呀！"书珍打断光慈的话，"巧子哥呀！一男一女能做夫妻，全靠缘分，全靠前世修行得来的，这可不容易呵。常言道：十年修得同船渡，百年修得共枕眠。"

"唉呀呀"，光慈笑道，"做夫妻要修行一百年呢，真难啊。小珍子！既做了夫妻，我就要对你的一生负责。记住，不管发生什么事，你都要听哥哥的话哟。"

"你看着办吧，巧子哥！"王书珍附在蒋光慈的耳边，小声但很清晰地说，"俺生是蒋家的人，死是蒋家的鬼！"

当天下午，家里的人听说蒋光慈明天要回上海，都惊讶地回味着，他回白塔畈快一个月了。

如香的衣服行装已经备好。一个白塔畈山间出产的白藤编制的精致的箱子里，放着她的衣服和用品。小如香听说明天就要随小哥动身去上海，很是兴奋。她急不可待地取出箱中的一套衣服，喜滋滋地披挂起来：穿好了一件蓝色长褂以后，外面又套上一件短小、紧身的黑色马褂；头上还戴了一顶黑色红顶的瓜皮小帽，帽下背后拖着一条又粗又长的辫子；下面蹬着一双厚底的、有点像山鞋模样的黑布鞋。

小如香穿戴齐整，小脸放着红光，两只眼睛像一对黑宝石似的晶莹闪亮。她东走几步，西蹿几步，逗得在场的人哄堂大笑。大嫂张氏，向众人挤挤眼，笑道：

"看呀！咱们家的小妹妹，多像倒七戏上演的大清朝的小厮呀！"

张氏的话，又引起一番哄笑。蒋光慈忍俊不禁，怜爱地看了小妹一眼，也开怀畅笑起来。

"过来！"坐在桌边的陈氏，将女儿招呼到身边。她凝视着面前女儿高高的身影，从上到下，又从下到上，细细地将自己的心肝摸了两遍。摸到脸上，又将她的小鼻子捏了捏。如香护痒，赶忙举起两手护着鼻子。陈氏就势将女儿的两手抓住，紧紧地攥着，放在自己的胸前。谁也没有料到，老人竟泪下如雨，号啕大哭，把女儿紧紧地搂着，哀哀地说道：

"小如香呀！你明儿不能跟你小哥走。娘不放你走，不能让你走！"

"娘！"蒋如香热辣辣地喊了一声。

"为你小哥到俄国，俺想他，硬是快哭瞎了眼睛。"陈氏继续哭着说，"你这一走，俺又会想得哭。眼睛哭瞎了，可不能哭瞎了心哪！"

"你少想一点嘛！"如香劝娘说，"小哥不是好好地回来了？俺也会好好地回来的！"

"少想一点？这容易吗？"陈氏说，"你是娘的肉、娘的心肝、娘的五脏哪！古话说：'儿行千里母担忧'。你们任是跑到天涯海角，娘也牵肠挂肚呀！"

蒋光慈没想到这突然的变故。他劝陈氏说："娘！我带小香子出去读书，你和爹不都同意了吗？怎么又突然变卦了呢？她已经16岁了，读书求学，可不能再耽搁了呀！"

"俺就是要变卦，要变卦！不念书，就不能种田吃饭了吗？如今外面这世道兵荒马乱，杀人放火是家常便饭。任你怎么说，俺也不放心！"陈氏说着，把如香搂得更紧，仰起头，望着宝贝女儿的脸，"小香子呀！你真是铁了心要走，娘也就不活了呀！"

陈氏的话说到了这个份儿，大家也都不说话了，整个屋子鸦雀无声。还是大嫂子张氏会转圈儿，她赶忙张罗着派人去乡下的宅子，通知在那儿干农活的人都回来：

"儒恒明儿个要回上海，大家晚上在一块，热热闹闹地吃顿饭吧！"

这天晚上，光慈和书珍当然是颠鸾倒凤。当光慈第二次从她胸脯上下来的时候，书珍紧紧地抱着光慈，贴着她的脸小声地哭着，泪花把两人的腮帮浸染得湿漉漉一片。

书珍说："巧子哥！你明天就离开家了。你说说，往后你在外面会纳'小'吗？"

光慈顿时感到浑身燥热，他索性坐起，抽出枕头垫在身后。这样，书珍的头就枕在他的大腿上了，眼泪汪汪地望着丈夫。

光慈给书珍说起苏维娅的故事，那沉在记忆深处的故事，又在他眼前鲜明起来。当他说到年轻貌美的苏维娅为了自己的信念和理想，被沙皇残酷杀害时，书珍的心颤抖了。她哭着说："那个俄国姑娘多傻啊！"

"她不傻，书珍！"光慈说，"她为天下老百姓能过上好日子，而丢了自己的性命，她死得其所，也就是说，她死得值得！如今，俄国的穷人过上了好日子，这是容易得来的吗？不啊，是千百万的人拿头颅、拿性命换来的。这其中，也死了无数的'苏维娅'呀！"

书珍似乎听懂了，在光慈的腿上点着毛茸茸的头。

"我佩服苏维娅！也爱像苏维娅那样的女子。"光慈坦开了自己的胸襟，"告诉你，哥在俄国时，就碰到了一位'苏维娅'。她的名字叫安娜。她爱我，我也爱她。我临回国时，她还要跟随我到中国来呢，可是我拒绝了她……"

"那为啥呢？"书珍的心头刮过一丝寒风，这是巧子哥从没说过的，"如果她随巧子哥来了，哥就有两房夫人了。"

"中国如今是一片黑暗呀，到处都是穷人，到处有压迫和不公。我本人回到中国，都不知怎么度日月，她来了，不是更受罪吗？我不能害她！"

"这倒也是。"书珍想到另一个问题，"你们好过吗？"

光慈知道书珍所问的"好过吗"是另有特指，于是说："也好过，也没好过。我们只是拥抱过，也亲过嘴。"

书珍一下从床上坐起来，与光慈并起了肩："都亲过嘴了，还说没好过！"

光慈笑着，拍了拍书珍的胳膊，说："俄国人说亲嘴，叫'接吻'，是一种待人的礼节，不奇怪，很普通，不必大惊小怪。"顿了一下，光慈又说道：

"书珍！哥曾经写过诗，说：'此生不遇苏维娅，死到黄泉也独身'。在中国，我还是要寻找苏维娅！"

"俺不就是你的苏什么娅吗？"

"你不是！你做不了苏维娅！"

"哥呀，你转来转去，绕了这么大一个大弯子，还是要在外面纳'小'噢。"

"哥不会在外面纳'小'。哥最看不起纳小的人。咱白塔畈不也有这样的人吗？明明娶了妻子，却让她在家抚养小孩、服侍老人，受苦受难，自己却在外面娶小老婆享受、快乐。这还把妇女当人看待吗？哥不会做这样无德、无耻、无义的人！"

"那你还要在外面找什么娅！"

"说实话吧，书珍！缘分，缘分，咱们俩是有'缘'无'分'啊！别的我都不说了，"光慈说，"哥给你一颗定心丸：不把你安顿好了，哥绝不会再娶别的女人！"

"巧子哥呀，难得你有这样一副好心肠。可是，俺怕啊！"

"怕什么？"光慈说，"作为一个女人，首先要自立，要自己挣饭吃！你聪明手巧，能做豆腐，会挑花绣朵，更能纺纱织布，干活又能放下身子，不惜力气，你怕什么？怕活着没有饭吃吗？不会的！"

　　书珍听光慈夸自己，心里很受用。她把头拱到光慈怀里，撒起娇来："哥呀，俺就是没有读过书，这点最对不起你，不能同你并翅共飞……"

　　"这不怪你"光慈攥起她的小手，"这社会轻贱妇女，不仅害了你，也害了千千万万妇女姐妹。哥说的话，你要记住：无论发生什么事，都要好好活着；另外，要听从哥的安排，哥对你没有二心！"

　　虽是在暗夜，光慈还是感觉到了：书珍"唔"一了声，郑重地点了点头。

　　这天早晨，天气晴朗，万里无云，阳光把天井院照得亮灿灿一片。那棵高大的、枝叶繁茂的枣树上，满满坠着油亮亮的大青枣，把枝丫压得沉沉地低下头来。

　　蒋光慈吃了早饭，一切准备停当，就要出门。他返回上海取的道，依旧是经石婆店、苏家埠到六安，从六安经官亭等地到合肥，从合肥东门坝上经施水（俗称南淝河）乘船到巢湖，经裕溪口转入长江，继续东行经南京到上海。这是一段不短的水旱兼作的路呢。

　　蒋从甫在蒋氏宗族中颇有声望，他准备随小儿子一道，到六安去办点宗族的公事。于是，就雇了个脚夫，将自己及小儿子所带的东西扎成一副挑子让脚夫挑着，自己同脚夫先走，约好中晌在石婆店的一个亲戚家吃中饭。蒋光慈同意父亲的安排，就说：

　　"爹！你们先走吧，我腿脚利索，一定赶得上你！"

　　在房间里，王书珍和蒋光慈真是难舍难分！书珍的眼泪擦了又擦，可就像山涧石缝中的泉眼，怎么堵也堵不住。她油然想到在倒七戏《山伯闯帘》中，梁山伯和祝英台在生死离别时的一段对唱：

　　我二人好比藕断丝不断，我二人好比快刀切葱两头空；我二人好比筛子筛米团团转，我二人好比簸箕簸糠两下分；我二人好比老马吃草根还在，我二人好比小牛下山蹄不圆！

　　想到这里，书珍觉得不应该想到这段唱词，这词有些不吉利：那呆头呆脑的梁山伯，还一个劲地唱"丝不断""团团转""根还在"呢；可祝英台知道，自己已许配马家，同梁兄的姻缘已是"两头空""两下分""蹄不圆"了。去，去！见鬼了，怎么会想到这段唱词呢？她竭力拂去笼罩在心头的阴影，红着脸，小声对光慈说：

"巧子哥！你不是喜欢听俺唱山歌吗？今天俺多送你一程，多给你唱几支歌呀！"

"好呀！"蒋光慈笑道，"反正中午到石婆店，时间充裕呢。"

王书珍打开房门，抬头望见院中的枣树，为了彻底压下心中的不快，她小声唱道：

"送郎送到院子里，一棵枣子一棵梨。小郎伸手摘个吃，乖姐后头把眼挤，热人吃不得冷东西。"

蒋光慈听见，脸唰地红了。他看看四周无人，跺着脚说："等会儿唱呀，别人听见了，多不好意思呵。"

"好，等会儿再唱。"书珍笑着点点头。

蒋光慈走出房，告别了母亲、哥嫂、小妹等一圈亲人；出了大门，又见门外站着一圈邻居，又笑着同大家告别。众人送到巷口，又说了很多"一路平安""一路珍重"之类的告辞话，见王书珍含情脉脉地要远送，便都懂事地停住了脚步，纷纷说："小珍子！你代咱们送送巧子吧！"

两人离了众人，由东巷口走出白塔畈，慢慢顺着乡村小道向东走去。

田野上，栽的都是稻子。稻子已经灌罢浆，呈现着绿豆色。秋风一吹，刀斩斧齐的稻穗挨挨挤挤，泛着淡绿色的波涛。田埂之间，都种着"埂豆子"，那都是些黄豆，结着饱鼓鼓的豆荚，都已经可以采剥做菜了。北边，白塔河边的柳林，逶迤向东延伸，直到隐没在起伏连绵的小山背后。远远近近的丘陵，染着浓浓不同的青碧，在阳光之下变幻，似乎是飘落在地上的五彩的轻云。

蒋光慈在一块田边站住，深情地环视着故乡田园的景色，快乐地喊了一声："多好啊！"

"巧子哥！"书珍问道，"是啥多好？"

"今天的天气好呵！"蒋光慈沐浴着金灿灿的秋阳，依旧快乐地喊道，"这四周围的景色好呵！"

王书珍见心上人高兴，小声地为光慈唱道：

小小竹子节节空，劈成细篾做灯笼。正月十五点的亮，照得一年四季红：愿哥事事都顺风。

"唱得好！"光慈笑道，"我也祝小珍子事事都顺风哪！"

王书珍继续唱道：

天恋地，地恋天，龙恋大海虎恋山。观音恋的白马寺，悟空恋的花果山；俺恋情郎心不变。

不等光慈说话，她又唱道：

郎是天山紫微星，妹是南海观世音。郎在天空望着姐，姐在南海望着星；有心只望有心人。

光慈笑道："这紫微星、观世音，离我们可都远哪！"

"只要是有情人，就不怕远哪！"王书珍说着，又唱道：

太阳出山红满天，乖姐送郎心儿酸。罗裙扫断路边草，金莲踏碎垫路砖；送郎容易望郎难。

他俩都不说话，继续向前走着，来到一个水塘边。塘埂上长满桑树，还耸立着一排柳树。柳树拂拂，桑叶碧碧。几只小雀儿在树丛间翻飞，呢喃低语，显出一派生机。光慈看着这景色，想起小时候唱的"桑缠柳"那支山歌。果然，书珍就唱道：

"新打塘埂溜溜光，里栽杨柳外栽桑。东风刮来桑缠柳，西风刮来柳缠桑；树叶还落树根上。"

"有意思，"蒋光慈做着点评，"这桑树、柳树，难道也有情意吗？"

"有呀！"王书珍肯定地答道，"不然，它们怎么经常缠在一起呢！"

他们来到白塔河，木板桥下的河水，在秋风的吹拂下，正稀溜溜地翻腾着波浪。王书珍望了光慈一眼，笑着唱道：

送郎送到白塔河，劝郎一声记心窝：露水夫妻难长久，屋檐滴水难成河；鸡抱鸭子空抱窝。

过了河，面前横着一座小山。山势平缓，上面长了各种树木。树木之间，藤葛芊绵，几乎密不透风。一条小路从山坡间斗折蛇行地穿过，行人的衣裤常被树枝绊住。书珍看了，心有感触，顺着刚才唱的意思，继续唱道：

送郎送到半山坡，手扶纠藤劝哥哥；劝哥莫跟纠藤学，缠了这棵缠那棵，缠到好的忘了我。

走下山坡，光慈见书珍脸上汗水涔涔，劝道："小珍子，回去吧！常言道：送君千里，终有一别呵。"

书珍往前路看了一眼，说道："前面就是四里岗了，让俺送到那儿再回吧！"

两人相伴着继续赶路。见路上无人，光慈拉着书珍的手，将步子迈得大了一些。不一会，他们走上一个小岗头。这岗唤作"四里岗"，距白塔畈四里路。岗上被人辟成了桃园，成排成排地栽满桃树。桃子早已摘了，青枝绿叶还在秋风中泛着碧色的涟漪。王书珍看着四周景色，唱道：

送郎送到四里岗，送郎一挂小炮仗：走一里来放一个，走二里来放一双；望不见情郎听炮仗。

光慈听了，笑问："你带炮仗了吗？"

"没有呀！"书珍说，"山歌就是这么唱的嘛！不过，俺把'十里岗'改成'四里岗'了。"

"改得好！"光慈赞许地点点头。

桃园路边有块大石头，很光滑，也很干净。光慈指了指石头，提议道："咱们坐这石头上歇一会儿，看你也够累的了。"

书珍点点头，径直在石头上坐了下来，并指指身旁的空当，要光慈坐在自己的身边。她瞅瞅桃园，唱起了一支私密的山歌：

送郎送到桃树园，桃树底下玩一玩；一旦时到生贵子，起名就叫"五月鲜"。

唱罢，她红了脸，望着光慈的眼睛，突然说："哥呀！你亲亲俺吧！"

光慈转身将四周探视一番，确信无人后，便把书珍紧紧地搂起来，然后捧起她的脸，给她一个深深的长吻。

吻罢，书珍唱道：

"太阳升起慢慢高，放只风筝慢慢飘；郎说风筝飞得远，姐说风筝飞得高，风筝就怕线不牢！"

唱完，她突然捂起脸，抽抽咽咽地哭了起来，而且越哭越伤心。

光慈吃了一惊，赶忙扳着她的肩膀问道："小珍子！你怎么啦？"

书珍仰起脸，满脸泪花："巧子哥，亲人哪！俺怕咱俩是断线风筝啊！"这个聪明的大别山新媳妇，心有灵犀，也有阴影，巧子哥爱的是苏什么娅，她做不了。她似乎隐隐地感到，与巧子哥这一别，可能就是生离死别。因而遏制不了满腔悲凉和忧伤。她哭了一会儿，从怀中掏出一方白布帕子，那是她与光慈第一次时垫身子用的，上面依稀现着暗红的桃花。她把帕子递给光慈，问道：

"巧子哥！还记得这帕子吗？"

光慈只是瞥了一眼，就频频点头："记得，记得！"

"俺已把它洗干净了，只是还有一丝儿红影子。"书珍说，"巧子哥！给你留着，做个念想吧！"

光慈听着这话，激动得满脸泛起红潮。他双手郑重地接过布帕，摊在手掌上审视一番，然后又把它叠成方块，放在贴胸的衬衣口袋里。

光慈站起来，深情地看着妻子，把她拉着站起来，仔细地为她拭尽脸上的泪花，然后说道：

"书珍！我昨晚同你谈了很久，你都记着吗？今后，不论我在你身边，还是不在你身边，你都不要哭，不要流泪，要快快乐乐地活着，快快乐乐地走完一生。我俩从小青梅竹马，长大了又做成夫妻。我爱你，不论发生什么事，你都要听我安排；我爱你，我要对你的一生负责！"说罢，他张开双臂，紧紧地抱起书珍，抱了很长时间。然后，泪流满面地转身就走，再也没有回头。

王书珍站在高岗上，目送着蒋光慈渐行渐远的身影，直到变成一个小黑点，直到融进天边的青山之间。

中州女杰

中州，即中土，中原，狭义上的"中州"指今天的河南省一带，人们感觉它是处于中国的中心。在蒋光慈寻觅苏维娅的过程中，这里出现了一位"中州女杰"。

话说蒋光慈回到上海，应瞿秋白之荐，来到了上海大学任教。

上海大学坐落在上海西摩路（今陕西南路）与南洋路（今南阳路）口，大门正对着南洋路。它的前身是上海私立东南高等专科师范学校。1922年秋，因校方管理不善，引发学潮，师生一致请求于右任出任校长。于右任，陕西泾阳人，国民党元老，民国时期曾任临时国民政府交通次长，后任检察院检察长。起初，于右任不愿出山，在孙中山和其他国民党人的劝说下，才走马上任，并将校名改为上海大学。

孙中山对上海大学抱有极大的期望，想通过这所大学培养一批革命人才。他亲自批准，每月由大帅府财政部拨给万元，又捐赠宋教仁墓园中闲置土地六百亩建立校舍。上海大学特聘孙中山为名誉校董。于右任当校长时，共产党员邓中夏主持校务，瞿秋白任社会学系主任。除社会学系外，还设有中文系（系主任为陈望道）、英文系（系主任为周越然）。李大钊、蔡和森、恽代英、张太雷、萧楚女、毛泽东和戴季陶、汪精卫、吴稚辉、叶楚伧以及海内外名流、学者如杨杏佛、郭沫若、胡适之、邵力子、田汉、俞平伯、沈雁冰、周建人、施存统、洪野等，都先后到校任教或开设特别讲座。上海大学提倡学术自由，注重提高学生调查分析和独立思考能力，是第一次国共合作时期的一所新型大学。

蒋光慈在上海大学任教授，教社会学系的课程。他以特有的意气豪迈的气度、风姿焕发的面容和阵阵爽朗的笑声，出现在师生们的面前。上海大学的学生王秋心、王怀心、黄仁、杨之华、孟超和附属中学学生刘华、持志大学中学部学生戴霞等人，都和他往来频繁、关系密切。他向这些学生传赠自己的诗作、介绍俄国十月革命、赠送进步书报。有时兴致好了，还请一些学生在小酒馆里小酌两杯，促膝谈心。在学生们的眼中，这位老师以绿油油的蓬勃朝气和暖洋洋的慈和温馨、感染、影响着自己。

蒋光慈在上海大学任教期间，开始住在浙江路的皖商公司，后来又迁居到法大马路明德里的一间房子里。房子中间拦一道帷布，里面摆一张写字台、一个茶几、几把椅子和一张床。床上铺一条像大别山区出产的那种竹席，还有一条俄国毯子；外面摆一个小台子和一只煤油炉，还有碗筷勺子等厨具。他的生活非常俭朴，平时下一碗面条，就算一顿饭；就是煮饭吃，也只是吃点小菜，不搞什么大鱼大肉——这间屋子从外到内，让人突出地感到，缺少女人气。

蒋光慈精力充沛，意气风发。他把主要精力投入到教书、编讲义、写诗、作文；同时还兼着苏联塔斯社报刊翻译科的科长，密切关注中国报刊的动态，及时将报刊上的一些重要文章翻译成俄文，提供给塔斯社；另外，他也特别关心中国文坛的风风雨雨，随时投身到战斗中。

蒋光慈在上海，想不想新婚妻子王书珍呢？身为血肉身躯的男人，当然想。可是，这种"想"之中，又包含着复杂的成分。事实上，蒋光慈和王书珍走到一起，只是一种肉体上的结合，而不是灵魂的交融。他从白塔畈出发，不愿把王书珍带出家乡、带到上海的原因，从表面上看，王书珍为人的素质的确与蒋光慈所希冀的相距太大。王书珍虽然美丽贤淑，受到蒋家老少的好评，且与蒋光慈做了夫妻，也曾颠鸾倒凤、血肉交迸，但她毕竟只是山区小镇的一个姑娘，不识字，未见过世面，又是半大小脚，与蒋光慈所喜爱的能从事文学与革命没有半点缘分。这与他即将担任上海大学教授的身份，又相当自负、以"中国的拜伦"自况的实际，可谓有天地之差。蒋光慈是难以把她带到东方的大都市上海，展示于朋友、同事和学生们面前的。从深层次上看，蒋光慈还没有放弃寻觅苏维娅的决心。"此生不遇苏维娅，死到黄泉也独身"，这是他在少年时代在婚姻上立下的目标和志向。虽然大千世界，人海茫茫，寻找苏维娅很难，但正如俗话所说，"不到黄河心不死"。没有寻到生命的最后时刻，没有寻到天涯海角的绝境之处，他是不会更改的，也是不会停止的。

既然还要寻找苏维娅，为什么又要同王书珍结婚呢？为什么还要同俗人一样"睡了"人家鲜花一般美艳的身子、毁了人家冰清玉洁般一样的清白呢？蒋光慈不能以王氏大族的催婚、父母的高压、王书珍的渴求来原谅自己，他为自己在潜意识里的软弱以及同样是"渴求"而汗颜、而自责。有时夜晚睡觉突然醒来而扪心自问，他觉得心在滴血、在疼痛地跳动。

难道能照父亲所说的你在外面纳一房"小"的去做吗？不能，更不能！蒋光慈最讨厌当时的一些名流、官宦和一些文人在婚姻上的惯常做法：在老家娶妻生子，在外纳妾享用。让老家妻子在家独守空房，苦度春秋，抚养儿女，侍候老人，像深宫怨妇那样在祈盼中渐渐老去，像春末之花那样在苦雨中慢慢凋零。这无异于在精神上杀人！这样残酷的事，咱蒋光慈决不能做！更不用说自己是立志献身的共产党员，以为天下百姓谋幸福为己任，这娶妻纳妾首先是以伤害妇女姐妹、扼杀她们的婚姻幸福为前提，这不是自己背叛初心、自打自己的耳光吗？不能，不能，万万不能这样做！

那么，万一找到苏维娅，王书珍又将怎么处置呢？近一程，一个大胆的决定渐渐在他心中生成：把她当作蒋家姑娘，当作蒋光慈的情深义重的妹妹出嫁！对，我曾对她说过："我要对你的一生负责！"应该这么办！让她走出牢笼，像一只自由的鸟儿任意飞翔，去寻找最好的归宿，去寻找属于自己的幸福。

上海大学教授蒋光慈，就是这般地，在教书、构思文学作品的同时，也构思、处理自己的婚姻。这个不安分的年轻人啊，快乐而痛苦。

那是上海大学开学上课不久的一天上午，蒋光慈在几个学生的簇拥下，从教室缓步出来。这时，一位身穿黑布长褂、头戴礼帽、满脸笑色的年轻人走过来，将蒋光慈仔细打量一番后，笑着问道："你是蒋侠生先生吗？"

蒋光慈听出对方喊出自己少年时代曾经用过的名字，知道来人不是同窗、便是旧雨。于是，他屏退学生，将上课用的讲义夹到腋下，向对方抱了抱拳，笑道："我正是从前的蒋侠生、现在的蒋光慈，请问你是？"

"汪昆源！"对方响亮地答道，"当年河南省青年学会会员汪昆源！"

"啊呀！"蒋光慈紧紧地握住来客的手，抖了又抖，"原来是昆源兄呀！老兄的名字我早就如雷贯耳，今天才得幸会。哎呀，好，好！"

汪昆源也很高兴，他抽出被握的手，笑道："俺是听曹靖华兄说你在上海大学任教。今天顺道来贵校，并没有费多少口舌，就打听到你了。这也是咱们有缘呀！"

"有缘有缘"蒋光慈频频地点着头。说着，把汪昆源领到了学校大门旁边的一个咖啡馆，要了两杯咖啡和一些时尚小吃，两人面对面坐在几案旁，开始了愉快的、涉及广泛的交谈。

一口气谈了一个多小时后，蒋光慈不显山、不露水地提到了一个人："青年学会的女会员宋若瑜，现在不知在何处？"

"她呀，现今在咱们河南信阳的省立二女师当教师。"汪昆源答道，"听说干得还不错，只是精神上有些苦闷。"

"她是怎么了？"蒋光慈非常关切。

汪昆源叹了一口气，皱着眉头答道："宋若瑜在'五四'运动中表现突出，被大家誉为'中州女杰'。你想，在社会沉沉黑暗之中，这还会有好果子吃吗？1920年初，她被开封省立第一女子师范学校开除了。但是，宋若瑜没有退缩，没有气馁，继续追求进步。她将与自己同时被开除的七位同学组织起来，复习功课。1922年夏天，宋若瑜考入南京的国立东南大学教育系就读。她如饥似渴地拼命读书，受到师长和同学们的一致称赞。但是，由于家庭困难，经济难支，只得在今年春天含泪休学回到开封老家。不久，经一位朋友介绍，到信阳省立第二女子师范学校教书，教英语和美术等课。由于积劳成疾，又加辍学苦闷，她患上了肺病。因此，精神很不好。"

蒋光慈听着，轻轻地倒抽了一口凉气，一颗心像被人揪了一把似的难受。他见咖啡馆中午兼营酒饭，于是，要了半斤白酒，又要了几个小炒，同汪昆源小酌起来。汪昆源知道蒋光慈和宋若瑜曾经通过信，而且似乎互有好感，于是便尽其所知，将自己知道的宋若瑜的情况，如数家珍似的向蒋光慈娓娓道来。

宋若瑜，又名宋玉如，字文彩，1903年生于豫南汝南县的一个穷苦农家。父亲宋殿卿，母亲秦氏。宋若瑜10岁左右，举家迁居到姥姥家所居的七朝故都开封，在商业繁华的大坑沿定居下来。父亲宋殿卿，身材魁梧，性格刚强，开始给人家做仆役，后来因忍受不了世态炎凉的"闲气"，回家卖"锅葵"。这是一种在平底锅上炕烤的状如葵花圆圆粑粑的大烧饼。因他技术精湛，经营得法，很快成为大坑沿一带的一种"名吃"，生意火红，供不应求；加之秦氏给人家做保姆也有收入，因此宋家的日子逐渐好转，便购买宅基建了一处瓦屋院落。秦氏先后生养九个儿女，唯独只存宋若瑜一个。这么一颗掌上明珠，当然是"捧在掌上怕飞了，含在嘴里怕化了"，看在眼里，疼在心里。

开封素以文化名城闻名，清代的贡院、民国初年的留学欧美预备学校，都曾给这古老的汴京带来一片文化生机。尽管宋家来自偏僻的乡村，但他们还是迎着新世纪的曙光，在1912年夏天，将独生女儿送到前营门县立女子小学校读书。宋若瑜天资聪颖，学习成绩优良，初小毕业，没有经过高小阶段，就于1917年直接考入开封省立第一女子师范学校读书。

这一年，宋若瑜虚岁 15 岁，已长成一位身材颀长、相貌俊美的大姑娘了。长长的腿，一米六五的身个儿，腰肢纤细，胸脯突挺；圆圆的脸上，披着乌黑的头发，两弯烟眉下，闪着一双妩媚的大眼睛；举手投足间，既带着农家姑娘的朴质、豁达，又蕴含中原女性的大度、宽厚。由于学习成绩突出，待人热情大方，不仅能歌善舞，而且长于辞令，她被誉为省立一女师的一朵出类拔萃的校花。新的学校，新的生活，给她带来了新的活力。她常和许文淑、余培之、任焕坤等同学相厮相伴，在蓝天下迎着清风，愉快地唱着校歌：

中夏之中古汴州，
文物孰与俦？
开来继往，
赖吾党教育离不开求。
纯朴端庄为女范，
斯乃美德贵身修；
他日为师更为母，
前程通达吾少忧。

在《清明上河图》一般热闹的马道街上，在威严高大的相国寺，在金碧闪耀的龙亭，在象征忠奸有别的潘杨湖畔，在高耸入云的铁塔旁，宋若瑜和同学们漫步探古，纵论国事，指斥时弊，展示自己的宏伟抱负和远大理想。有时竟不顾日落天黑，饥肠辘辘，兴致未尽而流连忘返。宋若瑜平时博览群书，一丝不苟。每当与同学们讲起《红楼梦》《西游记》《七侠五义》来，总是绘声绘色。《红楼梦》中的诗词，她不但能滔滔不绝地背诵许多首，而且还有自己独特的见解。难怪当时的国文老师和同学们，都对她投以羡慕和不解的眼光。

学校有位教刺绣课的丁明德老师，是"鉴湖女侠"秋瑾的同乡、同学。秋瑾牺牲后，她离乡北上来到开封任教。宋若瑜经常到丁老师那里求教谈心。丁老师向她讲述秋瑾组织光复军、配合徐锡麟起义的故事，特别是徐锡麟刺杀安徽巡抚恩铭的义举和他们视死如归、英雄就义的壮举，更是打动了宋若瑜。从此，中国妇女解放运动的先行者、民主革命女英雄秋瑾的形象，便铭刻在宋若瑜的心头。

她牢记并经常吟诵秋瑾的诗词："身不得,男儿列;心却比,男儿烈";"浊酒不消忧国泪,救时应仗出群才。拼将十万头颅血,须把乾坤力挽回";"主人赠我金错刀,我今得此心雄豪。……宝刀之歌壮肝胆,死国灵魂唤起多";她尤爱秋瑾的《鹧鸪天·夜夜龙泉壁上鸣》:"祖国沉沦感不禁,闲来海外觅知音。金瓯已缺总须补,为国牺牲敢惜身?嗟险阻,叹飘零,关山万里作雄行。休言女子非英物,夜夜龙泉壁上鸣。"她曾对自己的好友说:"俺长大了,一定要做鉴湖女侠那样的人物!"

1919年"五四"爱国运动的浪潮,迅速波及河南省省会开封。《新青年》《新潮》《民国日报》副刊《觉悟》《每周评论》《湘江评论》《少年中国》等报刊,在开封青年学生中间流播、传阅,使他们很快觉悟起来,投入到反帝反封建的行列,传播新文化,宣传新思想。省立二中学生曹靖华和省立一女师学生宋若瑜等人,都踊跃地率先参加。

5月9日,一女师召开女界国耻大会,参加会议的有一千多人。在会上讲演的女学生,个个义愤填膺,声讨国贼,悲愤至极。三届三班的潘娴,在台上讲演时,当场咬破手指,血书"坚持到底"四个字以激励同学。宋若瑜讲演时,高声朗诵秋瑾写的诗句:"万里乘风去复来,只身东海挟春雷。忍看图画移颜色,肯使江山付劫灰!"声泪俱下地详列卖国贼的罪行。呼吁同胞们携手奋起,保卫国家,捍卫国土。大会之后,举行示威游行。

宋若瑜带领一女师的同学,一律脚穿白袜、蓝鞋,腰束过膝蓝色布裙,身着蓝色大襟长袖上衣,辫成发髻,手持方旗,像一股不可遏阻的春潮,在开封的古老街道上涌动。一阵阵"还我青岛""反对在巴黎和约上签字"的口号声,更像春雷炸响,回荡在城市的上空。

宋若瑜还带一女师的同学们,打破男女界限与开封省立二中的学生领袖曹靖华、叶毓情、汪昆源等人共同出席请愿大会,去贡院、去省府,强烈要求省长和议员致电中央撤销卖国的《二十一条》。同时,宋若瑜还和外校的男同学一起抵制日货。当时,他们曾在宋门站岗,负责检查入城货物,先贴封条,再派人仔细检查,是日货就予以没收,是国货就发还原主。

宋若瑜年纪不大,但沉着冷静却很有名。一天,在马道街路东南商场开大会。宋若瑜正在讲演时,省府派军警来捣乱,还向空中鸣枪,顿时会场大乱。一位女学生当场在楼上跌倒,腿骨被摔断。宋若瑜不慌不忙,一面呼喊大家不要乱，一面指挥大家高唱"打倒列强，打倒列强，除军阀，除军阀，努力人民革命，努力人民革命，齐奋斗，齐奋斗"的战歌，众人一心，稳住会场，以对抗暴力的捣乱和镇压。会后，同学们对宋若瑜的沉着冷静，对她的胆识和魄力，无不交口称赞。

随着时间的推移，开封的学生运动不断深入。进步学生开始成立组织，创办刊物。二中的曹靖华、汪昆源、关尉华、王沛然、叶毓情、张励等人，形成共同行动的核心。他们在1919年底，以"发展个性的本能，研究真实的学问，培养青年的真精神"为宗旨，成立了青年学会。宋若瑜跨校加入，成为该会的第一位女会员。1920年1月1日，会员们捐款集资创办的会刊《青年》（半月刊）问世。这个刊物在北京印刷，每期5000多份，发行全国。紧接着，宋若瑜又与一女师的同学们，于1920年1月11日，在开封的江苏会馆成立了女子同志会，以"改良黑暗的家庭，促进社会的文明"为宗旨，并于2月16日出版了会刊《女权》（半月刊）。女子同志会和青年学会互为羽翼，使自由之鸟在古老的开封上空自由翱翔。曹靖华在40年后的1960年著文《回忆青年学会》写道："妇女同志会是开封河南省立第一女子师范一部分同学组织的。这个学会当时出了一种半月刊，名为《女权》。妇女同志会是觉醒了的河南妇女，挣脱了吃人礼教的枷锁，走出深闺，争取妇女解放，参加爱国运动的急先锋。青年学会同这些兄弟姐妹们保持着同志式的最亲密的联系。他们休戚与共，痛痒相关，手挽手、肩并肩地向反帝反封建的共同目标进军。"

青年学会会员叶毓情，同蒋光慈在固始县的志成小学和固始中学都同过学，对蒋光慈的为人、学识和斗争精神都十分了解。经他介绍和推荐，在安徽芜湖省立五中读书的蒋光慈，成了开封青年学会的省外籍会员。

"五四"时期，男女界限分明，想一时完全打破是不可能的。二中学生要与一女师同学联系困难重重。当时"男女有别"的社会舆论压力特别大，再加上反动当局派人监视，校方规定男学生一律不准进一女师大的大门。怎么办？宋若瑜主动提出，把联络地点设在自己的家。这样，外地、外埠寄来的书信、报刊，都先到她的家了。一时间，大坑沿宋家成了开封进步学生组织的联络站和集散地，进步青年熙来攘往，笑语飞扬。

1920年，蒋光慈写了诗作《读〈李超传〉》。

李超为当时的北京大学女学生，广西梧州人，家中财产富有而父母早亡。一个过继的哥哥，全无良心，待她特别坏。李超对封建旧家庭不满，追求妇女自由、平等、解放，发愤出外读书。其兄采取恫吓手段、强迫婚姻、以至实行断绝经济供给的绝招，企图逼她就范。李超曾忧愤地说："此乃先人遗产，兄弟既可随意支用，妹读书求学乃理正言顺之事，反谓多余，揆之情理，岂得谓平耶？"此话不仅不为其兄理解，反而变本加厉对其施行迫害。李超贫病交加抑郁成疾，终于患肺病而死。时年23岁。时为北京大学教授的胡适先生，愤而写了《李超传》，为这个可怜的短命学生鸣不平："李超有钱而不得用。""以至受种种困苦艰难，以至于病，以至于死。这是谁的罪过？这是什么制度的罪过？"胡适向"宗法社会制度"，向"家长族长的专制"，提出了强烈的控诉。

时在安徽芜湖省立五中读书的蒋光慈，读了《李超传》后，悲愤难禁，热血偾张，一口气写出了抒情新诗《读〈李超传〉》：

一

读了你的历史，知道了你的身世。

我起了一种感想——呜咽还是涕泪？

呜咽！

涕泪！

是你的际遇；

是我的心事。

二

你不是你父母所生吗，

为什么家财不能承继？

你不是一个很聪明的人吗？

为什么做事不能自主——被人家儿牵制？

哎！

你一生的命运——乖舛！

你满腔的热血——空具！

怨天呵！

天不语。

恨地呵!

地无灵。

这倒是谁的罪恶?

三

你看这昏昏的呵! 何处不是地狱?

你看这丛丛的呵! 何处不是荆棘?

哪里有清洁的空气——可以呼吸?

哪里有明亮的境界——可以做个立足地?

身上徘徊;

天下无着;

也不怪你郁郁的而死!

四

女士已矣!

空间无止境;

时间不停息;

继斯人之后者——也不知道还有凡几?

现在的青年女同胞呀!

但愿你们振作精神,加倍气力,

来与这黑暗奋斗——

为生者增光;

为死者吐气。

　　蒋光慈将诗由芜湖寄到了河南开封青年学会指定的联系地址。没有几天,此诗便到了宋若瑜的手中。

　　宋若瑜坐在闺房的书桌前,仔细读着蒋光慈的诗稿。她被作者对弱女子李超的那颗无限同情的心打动了,她被作者的满腔悲愤感染了,她被作者的对女性召唤震惊了。诗里强烈的对比,铿锵有力的反诘,令她赞叹,令她佩服! 她在心里默念道:蒋侠生会友,你真高我们一着棋! 我们青年学会的宗旨是: "发展个性的本能，研究真实的学问，培养青年的真精神。"这把个人的解放放在社会解放之前，是不是有点虚无缥缈了？对照李超姐的惨死，对照蒋侠生的诗，我不得不对咱青年学会的宗旨，提出这样的疑问。胡适是北京大学的教授，是我们思想解放的导师，他在《李超传》只怒问"这是谁的罪过？"而蒋侠生却明确指出：这是社会的罪恶，是世界的黑暗；还鼓励我们女界"振作精神，加倍气力，来与这黑暗奋斗。"这诗写得好啊！

宋若瑜赶快把邮差送来的报刊、书信收拾了一下，飞快地奔向大纸坊街的省立第二中学，找到了青年学会会长曹靖华推荐：

"靖华！安徽的蒋侠生寄诗来了，写得好！"

曹靖华接过诗稿，慢声慢语地说："等我回到宿舍再看吧！"

"看你这人，真是慢性子，"宋若瑜按捺不住急切的心情，"俺特地送来的，你就在这教室里看！"

身材高大的曹靖华，一派文质彬彬的气质。他将纷披的长发，向上拢了一把，温文尔雅地笑了，露出整齐的白牙。这位开封的学生领袖，思想进步，国文成绩优秀，能诗善文，一向就以"汴京才子"闻名于中州大地。他仔细认真地阅读蒋光慈的诗，有时默读，有时细品，有时点头，这一切宋若瑜观察得十分仔细。曹靖华将这位新友的诗作，足足看了三遍，这才猛地一拍大腿，仰头大声地说："李超的死，是社会黑暗造成的，是封建礼教迫害的恶果。只有像蒋侠生讲的——来与这黑暗抗争，来与这黑暗搏斗，咱们才有出路。若瑜，他讲得对极了！长江的水到底比黄河的水清啊！"

"靖华！蒋侠生思想敏锐深刻，诗写得流利而富有气势，俺看可以在咱们的《青年》上发表。"宋若瑜说着，一双大眼盯着曹靖华脸上的表情。

"你就编发好了，俺赞成。"曹靖华点点头，"这首诗放在咱们《青年》的首位。它有号召力，有鼓动力！"

宋若瑜告别了曹靖华，高兴地去找青年学会会员叶毓情，再次征求他对诗的看法。当叶读罢诗连连夸赞后，她也夸赞叶毓情做了一件好事，为青年学会介绍了这么一位诗人会员，增强了学会的战斗力。叶毓情看到开封一女师校花如此欣赏、夸赞自己的老同学蒋侠生，心中不禁暗暗高兴。他趁热打铁地说：

"蒋侠生的事多着呢。若瑜，下午课余时俺到你家给你讲一些，好吗？"

"好呀！"宋若瑜点着头，脸霎时红了，"欢迎欢迎！"

下午 4 点多钟，叶毓情来到大坑沿宋家。宋若瑜将他引进自己的卧室兼书房。房间不大，陈设简朴，收拾利索，并没有多少脂粉气。显眼的是，书桌上方悬挂着一幅龙飞凤舞的书法，写的是鉴湖女侠秋瑾的两首《梅》："一度相逢一度思，最多情时最情痴。孤山林下三千树，耐得寒霜是此枝。""冰姿不怕雪霜侵，羞傍琼楼傍古岑。标格原因独立好，肯教富贵负初心?"

他们就是在鉴湖女侠的《梅》下，开始了有关蒋光慈的闲叙。叶毓情说：

"蒋侠生跟俺同学时，用的名字是蒋北峰。他身个儿高高的，脸面儿白白的，两只眼睛又明又亮，真是一个风度翩翩、潇洒英俊的学生呀！他待人诚恳，热情似火，似乎时时都给人一种向上的力量。"

宋若瑜静静地坐在那里听着，两只大眼睛忽悠忽悠转。

"咱两个在固始县志成小学是同学，在固始中学又同学一个学期。"叶毓情继续说，"记得咱们的小学国文老师詹谷堂，曾这样讲他：'蒋北峰这个学生，谈笑起坐舒缓有致；听其思辨，吐言深刻大有哲师风范；玩耍嬉闹时，又宛如天真的顽童。稻看秧，树看苗，人是从小看大。学生北峰人才难得，说不定真能成为一座山峰呢'。"叶毓情学国文老师浑厚的腔调，哼呀哎呀地说着，逗得宋若瑜不由得笑起来。

"他后来又怎么到芜湖读书了呢?"

"蒋侠生那个人刚正不阿，爱憎分明。他在固始中学读书时，见校长对穷家子弟横眉竖眼，对富家子弟点头哈腰，总是气不打一处来。第一学期结束时，他的气憋在心头，实在按捺不住，于是就同几位同学跑到校长室，质问那个校长："请问校长！穷家子弟与富家子弟都是人，交同样的学杂费，你为啥对富人子弟笑嘻嘻的客客气气，而对穷人子弟恨不得一口吞了?'校长被问得哑口无言，气得脸儿发青，怒斥蒋侠生说：'你给我滚出去！'见侠生站在那儿不走，他就推了他一把。蒋侠生见校长居然动手了，于是吼了一句'打你个狗眼看人的校长'，带着同去的几个学生把校长打了一顿。放寒假时，他被学校开除了。蒋侠生在白塔畈老家住闲半年多，这年秋天才到芜湖读书的。"

宋若瑜听到这里，轻轻地嘘了一口气。

"蒋侠生这首新诗写得好，你看到了。"叶毓情说，"他的父亲是塾师，自小就教他诗词格律，吟诗作对。他 12 岁的时候，就曾以家乡的史河滔滔洪水为题，即兴作过一首七言律诗，俺现在还能背得：滔滔洪水害如何，商旅相望怕渡过。

澎湃有声千尺浪，渔舟遁影少闻歌。"

这时，宋若瑜赶忙从书桌抽屉里，拿出一个袖珍小折子，请叶毓情把这首诗录在折子上。

叶毓情一个多小时的介绍，不仅使宋若瑜对蒋光慈有了一个深刻的印象，还使她产生了不明不白的冲动，想进一步了解他，还想见见他。17岁姑娘的这种渴望，当然只能埋在心底，对谁也不能说出口。

1920年春天，到上海出席全国第一届学生联合会代表大会的曹靖华回到了开封。他带回了蒋光慈的一篇新写的议论文《我对于自杀的意见》。曹靖华对青年学会的会员们说："蒋侠生作为安徽芜湖学联的代表，也出席了上海的大会。咱们这位安徽籍的会员，为咱们会争了光、夺了彩。他学识渊博，思想开拓，文思敏捷，口齿伶俐。他在大会上的发言，高瞻远瞩，深刻透彻，字字有声，催人奋进，得到了学联领导的重视，也赢得了代表们的一阵又一阵的掌声。请大家看看他这篇新写的文章吧，行文犀利，观点如炽，你们读后，一定会竖起大拇指。"

说者无意，听者有心。宋若瑜心中早已潜藏的火种，就像遇着了清风，立刻燃起煌煌的火苗，荡起了情思的波涛。她回家再次欣阅蒋光慈的《读〈李超传〉》，发现在诗的"小引"中，竟然还有这么一段文字："明智的女性是不会放过一个才华横溢的男人的。异性之间的这种吸引力，这种天然的默契，往往可以超越任何空间、地域的障碍，甚而至于弄得绝大多数同类和异类都摇头表示：想象不到，不可理解。"

姑娘读着这段话，似乎是蒋侠生专为她而写的。这对年轻人，冥冥之中好像有某种"天然的默契"，好像他们在人生旅途上应该会发生携手扶持、相濡以沫的事。这种想法在她那渴慕社交、渴慕友谊的性格中一经发酵，宋若瑜的心一下子被不安和欣喜占领了。这是1920年4月，正是春光明媚、万物繁生的季节。那天晚上，宋若瑜失眠了。在床上辗转反侧到雄鸡高唱，半睡半醒地迷糊了一会，猛地翻身下床，迎着窗前早晨的霞光，毫不犹豫地铺笺挥笔，给蒋光慈写了这么一封信：

侠生社友：

请原谅一个陌生女子的冒昧，给你写信。读你的诗文，深感有一种奔突的力量；听禹勤（即毓情）、靖华友言及你的为人，均夸奖你的爱国热情，表扬你的学识，令我敬仰。如蒙不弃，愿与你结为良友，来与这黑暗社会奋斗。

青年学会会员宋若瑜

信文虽短，但字字珠玑。宋若瑜有生以来第一次向异性丢抛的试探的手帕，飘飘荡荡，很快落到了19岁的蒋光慈的手中。傍晚，他来到长江边上漫步。四月的江流，浪花飞溅。他在这里与大自然对话，与自己的心灵对话。瞧，那正是他，一行清晰的足印在江边延伸着。他的背影，留给江堤一路缠缠绵绵、曲曲折折的思念；两岸沉沉黛色与江中翻腾的波光、浩浩的水域，也在他面前幻化着朦朦胧胧、隐隐约约的影像。

蒋光慈踽踽独行着，俯首低眉之间总感觉有一双无所不在的眼睛，闪闪发亮地在凝视着他。那是一双饱含期盼、羡慕、喜悦的少女的眼睛，一双足以使自己魂牵梦绕的眼睛。啊，美的存在，就是这样难以寻觅又易于发现的吗？他想起来了：叶毓情上次来信描述的学生集会演讲、开封军警鸣枪乱会场时，那位临危不惧、沉着冷静、指挥若定的青年学会女会员，准是她；曹靖华在上海向我赞佩的清秀温柔、纯情活泼、被人称为一女师校花的新女性，也一定就是她。她，她，她，她信中最后一句"来与这黑暗社会奋斗"，不就是出自我的《读〈李超〉传》吗？江涛澎湃，夜幕降临。蒋光慈不觉兴奋了起来：宋若瑜不就是《夜未央》中那位勇于追求、大胆施爱的苏维娅吗？他油然想起自己曾经写过的诗句："此生不遇苏维娅，死到黄泉也独身"，他暗暗对着东去的江水，含羞地笑了。

夜深沉，江涛紧。霎时，犹如有一阵惊雷滚过蒋光慈的心头，他顿时觉得自己罪恶缠身。虽然他自己向往自由恋爱，虽然自己也追求进步，追求革命，但在男女之间，并没有多少自由的空间。老家还有封建礼教的樊笼，还有自己的养媳妇王书珍。他对自己说：光慈呵，你只是封建婚姻牢房的一个囚徒。你想自由吗？那还是"兔"字少一点"免"了吧！蒋光慈陷入了烦闷之中，掉入了痛苦的深渊。

"宋若瑜！……"蒋光慈在心中默念着这个如玉一样美丽又令他陶醉的名字。一个默默钟情的青年心底秘密，只有天知、地知、自己知。出于礼貌，蒋光慈还是给宋若瑜写了一封更为简短的回信，表示愿意彼此结为良友，终生毋相忘。

事实上，蒋光慈此时的心已无暇旁骛了。因为他的人生道路，有了重大的转折，他全身心地投入了另一番全新的生活——先到上海外国语学社学习，继而赴苏俄留学。一直到 1923 年底，已在苏俄留学两年多的蒋光慈，随着生活的日趋安定，蒋光慈才时时泛起家国之思、亲友之念，于是提笔给宋若瑜写了一封信。在信中，他探询若瑜：是不是有了新朋友，忘记了我；是不是因为时过境迁，忘记了我。在信中，他向她传播苏维埃的盛况，宣传 19 世纪英国浪漫主义诗人拜伦，希望她找拜伦早期的代表作、长篇叙事诗《恰尔德·哈罗德游记》看一看；并称赞拜伦是"黑暗的反抗者""上帝的不肖子""自由的歌者""强暴的劲敌"。蒋光慈还向宋若瑜表白，自己与拜伦一样，"同为被压迫者的朋友"；还以拜伦自诩，设想与拜伦对话："十九世纪的你，二十世纪的我。"

蒋光慈有个缺点，就是每每讲到理想抱负时，往往口气过大，给人一种"不逊"的感觉。但在宋若瑜眼中，毛病、缺点也成了长处，成了优点。不想当将军的士兵，不能算是好兵。什么叫"不逊"呀？是有志气、有魄力的表现。接到蒋光慈的信之后，宋若瑜在开封四处寻找拜伦的诗集看，还告诉她的好友："在俄国的那位蒋侠生，要做中国的拜伦了，真是有才气、有志气！"拜伦的诗，震撼了宋若瑜的心扉；中国的拜伦，惹得中州女杰魂牵北国，春心浮动。

事实上，宋若瑜这几年的生活，也发生了巨大的变化：被开封省立一女师开除；考取东南大学读书；休学到信阳省立二女师任教。

开除学籍的事，源于 1919 年 11 月 16 日，福建福州学生因提倡国货、抵制日货，与日本驻福州居留民团发生冲突。结果，爱国学生被击伤 7 人，打死 1 人，同时被打伤市民很多人，造成震惊全国的"福州惨案"。福州学联因此于当日向全国各界联合会发出急电请求声援。开封学生闻讯后，引起极大的愤慨。宋若瑜立即组织一女师学生上街游行示威，高呼"头可断，血可流，福州不可丢""力救福建""抵制日货"等口号。直到 1920 年初，斗争时起时伏，学潮仍在继续。各学校都要求学生复课，但学生不听，仍坚持罢课。开封一女师校长，请求河南省教育厅厅长李步青批准，张贴布告，开除所谓"出风头，闹学潮"的宋若瑜等 8 位学生。顿时，一女师上下一片哗然；许多学生哭喊着"宋若瑜"这个名字，找到宋若瑜的宿舍声援她；有的同学干脆扯下布告牌上的布告，将布告牌砸成了几块；还有的在教室外面高呼"李步青——理不清！""宋若瑜无罪"等口号，久久不愿散去。而此时坐在宿舍里的宋若瑜，却纹丝不动，没有眼泪，没有悲伤，有的只是满腔的怒火。事隔 5 年之后，她给蒋光慈写信谈及这件事情时说："你是一个革命者，我也是一个反抗者。我反抗宇宙间一切不平等、不自由的待遇！

我诅咒所有的资本家及帝国主义者。这种反抗或者就是我的生活。我自幼就爱反抗，因为反抗，所以在开封一女师被开除了——但是我愿意为这种有价值的反抗被开除。"

作为全国性的"五四"爱国运动，到了1920年已接近尾声。开封的运动也因一些进步学生被开除，加之寒假已到，学生各自回家，学运力量分散而受到了影响。宋若瑜的学籍虽然被开除，但她追求进步、渴望求知、探索救国救民方略的热情，并没有被遏制。她一面冷眼面向街坊邻里的讥讽，掩泪向父母陈述爱国无罪的道理，一面积极托人帮忙，转入了开办不久、倾向进步的北仓女中复习补课。

1922年夏，宋若瑜以优异的成绩，考取了梦寐以求、位于南京的名牌大学——东南大学教育系就读。当她置身于南京这七朝古都，见到了云集在东南大学的陶行知、竺可桢、茅以升等一代中华英才时，真是欣喜至极。她暗下决心"杜门谢客，埋首读书""努力的研究教育，以造成一个平民教育者"。谁知正当她废寝忘食、奋发向上的时候，宋家因经济困难而断其供给。宋若瑜无奈，只得忍痛含泪于1924年春期休学回开封了。当年被省立一女师开除，动摇不了宋若瑜积极向上、追求进步的人生信念；今日的经济困难从大学休学，更未使宋若瑜气馁消沉、一蹶不振。经友人介绍，她受聘于河南信阳省立二女师任教。

宋若瑜，这位立志献身教育的东南大学教育系的优等生，以她的知识渊博、能歌善舞、俊秀潇洒，博得了省立二女师师生们的喜爱。她不管是授英语、代美术、教体育，还是当斋务管理生活，总是与学生们像同学一样亲密无间。只要一有机会，她就向老师和同学们宣传新思想、新文化。她喜欢诗词，爱读名著，更希望在自己周围出现文学新秀。信阳籍的当代著名剧作家赵清阁，就是在宋若瑜的指点之下，踏上文学之路的。赵老曾多次回忆自己的文学成长之路，深情地怀念宋老师对自己培养的恩德。信阳省立二女师国文教师周仿溪，热爱新诗，喜欢剧作，十分崇拜蒋光慈，希望宋若瑜能给予介绍。宋若瑜热情推荐，蒋光慈也给予精心指导，终使周仿溪走上文坛，成为二十世纪三十年代河南著名诗人。不仅如此，宋若瑜还组织辅导学生排演反映革命思想的戏剧和舞蹈，在游艺会上进行表演，寓教于乐。在中原的南大门，宣传民主思想，以"促进革命的实现"。

宋若瑜，这位酷爱大自然的姑娘，笃信卢梭返于自然的学说。她如今置身于林壑优美、名胜迷人、气候宜人、民风淳朴的古城信阳，感到十分快慰。她经常约女友、学生，到郊外散步、聊天，尽情陶醉在青山绿水之间。她坐在小河边的沙滩上，仰望远山绿树，俯视碧水游鱼，不禁感慨："信阳的风景真美！这风声、水声、小鸟声——一种自然的音乐好听啊！"信阳的眉眼，是美丽的鸡公山。那里峭石嵯峨，溪水泉涌，奇鸟争鸣，风起云飞，堪称"云中公园"。宋若瑜利用假日，多次攀登流连，并由衷地赞道："城南四五十里有座鸡公山，风景极佳。"她后来曾多次向远在千里之外上海的蒋光慈呼唤："信阳的风景真好，不亚于江南的景物"，"可惜我没有文学手腕，不能描写她的真美。若我友在，一定作好诗来描写她的美呢。"

不过，夜深人静，沉下心来，失意的一面又占据了宋若瑜的心头，"我有时对于我自己的前途很抱悲观"。她后来曾写信给蒋光慈说："我友！你的精神生活枯寂，我的精神生活又何尝有乐趣！幸而我还能自慰，不然，我早就流于悲观自杀！"21岁的宋若瑜，多么需要温暖言辞来慰藉，多么需要爱情来滋润啊！

三方纠结

面对两个同龄的都是21岁的姑娘，一个是山镇美妞王书珍，一个是中州女杰宋若瑜，蒋光慈的心理失衡了。事实上，谁都看出来，两位姑娘的天壤之别，没有任何可比性。

深秋，金色的阳光给喧嚣的上海洒下一片柔情。仿佛这污垢的闹市，也配接受那美神妩媚的微笑。蒋光慈总算如愿了，总算从汪昆源口中打听到了宋若瑜的情况和下落。这位还未曾谋面的姑娘，经过汪昆源的详细介绍和描述，已经和他百般向往、千般追寻的苏维娅融为一体了，已在他的心中占据了几乎是压倒一切的位置。蒋光慈兴奋极了：他的心房里想了太多太多的情话，他的胸膛里蕴藏了太久太久的思念。他要向自己仰慕的爱神诉说，要向爱的碧绿池塘倾倒，要在爱的琳琅花园寻求解脱，要把被岁月截断的爱的红线迅速联结起来。1924年11月3日，他拉了满弓，把丘比特的神箭，射向了河南信阳省立二女师的宋若瑜：

若瑜爱友：

屋内的伴友：一盆金黄色的菊花，一架子的西文书。闷起来的时候，就看看花，对它发一阵痴想，痴想发过了之后，觉着更是无聊，于是掀开几页楔形文字的书来看。钟点到了，就夹起书包上学校里去讲课。课讲完了之后，或者回到屋内闷闷地稍微坐一下，拿起笔来写，或编讲义，或翻译文章。有时候下了课，独自一人跑向花园里逛一逛。

啊！这就是我近来的生活！有趣味呢？还是没有趣味？我想起，或者是幻想罢，你时常同阎女士及其他一些可爱的女郎游玩，散步，欣赏自然界的美丽，是何等幸福！是何等的生动！但是我呢？

这封信写得较长。据信文推断，这不是蒋光慈给宋若瑜的第一封信。因为在信的第二部分，蒋光慈写道：

"写了一封信给她，很久了，应当有回信了。但是……恐怕……"这或者是我无聊的默想，但是人越无聊，越盼望朋友的来信，而况是亲爱的朋友的来信？因盼望而默想，因默想而乱猜——这恐怕是人之常情罢！

阿弥陀佛！今天接着你的回信了。接着信的时候，不觉得什么喜欢，不觉得什么兴奋，但觉得得到了许多安慰。

为什么盼望来信呢？大约是为着得到一点安慰罢。

是信呢？还是安慰呢？

很显然，蒋光慈是在投石问路。蒋光慈、宋若瑜两人的通信录《纪念碑》一书，收录宋若瑜最早的一封信，是 1925 年 1 月 22 日在开封写的。针对蒋光慈的"寂寞"之说、"安慰"之论，信中有这么一段：

侠生！我知道你的精神生活是很枯寂的，你每次的来信，我念了几次，不禁为你表现无限的同情！我友！你的精神生活枯寂，我的精神生活又何尝乐趣！幸而我还能自慰，不然，我早就流于悲观自杀！我友！我很希望我友能自己安慰自己，对于任何事物皆放冷静些！

我友！你说世界上没有爱你的人，这话我个人是不相信的，因为你是一个可爱的人！

当然，作为一个姑娘，她更要投石问路。因此，她在这封信中写了这么一段：

几年来我的同志友人有许多已经嫁了人，她们现在不惟得不到什么快乐，并且得到了许多苦痛！我很可怜她们。因为这个缘故，我很希望我能成为一个独身主义实行者，以免去这些无谓的苦痛！

一听她说要独身，蒋光慈立刻在 1925 年 2 月 2 日的回信中，做了明确的表态：

你要勉成一个独身主义实行者，据你的理由，是因为怕结婚后免不了要受痛苦。本来爱情与痛苦有连带的关系，要想不痛苦，除非不要爱，所以我对于你这种主张，表示相当的赞同。但是在别的方面，我又知道，凡人皆有恋爱的本能，若强抑之而不发，实反悖自然的法则，亦非养生之道也。吾友以为然否？

这对青年男女，一个大学毕业，一个大学休学待读。他们就是这样地以美丽、流畅的语言，满怀深情地表达自己的心声。他们互相咨探着、问询着，把爱情抒写到委婉、雅丽的极致了。请看他俩如何运用兰花做文章吧。

蒋光慈 1925 年 2 月 16 日的信中，热情地写道："我正在用土栽培兰花的时候，忽然接到你的玉照，并且她是用一张上面印有兰花的信纸包着，这却未免有点奇怪了。我想你或者是兰花的情影，你喷气如兰，你如兰花的清幽，你的一切都如兰花一样。"

宋若瑜在 3 月 4 日的信中，立刻有了反应："我听说你栽了兰花，我今天也买了几盆兰花种上了，大约三两天内就可以开放她清香而幽美的花儿！看了她也生了无限的安慰，因为她与江南的兰花是同一的幽香。"

蒋光慈在 3 月 10 日的信中，依然没有忘记兰花："看书或执笔疲倦的时候，每转头看了我背后茶几上的一盆兰花，只有她可减少我的枯寂，给我些安慰。我天天希望她开，但是她总不开，似乎她不愿意我闻着她的幽香。但是我很苦了……你的兰花什么时候开了，就请你将她寄来一朵，使我一领略河南的春意。/现在江南看看草长莺飞了，但是她们都不是为着我的，我也没有什么顾盼她们的兴趣。/我只希望我茶几上的兰花开，但是她总不开呢？"

兰花知人意，春催兰花开。果然，在蒋光慈3月18日的信中，便欣欣然向"亲爱的若瑜"报告花讯了："好了！我手栽的兰花现在居然开了，居然大放其幽香了，居然给了我以香的刺激。江南的兰花对我是如此，而那河南的兰花对你又如何？"、"看江南已草长莺飞，春意饱醉了桃花李蕊，但是她们都是为着别个的……""倘若你能多抽些工夫来安慰我，则我将以恩人的眼光来看待你！我的兰花开了，今特寄一朵给你，使你领略一点江南的春意。"

江南怒放的兰花，果然使宋若瑜容颜大开。她在3月31日的信中，以压抑不住的喜悦心情写道："我接到你这次的信及兰花，心中异常快活！我自己也不知道为什么要快活！哈哈！一笑！/我的兰花还没开呢，真急人！……等它开了，我一定要寄你一朵！"

兰花象征他们之间的爱情，宋若瑜的兰花迟迟不开，当然"真急人"。情急之下，她自有办法。在4月1日的信中，她写道："今天同她们一道儿去乡下旅行，她们都小孩子样的采了人家许多花，我叫她们呢，她们也不言语地对着花儿笑，表示她们爱花的活泼姿态，煞是可爱。她们偷的花送了我几枝儿，我现在送你几朵儿，分点儿贼赃给你。哈哈，一笑。"信末已签了名字，她又念念地补了一句："我的兰花还没开，真恨人！"

没有兰花，"贼赃"也是好的。在4月8日的信中，蒋光慈说："多谢你分送给我的贼赃！我一点儿也不怕犯罪，请你下次还多分送些贼赃——花——给我罢！"在同一天的另一封信中，他几乎是挑明了似的干脆说："你接了我这次的信及兰花，心中异常快活；可是我久未接你的信，心中却很烦闷。可见你要比我幸福得多；为什么你快活而我烦闷呢？/快活，为什么要快活？你自己真不知道为什么要快活？岂不是因为看了兰花之后，你领略了江南的春意？岂不是因为江南还有一个人把春的消息送给你来？岂不是因为，哦，我或者猜错了。是不是猜错了呢？那我还要请问你。/你的兰花开了么？为什么她故意迟迟地开？大约因为她不愿意受我的领略？可是我要领略她的幽香，我却望她终能够受我的领略！"在这封信的末尾，蒋光慈写了四句诗："春色满大地，春意使人醉；愿化飞蝴蝶，眠向花深处。"并祝友"听鸟语而神飞，闻花香而色舞！"

春催花艳，爱催心开。宋若瑜虽没写到兰花的开放，可是她爱心的门扉却打开了。在4月28日的信中，她说：

侠生！亲爱的侠生！我现在对于你已经发生了很热烈的不能抑制的爱力！感

情已经战胜了意志！我友！你知道我吗？

在 5 月 18 日的信中，姑娘更是情不自禁地呼唤道：

侠生！亲爱的侠生！你认清楚我了吗？你相信我吗？你真诚恳的爱我吗？侠生！我感激你呵！我的侠生！我为什么抑制不住要爱你呢？我自己也答不出来。我总希望我能诚恳的热烈的永远地爱你一个人！我的侠生，你能永远地爱我吗？

我相信我的爱情是不容易发生的，既发生更不容易减少的——这或者是我痛苦的根源吧？

我的侠生！我现在才相信意志是战不胜感情的啊！

唐代诗人李商隐的诗说得好："逢山此去无多路，青鸟殷勤为探看。"青鸟，指传信的使者。蒋宋之间，鱼雁传书，日益频繁。心理上的吸引对地理上距离的克服，心灵上的相通对面容上陌生的超越，全靠情书的屡屡往返。蒋光慈深知情书是爱的使者，是两性愉悦和谐的福音。他醉了，爱情笔谈成了他与宋若瑜生活中的一项重要内容。走在高楼林立的大街上，蒋光慈似见每一扇窗户都有宋若瑜的眼睛；走在市郊的绿野里，蒋光慈似觉每一朵野花都闪烁宋若瑜的面容。蓝天上的每一颗星星，阳光里的每一缕清风，都能为蒋光慈带来爱的信息，爱的幻影。

就是这样地，蒋光慈把宋若瑜当作了可亲可敬的女英雄苏维亚。她在他的心中，几乎占据了压倒一切的位置。他的火一样炽烈的情感，要向她尽情地倾诉。他的才情洋溢、诗意盎然的信件，化成了支支羽箭，仍在继续不断地向宋若瑜射去。

就在蒋光慈与宋若瑜书来信往，情切切、意绵绵抒描诗情画意、兰花盛开的时候，王书珍彻底被动了，她一不能写信，二无电话可打，三无其他任何传情达意的妙法，她只能把对丈夫的思念，化成千种念丝、万种柔情存放在心底。

姑娘的爱湖，原本纯洁、明净，静得如一池平静的春水，虽然偶尔有爱的微风吹拂，但只吹皱起几缕细澜微波，搅不动水面的平静。现在，经蒋光慈亲身投入，搅起了巨浪大澜，产生了人生的甜蜜和诱惑，姑娘的池水再也难以平静了。她想起自己爱唱的山歌："水面鸳鸯结成伴，塘里又开并蒂莲。人家夫妻团圆乐，我如明月缺半边。"更压抑不了自己对男人的渴望："天上乌云跑四方，地下不听水声响。早稻打苞需灌水，开锅豆腐要点浆，十八岁大姐正要郎。"

她的新房不大但很温馨。可是，王书珍很怕一个人待在房里，她忍受不了对蒋光慈思念的煎熬，看着窗边，那里似乎有蒋光慈临窗凝眸的面影；看看床头，那里似乎有蒋光慈身躺的余温。更要命的是，有时在梦中，光慈似乎压在自己的胸脯上，她也明明知道那是假的，但就是浑身酥软如泥，懒得动弹。

她想循着蒋光慈的足迹，到白塔寺里走走，但怕见到大光蛋们阴森的目光，听到他们放纵的笑声；她想到小镇西边的石山走走，看看巧子哥曾同人对歌的"斗歌台"，但又怕碰到小放牛们胡扯白舌，说些"混账话"。终于有一天，她大着胆子爬到陡山上，心惊胆战地在乱坟堆里穿行，但没有巧子哥在身边总觉得势单力弱，更没有向远方眺望的闲心，于是很快跑下山来。

光阴似箭，日月如梭。转眼间，1925年春节到了。按照王书珍的盘算，春节这个大节，巧子哥是应该回来的。可是，一直等到大年三十全家吃团圆饭，还是未见巧子回来。

新正月里，虽然蒋家事多，但不用书珍插手。身手闲了，心思反而多了，有意无意地，书珍常到东巷口向远方张望，盼望那个熟悉的手提小箱子的身影出现，可是望穿双眼，也不见想念的人的影子。

随着乡村锣鼓的敲起，一年一度的"玩灯"掀起了高潮。那"龙灯"，那"高跷"，那"肘阁"等等五花十彩，都激不起书珍的兴趣。但当那玩旱船出现的时候，书珍怎么也控制不了自己的情绪了。巧子哥曾玩过旱船的"灯芯"呀，他上穿大襟红袄，下套黑色百褶裙子，脚登红绣鞋，鞋脸缀彩缨，小嘴儿唱着，细腰儿扭着，真是世界上最俊的人儿了。那时呀，巧子哥同船两边手舞彩巾的"兰花"、船后频频划着旱船的"艄公"、船前摇着破芭蕉扇、扎着冲天小辫子的"骚答子"，唱呀，跳呀，摇呀，那多好看啊。这一切，都定格在王书珍的心里，溶化在她那灵魂、血液中。

一直等到二月二、龙抬头，还不见巧子哥归来。

一直等到三月三、荠菜花开谢了，还不见巧子哥的影子，书珍空留与婆婆、与巧子哥上三仙山拜佛的幻影。

柳树枝绿了，杏花儿白了，桃花朵朵红艳艳了，巧子哥还没有归来，唉唉，还没有归来。

每天晚上独守空房，唯有老鼠叽叽叫着，在床头追逐。这天晚上王书珍吃了一惊，一个声音在脑际萦廻：俺这不是在当寡妇吗？想到此，不禁在心中唱起了

《小寡妇自叹》："四月里，四月八，/奶奶庙里把香插。/二十多岁就守寡，/苦守空房无办法。/睡在床上做个梦，/梦见死鬼转回家。"

这样唱着，心头滚过阵阵凄凉，她觉得这歌儿不能唱，很不吉利，这不明明是在怨巧子哥、咒巧子哥吗？想着想着心中像被人揪了一把地疼痛，不禁噤了声。

日有所思，夜有所梦。这梦，书珍已经经历过多回了。这天夜里，她觉得自己分明醒着，"吱呀"一声房门被推开。书珍抬头一看，高大的巧子哥走进房，还笑呢，白牙在夜色中闪烁。书珍一个鲤鱼打挺从床上跳下地，哭着喊道："巧子哥噢——"便扑向了那个身影。人是醒了，可书珍不相信自己是在做梦，于是迅速打开门，扑向院子，看看到底有没有巧子哥！

小院子里满院月色，那棵枣树投下了巨大的暗影，枝叶间筛下点点月光，随着枣树枝叶的摇动而轻轻起舞，哪里有巧子哥呀？书珍似乎站立不起了，靠着枣树的躯干慢慢下沉坐到地下，索性抹起眼泪，小声地哭起来。

哭声不高，在这寂静的夜里却传得很远。年轻人瞌睡大没注意，可偏巧被婆婆陈氏听到了。老人当即披衣下床，循声来到枣树下，发觉原是小媳妇在哭，于是问道："这是怎么了，书珍！发生啥事了，这么晚了竟在这儿哭！"

书珍见婆婆站在自己面前，是最亲的长辈呀！她也不遮不盖了，伤心地说："俺娘！俺想巧子哥呀！刚才俺梦见他回来了，追到院子里，可哪有他影子呢？娘，娘！俺想他呀，想得心中火烧火燎……"

陈氏为小媳妇说实话而吃惊，她叹了一口气，把书珍从地上拉起来，感到她两手冰凉，身子儿微抖，便说："快回去睡吧，看你这手儿凉的……"

陈氏回了屋，蒋从甫也醒了。他问老伴："你在院子里同谁说话？"

"是小珍子呀！"陈氏说道，"她睡觉做梦，见巧子回来了，发觉房中没有人，便开门追到院子里，当然是一场空，便伤心得坐在枣树下哭起来，见到我便说：'娘，娘！俺想他呀……'你看，想得也不知羞了，天可怜见的……"

蒋从甫听着，沉思了半天，说道："俺最近一程发觉这丫头有点儿不对劲，吃喝不香，也不爱说笑了，有时一个人坐在一边想心思……"

"还有呢"陈氏说道，"这丫头鬼精灵，做事麻利。自今年开春以来，有时不仅丢三忘四，也不想做针线活；人也打不起精神，失神落魄，眼见瘦了一圈……"

老两口罕见地议论起小媳妇来，说着说着，蒋从甫惊得把被头一拍，说道："唉！这丫头莫不是得了'思魔病'了！"

思魔病，乡里人又称"相思病"。此病虽然罕见，但男女均有患此病者。从女子来说，有的是怀春，到了一定年龄思嫁；有的是年轻夫妻相别久了，又没有相见的盼头，日积月累，往往得了此病。如果不及时开导，任其发展，女子往往抑郁失神，缺少生机和活力，其中不乏疯癫，甚至抑郁自杀而亡。蒋从甫和陈氏都见过此类病例。

陈氏听丈夫如此一说，不觉惊得"啊呀"一声，立即问道："那，那怎么办？"

"明天跟如香说说，叫她搬回跟小嫂子同住，两人在一块做做伴儿，说说话儿，省得小珍子东想西想想不开，魔心魔力钻牛角尖！"蒋从甫说道，"小如香也懂事了，你向她交个实底儿，把昨晚的事对她说一说，让她留点心，注意小嫂子的行踪动态。"

老两口如此谋划着，都是很长时间没有合眼。

就在王书珍期盼蒋光慈回白塔畈过 1925 年春节的时候，在 1924 年的最后一天（12 月 31 日），蒋光慈在上海写了一首诗《过年》。

诗中写自己这年"从那冰天雪地之邦，/回到我悲哀祖国之海滨。/谁知海上的北风更为刺骨，/谁知海上的空气更为寒冷；/比冰天雪地更惨酷些的海上呀！/你逼得无衣的游子魂惊。"诗句中，表达了对中国黑暗现实的强烈不满。这里的"海上"实际上喻指"上海"，诗人正是从上海来观察中国黑暗的。

接着，诗歌写到了上海虚假的繁荣：街道两边扎了许多彩门；送礼的人们来往不停；商店贴着新年广告；老爷、少爷、小姐、太太们乐在其中……与这些虚假繁荣做着对比的"我们"，又该怎么办呢？诗人写道：

> 过年啊，我今天也来过个穷年，
> 且把一些纷乱的愁情抛开净尽。
> 我跳上电车坐到先施公司门口，
> 在嘈杂的声中我买了啤酒一瓶；
> 再顺便在小铺里买了两包花生，
> 哦，这已经办好了过年的佳品。
>
> 第一杯酒祝我亲爱的父母，

哦多年未见的双亲！
我亲爱的年老的父母呀！
祝你俩莫要念我，祝你俩康宁。
请你俩宽恕你俩的流浪的儿子，
他已多年未来家温亲定省。

第二杯酒祝福我悲哀的祖国，
哦，可怜的悲哀的爱人！
可怜的而可爱的祖国呀！
祝福你莫要颓唐，祝你梦醒。
你应当有重新复振的一日，
你要变成万花异锦的春城。

第三杯酒祝福全世界穷苦的兄弟，
哦，与我同一命运的人们！
穷苦而受压迫的兄弟呀！
祝你们莫要屈服，祝你们革命。
世界应为我们所占有了，
来！来同我们打破这黑暗的囚城！

第四杯酒祝福飘零流浪的我，
哦，一个不合时宜的诗人！
飘零流浪的我呀！
祝你飘零流浪，祝你狂吟。
你要把你的血液喷成长江大海，
你要将你的声音变为响雷怒霆！

蒋光慈以"过年"为题，抒发自己的胸怀。他写了喝四杯酒所要祝福的对象，他除了祝福父母康宁，以尽孝心之外，更把远大眼光放到祖国和人民以至世界穷苦的兄弟身上。相信祖国会"复振"，会变成"万花异锦的春城"；相信祖国和世界人民不会屈服、永远革命，会"打破黑暗的囚城"；而个人呢，一定会把"血液喷成长江大海"，把"声音变为响雷怒霆"。怀着这样决心和壮志，他自然要找终生的志同道合的革命伴侣，而且"上至碧落，下至黄泉"地找，好不容易找到了宋若瑜，他怎么会轻易地放弃？

但是，在1925年旧历年前后，由于宋若瑜没有一个果断地答应做他恋人的态度，因此蒋光慈的心情很不好。蒋光慈2月2日致宋若瑜的信中说："我还脱不了旧习惯，大家过旧年，我也随之过旧年，弄得我的精神不大好起来了。我接到你一月二十二号的信已经好几天了，本来早就该回你的信，可是因为精神不好，所以到今日才提笔。"

蒋光慈心情不好的原因，当然与宋若瑜的态度有关。随着这年春节后他们通过信件交流，彼此之间才迅速热络起来。

1924年底，根据党中央的指示，成立了中国共产党北方区执行委员会，由李大钊同志负责，和赵世炎、陈延年等领导北方广大地区的革命工作。这一年，爱国将领冯玉祥发动北京政变，将所部改组为国民军，任总司令兼第一军军长。他电邀孙中山北上，并将清废帝溥仪逐出皇宫。李大钊正确分析了北方冯玉祥政变后复杂的政治形势，采取了联合国民军、打倒段祺瑞和奉系军阀的正确策略。此时，李大钊亲自对冯玉祥做了许多工作，又派其他同志和书信往来对冯玉祥部下的许多将领做了许多工作，向他们解释和宣传了党的打倒帝国主义、打倒军阀、打倒土豪劣绅等政治主张。此外，还派了一些同志直接深入到国民军中去，在中下层军官和士兵中进行活动。

就是在这样的大背景下，1925年4月中旬，精通俄语的蒋光慈，经党组织调遣，离开上海大学，前往北方局报到。5月中旬，经李大钊同志分配到张家口冯玉祥部，既为在张家口的军官学校做教官的苏联顾问当翻译，他自己也曾一度兼任军官学校的教员，同冯玉祥也有些接触。他多在张家口，有时也在北京，并且到多伦多去旅行过。

蒋光慈是在1925年4月20日之后先到北京，5月初转至张家口，此后便在两地之间来往。随着他和宋若瑜通信的密集，随着宋若瑜赠了自己的照片，以致4月28日宋若瑜在信中惊呼："侠生！亲爱的侠生！我现在对于你已经发生了很热烈的不能抑制的爱力！感情已经战胜了意志！"在5月14日的信中，她又向蒋光慈诉说了自己的另一种愉悦："侠生！你说我的小照随你到处跑，但是我的心灵又何曾不是随你到处跑呢！我自己也不知道我的心灵为什么要随你到处跑！侠生！你能知道吗?"

情思深厚，情激花开。5 月 9 日夜，宋若瑜还为蒋光慈写了一首诗《夜》：

夜深了，
一切的声音静了，
宇宙的一切都沉默了。
澄碧的天空；
皎莹的月光。
只有微风吹动树叶儿响。
我静静地坐在树荫的深处默想……

夜静呵，
清幽呵，
月儿走近了，
她笑了，
她蜜蜜地笑了。
她从树叶的空隙中漏进来一朵朵皎洁的倩光——
映在我似愁非愁的面孔上。
使我不得不对她呆望，幻想：
倘若我能生出两翅，
我一定要飞到月宫上，
望一望我那唯一的神交知己，
在塞北是什么样情况！

诗歌真情实感地表达了对蒋光慈的一腔赤诚和爱意，闪烁着一种稚拙美。蒋光慈特地把它录在《纪念碑》中，流传后世。

两位年轻人陷入了情深意长、温馨如春的爱海。随着时间的推移，从他们在信头的互相称谓里，也可明显看到彼此爱意的升华。蒋光慈称宋若瑜"若瑜爱友""亲爱的若瑜友""亲爱的若瑜""亲爱的瑜妹""我亲爱的瑜妹""我最亲爱的瑜妹"等等；宋若瑜则称蒋光慈"侠生友""侠生我的爱友""亲爱的侠生""亲爱的侠生吾友""我最亲爱的侠生哥哥""我所爱的侠生哥哥"等等，真是情切切、甜蜜蜜，天长地久，碧海青天。

蒋光慈和宋若瑜的相爱，是有深厚根基的。这主要表现为两个方面：其一，他俩都憎恨人间的不平，敢于反抗黑暗的势力，向往光明的未来。这诚如宋若瑜在信中所说："侠生！你以为我是一个贪生怕死的贵族式的女子吗？哈哈，你猜错了！你是一个革命者，我也是一个反抗者。因为反抗，所以在开封一女师被开除了——但是我很愿为这种有价值的反抗被开除。"其二，他俩有共同的志向和爱好。这就是熔铸能力，投入革命，服务社会；而文学又是他们共同爱好的纽带。宋若瑜不仅能歌善舞，而且有文学才能，会写诗，会翻译，有敏锐的感知、悟性和表达能力。这一点，很受蒋光慈的赏识和称赞，多次说宋若瑜"你是我司文艺的女神，你是我的灵魂""只因我是诗人，你是司文艺的神女"甚至说"我想我俩将来走一条路，我希望你也勉成为一个女诗人"。

不久，出了一件事，又将蒋光慈和宋若瑜的关系推进了一层。

宋若瑜是南京东南大学教育系的优等生，以她的知识渊博和英俊潇洒，博得了二女师师生们的喜爱。不论是她授英语、代美术、教体育，还是她从事斋务管理学生们的生活，师生之间总是亲密无间。由于同蒋光慈热恋，宋若瑜多次想离开信阳，追随蒋光慈，同二女师解聘北上。学校师生们获悉此情后，洒泪挽留这位深孚众望的好老师。宋若瑜面对师生们的泪眼，自己也哭了，她也不忍心离开二女师可爱的学生们，并写信告诉蒋光慈自己的心境："我很爱二女师的学生们。"

学生们害怕自己的宋老师离开学校，就写信给开封的宋母秦氏，骗她说宋若瑜病了，病中想见妈妈。宋母接到信时正生病吃药，她念女心切，带药坐快车赶到信阳，才知女儿身体康健。同时，学生们居然神通广大地搞到了蒋光慈的通信地址，也寄一封快信到张家口，告诫蒋光慈"不该天天写信"勾引她们的宋老师，唆使她去什么北京，上什么张家口，妄图割断她们师生之间的骨肉之情。面对她们师生如此的情长谊深，一向有点儿自傲的蒋光慈不得不低头认输。他一面向宋若瑜做着解释："教员什么时候都可找得到的，而我的爱人却只有你一个。比较起来，到底哪一方面严重些呢？"另一方面，又不得不赔礼道歉："我向你的学生们道歉，请她们原谅我！"

宋若瑜见到了母亲，又收到了蒋光慈的信，才知道学生们背着自己营造的苦情剧。她看着那些天真可爱的姑娘们，眼睫上挂着伤心泪珠，真是哭笑不得，左右为难。

毕竟是父母身上的一块肉，独生女儿在感情上所受的煎熬，秦氏老太太看在眼里，痛在心里，经不住女儿的眼泪和乞求，老母亲终于决定这年暑假陪女儿去北京，与蒋光慈见面。

蒋从甫和陈氏老两口悄无声息地，安排了小女儿如香搬回王书珍房间，同小嫂子合住。这姑嫂俩曾长期合住，脾气相投，两人都没说什么，反而显得很高兴。只是陈氏背后把书珍梦中想念光慈、夜里在院中哭的蹊跷事儿，告诉了如香，要她灵醒一点儿。如香这年虚岁已经 16 岁，幼年读过几年私塾，又生活在山间小镇上，见多识广，经娘这一说，她什么都懂了。她知道，书珍已经圆房，同小哥情深义重，发生点儿事故，并不奇怪。虽然是嫂子，但情同姐妹，自己决不能让书珍姐出什么"权头"呀！于是，她对陈氏说："娘！你放心吧！小嫂子一定会平平安安的！"

姑嫂俩同过去一样，常睡在一头儿。但是，没睡上三天，如香就不习惯了，她感到书珍晚上总难睡得安实，不仅唉声叹气，还翻来覆去，有一晚竟在梦中抽抽噎噎地哭起来。这一下，如香吓得不轻，赶忙翻身面向书珍，用力把她摇醒。只见书珍从梦中惊醒，还不忘喊了一声："巧子哥呀！"声音悲凉而凄厉。

"看。"如香在暗中苦笑了一下，"又梦见俺小哥了？"

"是呀！"书珍老老实实地承认"你小哥怎么老是背对着俺呢？再喊他也不转一下身！"

如香安慰小嫂子："梦中做的都是反事儿，他背对着你，说明他更对你亲呢。"顿了一下，又说："从前你睡不着觉就唱歌儿，现在也可以唱呀，只是声音要小一些！"

"对呀！"王书珍显得高兴起来，"姐心中攒了许多歌呀！"说罢，便压低声音轻唱起来：

郎有心来姐有心，
哪怕山高水又深。
山高自有登天道，

水深也有船来行，
山水难隔有情人。

停了一下，书珍又唱道：

哪有山水不下河？
哪有郎姐不唱歌？
哪有唱歌不唱姐？
哪有情妹不想哥？
男女心思差不多！

书珍唱着，声音有些喑哑了：

乖姐想郎想得痴，
夜夜想郎郎不知。
眼泪流过三张席，
哭郎哭到月斜时，
床底挖个养鱼池。

书珍唱着，似乎流了眼泪，抓过枕巾，边擦边唱：

妹害相思好可怜，
半月不见头和脸；
那日闻讯哥来望，
见妹整整瘦一圈，
不知见人是见仙？

书珍唱着，小声地哭起来，边哭边吐心声：

鱼靠水来水靠树，

奴家靠的是丈夫；

一去整年无音讯，

夜夜梦见奴的夫！

此歌唱罢，王书珍竟嘤嘤嘤地连续哭起来，她怕惊动了人，干脆头顶被单压住了声音。如香没想叫她唱歌唱出了这么一个结果，赶忙躺下，轻拍小嫂子的后背安慰她。

为了怕父母担心，如香没有把书珍夜里唱歌哭泣的事儿告诉两位老人，从此反而像一位小大人一样地处处关心书珍的言语、行踪，悉心保护自己的小嫂子。

日月轮转，时光飞逝。1925 年 4 月中旬的一天，阳光普照，蓝空如洗，农历三月的清风吹得人格外清爽。王书珍吃过早饭，似有所盼又似没有任何希求，莫名其妙地顺着东巷口向东走去，又莫名其妙地走向田野。田野上一片春光。桃花已烧了枝，柳树正迎风梳着长发。书珍走了一程，一惊停住了步，自问自己："俺这是往哪儿去呀？"她向远远的东方望了一眼，又自问自答道："噢，俺这是去四里岗啊，去巧子哥同咱分手的地方！"

"真是鬼使神差！"王书珍暗暗嘲讽自己，接着又转念想道，"去四里岗就去四里岗，到那儿看看也不错！一年了，那儿是啥景况呀！"

定了目的地，书珍加快了脚步，没想很快就到了。

四里岗依旧是四里岗，成排成排的桃树，桃花已经谢了，青枝碧叶笑傲着温暖的春风。王书珍登上岗顶，凝眸眺望遥远的东方，天边似乎有绿树、有房屋、有人间，其余啥也没有啊，连一个人影儿也没有！小媳妇伤心地跌坐在地上，去年为巧子哥唱的歌儿音犹在耳呢，什么"屋檐滴水难成河，鸡抱鸭子空抱窝"哪，什么"劝哥莫跟纠藤学，缠了这棵缠那棵"哪，什么"送郎一挂小炮仗，望不见情郎听炮仗"哪，什么"放只风筝慢慢飘，风筝就怕线不牢"哪，噢噢，今天这一切都应验了，都应验了啊！书珍想着，心如刀绞，顿时泪如雨下，索性放开嗓门哭了起来。

哭了约有半个时辰，书珍站了起来，想找巧子哥最后坐的抱着她长吻的大石头。很快，大石头找到了。书珍依旧径直坐了下来，可身边没有巧子哥啊！她看看蓝天，天上只有白云，可白云不会说话；她看看大地，地上只有百物萌生，可只有树叶在风中索索儿响。她感到孤寂绝望。

这时，王书珍突然想起自己曾经看过的一出戏，戏名记不清了。戏中说，一对结拜兄弟分别十年，想念如渴，渴求相见。但是，相隔万里，机会难觅。这天，做弟弟的听说人的灵魂可飞，如果自杀了，两个人瞬间即可见面。于是，他便拔剑高呼："兄台！为弟来了也——"然后自刎。想到这里，书珍突然害怕起来。人都说，唱戏的都是假的，自杀了人不就没有了吗？她想起一首山歌："日头看看往西歪，乖姐扳柳望郎来。情郎不来俺是死，扳断柳树打棺材，一朵鲜花土里埋。"你瞧，睡进棺材土里埋，不就像白塔畈陡山上的那些密密麻麻的坟冢吗？但是，书珍又想：古人性格刚烈，对待朋友真诚，说不定那戏唱的是真的呢？如果俺死了，化成了飞魂，夜夜在巧子哥梦中与他见面，相抱相拥，亲亲热热，不也很美吗？在白塔畈如此活着，人不人、鬼不鬼，又有啥意思呢？不过，像那个做弟弟的拔剑自杀，鲜血四溅，太怕人了！对，对，俺可以上吊呀，不流血、不流汗……想着，书珍看看那些桃树，长得都很矮，没有可以上吊的地方。噢，在岗西侧的一处陡峭之处，长着一棵野山樱，枝干光滑，枝叶青葱，主干有盏口粗，并不高，好像是专为她王书珍安排的。这野山樱在山区还开花最早，立春之后，它就红艳艳一片了。可是如今，花早落尽了……

王书珍情不自禁地来到那棵野山樱下，把树上上下下打量了一遍，这才猛然想起：没有绳子呀！转念又想：也许观音老母保佑我呢，命不该绝！她想起白塔畈有户人家的童养媳熬不过婆母虐待，在山里打柴时上了吊，绳子用的是自己的裤腰带。对，自己不也有裤腰带吗？而且自己的裤腰带很讲究，是用三色细线编结的，很结实。小如香说她的裤带好看，她也专为小姑子结了一条。想着，她向周围细瞅了一眼，很快解下了自己的裤带，同时，把自己的腰围扣紧。

书珍一边把裤带往头上一条较粗的山樱枝子上搭，一边突然伤心起来，同众多人们弥留存亡时一样，首先想到的是娘，亲娘已在地下等她，于是，她一边把裤带往脖子上套，一边热辣辣地喊了一声："亲娘噢，你苦命的丫头——"

就在这时候，从静静的桃园那儿，山崩地裂地传来人的一声高喊："大姐！慢着——"

书珍两腿一软，瘫坐到地上。只见从桃园那边慌慌张张地奔过来一个小伙子，大声喊道："你好糊涂！"一边说着，一边很快从树枝上解下了裤带。当他要把裤带递给书珍时，脸唰地一下红了，赶忙背对小媳妇："你快把衣服系好！"

书珍很快系紧了裤子，脸色煞白，刹那间又转为血红。她想动步，但双腿颤抖，怎么也动不了步子。小伙子无法，只得搀扶着书珍往桃园边上移动。也是凑巧，终于扶到书珍非常熟悉的那一块大石头上坐下。

小伙子没有坐，站在穿着白褂黑裤的书珍对面。他面带微笑，劝慰道："大姐！你是白塔畈街上人，俺认识你。常言道：好死不如赖活着。有啥事想不开呢？竟然想到了绝路上……"

书珍的心慢慢平静下来，这才细细打量起小伙子来：约莫二十五六岁，中等偏高的个子，上穿白布对襟褂儿，下着黑色裤子，大团脸上布着慈眉善目，厚嘴唇更是透着憨厚劲儿。她看着小伙子，心里涌起了羞愧，说道：

"大哥！谢谢你哪！你救了俺一命啊！刚才俺是鬼迷心窍了——"顿了一下，又说道："怎么这么巧呢？遇到大哥了！你这是到哪儿去呀！"

小伙子手指东北方，笑道："俺家住在杨井村，是个木匠，今天往白塔畈西边的秦洼去，给人家做活儿。"

王书珍恢复过来了，慢慢地站起来，恭恭敬敬地向小伙子道了一个万福，轻轻学着戏剧人物的口吻："敢问大哥尊姓大名？"

小伙子客气地说道："俺姓黄，名叫黄炳华。虽然是山野之人，但俺明白：救人一命，胜造七级浮屠。这，是做人的本分！"说完，小伙子迅速走到桃树丛中，挑出一副担子，一头是一个箱子，一头是竹篾编的一个筒状物，装的都是木匠使用的工具。他悠悠挑着来到王书珍身旁，笑道："大姐！咱们到白塔畈街上是一路儿，起来走吧！"

书珍缓缓站起来，笑道："黄大哥！看样子，俺不像你大姐，你分明比俺大呢，俺应喊你一声黄大哥才是。"

黄炳华把担子在肩上颠了颠，笑道："俺二十五了，看来是比你大一些。"

两人一前一后匆匆走着，一路上集、下集买卖的人慢慢多起来，黄炳华估摸王书珍已经平安无事了，于是便加快步伐，迅速赶路，并回过头，抱歉地说："刚才咱们耽搁了一会，俺得先走了，事主家还等着呢。"

"谢谢你了，黄大哥！你先走吧，俺没有急事儿。"书珍说着，笑着盯了他一眼，看他那宽宽的肩膀，和肩膀上悠悠的担子，对他产生由衷的好感。

话说，蒋如香好长时间不见小嫂子，有些不放心。在家里不见，她又找到东巷口，又慢慢往前走，不觉走了半里路，碰到了匆匆赶路的黄炳华，于是便问道："这位大哥！你路上看到一位穿着白褂黑裤的女子了吗？"

黄炳华一听，停下了担子，一边擦汗，一边急急问道："看到了，在后边呢。她是你的什么人？"

"是俺小嫂子！"

"你们家出啥事了？"

"没有呀。"小如香莫名其妙。

"怎么没出事呢？她肯定有啥想不开。不然，她不会在四里岗桃园自杀，在一棵野山樱树下上吊，嘿，幸亏碰到俺呢，救了她一命！"

"俺的天哪！"蒋如香惊恐地叫了一声。

"叫你的父母开导开导她啊。"黄炳华又挑起了担子，"看你小嫂子年纪不大呢，心思为啥这样深？有啥麻缠事想不开啊！"

蒋如香站在东巷口，等着小嫂子。果然，没一会，王书珍回来了。只见她脸儿红红的，鼻尖上涌出密密的细汗。他像没事人一样，一把抱住了小如香，笑道："俺心中记挂你小哥，出去散散心呢。"

如香说："在家也能记挂啊，何必要跑那么远？"

王书珍回家以后，一切如常，没有什么异样。这反而使小如香更加害怕了。整个下午，她环顾书珍左右，不敢离开小嫂子，心中想到真的是知人知面不知心呀，小嫂子真的舍得去上吊吗？这事重大，可不能瞒着爹娘噢！

吃过晚饭，一切忙定了，如香才偷个空儿来到父母房间，悄悄地把书珍在四里岗桃园上吊自杀、被人搭救的事儿告诉了父母。

陈氏听罢，惊得两手一拍："啊呀，这丫头！"

蒋从甫压下了心惊，缓缓地说："我估摸着早晚要出点事，没想到蒋家是要出人命！老三这狗东西，全是他作的孽！明天就叫儒谦去上海，问他这牌怎么抹！"

嫁妻遗韵

这一晚，蒋从甫和陈氏老两口几乎一夜没有合眼，两人仔仔细细地盘算着。因为进退都可能失据，他们就像庄户人安排庄稼一样，田间的角角落落都想到了。

第二天一大早，蒋从甫从稍稍迷盹一会中清醒过来，忙着在房间的书桌上磨好墨，铺好一张笺纸。早晨的房间晦暗，他又点起了灯，这才戴上了老花眼镜，挥笔写了起来。虽然他对小儿子满肚怨气，但仍敌不过一股舐犊之情，下起笔来尽量轻描圆润。

北峰吾儿：

近好。你离家倏忽一载，为父念念在心。春节儿未返里，虽接儿家书一纸，但难掩全家思念。儿常在外漂泊，为父视为常事。但如今不同了：你已婚娶，是为人夫；书珍青春年少，独眠新房，难免杂念丛生。虽然父母作了安排，但她缺少夫妻人伦之情，父母无法补益矣。日积月累，非常之事难免发生。近生一事，儒谦当向你详告。盼儿一定警觉警醒，迅即做好安排定夺。为父养儿成人，不冀回报，但求不要让父母愧对乡里，甚至变相杀人矣！为盼。

父字

十四年春月

蒋从甫写好了这封信，放到一个信封里，并未封口，放到抽屉里。吃罢早饭，他和陈氏将大儿子暗暗召到房间里。蒋儒谦憨憨地笑着，搓着手，不知父母有啥吩咐。蒋从甫待他坐定，把自己的水烟袋递给了大儿子。儒谦平时抽的是旱烟，但对水烟也不陌生。他高兴地接过烟袋，便"卟鲁，卟鲁"地抽起来，烟嘴的黄烟丝上闪着一点淡红。

待儒谦过足了烟瘾，蒋从甫这才说："儒谦！你明天去一趟上海！"

儒谦吃了一惊："去上海干啥？千里迢迢的……"

蒋从甫这才把王书珍如何想念蒋光慈夜里在院子里哭、昨天在四里岗自杀被人救下了等等事体，从头到尾细细说了一遍，临了说道："你去上海明里说，是去看看生意、进货啥的，实际上是去问问老三，他把媳妇这样放在家里不长不团的，究竟怎么办？这场牌下一局如何抹，叫他给咱们一个准信！"

"这确实是个事！"36岁的蒋儒谦平时家里家外的事有父亲照应着，他和蒋儒让的主要精力放在家中的商店和乡下的农田上，没想到家里安安静静的，竟发生了这些他不知道的事情，想着还有点后怕呢。他想想，又问起了父亲：

"我这次去上海，能让书珍知道吗？"

陈氏听了，赶忙接话道："不能让她知道。她一去，你和巧子还能谈事吗？"

蒋从甫点点头："你一个人去，速去速回。巧子每去上海不都是从合肥坐船经巢湖到裕溪口，然后再乘大轮到上海吗？你长这么大还是草棵南瓜没见着天，也该出去长长见识了。"说着，把抽屉里的信拿出来，给蒋儒谦念了一遍。

儒谦听着信中有"变相杀人"的话，就说："爹！什么'杀人'呀的，说着吓人呢。"

蒋从甫脸色一寒，冷冷地说："'变相杀人'！昨天她真的上吊死了，事情出在咱蒋家，俺是家主，这不是说我变着法儿杀人吗？这事，咱们担不起噢！"

蒋儒谦这才明白了，暗暗吐了一下舌头。

1925年春节前后，蒋光慈写了一大批诗歌，诗风刚劲，为中国人民的奋起求解放而歌，为剥削阶级的灭亡频敲丧钟，慷慨激昂，情绪激烈。如《哀中国》《过年》《哭孙中山先生》《血花的爆裂》等等，都属这一类作品。其中《血花的爆裂》写道：

> 青岛的日本资本家杀死我们中国工人，
> 上海的日本资本家继续着起来响应，
> 上海的英巡捕更杀伤我们无数的学生；
> 杀罢，
> 杀罢，
> 尽量地杀罢！
> 你帝国主义的恶贼呀！
> 你惨无人道的猛兽呵，
> 反正你们爱鱼肉弱者呵，
> 请把这四万万人杀尽罢！
>
> 望云山呵我涕泪飘零；
> 想国事呵我满腔羞愤；
> 闻噩耗呵我几昏晕。
> 祖国呀，祖国呀，
> 我悲哀的祖国呀！
> 你快兴奋起来吧！

你快振作起来吧！

你岂真长此地颓倒，

永远地——永远地受人蹂躏吗？

强暴未铲除时哪里有什么世界和平？

弱者未昂起时哪里有什么人道良心？

自身未强固时向人家说什么博爱平等？

中华民族呀，

中华民族呀，

我亲爱的中华民族呀！

你速醒漫漫的迷梦罢！

你速救自己的命运罢！

人家一个一个快把我们杀完了，

我们还能伸着颈子摇尾乞怜吗？

祝你因反抗而被杀的死者，

祝你因争自由而被杀的死者，

祝你一切为先锋的牺牲者！

死者呀，

死者呀，

光荣的死者呀！

你们的头颅已如炮弹的炸发，

你们的血液将灌出鲜艳的红花。

让将来脱去一切压迫的人们，

把你们的坟墓算为自由的摇篮罢！

起来吧，我们为中华民族的大暴动！

起来吧，我们把帝国主义的权威断送！

起来吧！我们将祖国的敌人灭种！

杀罢，

杀罢，

尽量地杀罢，

我中华民族的健儿呀！

我中华民族的勇士呀！

不自由毋宁死呵！

杀，杀，杀，杀，杀……

家国天下，尽藏心底；奔走呼号，热血沸腾。这就是我们"东亚革命歌者"
蒋光慈！

就在 25 岁的诗人在同宋若瑜沪豫飞鸿、鱼雁传书的时候，每每夜深人静，他
往往难以安枕：他的眼前，老是闪烁着王书珍的面影；他的耳旁，似乎响着王书
珍一声又一声"巧子哥"的轻叫。就是再刚强的男子汉，就是怀着一颗铁石的心
肠，也难抵这种儿女情长的蹂躏。

一面是以生命和心灵百般追寻、刚露面影的"苏维娅"宋若瑜，一面是青梅
竹马、已凝夫妻之情的王书珍。爱谁？弃谁？两者怎样才能摆平啊！上海大学教
授、白天谈笑风生的蒋光慈，在夜晚似乎换了一副面孔，常常是辗转反侧，夜不
能寐，煞费脑筋。

1924 年 12 月 4 日，蒋光慈写了情诗《单恋之烦恼》，表露了心灵的自况：

一个很自由的蜜蜂，

本欲做飘然无恋的游子；

不知被一阵什么风，

吹到与一朵玫瑰相遇。

玫瑰花的丽色射得他的双目晕眩，

玫瑰花的香气熏得他的心灵沉醉，

他不能自主了，

他不能自由了，

他愿永远为玫瑰花的伴侣，

愿永远卧在玫瑰花的心里。

……

可是，要命的是，玫瑰花不理蜜蜂。尽管蜜蜂绕着玫瑰飞呀飞呀，尽管蜜蜂向着玫瑰花望呀望呀，甚至几番欲向"玫瑰花哀祈"。可是，蜜蜂"终是一个弱者呵，/他终不敢向玫瑰花启齿"。诗人以四十行的诗句，写了这种欲爱又怕的无果之爱的尴尬。联想到蒋光慈当时正谨慎地、小心翼翼地向宋若瑜飞鸿求爱，这诗是否写了他心灵感受的实况？

1925 年 1 月 22 日，即农历 1924 年十二月二十八日，蒋光慈又写了情诗《给——》。这首诗也是写无果之爱的尴尬。全诗 64 行，共分 4 节，开头一节写道：

有一日我看见你，姑娘，
你与姐姐说了几句话，
似觉有什么冤屈也似的，
你就因之低头而哭泣；
姑娘啊！你知道我当时怎样难过吗？
我尽找，总找不出安慰你的话语；
我想将你抱到我的怀里，
哀求你向我诉一诉衷曲；
用舌舔干你的明珠般的泪痕，
用手抚摩你的温柔细腻的玉体；
使你听到我的心如何为你而跳悸；
你或者因之减少点悲戚；
倘若你的悲戚减少了，
我就代你悲戚也是愿意的。
但是，姑娘，当你未允许我的时候，
我又怎敢将你怀抱呢？

诗中的"我"对"姑娘"可谓是曲意奉迎，百般倾心，为姑娘弄得"憔悴""心醉"，但姑娘就是"未允许"爱情。2、3、4 节的结尾分别是"但是，姑娘当你未允许我的时候，/我怎敢在你面前跪下呢？"，"但是，姑娘，当你未允许我的时候，/我怎敢将你的胳膊挽夹呢?"，"但是，姑娘，当你未允许我的时候，/我又怎敢向你哀诉呢?"唉，姑娘呀，终究未给"我"机会，使乞求"姑娘，你坚信地爱我吧! 我是世界上第一个爱你的"之"我"没有办法，只好无可奈何地继续寻求机会。很显然，这从另一个侧面，表现了蒋光慈此时觅爱的心态。

1925年2月4日，即农历正月十二日，蒋光慈再写了情诗《也或者你太过于丰艳了》。巧得很，这首诗也是写无果之爱的尴尬。不过，这次主使者是男方，失恋者是姑娘。全诗写得很潇洒，很俏皮:

也或者你太过于丰艳了，
我没有被你爱的福气;
姑娘，请你宽恕我罢!
我愿永远地将你忘记。

蜜蜂有意地飞到玫瑰花前，
本愿诚意地表示心中的爱恋;
可是她既然不愿领受了，
蜜蜂又何必烦恼而盘旋?

惹人的春风总是缓缓地吹，
我的心儿总是跃跃地动;
姑娘，我虽愿意忘记你，
但是我怀着无涯的隐痛!

夕阳还有恋着芳草的柔情，
朝霞也得在海波中遗留片影;
但是我在你的心中啊，
是否也曾印了一点儿斑痕?

姑娘，你是一个有福气的，
你怎能爱恋到这个无福气的我?

我知道你难于了解我，

但是这个不了解啊，好生教我难过！

姑娘，你是一个有福气的，

你绝不会爱恋到这个无福气的我；

我现在愿意将你忘记了，

但是这个忘记啊，教我好生难过！

从以上的一系列情诗看，也许有人会认为蒋光慈是一位"泛爱者"。不啊，虽然他身边美女如云，也不乏狂热的追求者。但从他的整个生命历程来看，他的爱情很专一、很负责。他所写的这些男女之间无果之爱的情状，正反映了他对王书珍、宋若瑜爱情的痛苦、担忧、挣扎的心态。1924 年 12 月 31 日，蒋光慈写了一首诗《过年》。这首 48 行的抒情诗，前文已经介绍过。在此诗发表前，蒋光慈在 1925 年 1 月 11 日致宋若瑜的信中提到了它：

亲爱的若瑜友：

四五年来我做客飘零，

什么年呀，节呀，纵不被我忘却，

我也没有心思过问。

我已成为天涯飘零者，

我已习惯于流浪的生活，

流浪罢，我或者将流浪以终生。

这是我的《过年》诗中的一节。我颇感觉得我的前途是流浪的，是飘零的。但我并不怨恨这个，惧怕这个。我是一个诗人。古往今来的诗人，特别是革命性的诗人，没有不飘零流浪的。我对于人类，对于社会，怀抱着无涯际的希望，但同时我的命运是颠连的。我倒愿意这样，否则我就创造不出好诗了。

昨天因刺激而使精神发生突变的懊丧，晚上无聊跑到大世界听北方女子的大鼓书，到了十点钟买一瓶酒回来。刚到家，友人李君就说，有一封自开封寄来的信，当时我就知道是你寄给我的。于百无聊赖之中，忽然得到了一点安慰。承你怀念我，承你问一问我的精神如何！我的精神如何？这话倒难说了。我觉着茫茫人海中没有一个爱我的，虽然我对于那些多数的穷人们或者有希望的人们怀着无限的同情。你称我为爱友——这个，老实说，我有点怀疑，因为我觉着现在的世界中没有爱我的人。

在这封信中，蒋光慈为了回答宋若瑜"上海的地面如何"的问询，抄出了《过年》一诗的第二节，并接着写道：

"上海为中国资本主义最发达之地，为帝国主义压迫中国民众表现最明显之区，金钱的势力，外国人的气焰，社会的黑暗，唉！无一件不与我的心灵相冲突！因之，我的反抗精神大为增加了。"

在这封信的最后，蒋光慈写了这么一段：

"上海大学已经放假了。我本来拟回故里一行，看看我那多年未见的双亲，看看那多年未入眼帘的乡景，但是因种种事，故不能如愿。我已经说过了，我已成一天涯的飘零客，还说什么家，故里，乡景。

蒋光慈1924年之后，曾多次说过未回过家乡了。这是他在皖西建党之后，从大的方面保护党、保护革命。但在此处还有一个用意，就是他在未处理、未安置好王书珍之前，是不能也不敢向宋若瑜讲真话的。宋若瑜是一位大学生，是何等聪明、深沉的姑娘！她对蒋光慈所说的"多年未归家"很怀疑。这不，她在1925年1月24日致蒋光慈的信中，就直截了当地说：

亲爱的侠生：

你说我称你爱友使你怀疑，我也不和你辩论，因为我知道这不过是你一时的懊丧话。（处在这种冷酷无情的人们当中也不得不令人怀疑！）只是我总希望我们朋友彼此决不可有虚伪的心意和怀疑的态度！怀疑的朋友不是真的朋友。

我很相信你我是真诚的，友谊很深的朋友；因为我相信你，我也相信我自己是真诚的，富于感情的，不肯有负于人的人！或者我友以为不然。

世上惟介石姐是个真正知我爱我的朋友！

我很希望我友能回家探探双亲，因为他们许多年不见你了，一定是很想念你的。你回家一次可以安慰双亲，也可以安慰你自己了。我友以为？

我的信你收着吗？相片还须三五天才能寄去，因为这几天阳光不好。

数日来精神烦闷，缭乱至极。再谈。

这封信虽短，但击中了蒋光慈的要害。信中提到朋友相交要有真诚的态度，"决不可有虚伪的心意"，更使蒋光慈汗颜了；信中特别提到"世界上惟介石姐是个真正知我爱我的朋友"，一个"惟"字就把蒋光慈撇开了，更使蒋光慈恨不得钻到地缝里去。厉害，这个姑娘厉害！

宋若瑜"很希望我友能回家探探双亲"，可蒋光慈敢回家吗？白塔畈虽然有故里、乡景、亲人，更有爱妻渴盼的眼神和雪白的胸脯，但是他必须斩断情丝，否则将愈陷愈深，既害了自己，也害了书珍。下这种决心他虽然早有准备，但真的要拿出定夺，又难免犹豫啊。

这天是礼拜天。蒋光慈恍恍惚惚地睡到上午10点多钟，起床洗漱后，茫无目的地乘上了电车，在四马路书摊上选购了几本翻译书籍，又鬼使神差地摸进了成都路的一家小酒店里。那股冲鼻的酒气味和鱼肉煎炒的香味，在蒋光慈烦闷孤寂的心胸里，立即爆出一股强烈的冲动：今朝有酒今朝醉，一醉方休解百愁。

"掌柜的，生意不赖呀！"蒋光慈挑开门帘，一脚跨进酒店，与老板打起了招呼。

见来了客人，老板油光光的脸上堆满了嬉笑：

"承蒙先生记挂。小店蓬荜增辉啊！"

老板弯腰将右手伸向了雅席，做了一个优雅的"请"的姿势，那份热情让你酒未沾唇先就醉了几分。

"侬先生格许多时候没来哉。"老板娘也谦恭地迎上来，浓重的上海话带着女性的温情。

"阿拉有事体呀，哪能天天来呢？"蒋光慈戏谑地说起了并不熟悉的上海话。

"侬讲，侬要吃啥个酒，啥个小菜？"

"阿拉要半斤花雕，牛肉一碟，烧鸡一碟；要快一点哉！"蒋光慈说着，似乎变得财大气粗起来。

不一会，酒菜端上来了。伴随着甜甜的劝酒、尝菜之类的恭维话，三杯酒下肚，蒋光慈那份愁苦滋味越发难以自制。心中本来就是一片乱麻，这会儿如同一锅沸沸扬扬的开水，激得他恍惚不安，无所适从，脑海里幻化出一片迷乱的世界。

"先生，恕阿拉敬你一杯哉！"老板把满满的一杯酒端到蒋光慈的面前，他自己也斟起一个满杯，两人端起酒，"当"，"咕咚"一仰脖一饮而尽。蒋光慈酒兴被激起，失去了控制，发疯似的自斟自饮起来。

他喝多了。在心中叽咕道："外国强盗都不是个东西。给我一把刀，我要杀他！"潜意识里留下的恶相，重现在蒋光慈的眼前：电车上，一个红鼻子、蓝眼睛的大汉占据着两个座位，站在一旁的中国人敢怒不敢言。蒋光慈侧着身子硬挤上了车，那个外国大汉一转身卡住蒋光慈的脖子……

抽刀断水水更流，借酒浇愁愁更愁。饮少辄醉，醒得也快。蒋光慈渐渐从失态的幻境中摆脱了出来。意识、理智、情感重又活跃在他的躯体。他愧疚地付了酒钱，仓皇地走出了酒店的门，引起了店主和一些酒客的一阵讪笑。

蒋光慈缓步在街上流连。直到夕阳的余晖给拥挤的街道抹上一层晕红。商店的关门声、马车的奔跑声和老鸨娼妓们探头探脑的拉客声，似乎都在向世间显示：黑暗正在吞噬光明。并不太长的成都路，今天像是没有个尽头，蒋光慈提着小包，机械地挪动着两条铅一样沉重的腿，头脑里半是清醒半是浑浊。当一阵晚风掀动着他的衣襟的时候，他才感到世界还存在着，自己依然活跃在人间。他不由自主地遐想：我的爱友，我的"苏维娅"宋若瑜，正走在河南开封的大街上，同自己的女友追逐嬉笑……唉……到了，我的小天地到了……

有一个黑影一闪，挡在他的面前。

"老三，老三！"那个黑影一把抓住蒋光慈手上的包，搂住他那显得瘦削的肩膀。

"你，你是？"蒋光慈猛然间有些怅惘，连自己都快忘记在亲人中还有一个"老三"的称呼了。对两个同胞哥哥来说，他排行老三，可是对于这个大千宇宙，对于这个嘈嘈嚷嚷的上海来说，他就是他，沧海一滴，仓廪之一粟，一个极其平凡的人。

朦胧的夜色中，两个人在门口相持了几十秒。透过路灯，只见来人三十多岁，黑布马褂，蓝布长衫，头戴便帽，满脸深陷的皱纹。蒋光慈浑身打了个激灵，抱住来人深沉地喊了一声：

"大哥！"

"老三！"

蒋光慈没有松开握着大哥的手，打开了屋门。凄冷的房间有了暖意，有了欢乐，有了白塔畈的乡音。

蒋光慈彻底清醒了。他安排大哥洗了脸，又给大哥泡了杯茶，然后说：

"大哥！你歇一会儿。我给你做西餐，做外国饭吃。"

大哥蒋儒谦，在白塔畈虽也吃过"八大海"之类的宴席，但还从来未吃过"外国饭"，不禁引起了他的好奇心：

"怎么？吃外国饭，那不是很费事吗？"

"真正的外国饭费事，咱这不费事！"蒋光慈说着，将洋布长衫的袖子卷了起来，然后将煤油炉点着，将盛了水的铁锅放到炉子上。等水开了，他将一把面条放到锅里。蓝幽幽的火苗，丝丝地均匀燃烧着，弟兄两个的心，也像炉火一样焦灼炙人。

面条煮好了，蒋光慈将面条和汤倒在两个盘子里，又将一块松软的、长长的面包切成了几块，并打开一瓶辣酱，然后说：

"大哥，吃罢！这就叫外国饭，做起来容易吧？"

"哈哈"大哥笑道，"这样的外国饭，一看就会做！"

吃过晚饭，弟兄俩静静地坐在书桌前。蒋儒谦从怀里掏出旱烟袋和装烟叶的小布袋，在烟锅里按上了金黄的烟丝。蒋光慈划亮一根火柴，为大哥点着了烟。

蒋儒谦似乎有些贪婪地吸了一口烟，然后望着弟弟，有些迟疑地问道："老三！你今年怎么不回家过年呢？"

"忙呀，"蒋光慈说着，底气显然不足，"原来是打算回去的，后来一忙，就改变主意了。"

蒋儒谦轻笑了一下，他明白小弟的托词。他是个古板厚道的人，深知"宁拆三座庙，不破一门婚"的训诫；他是看着王书珍长大的，对这个小弟媳印象极好。因此，他暂没有拿出父亲的信，而是绕个弯儿说："爹这次叫我来上海，一来是到这大码头见见世面，看看生意行情啥的；二来呢，爹和大都要你回去看看。爹说，叫你和王书珍圆房，委屈你了。但她是蒋家名正言顺的媳妇，十几岁就到俺家，白塔畈人都知道，众眼如锥，不圆房咋办？现在，生米已煮成熟饭了，你就将就着过吧。俺和你大嫂子、你二哥和你二嫂子，不都是这样过来的吗？"

蒋光慈听罢大哥这掏肝掏肺的话，也敞开了心扉："大哥！你应该来上海走走，长长见识儿。说到我和书珍的婚事，大哥！这事小弟实在是做错了。既走错了第一步，就不能再错第二步了。咱的大嫂、二嫂都是好人，啥活都会干，为人处世精明，又为你们生了一群侄儿侄女。可是，大哥你说句实话，你们之间真的幸福吗？"

光慈这样的问话，儒谦从前也听过，也想过。说到底，种田的和读书人的心境不一样啊！自己和小弟是两类人，彼此对"幸福"的认知和体验也不一样！种庄稼的，风调雨顺，五谷丰登，夫妻和合，老少康宁，有吃有穿这不就是幸福吗？而读书人呢，他们所说的幸福总得多绕几个弯儿，他们不仅营营于口食，而在他蒋儒谦不了解的境界内，得要有所追求、有所冀盼噢。想到此，他从身上穿的蓝布长衫内，掏出了父亲给蒋光慈的信。

蒋光慈接过信，迅速拆开，迎着泛红的电灯光，又迅速读了起来。刹那间，他脸色一片煞白，向大哥投来问询的目光。

儒谦说："老三！你今年春节没回家，小书珍吃不安、睡不实，眼见着人瘦了一圈儿。那还是在去年初冬，她有一天晚上梦见你回家，接着追到院子里，不见你人，就坐在枣树下哭。俺大听到她哭，问她怎么啦，她也顾不得羞了，左一声、右一声说'俺娘，俺想巧子哥哪！'俺爹俺大怕她得了思魔病，就叫小香子和她同住，对小嫂子要灵醒一点儿，总算没有出事。谁知前几天一天上午，小珍子竟跑到四里岗桃园那儿，盼着等你回家。不见你的人影儿，她鬼迷心窍，竟解下自己的裤带，在一棵树下上吊自杀。也凑巧，碰到一个赶路的木匠，硬是救了她。老三！你看，这多危险啦！"

蒋光慈听着，不禁惊出一身冷汗。他的鼻尖上也布满细微的汗珠，在电灯光下，分明地闪烁。蒋儒谦愁眉苦脸地向着老三，深深地叹了一口气，继续说道：

"自从出了这件事，俺爹俺大担心死啦。爹在信上不是说了，让你千万千万不要让他变相杀人！咱蒋家在白塔畈也是有头有脸的门户，若是没来由死了个小媳妇，莫说王家大族放不过咱们，就是小街上闲言碎语的唾沫星子，也能活活地淹死人噢！"

蒋光慈总算慢慢地恢复了平静，他惭愧地说："我对不起俺爹俺大，让两位老人家担惊受怕吃苦，实实在在犯了大罪！"顿了一下，又说："王书珍从小就是个倔脾气，长大了，性子愈发刚烈。这些我都了解。可我万万没有想到，她会捅下了这等大祸！"

儒谦见光慈明白了事态的严重性，心里也显得轻松起来。他说："老三！说句玩笑话：这女人嘛，一旦经过男人操练，开了春心，动了真情，尝到了甜蜜，她就把持不住自己啊！这就像咱家乡的白塔河，秋天平静无波，一旦春潮涌动，谁能压抑得住呢？俺临离家时，俺爹千叮万嘱，要你一定回家一次，把书珍的事料理好，把这场牌抹好！"

蒋光慈胸有成竹。他见天已十点多钟，就微笑着对儒谦说："大哥！天已不早，你又奔波了一天，咱们休息吧！"儒谦见老三脸色平和，谅他心中早下好了一盘棋。于是，很快地洗了脸、洗好了脚，急不可待地躺到了床上。

蒋光慈的房里，只有一张床。这天晚上，他与大哥同床。

蒋儒谦头一落枕，就鼾声大作，沉沉地睡去。可是，蒋光慈呢，却在床上翻起了"烙饼"，无论如何不能进入睡眠状态。首要的，他要把与王书珍、宋若瑜的关系细细地梳理一下。

自己同王书珍圆房，这一步肯定走错了。虽然有王家大户的家族胁迫，虽然有王书珍已在蒋家多年的客观事实，虽然有同王书珍青梅竹马的少年情谊，虽然王书珍也是山镇白塔畈的一位美姐，但都不是与她圆房的理由。圆房以后必然就有后果：自己决心投身革命，为祖国的解放、人民的幸福不惜献身。可是，王书珍能与自己并翅同飞吗？不能！她的最大缺点一是没有文化，二是半大小脚，精神思想、身体素质都与"革命"二字相距甚远，不能与他并翅同飞。这样的后果是可以预想到的，为什么还要圆房？为啥还要占有人家美丽的青春、洁白的身躯？既然占有了，为啥又将人家弃置故里、不闻不问，以致造成人家寻死上吊的严重后果？蒋光慈呀，你有罪孽呢！再说，真的像人所说去做"在家养一个大的，在外纳一房小的"事吗？俺最恨去做这样的人、这样的事！这首先不拿妇女当人待，而视为牛马。妇女也是人，能干大事，在苏俄，这种女同志自己见得多了，中国暂在黑暗中，妇女肯定有重见天日的一天；其次，只有地主、资本家去娶三妻四妾，自己要去做一个革命者，能干这样的损人利己的事情吗？把自己的所谓快乐，建立在妇女的痛苦之上，这是一个正直的人能干出的事情吗？自己同王书珍已走错第一步，不能再错走第二步了，必须还王书珍以自尊、以快乐、以自由。

　　再说同宋若瑜。这位姑娘俺还未见过，只是与她通信交流、传情达意，只知道她追求进步、反抗不平，只知道她是罕见的大学生，人间的佼佼者，是自己千寻万找的"苏维娅"。可是，追求宋若瑜同追求苏维娅一样将曲折而多艰。她是父母的独生女，她的亲人、亲族将对她选择的异性百般盘诘和刁难，不允许有疑虑和瑕疵；她家庭并不富裕，所受的人生制约和掣肘不会少。但是，她是个勤奋者，意志坚定的人，纵有千难万险，自己要排除一切不足去追求她。

　　其实，自己同王书珍圆房之后，他就懊悔了，预料到自己不会同她白头偕老。一再告诫她：一定要好好活着，要听从他的安排，要对她的一生负责。如何负责呢？"方案"他都想好了，并且反复推敲过，这"方案"可以实行。自进入上海大学教书之后，他系教授，既教社会学系的课程，也教外文系的课程，还为苏联塔斯社选译中国报刊的稿子，工资都不菲。同时，这年1月，他在共产党办的上海书店，出版了他的第一部诗集《新梦》，这部书被评论界认为是"为中国无产阶级文学奠定的第一块基石"，"是中国革命文学著作的开山祖"，"《新梦》的产生，'不啻是一颗爆裂弹'！"极受读者特别是青年们的欢迎，发行销路很好，赚了一笔稿费。还有，为着给王书珍攒钱，他省吃俭用，从不乱花一文钱。如今，他已蓄积了一大笔钱，自己一点不慌张。这个小书珍呀，我一再叮嘱她好好活着，她怎么就想不开呢？从最近宋若瑜的来信看，她对我不回白塔畈过年，不回家看望父母，也起了疑心。唉，两个丫头都聪明，都不好对付……罢，罢，同王书珍的情丝该斩断了，同宋若瑜的情丝吗，还得进一步编结……咳，大哥来得好，来得正是时候。

　　蒋光慈反复想着，掂着，直到自鸣钟敲了 12 下，他才带着气定神闲的微笑，慢慢地进入了梦乡。

　　蒋光慈挽留蒋儒谦在上海住了三天。他把所有的课余时间，都用来陪伴大哥。他特地为兄长添置了新衣新帽，让大哥脱下了长衫马褂，使这位大别山的淳朴汉子尽量与灯红酒绿的上海拉近了距离。他们乘游船颠荡在黄浦江，徘徊在外滩，玩了"大世界"，还在"百乐门"前流连，使蒋儒谦开了"洋荤"。而蒋儒谦最感兴趣的，还是那些经销南北山货的商号，看货物，评品种，论价格及行销的状况。蒋光慈很细心，把一些货物情况记在纸上，让大哥带回给爹看。

　　第四天，蒋儒谦执意要回白塔畈。吃午饭时，弟兄俩没上街。蒋光慈令餐馆送来了四样精致的菜肴，打开食橱拿出一瓶他爱喝的花雕。兄弟俩就在房间促膝对酌。第一杯酒，敬祝父母健康长寿；第二杯酒，祝全家所有亲人诸事顺达；第三杯酒，兄弟俩互祝互敬，一生平安。两人酒量都不大，但蒋光慈喝得很主动，很干脆。等到酒瓶快见底时，他已有几分醉意了。

"大哥呀！"蒋光慈高举着满满的杯子，"人常说，酒醉心里明。这话一点也不假。让我再敬你一个满杯，兄弟我要托你办点事！"说着，站了起来。

蒋儒谦也站了起来。兄弟俩把酒杯一碰，一仰头，把酒都喝干了。

"大哥呀！"蒋光慈继续说，"家里人都埋怨我不回家过年，不敬父母，不管老婆。这怎么说呢？我也有难言之隐啊。你也明白，我是不能带她出来的。不带她出来，干吗还要同她拜堂成亲、污人清白呢？要说是父母之命、男女之情、社会舆论拘住了我吧，那也不完全是。关键是我的心肠太软了，感情太脆弱了，没有壮士断臂的气魄！"

蒋光慈见大哥没有搭腔，愣了一下，继续说道："按照咱爹的意思呢，要我在外面纳一房'小'的，帮我抄抄文稿，理理家务。如今很多有头有脸的人，都是这么办，咱白塔畈也不罕见。但是这个，我是万万不能做的！照理说，家里放一个'大'的，我在外面玩一个'小'的，风流倒是风流，舒坦倒是舒坦，可女人们呢？都在痛苦和眼泪中熬日子，这道德吗？这合乎做人的本分吗？兄弟我到苏俄读书，是去取真经，是求得老百姓特别是妇女的解放。我若是这样做，同资本家，同地主老财不是一路货色吗？不能做，不能做啊，大哥！"

"那咋办呢？"蒋儒谦低声地问了一句。

"我早就想好了，让小珍子再找一个婆家，咱们蒋家把她当作自家女儿出嫁！这样做，她的娘家，她的亲朋，她们王家一族高门大户，难以有啥话说；在白塔畈街坊邻居面前，也能说得过去。"

"这——"蒋儒谦心中似有犹豫。

"大哥，你给书珍讲清楚，叫她无论如何，都要这样做。我和她已经错走一步，决不能错走两步了！"蒋光慈说道，"她是个聪明女人，她会想得开的。至于咱爹咱大，也会想得开的，这是解开这个'结'的好办法。告诉咱爹咱大，他们有三个儿子，还愁子孙不绕膝吗？"

弟兄俩都不说话了，屋子里鸦雀无声。只有墙上挂的一个自鸣钟，发出"滴答滴答"的响声。

蒋光慈走到书桌前，拉开抽屉，取出两大垛洋钱，对大哥说："我在这里教书，薪水不薄，还有其他一些收入。这200块大洋，你带回去，权当作小珍子办嫁妆用吧。这钱，你给咱爹咱大讲清楚，不要派什么别的用场，要专款专用。用不完的，也交给小珍子做私房钱吧。"顿了一下，又拿出50块大洋，对儒谦说："这50块大洋，你掌管着，路费花不完的，你可用于家里的小商店。孝敬父母的钱，一如旧例，我按月寄。俺大夏天想穿香云纱做的衣服，轻快凉爽，我给二老买了这种衣料，你带回去让他们请人做吧！"

蒋儒谦听着，紧盯着那两大垛洋钱，顿时化成了衣装被褥、箱笼、家具，心里不由得慨叹道："这老三对小珍子真是赤胆忠诚啊！"于是，凭着生意人的眼光，笑着说："咱山区木材便宜，木匠手艺高超，这钱足够办两份排排场场的嫁妆了！"

蒋光慈对儒谦频频地点着头，于是说："那就全靠大哥你们费心操办了。"说着，他又打开那个我们熟悉的小皮箱子，拿出一个布包，展开，里面叠放着一块方方正正的布帕，上面隐约现着一丝丝暗红的花纹。哟，我们知道，这是书珍第一次用来垫身体用的啊！

蒋儒谦稀里糊涂地看着那布帕，不知是啥稀罕物！只见蒋光慈将布帕铺在桌上，细细地凝视着，凝视着，两眼顿时闪出了泪花。迷蒙中，他似乎看出布帕现出王书珍明艳的笑脸，刹那间，笑脸顿时化作懊丧的哭相，耳边还似乎响起她哀哀的哭声。突然，蒋光慈将右手伸向空中，让五根手指一一弯曲伸展，然后将食指放进嘴里，"卟"的一声咬破，鲜血直淋。

"老三！你——"蒋儒谦惊得站了起来。

蒋光慈不慌不忙地用涌流鲜血的手指，在布帕上画出了一个桃形的"心"的图案，"心"下面斑驳淋漓似乎正在滴血。画好了，他将食指放到嘴里吮着，一直吮到血不再流。

等布帕上面血的图案干了，蒋光慈轻轻地将它叠成方块，用原来包它的那块布包好，郑重地双手递给蒋儒谦，话声哽咽地说：

"大哥！拜托你了。这布帕你带回去，私下里交给小书珍。她一见，什么都会明白了。你对她说：咱蒋儒恒同她有情无缘。今生就此别了，各奔前程；假若有来生，我再同她做白头偕老的夫妻吧！"喘口气，他又望了望儒谦，着意叮咛了一句：

"大哥！你给俺爹俺大说清楚：再给小珍子找婆家，不要找什么月老红媒了。人家苏俄那里，就不兴这一套。让小珍子自己找，选择舒心可意的人儿！"

蒋儒谦点点头，苦笑了一下："记住了。兄弟！"

三天后的一个傍黑，蒋儒谦风尘仆仆，终于回到了白塔畈。从他踏进家门的那一刻起，王书珍就注意到大哥躲闪自己的眼光。细瞅，大哥黝黑的脸色，依旧像平时那样地保持着笑模笑样，看不出有什么端倪。

吃过晚饭，蒋儒谦来到父母的房间，报告了自己上海一行的经过和见闻，着重将光慈处理自己婚姻的打算，细细地禀告了父母。"知子莫如父"。蒋从甫听罢，一改老塾师处事从容的态度，愤愤地骂起小儿子：

"这个狗东西！作了孽要咱们来替他收摊子。说得倒轻巧，这事是好办的吗？"

陈氏一听说小儿子要把书珍嫁走，心儿一紧，像被人揪了心肝地疼痛，当场就哭了。她是太喜欢这个小媳妇了。她已在蒋家多年，手能嘴巧，整天俺爹俺娘地喊着，简直是他老两口心尖尖上的肉噢。哭了一会，她也是愤愤地说：

"咱们早就知道，他一是嫌弃小书珍不识字，二是嫌弃小书珍是半大脚儿。可是，这能怪书珍吗？咱白塔畈的女子，从古到今不都是这个样子吗？他爹已答应他可在外面纳一个'小'的，他还不满意，竟出这样的馊主意！他这不是花钱嫁妻吗？他还没死呢，就要妻子改嫁！哼！"

蒋儒谦深知蒋光慈的为难处境，又亲眼见他咬破手指鲜血淋淋写血书的样子，对蒋光慈产生深深的怜悯和同情，他说："爹呀大呀！常言道：当断不断，反留其乱。小书珍性子刚烈，其事若不果断处理，可能会出更大的乱子。人命关天的，咱们担待不起！"

陈氏有点害怕了，忙问儿子："你说咋办？"

"光慈待书珍实心实意，叫俺带回200块大洋为她办嫁妆，叫俺爹俺大专款专用，钱若花不完给书珍留作私房钱。还交代不要为书珍请什么月老红媒，要她自己挑人，挑那舒心可意的！"

"咱们头脑也不是榆木疙瘩！"蒋从甫吐出一口凉气，"这事，从哪里找出口呢。"

"俺看，明天上午就对书珍说，"蒋儒谦说，"她可能想不开，要闹一闹的，但是大家都是一片好心，待她为蒋家亲闺女，她不是傻瓜，会想得开的。"

"好吧!"老两口点点头,"就按你说的办吧!"

第二天吃过早饭,蒋从甫老两口虽然一晚上没有睡好,但还是强打起精神,处理小儿子的难办之事。老塾师见家里人各做其事,便示意蒋儒谦将王书珍叫到自己的房间。

王书珍随大哥走进公婆的房间,心儿怦怦跳。她昨晚两只眼睛的眼皮都跳,朦朦胧胧觉得有什么祸事要发生。唉,自己命苦,处处都没有好果子吃啊!

屋子里寂静无声。还是蒋儒谦先开口:

"书珍!大哥这次在外,顺道去了上海,见到了儒恒。他呢,一切都好。俺责问他为啥不回家过年?家里还放着一位新娘子呀!我说你如何如何想念他,并把你在四里岗桃园做的傻事也告诉了他。他听了之后,大惊失色,急得恨不得上天入地。"儒谦顿了一下,闪了书珍一眼,只见她面孔煞白,出着粗气,似乎站立不稳,于是接着说:

"儒恒当着我的面哭得很伤心。他说:大哥呀,我对不起书珍,我们不该圆房。我们走错了第一步,不能再走错第二步。白塔畈我是不会回去了,书珍我也不会带出来,说什么娶'大'纳'小'的我也不会去干。我总不能叫他在老蒋家苦熬青春守活寡吧?那不是人干的事啊!这一年我为书珍存了二百块大洋,大哥你带回去,请俺爹俺大把小珍子当作蒋家姑娘嫁出去。咱同她青梅竹马,情义深厚,但是有情无缘。今生不能白头偕老,但是可作兄妹啊!"儒谦说了这些话,指指桌上码放的两垛大洋,对书珍说:"那,就是这大洋。老三还特地叮嘱俺:大洋专为你办嫁妆,叫俺爹俺大专款专用;花不完的给你留作私房钱!"说到这里,儒谦想说句轻松话,但还是轻松不起来:

"老三还说了:叫俺爹俺大不要找什么月老红媒,叫小珍子学苏俄人样儿,自己找婆家,自己找舒心可意的人儿!"

王书珍听罢大哥的话,如雷轰顶。她求救似的看看公公、婆婆的脸色,两位老人也是一脸严肃。她明白,这一切都是真的了,脸色刹那时显得更加惨白,一双失神的眼睛,久久地难以活泛。突然,她面对公婆跪下,撕心裂肺地喊道:

"俺爹俺娘!俺死也不离开你们呀!俺生是蒋家的人,死是蒋家的鬼呀!"

"儿呀——"陈氏扑向小珍子。她本想把小媳妇拉起来,没想到腿一软,反而跌坐在小珍子身上,"儿呀!昨这一夜俺是万箭穿心,好像有钝刀子在割俺的肉呀!"婆媳俩紧紧地抱在一起,都哭成了泪人。

蒋儒谦拉起了母亲和弟媳。待她们平静些了，他娓娓劝道："自从听到老三这个主意，开头俺不忍，经过这四五天，俺也想开了。老三说，他和小珍子是有情无缘。这话值得思量。他在外干大事，南来北往，不便把小珍子带出去。常言道：无妇不成家。他在外面，早晚总得娶人。这样一来，你在家独守空房，说句不好听的话，也就是守生寡。小珍子，咱们在一个街坊长大，把你当作小妹妹，也不忍心看你遭受这份罪。老三若不是对你有情有义，也不会为你安排这条路！"

"长痛不如短痛，"一直没有言声的蒋从甫，这时发话了。他慈爱地看着王书珍，一字一顿，"你从蒋家出门，就是蒋家的女儿，就是俺蒋从甫的螟蛉女。这，谁又敢说三道四！"

吃中饭时，王书珍没有吃饭。饭罢，蒋儒谦叫蒋如香盛了一份饭菜，两人相伴，给书珍送去。

如香推开门，但见书珍披衣坐在床头，两眼红肿，失神落魄。她见儒谦随小妹进了房，招呼道："大哥来了！"

儒谦点点头，笑道："饭还是要吃的呀！人生一世，草木一秋，不容易呢。傻事不能再干了，山路再难走，没有爬不过的坎坎！"说着，从裆口袋掏出蒋光慈托带的那个布帕，递给王书珍："老三叫我把这东西私下交给你。俺不知道这是啥宝贝。他说，你一看，就会明白了。"

王书珍郑重地接过布帕，红着脸说："谢谢大哥！"

这天晚上，王书珍回了趟娘家。对父亲王持华和晚娘蔡氏，因为是街坊邻里，抬头不见低头见，少不了接触，但没有什么深交。如今，自己的婚姻发生了变故，这是天大的事儿，不能不让娘家父母知道！

娘家的房内仍有灯光，书珍叫开门，只见戴着眼罩的小毛驴还在推着磨，磨子在幽响中往下淋着白色的豆浆。王持华和蔡氏正在忙碌着活计。

见进门的是女儿，王持华说："这么一大晚上了，你怎么来了？"

"爹！"王书珍迅即在一个凳子上坐下，单刀直入带着哭腔说，"蒋儒恒不要俺了！"

两个在白色水汽中的脸突然显得清晰："这话怎么说！"

王书珍伶牙俐齿，清晰地说出了事情的原委。当她说出蒋光慈带回 200 块大洋让她办嫁妆时，原来还有些幸灾乐祸的蔡氏，立刻惊叫起来："呀，200 块大洋

呀!"说着,她从雾气中走出,来到王书珍身旁,发着自己的高论:

"丫头呀!出了这样的事,为娘并不奇怪。老鹰飞在天上,麻雀闹在屋檐,能在一个窝过日子吗?有道是'鸡皮青,鸭皮黄,鸡皮贴不到鸭皮上',你们本来就不是一路人啊!不过,那巧子还算有良心,给你200块大洋办嫁妆,200块噢!你老子娘这身家,拣拣、叠叠也不值200块大洋噢!"

王持华听蔡氏说得轻薄,走到王书珍面前,郑重地说:"俗话说:嫁出去的女儿,泼出去的水。话虽然说得难听,但也是世道实情。你现在作为蒋家姑娘出嫁,俺们还能说啥呢?你既不丢脸,也不丢份。你同蒋儒恒这样分手,好啊!"

王书珍心里明白,不可能从娘家得到什么实惠。有了爹和晚娘这些话语,她就心满意足了。

晚上临睡前,书珍打开那件被包裹着的布帕。布帕上,画着血红的一颗心,心儿分明是在滴血。书珍顿时好像被电流击中,浑身发软、酥麻,那鸾凤和鸣的夫妻之情宛在眼前,宛在躯体之上。结婚,是女人的一道大坎儿。因为有了巧子哥,她顺利地翻过这大坎儿,曾经称心如意地拥有过,时间虽然短暂,但是她知足了。

她想着,巧子哥办两件事出乎她的意料:一是居然带回二百块大洋为她办嫁妆。这不分明是自己出钱、自己嫁妻吗?这是从来没有听说过的事啊!二是居然要公婆不要请月老红媒,让她自己找婆家,找那舒心合意的人儿!这在白塔畈也是罕见的新鲜事儿,咱王书珍就要带这个头!

鸡叫的时候,王书珍醒了。她的耳边,似乎响起巧子哥的叮嘱:"你要听我的话!""我要对你的一生负责!"那叮嘱,嗡嗡地在她耳边响着,越响越大,几乎变成了雷声。在小镇上见多识广的聪明小媳妇,慢慢地退一步正视现实了:

巧子哥要俺另找一个婆家,看似荒唐,实际上是为俺王书珍着想噢。俺在家是名正言顺的"大房",他在外又娶一个"小房"。可是,大房有其名而不得其实,只是独守空房、苦度春秋而已。大小老婆之间的钩心斗角、明争暗抢、尔虞我诈,白塔畈有着,倒七戏上唱着,麻雀既然不能跟老鹰飞,那就各寻活路,各得其所,这不是明智之举吗?巧子哥啊,你说得对,做得对!俺听你的!

王书珍摸摸自己的胳膊,粗粗的;又摸摸自己的腿,壮壮的。接着又想,俺既不缺手,也不少脚,也不比人笨,俺就不信,这世上就没一条活路。在她的潜意识里,心里有一支山歌,这时不禁小声唱出来:

你要丢俺只管丢，

不在你面前苦哀求；

除了灵山还有庙，

断了乱丝重起头，

何必弄得日夜愁！

昨晚，王书珍又睡不安实了。纠缠在她心里，是另一个麻烦问题呢：巧子哥叫公婆不要找月老红媒，要她小珍子自己找婆家，自己找舒心合意的男人！亲娘唉，自己从哪儿找？

书珍虽然住在镇上，但从不乱交三朋四友，成年后就到蒋家了，干家务事，做针线活，基本上是大门不出、二门不迈了。因此，她自小到今将镇上男人一家一家地盘算、铺排，没有一户一人适合自己的！

这天早晨，她醒在床上未动，想着心思。突然，灵光乍现，头脑一惊，想起了自己的救命恩人黄炳华。她想：怎么能忘记他呢？要不是他桃园相救，自己坟头可能都要冒草芽了。再说那个人多厚道呀！他明明看到自己解裤带，可叫我系裤带时，他却背对着俺撇得干干净净。他身体不高不矮他是木匠，好手艺！他那宽宽的肩膀，肩膀上悠悠地挑着担子，多俊啊！他说二十五岁了……不知讲亲了没有……想着想着，书珍脚一蹬，把床头正打着鼾的小如香惊醒了。小姑娘坐起来，揉着眼说：

"书珍姐！你这发啥疯呀！"

"起来，起来！"书珍笑道，"今个上午，我带你到四里岗那边的杨井村去玩玩！"

一提"四里岗"三个字，小如香就胆战心惊，赶忙说："俺不去！到那鬼地方去干啥？"

书珍这才对她说："如香呀！那个救俺一命的小木匠，家就住在四里岗东边的杨井村呀！咱得去谢谢人家哪！"

"不，"如香说，"他到人家干活，经常路过俺白塔畈，昨天俺又看到他了。你不用去杨井村了，在街上感谢不是一样？"

"小妹你不懂事啊！俺这是感大德，总得带点儿礼物，登堂入室去感谢人家……"

如香不知道小嫂子另有"心机",按着自己的看法去处理事情。经书珍这么一说,她终于同意陪她去杨井村。

第二天上午,正赶白塔畈逢集,市面上很是热闹。王书珍带着蒋儒香,买了两瓶精装小吊酒、一大袋点红的欢团、一大串麻花,有欢有团有花,又有"久久",都是含着喜庆词儿,兴高采烈地直奔四里岗。到了四里岗,姑嫂俩一路风光无心赏,再走半里路,便到了杨井村。

这杨井村也是处在一个高岗上,十几户人家罩在浓荫里。南面岗下,有一条斗折蛇行的小河。河的豁口处,圈出一个土井,据说井下有泉眼,井水清洌,四季不涸。从井到人家住处,有一石级阶梯小道,被人们脚底磨得明光耀眼。王书珍和小如香从井下来到高岗人家,没费事就找到了黄炳华家。

黄家住着六间草房,高高郎郎,铺着平整的麦秸。门口长着四棵巨大的椿树,枝繁叶茂,荫翳蔽日。树下向南绵延着晒场。晒场边缘,长着一排枣树,枝叶间显出闪光的青枣。

王书珍迅速地浏览着这一切,心中不由涌起喜悦的浪花。

黄家只有黄母在家。她才四十余岁,一副福相大圆脸,生着慈眉善目。上穿蓝色显白花扎布的褂子,扎一条短短的花围裙,显得非常干练洒脱。她见家里来了两位天仙般的姑娘,惊得手足无措。她接下了客人所携的礼物后,赶忙请客人坐下,忙着泡茶。为使屋里空气流通清爽,她打开了后门,后园是一大片竹林,鸟语声声。

王书珍先喊了一声"黄大娘",这才说道:"俺和小妹是从白塔畈来的。七八天前,有一个人在四里岗桃园干傻事儿,被你的儿子黄炳华救下了。俺这是来登门感恩啊!"

黄母当然知道这事,而且在杨井村是家喻户晓了。她睁圆了眼睛,将书珍上上下下仔细看了一遍,惊叹道:"多美多好的姑娘哟!怎能干出那样的傻事!"

王书珍不露声色地同黄母谈着心,摸清了黄家的底细:黄母姓任,名任福珍;黄父名黄国兴,种着自家的十几亩土地,是个种田的好把式。大儿子名黄炳环,已经结婚,育有一子一女,他也是一位木匠。他和黄炳华的木匠手艺,是跟自己的一位表叔学的。两人出师已经多年了,手艺在地方上颇有一点名气。三年前,黄炳环嫌家里住房挤窄,搬到村头建了座新宅子,距父母住处不远。

王书珍慢慢把话题往黄炳华的婚姻上引,任福珍说:"来咱家为他提亲的踏破了门槛儿，可他总是说'不急不急'。到今还没有着落呢。他哥18岁那年就收亲了，眼看就快10年了。可咱这老二啦，头最难剃……这真叫作'皇上不急太监急'。咱这做父母的也拿他没办法……"

王书珍一听黄炳华的婚姻还没有着落。心中那个高兴呀，真犹如开了一朵花。到此，她借故来看黄炳华的"家底""家道"的目的，已完全达到，而且是个美好的结局。于是她站起来，拉着蒋如香的手，向黄母告辞。

黄母急慌慌地站起来，拦住两位娇客："你看，炳华一早就给人家干活去了，他爹在田里还没回来。咱小家寒户的，两位姑娘不管啥的也要吃了中饭再走。俺这就来杀只鸡儿……"

王书珍笑道："不啦不啦，大娘你别张罗了，往后的日子长着呢。"顿了一下，着意交代："今天没看到炳华，真不凑巧。大娘！你叫炳华明早在白塔寺大门东边的老梅树下等俺，俺有话对他说，亲自感谢他。"

任福珍频频点头应"好"，这才放走了两位"天仙"。

第二天一大早，太阳刚刚升天，白塔畈明光一片。王书珍急急来到白塔寺旁边，见碧叶青青的老梅树下，果然站着黄炳华和停在他身边的一副工具担儿。憨厚的木匠睁着一双大眼，笑着迎着书珍来到自己身边。

整个白塔寺缭绕着淡淡、轻轻的晨雾，庙门口也没有一个人影。书珍来到炳华的身边，剜了他一眼，接着投去满脸的笑容，轻轻命令一句："跟俺走！"

书珍在前、木匠在后，沿着庙东的一条小径，一直往北走，接着拐了一个弯，这已经是庙的后墙了。墙外，长着青青、翠翠的竹林。

书珍站住，急急地说：

"炳华！昨天，俺和小姑蒋如香到你家去了。你们村子真好，你家住处真好，你家人真好。你知道吗？俺是蒋家人，是大名鼎鼎留学俄国的蒋儒恒的老婆。我们结婚一个月就分手了。他在上海干大事儿，不要俺了。他托大哥带回200块大洋办嫁妆，要俺以蒋家姑娘名义重新出嫁。婆家要自己找，新郎要自己选！你听清了吗？"

黄炳华话是"听"了，但不"清"！他头脑犹如在翻江倒海、电闪雷鸣，怎么也想不到自己的人生是如此波谲云诡、变幻莫测！还没等他往下想，王书珍竟抓起他的两只粗糙的大手，动情地说：

"黄炳华，你是一位君子！你救俺一命，小女子无以为报，俺决定嫁给你，

为你铺床做饭，为你生儿育女。永不变心!"说完，转身走了。走到庙东的小径上，她又回过头来:

"往后，每月初一、十一、二十一三天早晨，俺在蒋家大门口等你，有话在那儿说。你，走吧!"

黄炳华拄着手里油光闪亮的扁担，怅怅地望着寺后竹林上空的蓝天，然后轻声笑着，挑起了工具担子，转过庙的西侧，慢慢向街上走去。

王书珍在蒋家大门口见了黄炳华三次后，就把炳华正式引进蒋家了。她让蒋从甫和陈氏见过黄炳华，然后说道:"俺爹俺娘! 他叫黄炳华，四里岗东的杨井村人，是个木匠。那一天，俺在四里岗桃园干傻事时，就是他救儿一命!"

老两口瞪大眼睛，细细看着这个满脸淳朴、大手大脚的年轻人，心就有几分高兴;又听说他是个木匠，有手艺压身，又添两分敬重;蒋从甫看着他，又似乎有几分面熟，这就更加畅快了。于是老塾师说:"谢谢你哪，木匠哥儿! 往后来到街上，常来坐坐，喝点茶!"

黄炳华弯腰向两位老人鞠了一躬，只说了一句话:"谢谢大叔，大娘! 俺只做了一件本分事，不足挂齿呢!"

黄炳发是个勤快的人，每每到蒋家，啥事都干，啥事都难不倒他，引起一众妇人的欢迎。那些孩子们呢，特别爱木匠巧手做的玩具，佛像哪，弹弓哪，手枪哪，鸟笼哪，花灯哪……都是活灵活现的，花样百出，人见人爱。蒋儒谦、蒋儒让最感兴趣的，在于炳华父亲是种田的好把式，春耕夏锄秋收冬藏无一不精，常到蒋家乡下的田边，做着具体的指导，乐得老大、老二两兄弟将炳华称作"俺兄弟"。对王书珍最现实的好处，还是炳华在为她办嫁妆、选家具中所起的关键作用。家具买回了还要鬃漆，哪种家具漆什么颜色，炳华安排得很妥帖。特别是他知道这些家具实际上是自己用的，处理的精心程度更是难以言表。

春秋易度，岁月悠悠。恍惚间，黄炳华似乎变成蒋家的一个成员了。

1925年暑假，河南开封的宋若瑜，在母亲的陪同下，终于从开封到了北京，同蒋光慈见了面。在将近一个星期的日子里，他俩在西山的林荫处，北海的水榭中，景山的石径上偎依漫步、流连忘返。他们的轻声柔语，他们的促膝谈心，有对中华民族命运的分析，有对未来小家庭的构想。他们完全从原来的孤独、苦闷的情境中解脱出来了。相会中，蒋光慈多次称宋若瑜为"苏维娅"，并说了苏维娅的来龙去脉，并承认自己是共产党员。宋若瑜听了这些，显得又骄傲又感动。

蒋光慈还把他和王书珍的婚姻真实情况告诉了宋若瑜，宋若瑜在大惊之后，听到了蒋光慈的详细解释，终于相信了自己的心上人。

蒋光慈和宋若瑜在北京是分房而卧，但有时候又长时间拥抱。他们不禁想着谈婚论嫁。但是，当时结婚还有很多困难。宋若瑜认为，自己的大学学业还没有完成，等大学毕业，学业告一段落后再结婚。而蒋光慈呢，暗暗地希望王书珍的结婚走在他的头里他才称心如意。因此，他给老父亲写了一封信，其中不乏对王书珍催婚的意思。

蒋从甫和陈氏看书珍的嫁妆已经备齐，衣服被褥已经码得齐整，家具箱笼的各色油漆已干，雕花漆彩撩人眼目。他俩看到书珍和炳华两人很般配，年龄相当，婆家杨井村距白塔畈不远；黄家家道也较殷实；炳华又有手艺在身，还有十多亩田地垫底，不怕往后没有日子过。

这天，老两口叫来了黄炳华和王书珍，征求他俩对安排结婚的意见。黄炳华先向两位老人深深鞠了一躬，说道："承父母大人操心。家父家母也曾提过，办事日子就定在中秋节前后，具体哪天还未定下，容当择下喜日！"

王书珍听着炳华的话，不禁哭了起来，站立不稳，顺势跪在父母面前，学着从戏台上听来的话，说道："俺的亲爹亲娘！感谢你们对小女的再造之恩。古人说：死生有命，富贵在天。你们放心，小女今后一定好好过日子，家和日昌，活得有模有样！"

第二天，蒋从甫又特地派大儿子到杨井村去了一趟，与炳华父母亲自交割一应办事诸事。儒谦回来说：书珍出嫁喜日定在农历八月十二日。大家掐指算来，只有10天了。于是，蒋家上下，一片忙碌。

八月十二日这天上午，是个响晴的日子。湛蓝湛蓝的天上，没有一丝丝浮云。刚吃罢早饭不久，黄家从杨井村发来的四人抬的花轿便到了。黄家也是有头有脸的人家，家道厚实，出手阔绰，娶的又是地方有名塾师蒋从甫的女儿，办事不免有点儿显摆；他们来的花轿高大沉稳，四周镶围的红布上，绣着大团牡丹和金色的菊花，轿顶彩绫包裹的突兀之处，"张仙送子"的雕像在微微俯仰。两人抬的礼盒不是一副，而是两副，各装着的不是边猪（半个）而是整猪；其他礼品均由人挑着，坛酒、香烟、喜粑粑之类均不是一份，而是双份；其他风俗交接均是行礼如仪。

这天黎明开始，陈氏和王书珍便在各自的屋子里哭起来。这不是一般应酬的"哭嫁"，而是真心实意的不舍之哭。

从"噼噼啪啪"的爆竹声在蒋家门口炸响起，王书珍便整理好了从王氏娘家带出的、亲娘留给她的那只红漆木箱，准备随时搬出带到黄家。接着，她拿出了枕下放着的那面白色隐隐现出花纹的布帕，看着巧子哥用鲜血在上面画着的红心，静静地点着了桌子上的一支红烛，然后将白布帕迎着烛焰慢慢地烧了，细碎的灰烬轻轻飏飏落满了桌子。王书珍将灰烬拂一些在一杯茶里，一仰头，咕咚咕咚地喝了。她在心中默默地说：巧子哥！别了！

王书珍心中还有巧子哥啊！她听人说他在上海，又听人说他在北京，还有人说他在什么张家口。山镇姑娘不知这些地方都在哪里，她只是向东方、向北方道了个自己常做的万福，嘴里念念有词：巧子哥，你是好人！好人会一生平安！

自此，王书珍和蒋光慈终生再未晤面。

这时，虎背熊腰的蒋儒谦和蒋如香走进房里。如香笑道："书珍姐！上轿了！"

大哥在房门口低垂着脊背。抽抽噎噎的王书珍，头顶红色的盖头，扒在大哥的背上，缓缓地向前厅走去。

尾　声

蒋光慈一生只活了30岁。他先后有三任妻子，这就是：山镇姑娘王书珍，中州女杰宋若瑜，江南"乡姑"吴似鸿。

蒋光慈与王书珍的故事，我们已经详述。她十多岁就到蒋家等蒋光慈从苏俄归来。1924年7月中旬两人"拜堂圆房"，8月份蒋光慈返上海后再未晤面。王书珍后嫁农民黄炳华，黄在乡间是位木匠。两人相亲相爱，白头偕老，儿孙满堂。王书珍于1974年辞世，活了旧时人常说的"古稀之年"70岁。

蒋光慈嫁妻的遗韵，流传后世最突出的，是王书珍出嫁黄家仪式的庄重和嫁妆的丰盛。据说，一顶高大四人抬的花轿，缓缓走在乡间小路上。蒋儒谦、蒋儒让两兄弟礼帽、长褂盛装随后押轿；蒋如香和蒋家另一位姑娘像玩花船的"兰花"似的在轿两边伴行；吹奏喇叭、唢呐、笛子等管乐器手，热情洋溢地吹奏着穿行其间。轿后嫁妆第一位的，当然是王书珍离开王姓娘家时，生母留给她的红漆大木箱；然后，是蒋家陪送的衣服、被褥、家具、用品等等，而且是双份，譬如红漆木箱两份四只，站柜两副上下叠加也是四段，兼作藏物的睡柜也是两副。同时，由于新郎是木匠，所备生活用品更是细致、新奇。譬如新郎为了王书珍在新家杨井村的土井提水、挑水方便，设计、制造了一种形似水桶但只能装载水桶二分之一水的乡间称为"小亮（可惜此字的准确写法，汉字还没造出）子"的水桶，在白塔畈硬是新创一种家具。另外，蒋家为了壮势，不惜陪送人众。诸如蚊帐、门帘、马桶、痰盂、大小成套木盆之类，都是双份，都有专人或扛、或携、或挑送行，以至送嫁队伍浩浩荡荡、烟雾缭绕、音乐声声，足有一里路长，观者如云，击掌让道，笑语飞扬。

据白塔畈的老一辈人说：王书珍嫁妆之丰盛，在方圆数十里之地，一直为历代出嫁姑娘们所羡慕、所念叨。当时蒋光慈虽不在场，但这一切，凝结了他对王书珍深爱的心愿和对他未来美好的祝福。

有"中州女杰"之称的宋若瑜，在五四运动中，追求进步，为学生运动带头人。开封二中的曹靖华等人成立了青年学会，并创办了刊物《青年》。宋若瑜跨校加入了青年学会，并成为《青年》的对外联系人。时在安徽芜湖省立五中读书的蒋光慈，由当年在河南志成小学、固始中学读书的同学的推荐，成为青年学会的跨省级会员，并积极为《青年》写稿，由此结识了宋若瑜，两人通起信来。但此后，两个人的人生道路发生了巨大的变化：宋若瑜因积极参加进步活动，被开封一女师开除；她又择校另读，于1922年夏考入位于南京的名牌大学——东南大学教育系就读；而蒋光慈于1920年先进上海外国语学社学习，1921年5月又赴苏俄留学，一直到1924年7月才返回祖国。蒋在留学期间，曾与宋通过信，但不久就失去了联系。

蒋光慈回国后，不久就到上海大学任教，这才打听到了宋若瑜的下落：她因家庭经济困难，从南京东南大学休学，到河南信阳省立二女师教书。两人通起信来，迅速进入了热恋。

1925年暑期，在经过数月通信、两人基本了解之后，蒋光慈与宋若瑜在北京见了面。蒋光慈的仪表堂堂、文静优雅、谈吐不俗，宋若瑜的仪态丰满、刘海遮额、活泼洒脱，使两人一见面就更生好感。他们通过一个礼拜的相处、交谈，蒋光慈认定宋若瑜就是他百般寻觅的"苏维娅",而年轻英俊、文质彬彬、满腹才学的蒋光慈,更是深扎在宋若瑜的心底。可是,陪同宋若瑜前去北京的宋母秦氏,对这个过于优秀的女婿总有些不放心,又风闻他在老家已经结婚,更是担心女儿上当受骗。虽然蒋光慈把自己与王书珍解除婚姻关系的事说了一遍又一遍,宋母总是不信,若瑜也无法,结果使得蒋光慈心含愤懑地提前返回了张家口。

宋若瑜母女的北京之行,在开封、在信阳,均引起不少传说以至谣言,像浊浪排空,向宋若瑜击来。她有些招架不住了,写信向蒋光慈哭诉:"数日来心绪缭乱,悲苦已极!妹此次北上实为爱情所支使,本无足怪,不意竟为开封、信阳一般人所注意,并加以许多望风捕影之谣言,实为一恨事。此种谣言对我个人无关紧要,让我母亲对之甚为愤恨,并对我加以许多斥责"。对此,蒋光慈也无法:"近来每一想及我俩身事,辄唏嘘而不知所措"。他鼓励宋若瑜说:"吾妹若真健者,请千万勿为一般无稽谣言及父母所痛苦,置之不闻可耳。我深不忍吾妹因我而受苦痛!吾妹若爱我,则斩钉截铁爱我可耳,遑问其他……"

一直到这一年深秋,宋父宋殿卿派到蒋光慈家乡白塔畈的"侦探"回报:蒋光慈为蒋家三儿子,自小与姓王的女子订婚不假,但现在两人已分道扬镳。王姓女子已嫁人了,婆家姓黄。

宋若瑜这一下彻底"解放"了。父母再不干涉她与蒋光慈的婚姻。

这时,蒋光慈从张家口回到了上海,仍在上海大学任教。他与宋若瑜培养六年之久的爱情即将开花,他想在这年寒假与宋若瑜结婚。可是,1926年的正月初三,蒋光慈突接宋若瑜:"哥,妹重病,盼来开封"的电报。蒋光慈马不停蹄,于这一年阳历2月16日踏上早春的旅途,从上海到浦口,再转乘列车到徐州,然后到开封,在开封南关医院见到了在此住院的宋若瑜。

宋若瑜患的是肺病,高烧,咳嗽。但她见到蒋光慈到来,兴奋又加幸福,病好像突然好了,精神愉快,健步行走。正月初五一大早,蒋光慈在宋若瑜陪同下,备了一份厚礼,来到宋家拜见宋殿卿和秦氏。中午,就在家宴上,蒋光慈和宋若瑜举行了隆重的订婚仪式。

此后,已经到东南大学教育系复读的宋若瑜,不得不重新办了休学手续,在母亲的陪伴下来到上海。本来还想对准女婿继续观察、考验的秦氏,看到蒋光慈和女儿情投意合、卿卿我我,总算彻底放了心返回了开封。

1926年6月下旬的一个星期天晚上,蒋光慈和宋若瑜在上海卡德路(今石门一路）一家名"万福楼"的酒家，设了一桌宴席，宣布结婚了。白塔畈老家虽然没有来人，但在此之前便派人送来了结婚用品。当时，参加婚礼的瞿秋白、钱杏邨等人，都一个一个高举酒杯，发表了对这一对新人热情、衷心的祝福。

蒋光慈自结婚后，身体也好了，精神更饱满了。是的，宋若瑜的微笑、安慰和蜜吻，宋若瑜为他抄的稿子、为他熨烫的衣服……都是使他愉快、振作、发奋的催化剂。虽然白天上课、夜间写小说，或去参加什么集会，总是不觉累，脸上总是洋溢着难以掩饰的愉快。而宋若瑜呢，她觉得自己无比幸福，自己是开封省立一女师同学当中、东南大学教育系的女同学中间、开封大坑沿姐妹之中最幸福的人了！她以为，像光慈这样可爱，这般可敬的人，走遍天涯海角再也找不着了！她的心里，除了光慈、除了光慈的事业，似乎什么都不存在了！

可是不久，突然地，若瑜生病了：高烧不退，食宿失常，精神萎靡，一再出现头晕甚至休克现象。不诊自明：她的肺病又恶化发作了！

蒋光慈慌了手脚，也乱了方寸，他向学校请了假，奔波在各大医院和一般诊所之间。可是，肺病在当时被人认为是凶险之绝症。跑了几天，竟然没有一家医院或诊所愿意接受这样的病人。

蒋光慈在宋若瑜面前不动声色，细心地关怀服侍着她。若瑜依偎在光慈的臂弯里，同枕共被，进入比现实美好十倍的梦乡。在梦乡中，若瑜像一只可爱的小鸟，在爱情的园林里飞翔，在楼阁亭台上栖息，在水榭飞檐边着落；百花争艳，竹影婆娑，溪流淙淙，彩云片片，岚烟缕缕，时而阳光和煦，春风送暖，时而明月柔媚，夜色沉醉。有一次，她独自睡在家里，竟迷迷蒙蒙中做起诗来，寄托着对光慈的深爱：

如果我是一只小鸟，
你就是我绿色的山林；
如果我是一条游鱼，
你就是我明净的小溪；
如果我是一粒种子，
你就是我温柔的土地；
如果我是一朵浪花，
你就是我吻着的船舷；

如果我是一片白云，

你就是我依恋的蓝天；

如果我是一个快乐的音符，

你就是我发音的琴弦。

正当宋若瑜沉迷在诗境里的时候，她被匆匆走进屋的蒋光慈惊碎了美梦：
"若瑜，若瑜！快起来收拾，我们到庐山去！"

"到庐山？"

"是的，江西牯岭医院坐落在庐山。那里医疗条件好，疗养环境优美。在目
前，是治疗你这种病最好的地方。我们赶快去吧！"

1926 年 8 月初，蒋光慈、宋若瑜由上海吴淞口乘船，逆水而上，经过 4 天的
航程，才到达江西庐山脚下的九江。蒋光慈怕汽车颠簸厉害，若瑜受不了，就雇
了一顶小轿让若瑜乘坐，自己则坐了一副滑竿，两人晃晃悠悠地上了云中山城
牯岭。

当天，宋若瑜便顺利地住进了牯岭医院的内科病房。这是一间只有两个床位
的女病房。医院的规矩很严，不准陪客；就是探视，也只有在礼拜天才给一个时
间。若瑜看着光慈在这儿闲着着急，就劝他返回上海。蒋光慈在牯岭住了一个星
期，就匆匆地返回。

经过将近一个月的治疗，宋若瑜的病居然好了很多。1926 年 8 月 29 日，她
在牯岭医院给蒋光慈写信报告近况，对家庭及个人生活作了一些安排。病势好转
使她对生活增强了信心。她是多么渴望早一日与蒋光慈共临西窗啊！

渐渐地，若瑜可以出来散步了。她远睹近观，满目苍翠，兴奋不已。这一晚，
她无意中见一轮欲圆的明月挂在碧海青天。她猛地打了个激灵；月亮快圆了，八
月十五中秋节快要到了！这结婚以后的第一个中秋节，这千家万户团圆的日子，
怎么能让侠生一个人冷冷清清过呢？不行，那温馨的小家在等着她，那宽广的胸
怀在等着她。若瑜恨不能两肋生翅，当即飞回上海。

第二天早晨，若瑜不顾医生的反对，果断地向医院请了假。当即下了庐山，
从九江登上大轮，顺风顺水，终于在中秋节的早晨，风尘仆仆地回到了家。

这天蒋光慈刚刚洗漱罢，见妻子似从天降，惊得不相信自己的眼睛。若瑜这
才把手提的小包一丢，扑进丈夫的怀里说道："我前天看到月快圆了，就想到同

你一起过中秋。这一想起你，就想得饭不思，茶不饮，想得六神无主，坐卧不安。心想就是死在侠生哥的怀里，我也就心满意足了！"

光慈听了，眼含热泪把若瑜搂得更紧。

当天晚上，光慈和若瑜带着月饼和冰水，相挽着手从卡德路来到法国公园（今复兴公园）。两人坐在水边，迎着扑面的清凉晚风，紧紧地偎依着。"此夜中秋月，清光十万家"。天朗气清，月轮慢转。光慈和若瑜，沉醉在两人世界，面对皓皓明月，尽吐相思之情，绵绵地享受着夫妻之乐，收纳着嫦娥播撒的清辉。

中秋节过后，蒋光慈陪着宋若瑜重返牯岭。也许是路途的奔波辛苦，也许是节日迎来送往的操劳，宋若瑜刚到病房就发烧了。经医生检查后，她被转到传染科病房隔离起来了。光慈平时探视，只能在隔离室玻璃外看上几眼，不准入内。

若瑜的病情恶化了，光慈只有等待、等待，等待冥冥中的奇迹出现。他无奈在旅馆中写起了小说，这一来可以压抑心头的焦躁，二来他得写出作品换稿费呵，以使爱妻得到最好的治疗。

1926 年 7 月 4 日，他写出了 12000 余字的短篇：《弟兄夜话》。

1926 年 8 月 22 日，他写出了 5000 余字的短篇：《一封未寄的信》。

1926 年 9 月 3 日，他写出了 8000 余字的短篇：《徐州旅馆之一夜》。

1926 年 10 月 10 日，他在牯岭旅社写完了 10000 字的短篇：《橄榄》。

1926 年 10 月 17 日，他在牯岭旅社写完了 8000 余字的短篇：《逃兵》。

1926 年 10 月 24 日，他完成了 8000 余字的短篇：《寻爱》。

蒋光慈刚写罢《逃兵》，便接到上海大学拍来的电报，不是有关学校的工作，而是上海党组织的通知，让他速回去完成一件紧要的任务。党有党的纪律，一丝一毫都不能含糊。临下庐山前，他去隔离室的玻璃窗前，强笑着向爱妻挥手告别，并给若瑜写下了一张字条，上面写道："组织上要我速回上海。你的一切有我承担着，胜利属于我们，希望就在眼前！好好治病，我不日即回。吻你！"

1926 年 10 月底，牯岭医院的加急电报飞到上海的蒋光慈手上：瑜病危急，速来医院。

蒋光慈心急如焚，日夜兼程，奔上庐山。

这一次，他可以直接进入危重病房探视爱妻了。若瑜持续高烧 40 度，伴随着昏迷。光慈看着似醒非醒的若瑜，忽然想起若瑜去年翻译《英文选》上那首诗《紫兰花下》：

紫兰花下，

她的手凉了，面孔儿白了，

她的血脉已不流动了；

她的眼睛闭了——已经失去了生命——

着了十分洁白的衣服，与雪一样的洁净，

躺在这紫兰花下，阵阵被风儿飘零。

并没有用墓碑表明她的来历，

去引起人们的热泪与同情；

只有一些微嫩的树枝，

好似在说：当地有一位可爱的女郎，

躺在这里十分凄凉，十分寂静。

一些老树的树枝儿，

密重重地环绕着，阴沉沉的遮蔽着，

太阳的光线不能射在深处闪烁，

吸引了树叶的绿素，

凋残的叶儿一片一片的，向着她的坟墓飘落。

松鼠在树林中跳跃，

知更鸟隐在树叶中间狂叫，

深秋的时光一切的果儿熟了，

橡果和栗子一个个地坠落了，

这些秋天情况，她却观察得清楚。

晨乐队为她唱了，

从树林高处为她合奏着自然的乐歌，

春天的各种奥妙的歌奏者，

都来为她唱歌，

个个用它清新的声调为她祝贺。

唉，若瑜当时就说这首诗"描写一个可爱女郎死后的情景，我很爱读它，我随便把它翻一下好玩。"若瑜啊！这难道就是你的谶语吗？这难道就预示你的不祥命运吗？光慈想着，眼泪像泉水一样涌出来，一滴一滴地洒在她的胸前。

11月5日下午，一向神志不清的若瑜，突然变得十分清醒，说话声音洪亮。她向光慈要开水喝，喝罢便朗诵蒋光慈写给她的情诗："昨夜月儿圆，倩心忆河南；关山虽远隔，两心梦魂连。"诵完，她两手紧紧地搂抱着光慈的脖颈，泪如雨下，哀哀地哭道：

"侠哥，我的侠生哥！我才二十三岁，我真不想死呀，真不愿死呀！我们的好日子才刚刚开了头呢。可是……看来我与庐山有缘，庐山要永远留下你的瑜妹了！"

光慈两手搂着她的背，一边吻她，一边安慰道："快别胡说！你今天不是好多了吗？"

"侠生哥！你别瞒我了，我啥都清楚。能以庐山为家，能以青山、白云做伴，这是我的幸运。只是，我不该这么早、这么快就离开你。我要支持你写作，支持你追求的事业，跟着你奔波、漂泊、漂泊、流浪、流浪，同甘共苦，可是，侠生哥呀，我……"宋若瑜把自己瘦削的脸和蒋光慈胡髭满腮的脸紧贴在一起，来回磨蹭着：

"侠生！你要爱惜身体！咱俩原定今年春节回安徽老家看望父母，现在不行了。你自己回家看看亲人吧，也别忘了我开封的那个家……"

蒋光慈热泪盈眶："若瑜，若瑜！你的病会好的……"

"侠生！你一定要从事革命的文学事业，不要变，要坚持到底……"

"瑜妹！我一定听你的！我就是贫穷流浪，贫穷饥饿，直至被仇敌杀头，我都不会变！"

"那好，这我就放心了！"若瑜抬起头，喘着气，搂紧光慈"还有，我死后你要找一个心地善良的姑娘，做个陪伴，做个帮手。还有……"她上气不接下气，把光慈的脖子搂得更紧，似乎是拼着全身力气，殷殷叮嘱道："还有，我听医生说，这痨病传染。我死后，你要去查查身体，打抗结核针……"

光慈已痛苦、悲哀得说不出话。听着爱妻这个紧要的叮嘱，使劲地点了点头，呜呜地痛哭失声。

1926 年 11 月 6 日黎明前，宋若瑜离开了那多灾多难的世界。这天早晨，蒋光慈接到了爱妻的死亡通知单。

几名医护人员把光慈搀扶到太平房里，替他掀开了白布单。唉唉，他看到了爱妻正平静地躺在钢丝床上，紧闭双眼，像沉醉在梦中。光慈顿时眼前一片漆黑，天旋地转，几乎瘫倒在太平间……

三天后，蒋光慈在庐山公墓土坝岭安置了爱妻宋若瑜，失魂丧魄地回到了上海。卡德路寓所内，一切依旧，但已没有人气，宛如失却了灵魂。上海大学的同事来了，瞿秋白来了，钱杏邨来了，孟超也来了。大家建议他重新租一间房子，换一个环境生活，但被蒋光慈拒绝了。他不愿离开自己与宋若瑜共建的这个爱巢，也就是不愿在感情上离开宋若瑜。

一抔黄土，一腔悲哀。六年相思，一年相爱，一月同卧；"天长地久有时尽，此恨绵绵无绝期"。

自此，在蒋光慈心中形成了一种"瑜妹情结"。他的诗集《新梦》《哀中国》，他的中篇小说《少年飘泊者》、短篇小说集《鸭绿江上》，他的文学论著《十月革命与俄罗斯文学》等等，都是写在与宋若瑜的相交、相恋和结婚期间。若瑜辞世后，蒋光慈心里只有写作和编辑！他觉得，唯有这种创造性的劳动，才是对他瑜妹的最好的纪念！

1927 年 11 月 6 日，是宋若瑜逝后的周年祭。这一天，蒋光慈在上海编定了他与宋若瑜的通信集《纪念碑》，并写了序文。

《纪念碑》的上卷，收宋若瑜致蒋光慈信 57 封；下卷收蒋光慈致宋若瑜信 40 封。97 篇信文都是极好的散文，由上海亚东图书馆出版发行，为文史工作者研究蒋、宋的情感历程及生活经历提供了宝贵的资料。

1928 年 11 月 6 日，是宋若瑜逝世两周年祭日。蒋光慈诗笔和泪，哀思如涌，近 80 行的悼妻诗《牯岭遗恨》，奔泻而出：

在云雾弥漫的庐山的高峰，
有一座静寂的孤坟；
那里永世地躺着我的她——
我的不幸早死的爱人。

遥隔着千里的云山，
我的心是常环绕在她的墓前。
牯岭的高——高入云天，
我的恨啊——终古绵绵。

若说人生是痛苦的，
为什么我此生也有过一番的遭遇？
若说人生是快乐的，
为什么她就这样短促地死去？

姑娘，你躺得静静地，
只有雾来做你的衣；
姑娘，你躺得静静地，
只有明月来与你为侣。

可是我啊，我只有永世的悲哀；
可是我啊，我只有无涯的孤寂。
那甜蜜的过去，那不可挽回的……
姑娘，我只有空空的回忆。

本愿年年来到你的墓前，
多么的流连！多么的流连！
痛哭也是好的，惆怅也是好的，
只要能感着旧日的欣欢。

但是而今到处是荆棘连天，
旅行是这般的艰难！
只能遥遥地招魂，
不能前来墓前祭奠……

你死去了已经两年，
这两年我饱受了无数的悲欢；
但这是我与民众共同的呵，
我的生活只有孤寂的一面。

我已经失去了慰安，
我与你此生是再不能相见！
这乐和苦，这辛和酸……
姑娘啊，你怎能来和我分一半？

两年来我也不知老了多少！
虽然我的年龄还轻——三十未到；
奈何我为着你总是深深地伤悼，
又活活地为着祖国的悲哀所笼罩！

曾记得我在你的面前宣言，
我的诗要歌咏着民众的悲欢；
纵然我是漂泊，颠连，
但是我的心愿永不变。

而今我的心愿依然仍旧，
可是祖国虽大我难以居留；
你将如何同我一样地悲愤呵！
若你还存在人间的时候……

唉！我该有多少话要向你说！
我是如何的需要你的安慰与扶助！
但是命运注定了，注定了……
往日的欣欢只能向梦里去追求。

算了罢，我也无须多多地哭你！
你躺在那儿好好地安息！
你所给予我的我已经满意了；
此生究竟还能与你同住了片时。

消逝了你那天生的美质，
存留着你那给予我的情义；
人生虽然就同幻梦一般，
但这幻梦里究有不可忘却的真实。

请你放心吧，我永不会忘情！
请你放心吧，我依旧地歌吟！
我歌吟，我勇敢地歌吟，
一半为着你，一半为着革命。

姑娘，你躺得静静地，
只有云雾来做你的衣；
姑娘，你躺得静静地，
只有明月来与你为侣。

庐山的风月永远是清幽，
你在那儿终古地漫游；
漫游，漫游，朝朝与暮暮，
永远隔绝了人世的烦忧。

让我在生活中永远地孤寂，
只留着对于你的一番回忆。
让我为着纪念你的缘故，
永远守着那革命诗人的誓语……

全诗情切切，意绵绵，悲悠悠，恨长长，表达了蒋光慈对宋若瑜刻骨铭心的爱恋和永守"革命诗人的誓语"的决心，令人读之慨叹不已，涕泪俱下！

1929 年的秋天，蒋光慈客居日本。这年的 9 月 17 日，是中国农历八月十五中秋节。他在东京孑然一身，寂寞难当。他怀念亲人，怀念亡妻若瑜。天上的一轮明月，触动了他的愁思。他在这一天的日记中，怅然写道："案头上的日历告诉我，今天是中秋节了。但是今夜和我共赏明月者何人？……曾记得那一年中秋节在法国花园里，我和若瑜并坐在绿荷池边，互相偎依着，向那欢欣、圆满而晶莹的明月望去，两人默不一语，如被幸福的酒浆所溶解了也似的，恍惚升入了仙境。"可是，这样的仙境已不可能再遇了，日记接着写道："但是今夜的月明如旧，而伊人已死去三年了！人事为什么这样地多变呢？""往事不堪回首，且蒙着头儿睡去！今夜的明月是为着别人的！"

三年了，又是中秋佳节。面对天上的一轮皓月，蒋光慈心中的女性倩影依然，依然唯有宋若瑜。三年来，朋友们多次为他介绍新的女伴，史书记载的不下于三四个人，都是女辈之中的佼佼者。但蒋光慈看来，总是不如意。

宋若瑜去世后，她的父亲被日本侵略者的流弹打死；母亲想想自己的命运太苦，便皈依佛门，修行来生，1950 年以后才病故。

20 世纪 90 年代，我们去开封寻访宋若瑜遗踪时，发现当年商业繁华的大坑沿还在，宋若瑜的故居还在，她曾经就读的省立第一女子师范学校（即今日的开封师范专科学校）还在，她的一些老同学还在……

更重要的是，随着历史烟尘的拂去，随着历史本来面目的还原，宋若瑜的名字和她在"五四"时的业绩，更加鲜明地呈现在人们的面前。河南省的学生运动史、妇女运动史和教育史，都记载着宋若瑜在五四运动时的英勇表现，记载着她在教育园地的辛勤耕耘，记载着她冲破世俗封建婚姻的大胆果断……

就像蒋光慈非常喜爱的英国浪漫主义诗人雪莱曾经吟咏的：

音乐，虽然消失了柔声，
却仍旧在记忆里颤动；
…………
同样的，等你去了，

你的思想和爱情会依然活在世上。

我们称蒋光慈的第三任妻子为"江南乡姑吴似鸿",其实这"乡姑"即"乡姑娘",是蒋光慈第一次称呼她的。

吴似鸿(1907-1990)浙江绍兴州山陈家湾人。她的父亲是一家当铺的伙计,母亲务农。她是家里最小的一个孩子,上有两个哥哥、三个姐姐,家境贫寒。绍兴地处沿海,开化较早。似鸿的父亲倾向进步,他崇拜秋瑾,辛亥革命一爆发就剪了辫子,所以除了大女儿之外,他把两男三女都送进人称"洋学堂"的学校读书。似鸿学习努力,小学最后一个学期,成绩已名列前茅;毕业考试时,她得了第一名。毕业后,她想上中学,可是家里贫困,父亲不允,在小学校长的一再劝说下,父亲才同意让她读师范。当年,吴似鸿以唯一乡下姑娘的身份,考取了绍兴县立女子师范学校。吴似鸿追求进步,很快成为学生的带头人:当北伐军打进绍兴时,她在同学们的推举下,担任了绍兴妇女协会的会长;当北伐军北上,旧势力反扑,她又被同学们推举为学生生活会的主席,从而引起了人们的关注。

1928年暑假,盛传绍兴的国民党要抓人,吴似鸿也在危险之列。于是,吴似鸿便离开任教的绍兴女师附小,带着私人积攒的六十元钱,没有回家,也没有告诉父母,自己做主,意气昂扬地奔赴上海,应约来找章锡琛(1889-1969)。章是绍兴人,先是《妇女杂志》的主编;1926年创办了著名的开明书店,任董事兼总经理。

这年秋,吴似鸿考取了上海新华艺术专科学校学美术。开学的时候,章锡琛给了吴似鸿100元的支票,吴似鸿搬出了开明书店,到新华艺专住校就读。交上学费40元、膳费40元、住宿费15元,似鸿只留下5元做了零用钱。

新华艺专共4个系:国画系、西洋画系、音乐系、体育系。吴似鸿插班西洋画系二年级就读。学校里不大接触社会,也不大接触进步文艺,师生每天只是埋头作画。

1928年的冬天,吴似鸿从报纸上看到南国社招收演员的启事,并知道是田汉领导的南国社,于是她被吸引住了。面对黑暗社会的血雨腥风,吴似鸿认为学习画技不能彻底反映民间疾苦,只有戏剧、文学才能把黑暗现实揭露得淋漓尽致。第二天,她便按报纸上登载的地址,到了南国社。主持考试的正是田汉。她见田汉长着一张瘦而长的马脸,却给人以纯朴、善良的感觉,心里踏实了不少。田汉看吴似鸿是一个农村姑娘，很觉她不易，虽然她不会讲普通话，但最后还是收留了她。南国社由田汉于1927年创办。这个文学团体设有文学、戏剧、音乐、电影等部门，以戏剧活动为主，积聚了一大批各类人才。吴似鸿每天晚上都要到南国社去，田汉教她讲普通话、念台词、走台步。吴似鸿悟性很高，没几天普通话就能应付上台了，不久，就在田汉编的话剧《生之意志》中扮演了角色。

这年寒假，吴似鸿没有路费，加上南国社要演出，就没有回绍兴老家。除夕之夜，她一个人睡在新华艺专的女生宿舍，饥饿难忍，只得当掉了围巾，换来了几个大饼。

1929年春季开学，吴似鸿来到开明书店，想找章锡琛筹点学费。因前一程吴来开明书店少了，加之当时社会人们对演戏、对演员还存在一种不正确的看法，章锡琛也难免受了影响。他一见吴似鸿就说："既然你要当戏子，那就去当好了，还来找我做什么！"说着，转身走向办公桌。这时候，如果吴似鸿说些软话，章可能也会打开抽屉拿钱。可是她性格倔强，转身就走，眼泪唰唰往下掉，一直哭到学校。

章锡琛没有计较吴似鸿的倔强态度，还是差人送了50元来。吴交了40元学费，只剩下10元了，交住宿费还差5元，于是把棉衣当了，才凑齐了住宿费。可是膳食费还没有着落，她硬是饿了好几顿。

那时，新华艺专的女生当中，有很多是有钱人家的小姐。她们嫌学校的伙食太差，就在饭馆里包饭吃。包的饭菜都很好，她们吃不完，就把剩菜剩饭放在走廊里，等饭馆的人来拿走。吴似鸿实在饿急了，就"偷"她们放的冷饭菜吃。"偷"了几次，总怕被人发现有损名声，以后就不敢再"偷"了。

有一天在南国社，田汉无意中看到了吴似鸿的日记，才知她穷得连饭也吃不上。于是，他便留下日记对吴说："我帮你改一下，拿到我们的机关刊物《南国月刊》上去发表，能换几个稿费呢。"第二天，吴似鸿又到南国社去。田老太太对她说："吴似鸿哎，田先生说过了，你没有饭吃，就到我家来吃好了。我有三个儿子没有女儿，你就当我女儿好了！"从此以后，吴似鸿就把田家当作自己的家了。有时实在饿急了，就真的到田家去吃饭。

吴似鸿的日记，在《南国月刊》上发表了，田汉将日记题为《流浪少女的日记》，的确换了十几块钱的稿费。接着，吴似鸿又写了小说《毛姑娘》，也发表在《南国月刊》上。此时，吴似鸿已经22岁了。

虽然日子过得艰难，但青春不可压抑。她已经出落成为一个丰满、漂亮的大姑娘了，而且她又会画画、写文章，在社会上很招人耳目，几乎处在男性的包围之中。包围她的男性，有同学、老师、教授，也有社会上的职员、阔少，几乎都是有钱的人。如果她答应他们之中的任何一个，都可以实现生活无忧。但是，她不愿过早地结婚生子，过着一般女人的平庸生活。她有自己的生活目标：即使不做一个艺术家，也要做一个经济能独立的"自由人"。

1929 年秋季开学了。这学期，吴似鸿真是一个钱也交不出了。学校当局令她停学，并把她的铺盖卷扔出了宿舍。似鸿到学校教务处去闹了一场。教务处答应她学费可以暂欠，膳食自理，但 15 元住宿费必须要交，否则不许住宿。似鸿向同学借了 15 元交了住宿费，膳食还得自己想办法。经济负担沉重，压得似鸿喘不过气来。更可恨的是，因为她在报刊上发表了一批文章，有人就设法在小报上攻击她，说什么难听话的都有。有时候，似鸿实在憋不住了，就在宿舍关起门来大哭一场。哭过了，似乎减轻不少痛苦，这才抹干眼泪做事。

为此，似鸿画了两幅钢笔画挂在宿舍：一幅题名《夜读》，一幅题名《希望》。只要看看那画儿，她的身上就似乎充满了力量。吴似鸿感到苦闷的时候，还有一个地方可以给她力量，那就是到南国社去。

1929 年初冬在南国社，吴似鸿终于遇到了自己的人生伴侣蒋光慈。

蒋光慈为何到南国社去呢？其实，蒋和田汉是老相识了。1924 年夏两人就有交往。1929 年初冬蒋光慈由日本回国。上海中共党组织交给他一项任务，要他进一步接近田汉。因为当时田汉尚未入党，但思想进步，他领导的南国社也积极靠近党，而且还聚积着一大批有才华的人。如果把田汉吸引过来，整个南国社也会影响过来。蒋光慈愉快地接受了接近田汉的任务，并推荐他为"左联"的发起人之一。

也就是在这段时间，田汉想为蒋光慈介绍一位爱人。介绍谁呢？田汉既是吴似鸿的良师益友，又如兄长一样关心她。他的母亲田老太太也把吴似鸿当作女儿一样爱护。母子俩都希望吴似鸿有一个如意的对象、美满的家庭。于是，田汉想到了吴似鸿。

在一个星期天，田汉安排蒋光慈和吴似鸿见了面。由于吴似鸿没有思想准备，屋内又有别的人，吴对蒋没什么印象。但蒋光慈对吴似鸿印象颇佳：二十多岁，穿着黑色紧身小袄，中等身材，苗苗条条，不胖不瘦，圆脸大眼；头发从脑袋中间分起，两拨黑发向两边纷披，衬得脸儿更圆。她的眼睫毛很长，随着眼睛的快速眨动，忽闪忽闪的，眼睛像能说话似的——整个人既有城市姑娘的清雅，也有农村姑娘的朴实，还有几丝尚未洗尽的野性。

真正使吴似鸿看清蒋光慈的，是在1929年的寒假后。那时，吴似鸿照例无钱回绍兴，这天下午，寒风凛冽，冻得人伸不出手，似鸿便跑到田汉家里，同田老太太一块儿烤炭火。正烤着，只听一阵楼梯响，蒋光慈走上楼来了。吴似鸿昂起头，眼睛一亮，这次看清了蒋光慈的全貌：身材高大，穿一件咖啡色的呢大衣，下着一件黑色西裤，足登皮鞋；头戴一顶灰色鸭舌帽，脸上的眼镜闪着晶光，浑身上下，给人一种英气勃勃、风度翩翩的感觉。

这天，吴似鸿和蒋光慈、田汉他俩到了南国社常在此演戏的天蟾舞台。盘桓了一会儿，田汉又带他俩到四马路菜馆，叫了一桌席，晚上他在此请一些演员吃饭，蒋、吴很高兴地参加了这次宴会。饭后，蒋光慈把吴似鸿带到四马路现代书局门市部，叫营业员把他在现代书局出版的《菊芬》《最后的微笑》《丽莎的哀怨》《异邦与故国》等书，各选一本，捆成一包，递给吴似鸿。然后，叫了一辆黄包车，两人坐上，将吴似鸿送到新华艺专的大门前。

几天后的一天上午，蒋光慈又把吴似鸿从南国社拉出，横穿几条街，走进一家法国菜馆。蒋光慈点了菜，侍者送来了烤鸡、猪排、牛脯和煎蛋四盆菜。蒋光慈向似鸿示意了一下，带头动起刀叉来。吴似鸿从没吃过大菜，不会用刀叉。不过，她很机灵，一招一式学得很快。侍者见他们的四盆菜吃完，又送来牛奶、蛋糕和水果。吴似鸿放开肚子，吃得很饱。

饭后，两人走出法国菜馆，外面寒风丝丝。走到外白渡桥，寒风忽然大起来。吴似鸿紧缩一下肩，光慈把一只手护着她的肩膀，望着桥下流向黄浦江的水波，笑道："密斯吴！我的浦江之爱开始了——我要爱你啦！"

吴似鸿最不喜欢把"爱"字挂在嘴边的人，她以为蒋光慈说"爱"只是"小说家言"，没有往深处想。接着，蒋光慈把吴似鸿带到四马路亚东图书馆编辑部，先见老板汪孟邹，后到编辑室见各位编辑。大家见到吴似鸿，都投过来热情、火辣的欢迎眼光。傻不叽叽的吴似鸿没有说话，只是向大家认真地鞠了躬。

就是这样地，蒋光慈已经认定吴似鸿为自己的人生伴侣。这既得到田汉和南国社一些朋友们的支持，也得到了情同父子的亚东图书馆老板汪孟邹的赞同。他要加大对吴似鸿"进攻"的力度了。可是，经过这几年的磨难，他对爱情已经没有从前的心境和澎湃的激情了，他已写不出在《纪念碑》中致宋若瑜那样的篇章了。但他对吴似鸿，依旧付出了一颗真爱的心。就在他俩去法国菜馆吃过后没几天，他给吴似鸿写了第一封求爱信：

乡姑娘：我要和你生活在一起。

光慈这封信极其简单，宛如一封电报。称她为"乡姑娘"，是因为他和田汉都认为，她是位朴素、诚实的农村姑娘。

可是，这封信却在吴似鸿心中激起巨大的波澜，把这个初涉世事的姑娘吓坏了！按理说，通过这一段时间的接触，她对蒋光慈印象极佳。可是如今他要和自己"生活在一起"；一男一女生活在一起，不就明摆着要结婚吗？

"床上四条腿，读书胡日鬼"，再加上生儿育女，还怎么读书呀？可自己心想的是大学毕业，毕业后找个工作做，苦尽甘来，多么自由自在呀！于是，吴似鸿立即给蒋光慈回了一封信：

蒋先生：我害怕。请你别讲那样的话，请你再别讲那样的话。

她不知道蒋光慈的住址。没办法，信只好请亚东图书馆转交。没几天，蒋光慈的第二封信又来了，依旧像一封电报：

乡姑娘：你别害怕！假使你和我生活在一起，我就可以写出伟大的作品，你也就伟大了。

吴似鸿铁定了心拒绝他，于是回信说：

蒋先生：你写出伟大的作品，那是你自己的伟大；我可不要别人的伟大，来当作我的伟大。我是要读书才来上海的。我的学业还没有完成，不谈别的。

第二天，吴似鸿来到南国社玩。一见田老太太，老人就夸说蒋光慈是好人，人有本事不说，心儿又细。你要是嫁给这样的人，我和田先生就都放心了。似鸿说，自己怕结婚生孩子，念不成书了。田老太太说，你翻过年就二十四岁了，也早该有孩子了。再说，蒋先生有钱养家，你要读书是正事，再不用啃大饼、饿肚子了，这不更好去念书吗？

吴似鸿心思不安地离开南国社，一路想想田老太太所说的也有道理，但最后决定，最好还是等毕业以后再结婚，现在决不能松口。可是，等她回到学校，门房交给她一封信，正是蒋光慈来的，并且好像对症下药似的写道：

乡姑娘：你和我生活在一起，你依然可以读书，并不影响你的学业。乡姑娘！和我生活在一起吧！

吴似鸿读罢信，有些生气地想：这位蒋先生真是的，好像不打胜仗决不收兵似的，怎么老是纠缠我呢？讨厌！——她下决心不给他回信了，来个彻底拒绝！

几天后，一个午饭后，吴似鸿躲在宿舍正准备画但丁石膏素描像，蒋光慈匆匆走进来，望着吴似鸿微笑，好像在说："你躲到宿舍，我就找不着你了吗？"

吴似鸿望着他，一时愣住了，她忘了招呼他，只是一个劲地傻笑。

蒋光慈在一张空床边坐下，把吴似鸿拉到自己的面前，用手拍着她的臂膀，说道："密斯吴！你好像有些躲着我啊！"

"没有呀，蒋先生！"吴似鸿说，"我没有躲着你啊！"

"我爱你！我真心真意地爱你！"蒋光慈似乎有些动感情地说。

吴似鸿没有说话。

"我们相爱是有基础的。"光慈的两只大手，紧紧握着似鸿的一双小手，"从小处讲，我们都是农村人，老祖先都是种田的，心儿贴得近；从大处讲，我们是同志。我四处漂泊，以革命为业，一心求得祖国的解放、独立，一心求得人民脱离苦难。你呢，是一个进步青年，爱憎分明，追求光明。我们是有共同语言、共同心声的。"

吴似鸿觉得蒋先生这些话，又明白，又新鲜，听了心里很舒服。她不知道怎么搭言，所以仍是没有说话。

蒋光慈继续说："我的妻子原来也是一位大学生；我们感情很深。可惜，她三年前就去世了。蜜斯吴！这几年我也碰到过不少姑娘，但我总感到不是很满意。这次我见了你，可以说是一见钟情，好像我们笃定要结这场美满的姻缘！"

"我也很平常啊！"吴似鸿这才开口说话，"还有人说我是个丑姑娘呢。"

"不丑，不丑！在我眼里，你比西施还美呢。"蒋光慈一面抖着似鸿的手，一面急急地说，"密斯吴！嫁给我吧，和我生活在一起吧！我已经一个人漂泊三年多了。我们结了婚，我写我的书，你上你的学，多好啊！"

说到这里，吴似鸿惊奇地发现：蒋先生的两只眼睛，竟然滚下两颗硕大的泪珠。她一面想到"蒋先生真可怜啊"，一面情不自禁地用柔指帮蒋光慈擦起泪来。

又是几天后的一个下午，蒋光慈又来到吴似鸿的宿舍。他见似鸿正趴在桌上写稿子，俯下身看了一番，笑道："真用功啊！"说着，摘下似鸿手中的笔，抓起她的一只手，似乎早有准备，又似乎拉家常一样介绍起自己的家乡、家世和家人，对于自己的父亲，他说得更多一些。

接着，他又介绍自己的经历和为人。最后，他说："看一个人为人如何，可以看看他交了什么朋友。瞿秋白你听说过吧？他在苏俄时，当过我的老师。他曾是中国共产党的领导人。我们是好朋友。说近一点的吧，田汉你是相信的。你也看到了，我和田汉也是好朋友。"

不错，田汉和田老太太都说过，蒋先生是好人。跟蒋先生结婚，他们放心。想到这些，吴似鸿露出亲切的目光。

蒋光慈接着说："我选择你作为爱人，不是随便的盲目的。你不是被国民党从绍兴撵到上海来的吗？你是穷人家的姑娘，了解穷人的疾苦。你立场明确，不与国民党政府产生瓜葛。我最看重的，是你追求进步。老实说，我是一名共产党员，我的作品都是在宣传革命。如果我被国民党抓了，可能就要被杀头。我随时都处在危险之中。但是我感到，有你在身边，不仅我的工作能得到支持，形式更隐蔽，而且即使有一天我真的被抓住，你也能够完成我未竟的事业。为了这些事业，你也愿意这样做。"说到这里，蒋光慈打住了话头，静静地望着吴似鸿。

吴似鸿不动声地听着这些话，心头激起了巨大的波澜。她没想到光慈这么了解她。是啊，在南国社，吴似鸿曾参加田汉改编的话剧《卡门》的演出，对那个相貌美丽、性格倔强、坚持"不自由毋宁死"信念的吉卜赛姑娘卡门，吴似鸿既爱她又羡慕她啊！想起这些，自己本来就同蒋光慈先生是一路人、一家人啊！

蒋光慈见吴似鸿不说话，揣不透她的心思，试探地问道："阿鸿！你害怕了吗？你还敢爱我吗？"

"敢爱！"吴似鸿响当当地答道，把身子倾向蒋光慈，"蒋先生！我敢！"

"啊!"蒋光慈紧紧地抱住了吴似鸿,对于这个回答,他已经等了好久了,现在终于等到了。

天气更冷了,光慈为似鸿买了毛线衣、棉袄、外套、裤子和围巾,色彩都是吴似鸿自己选的,足足装了两大包。

蒋光慈望着两包衣服对吴似鸿说:"到我家里去!"吴似鸿早就对他的"家"感兴趣了。听他这一提议,她有些高兴地和蒋光慈各提一包衣服,登上了一辆黄包车。蒋光慈当时住在沪东区自来火街附近的广业里,租的是一幢普通的二层楼房。

蒋光慈当时对外用名"陈资川"。由于保密,光慈从没带过别的女人来过,吴似鸿是第一位。这座楼房房东住在一楼。二楼好几个房间,十分宽敞,似鸿觉得田汉家十多个人住的房子并不比这大多少,如今却只有光慈和一个五十多岁的保姆六妈住着。光慈解释说,我如果只租二楼的前楼面,房东就会把二楼的后楼面租给别人,谁知住进来的是什么人呢? 不放心呵。

就在这上海高楼大厦小小的一个楼层,1930 年的春节前几天(1930 年阴历正月初一,为阳历 1 月 30 日),吴似鸿和蒋光慈在此结婚了。似鸿小时候在绍兴老家,曾看过多少新娘乘坐的花轿、多少闹洞房的热闹场面啊! 那时候,在自己稚嫩的心灵深处,也幻想过自己长大了做新娘的情景,没想到自己如今做新娘竟是这么落寞! 24 岁的吴似鸿,遥望老家绍兴的方向,祝愿父母兄嫂侄儿侄女们:春节快乐!

整整一个礼拜,蒋光慈和吴似鸿没有出门。蒋光慈忙着写作,他的伟大作品、长篇小说《咆哮了的土地》就写于这一年。吴似鸿则从他的书架上拿下已经翻译成中文的苏俄文学作品,从托尔斯泰、屠格涅夫、陀思妥耶夫斯基到高尔基,看了一本又一本。烧饭、洗衣等家务,一应自有六妈料理,他俩完全处在新婚的喜悦、幸福之中。写作、看书累了,他俩就在家里玩"拉黄包车"的游戏。有时,蒋光慈坐在椅子上,像抱孩子似的将吴似鸿抱坐在自己的腿上,一面抖着腿,一面教吴似鸿唱《国际歌》,或者他听她唱南曲。——他们的这种"坐腿"渐渐成了习惯,一直到蒋光慈生病住院没有力气的时候。

新婚夫妻总要见人的呀! 虽然现实不允许他们办婚礼,但光慈已分别向六安和绍兴的亲人报告了结婚的喜讯。这样还不够,他觉得还应该让文艺圈内的好朋友们知道,蒋光慈和吴似鸿已经结婚了! 他们先买了两条金华大火腿,到南国社

"娘家"看望田老太太。

1930 年"左联"成立后，左翼作家结队，这给蒋光慈带来很大的鼓舞。他虽然身上疾病未除，但精神很好，工作热情也高，不仅编辑《拓荒者》等刊物，撰写新的作品，文学活动也比较活跃。1930 年大学春期开学了，由于吴似鸿所上的新华艺专距离现在的家庭太远，住校吧，她和光慈都舍不得分开，于是就转学到曾留学日本的画家黄道源所办的艺大学习。但没上几天学，似鸿的秉性和气质就引起老师和同学的注意，不少人主动接近她、要和她交朋友，甚至要到她家玩玩。这可把似鸿吓坏了，唯一的办法只有停学，在家自学。（这年秋天，她才进入刘海粟担任校长的上海美专住校学习）

这个时期，似鸿也随光慈参加一些文学活动。有一次，现代书局和北新书局联合请上海左翼作家吃饭，有十几桌人，光慈和似鸿也参加了。天气转暖的一天，南国社邀请上海文艺界人士，参加在法租界法国俱乐部举行的茶话会，光慈和似鸿也参加了。有一天，他们还在家里设家宴，招待共产党员、革命作家沈端先（夏衍）夫妇、洪灵菲夫妇、戴平万夫妇，菜肴都是似鸿自己烧的，虽然烧得不好，但大家谈兴很高。还有一天，他俩到丁玲、胡也频家里去拜访，并在丁、胡家吃了午饭。

这个时期，蒋光慈深受迫害。随着 1927 年大革命失败后，白色恐怖笼罩全国，蒋光慈一直生活在敌人的监视之下。他的《短裤党》刚出版，便被国民党反动当局禁毁；他的《咆哮了的土地》印刷的纸版刚打好，也被反动当局查禁。

1931 年 2 月 7 日，"左联"革命作家李伟森、柔石、胡也频、殷夫、冯铿，在上海龙华被秘密枪杀。先后被害的，还有宗晖、洪灵菲、潘漠华、应修人等作家。

蒋光慈在同国民党反动派的斗争中，勇敢而无畏，谨慎而机警。他和吴似鸿结婚后所居的住房，就一再更换。从沪东的广业里，到吕班路口斜对面的万宜坊，再到提篮桥附近的小房子；这还不算，光慈和似鸿经常在大上海同敌人打起了"游击战"，处处设防，处处防躲敌人的搜捕。每当这个时候，吴似鸿总是毫不畏惧，同蒋光慈并肩作战。

蒋光慈的收入原来还可以，他在亚东、现代、北新、泰东四个书局出书的版税，很是不菲。可是，他见不得人家有困难。他的钱除负担老家父母生活外，大部分还是接济、支持周围甚至远在日本的朋友了。至于他自己的生活则非常节俭。他不抽烟，不嗜茶，偶尔喝点酒。除了伙食、看病、买一点营养品以及购买书报外，他没有多用过一分钱，甚至连衣服也一件穿得很久。

自从《咆哮了的土地》被查禁以后，所有的书局都不敢再出版蒋光慈的全部作品了；他的已出版的十多种著作，也都被反动当局全部查封。蒋光慈的生活源流被截断。有关书局同蒋结算了一下，总共得了版税一千多元。这是他的最后一笔钱了！

"屋漏偏逢连阴雨，船破又遇顶头风"。1931 年 2 月，光慈和似鸿去检查了一次身体，发现两人都得了肺病。可以说，他们这是"贫病交迫"了。

医生叫他们夫妻两人赶快去养病。似鸿决定到杭州西湖去休养，光慈不愿去，主要是经济条件不允许。结果，吴似鸿一个人去杭州；光慈则请一个保姆陈妈来照料。

吴似鸿手携 30 块钱去杭州，但对上海的蒋光慈总是不放心。1931 年 5 月 12 日，她接他的信，觉得还不错，他除了报告身体、饮食状况以外，还以诗人的丰富想象描绘了西湖的美景、幻想着吴似鸿的快乐。可是，仅仅过了 20 多天，6 月 7 日，她又接到他的信，但见满纸绝望，甚至还有这样的句子："在病中苦恼的时候，本拟完结这痛苦的生命"。似鸿读罢信，哭了一场，第二天便返回上海。

似鸿回到上海，付清了陈妈的工资，辞掉了她。这样，家务活全部落在似鸿的身上了。

过了一段时间，钱几乎用完了，似鸿只好当掉衣服，卖了一些小家什，拖了一天是一天。

有一天，似鸿满屋子找可以变卖的东西。忽然，从床底下找出一包衣服，打开一看，都是些女人穿的旧衣服。于是，她问光慈："这包衣服是谁的？"

光慈答道："……是若瑜的……"

似鸿一听，心和手都重重地抖了一下。这么多年，经过这么多艰难、波折、搬家和辗转，他还保留着宋若瑜穿过的衣服，似鸿不知道他是怎么做到的。

似鸿没说什么，也不忍心把它当掉，只是默默地又把衣服包好，放回原处。

1931 年 8 月初的一个下午，蒋光慈因病痛发作，突然大声呼喊起来。吴似鸿劝他说："我看你还是住医院去吧！"

蒋光慈不愿进医院，他顾虑无钱付住院费。吴似鸿只得跑到亚东书局找到老板汪孟邹，从他那儿借了 50 元钱。回来将蒋光慈送到附近的虹口区同仁医院，住进了三等病房。蒋光慈用的是陈资川的化名；吴似鸿化名吴峰，以他表妹身份服侍他。

第三天早上，医院化验了蒋光慈的大小便，诊断他得了肠结核。不久，又查出他患了二期肺结核，"左肺已烂成一个如小碗那样大的洞"。吴似鸿非常紧张，去亚东书局向汪孟邹报告了蒋光慈病危的消息。汪老先生又给吴似鸿50元钱，要她安排蒋光慈住入单人病房，以便她日夜陪伴他。

又过了几天，蒋光慈终于入单人病房。从此，蒋光慈便挣扎在病榻之上。负责这个单人病房护理的，是一个男护工，他只管给光慈量体温、服药、注射，洗脸、擦身、吃喝、解大小便，则全由吴似鸿服侍。似鸿自己也有病，白天忙碌，夜里睡不着觉，实在支持不下去了。她从朋友家请一位女佣来帮忙，但这个女佣怕病毒传染，连病房也不敢进，还得似鸿操心。没办法，似鸿写信、打电报给光慈的父亲，说光慈已经病危了，望老家速来人照顾。但老家这时也被敌人抄家了，家人星散。她的信和电报当然都是石沉大海。

然而，就是在濒于死亡的时候，蒋光慈依然未忘革命。他逝世的前一天，作家杨邨人曾去看望他。面对老朋友，蒋光慈呼喊道："我要光明，我要太阳！"这话给杨邨人留下了深刻的印象。因此，在蒋光慈逝世的当天晚上，杨邨人写了一篇题为《"向光明，向太阳"》的纪念文章，写了蒋光慈关注江西革命根据地胜利、关注纪念"左联"五烈士的情景。

在此的前一天，蒋光慈还托前来看望他的亚东书局职员陈啸清，给皖西老家的亲人发了一封极其简短的诀别信：

父亲：

我要远行。这次去，恐怕不能回来了。请你和母亲不要挂念我！

儿侠生

1931 年 8 月 31 日早晨，蒋光慈永别了他的父母亲人，永别了妻子吴似鸿，永别了充满悲哀、黑暗的旧中国。

还差 11 天，他才满 30 岁。

一辆灵车，一辆送殡汽车，在乌云密布、细雨霏霏的凄凉景色中，吴似鸿、钱杏邨、楼适夷、杨邨人、汪孟邹、陈啸清和亚东书局的一些职员，为蒋光慈送葬到了江湾上海公墓。墓穴的号数是七七七，使用的名字是蒋资川。

蒋光慈逝世后，吴似鸿虚岁 25 岁。孤身独处，贫苦无依，加之年轻多梦，寄情未来，她自然会寻觅自己的爱情和婚姻。可是她所经历的三场再婚，却都非常不幸。

1932 年初，吴似鸿以苏虹的化名，参加了左翼美术家联盟。在美联任职的还有黄日东。黄祖籍广东，父母早亡，比似鸿小 4 岁，当时是上海美专的学生，全靠两位哥哥资助。这年暑假，黄日东要回山东老家去，中间要路过青岛。他约吴似鸿同他一道去，顺便在青岛养病。这时，黄向吴似鸿表示了爱情，似鸿以自己有肺病婉拒他。日东说，自己也有肺病，不怕传染，同病还可相怜呢。在青岛海滨，他们住了半个多月，过着相亲相爱的甜蜜日子。后来回到上海，吴似鸿先后参加了鲁迅辅导的野风画会和大地画会，同在上海美专读书的黄日东依然保持亲密的关系，以致吴似鸿怀了孕。1933 年 7 月，吴似鸿生下她和黄日东的孩子。此时，黄正在日本留学。1935 年当孩子刚能牙牙学语时，黄日东因肺病死于日本。这个孩子在动荡的岁月，随母亲在艰难困苦中长大，新中国成立后参加了中国人民解放军。

黄日东去世后，吴似鸿在"既空虚又悲哀"的情况下，认识了失学青年"老曾"。老曾父亲是福建人，母亲是菲律宾人。他的母亲原是渔民的女儿，长得非常漂亮。他父亲到菲做生意，认识了他的母亲。生下他以后，母子却都被他父亲遗弃了。老曾从小在社会上流浪，直到他母亲去世，父亲才把他送到菲律宾大学读书。老曾因不满菲律宾的殖民教育，转到上海大学，并在学校参加革命活动。父亲知道后断绝对他的资助，他当时是既失学又失业。老曾虽然不能在经济上帮助吴似鸿，但给她温暖和勇气，给她克服困难的信心。不久，似鸿去《妇女生活》月刊当编辑，老曾到一所中学去教英文，生活日渐好转。1936 年春天，吴似鸿生下了她和老曾的孩子。1937 年抗战爆发后，老曾参加了托派组织。吴似鸿要他退出，但老曾态度坚决，不愿退出。1938 年春，老曾的托派身份被他教书的学校知道了，就辞退了他。老曾在上海难以存身，只好跑到香港，投奔他的叔父去了。后来，吴似鸿应老曾之邀两次到了香港，但由于政治上的分歧，他们的婚姻结束了。他们所生的那个孩子，也因肺炎死于香港。

1947 年冬，白色恐怖笼罩重庆。当时吴似鸿在"文协"工作。原中央大学教授李葳，因在校公开宣传马列主义而被学校除名，暂时流落到文协存身。吴似鸿过去不认识他，交往之中发现他神经有些不正常，也就没有深交。1948年秋，似鸿到海棠溪的辅仁中学任教。这年寒假，她因得罪了校长而被撵出了校门。就在她和儿子在社会上漂泊之时，正在化龙桥立人中学教英文的李葳来了，劝似鸿以他"家眷"身份带儿子住进立人中学。似鸿住进立人中学后，外人都以为她是李葳的家眷，事实上他们分住三间房子，并没有同居。李在这一时期，脾气的确好一些，有时还帮似鸿做事。时间长了，他就要与似鸿同居。开始似鸿不同意，主要是因他个性不好，与一般文人不同，所以拖到38岁了还没结婚。这时，作家艾芜劝似鸿说："李葳追你两年了，和他结婚了吧！"似鸿说：他神经不正常。艾芜说：他是因为年纪大了，没有结婚，有点变态，结了婚就会好的。不少朋友也劝似鸿，说李葳是教授，又是作家，而且没有结过婚，虽然有缺点，但可以将就，结了婚对两人都有好处。事情到了这个地步，似鸿也没了主意，觉得朋友们的话也有道理，加上李葳盯得很紧，似鸿终于和他同居了。谁知同居之后，李葳的本性全部暴露出来了。他脾气更坏，而且封建意识浓厚，似乎似鸿整个人都属于他了，不许似鸿与外界接触。似鸿十分苦恼，但又无可奈何。1949年11月下旬，重庆解放。接着，重庆军管会派诗人田间，将吴似鸿、李葳等人接到了重庆。1950年3月，似鸿生下了她和李葳的儿子。这时，似鸿非常想念上海，想念绍兴老母。西南文联负责人沙汀非常同情她为她解决了路费，吴似鸿和李葳一起回到了上海。两人在上海意见更是不合，李葳不仅限制似鸿的人身自由，还不许她写作，于是几乎天天吵架。似鸿不愿过这种生活，一气之下抱着孩子到了杭州，自此便在浙江文联工作。李葳呢，则继续在上海游走，脾气越来越坏。一次，他竟把上海作协负责人之一的某著名作家打伤了，引发刑事犯罪，被判刑10年，送到安徽白湖农场服刑。这时，吴似鸿才正式和他办理了离婚手续。李葳刑满后到了东北老家；"文革"期间，他跳海自杀。

吴似鸿多才多艺。1934年她27岁时，便在上海现代书局出版了小说散文集《流浪少女日记》。新中国建立后，她一直在浙江省文联工作，曾写过多篇、多部回忆中国现代作家、诗人的文章，如《蒋光慈回忆录》《我与蒋光慈》《浪迹文坛艺海间》等等，为研究蒋光慈、研究中国现代文学史，提供了宝贵的资料。

吴似鸿还参加了蒋光慈遗骸、骨灰的安葬、迁移、陈列等工作。

蒋光慈的遗骸，初始化名蒋资川，葬于江湾上海公墓。抗日战争时期，日军要将上海公墓平掉，汪孟邹先生与一地下党人，将蒋光慈坟墓迁到庙行安徽同乡公墓，并作了暗号。1953 年 5 月 23 日，上海市文联将蒋光慈的遗骸迁到虹桥公墓安葬。夏衍同志主祭，陈毅市长书写墓碑："作家蒋光慈之墓"。落款是：一九五三年五月上海文学艺术界联合会具。

1974 年冬，上海民政局出面，将蒋光慈遗骨火化。1976 年，在吴似鸿写信要求下，国家文化部拟转上海市民政局，把蒋光慈骨灰由群众大楼移到上海龙华烈士陵园革命军人病亡骨灰存放室。1981 年上海龙华革命公墓建立，蒋光慈的骨灰转入革命公墓存放室，存放位置是中厅 115 号，光慈的诗歌《诗人的愿望》，被镌刻在龙华革命烈士陵园的诗墙上。

吴似鸿 1990 年辞世，享虚龄 84 岁。她在这前一年春节于绍兴柯桥，用毛笔书写了给蒋光慈"最后的话"，其中说："你的四卷文集出齐了！我今年已八十三岁了！"

这里，吴似鸿所说的"四卷文集"，指上海文艺出版社于 20 世纪 80 年代，历经 6 年出版、出齐的四卷本《蒋光慈文集》。

2017 年 5 月，合肥工业大学出版社出版了由方铭、马德俊两位先生主编的《蒋光慈全集》，收录了蒋光慈的所有著作（包括译著）。全集共 6 卷。第一卷收录诗集《新梦》《哀中国》《乡情集》，东京养病日记《异邦与故国》，与宋若瑜的书信集《纪念碑》；第二卷收录中篇小说《少年飘泊者》《短裤党》《野祭》《菊芬》，短篇小说集《鸭绿江上》；第三卷收录中篇小说《最后的微笑》《丽莎的哀怨》《冲出云围的月亮》；第四卷收录长篇小说《咆哮了的土地》；第五卷收录俄文翻译作品，包括：理论译作，长篇小说《爱的分野》《一周间》，短篇小说集《冬天的春笑》；第六卷收录理论著作、集外诗文以及蒋光慈生平著译年表等。全集总字数一百六十五万八千字。闻此，蒋光慈当九泉含笑矣！

作者是在举国上下纪念中国共产党诞生百年的高潮中，完成这部小说的。试图从婚姻和感情历程中，来说明蒋光慈的不凡。蒋光慈一生未活过 30 岁（还差 11 天），他同天下所有年轻人一样，认真追求爱情，但却留下苦痛深深。他和第一任妻子王书珍的婚姻时间，是以"天"来计算的，前后未超过 30 天；他和第二任妻子宋若瑜的婚姻时间，是以"月"来计算的，前后不过 4 个多月；他和第三任妻子吴似鸿的婚姻时间，有幸可以以"年"来计算，满打满算，也只有 1 年零 9 个月。

是幸呢，还是不幸？

这诚如蒋光慈在悼宋若瑜的诗《牯岭遗恨》中所言："若说人生是痛苦的，／为什么我此生也有过一番的遭遇？／若说人生是快乐的，／为什么她就这样短促地死去？"不过，临到他和吴似鸿结为伴侣，是他自己短促地死去了！

从蒋光慈处理自己的恋爱、婚姻中，我们可以看到他的不凡之处。

蒋光慈在安徽芜湖读中学时，就写过"此生不遇苏维娅，死到黄泉也独身"的诗。苏维娅是革命者，是黑暗势力的反抗者，就是说，他选择伴侣首先要是革命者、黑暗势力的反抗者，自己的志同道合者。我们注意到，王书珍、宋若瑜、吴似鸿三位，都是农村姑娘，出身贫穷。蒋光慈认为，"乡姑娘"纯朴，"靠得住"，更主要是阶级使然，阶级斗争使然。朋友们在为蒋光慈介绍伴侣时，不乏出身高贵、才貌双全者，但蒋光慈对这类人总是不放心、不满意，而最后放弃。这种从革命出发、从志同道合出发选择伴侣的观念和做法，无疑朴素而正确。

蒋光慈尊重妇女，平等相待，从没轻贱过妇女。吴似鸿第一次到蒋光慈所居的地处广业里的二层楼房；因谈心投机直到夜深不能回校，晚上就睡在蒋光慈的床上，吴似鸿说"你今晚可不能碰我"，蒋光慈睡在长沙发上，就没有动她一个指头。蒋光慈的肺病是被宋若瑜传染的，宋临死前叮嘱蒋一定要去打抗结核针。蒋光慈就去打了，打了多次。他后来得了肺病误以为是胃病，服胃药，到日本休养。从日本回国后，和吴似鸿恋爱结婚，又把肺病传染给似鸿。当似鸿知道自己病情后，责备光慈，光慈一再解释，自己是无意的。虽然贫病交迫，光慈一人在家苦熬还把似鸿送到杭州西湖休养。即使这样，他的良心依然不安。当似鸿从杭州回归上海时，光慈抓住她的胳膊，唏唏嘘嘘地哭了起来，说道："阿鸿呀，我对不起你！"似鸿说："你怎么这样说呢？"光慈说："我就是对不起你！结婚后你跟着我到处逃难，担惊受怕；还被我传染了肺病，过着这样的苦日子……"还有，光慈的父亲一再说："你可在外面纳一房小的，帮你抄抄文稿……"虽然这在当时社会并不鲜见，但光慈认为这首先是对妇女的轻贱行为，不把妇女当人待，而坚决抵制这种做法，决不去做。

蒋光慈在处理婚恋时，有一种认知和做法更是可贵。这就是：真正爱一个女人，就要对她的一生负责。这是真爱，这是大爱。蒋光慈在苏俄留学时，同莫斯科东方大学图书管理员安娜陷入了热恋，情深似海，蒋为她写了多首诗歌。但是，蒋为了对她的一生负责，一直为她保留最后的人生底线，使她一直清白无瑕；当她真诚地要嫁给他、随他来中国时，蒋考虑到自己回到黑暗中国的前途都难以逆料，何况一个异国姑娘？于是，坚决拒绝了她的爱情。至于本书《嫁妻》所写的，蒋光慈对王书珍一生负责的精神，更是令我们叹为观止。

社会在前进，时代在发展。旧时代的一些禁锢于人的道德、婚姻枷锁，已经消散。但是，无论社会如何解放以至开放，新的人伦底线必须坚守，公认的道德法规必须遵从。这就是我们从1922年加入中国共产党的蒋光慈"嫁妻"中，理应得到的启发。

2022.2.22初稿于六安

后　记

1962 年秋天，我在家乡报纸《合肥晚报》的文艺副刊《杏花村》，发表了小说处女作《闹房》，自此便一发而不可收地在报刊上发表起小说来。

今年是 2022 年，掐指算来，我发表小说已经整整 60 年了，一个甲子啊！我出生于阴历 1939 年、阳历 1940 年，足龄 82 岁了。我胡子不显，不能说"须发皆白"，但头发的确白了大半了。惭愧！

想想自己，还是有点写小说歪才的，当年在《合肥晚报》以及后来的《文艺作品》《希望》等报刊，以徐本法（谱名）、殷丹茜（三字皆是红色）、何绪（夫人姓何，何家之婿也）、徐航等署名，发表各类小说七八十篇；20 世纪新时期以后，我又在其他地方发表起小说。总的算来，我发表、出版的长长短短的小说将近百十篇，约 80 余万字。就在 20 世纪 80 年代，我发表了短篇小说《鼠祸》《门门门》和中篇小说《剪刀传》等等，小说创作逐渐走向成熟之时，我于 1984 年由中共六安县委宣传部调入《皖西日报》社任文艺部主任，并于这年发表了短篇小说《鸟语》之后，便自作聪明地停止了小说创作，转而勤恳地当起了编辑，并主要写起文学评论。我曾连选连任三届安徽省报纸副刊研究会副会长兼秘书长，任过一届安徽省报告文学学会副会长，并于 2016 年出版了 30 余万言的《徐航文学评论选》。这就是说，我当编辑、写文学评论，还是有点成绩的。但是，我这一生写小说半途而废，总觉得是个大遗憾。

2021 年，六安市作家协会建立了网络平台《六安文学》，年轻的作家和文学爱好者们在上面大展其技，非常热闹。我也受到了感染，一时技痒，竟然私下写起小说来，而且一口气写了5篇，即收在本书第二辑的最后5篇，分别是《哭丧悲喜剧》《三代经商记》《变迁》《错认夫君》和《大青骡子》，近5万字。写过小说的人都知道，这种文学形式，一旦中断长时间不写，很难恢复如初。我的《哭丧悲喜剧》和《三代经商记》在六安作协所办的文艺杂志《淠河》发表后，大家反应不错，给了很多鼓励，这使我增强了信心。本来构思好的几个短篇，停笔不写了，想写一部长一点的小说作品。

这"长一点"的，便是《嫁妻》。中国无产阶级文学的"开山祖"蒋光慈，祖籍六安县莲花庵，出生于霍邱县南乡的白塔畈。我在六安高中读书时，就知道蒋光慈，关注蒋光慈。后来在合肥师范学院中文系读书时，得知同班、同寝室的同学吴腾凰（安徽蒙城人）也对研究蒋光慈感兴趣，于是我们联手合作，一口气关注蒋光慈其人其事其作几十年，两人合作并由我执笔，写作、出版了《蒋光慈评传》和《明月为君侣》；吴腾凰还出版了有关蒋光慈的其他作品。由于非常熟悉蒋光慈，而蒋光慈又是皖西的建党人，最早在大别山北麓点燃了中国共产党所高举的革命火炬，因此在去年庆祝建党百年的活动中，我写了7万字的纪念蒋光慈的文章。并花四个月的时间，写出了15万字的《嫁妻》。我已进入暮年，夕阳在树，这恐怕是我为宣传蒋光慈所作的最后一次奉献了。这里有一点要说明的是，我执笔写20万字的《明月为君侣》，细写蒋光慈与王书英（《嫁妻》中写作王书珍）、宋若瑜和吴似鸿三位妻子的婚恋，王书英所占比重最少。即使如此，因为《明月为君侣》和《嫁妻》出自一个人之手，所以少数地方有重复的文字，这并非是作者卖弄旧作也。

我于1999年12月，由海南省的南方出版社出版了一部中短篇小说集《高天流云》，17万字，收微篇小说10篇、短篇小说8篇、中篇小说3部。这其中约有5万字的篇幅，收入到这部《徐航小说选集》。

我的大学同学、评论家苗振亚先生曾积极赞赏徐航小说的语言，他以中篇《剪刀传》为例说，"尤其在小说语言的修养上，能看出作者的腹笥富足，熔铸聪慧，各类语言尽人我彀中，涉笔成趣，都如无意得之"。我的这位老同学，的确说到了要点上。特别是语言，读者如果认真读一下，便可发现作者在小说语言的通俗化，特别是人物语言个性化上所作的努力。

编定了这部小说选，我还得感谢我的初中（初解放时的肥西第一初级中学）语文老师汪永泉、高中（六安高中）语文老师王忠厚和大学（合肥师范学院中文系）习作老师王盛农。这几位先生都颇懂"因材施教"，是他们无私、恳切的教诲，使我得以在文学上长高长大，逐渐成熟。特别是王盛农老师，是一位文学素养深厚的老作家，（此后为安徽大学中文系教授）。他的共 80 万字的长篇小说《猛士》《悲风》由人民文学等出版社出版，均是新时期安徽文学的重要收获。我与他 1960 年相识，1962 年开始相交，深受其指教、熏陶，直到他 1991 年以 65 岁的盛年不幸辞世。2019 年我与陈长风（陈昌茂）合著、出版了近 20 万字的《师生鸿简》一书，以纪念我们这位共同的老师。以上三位老师均已作古，愿他们在天堂安好。

在此，我还要感谢我的两位文学朋友：一是我大学同班陈昌茂。他是一位极具文学天赋的人，刚上初中的 1957 年，就连连在《安徽日报》副刊上发表小说。此后，发表了一批小说、散文，成为安徽作协会员。我们结为文学至交，切磋学问，合写作品。王盛农先生受他的笔名启发，为我起了一个笔名"徐航"。遗憾的是，陈兄后来从政了，做了正厅级的官，使我失去了一位文学密友。不过，陈兄从合肥退休以后，隐居和我同住六安徽商小区，经常见面，煮酒小酌，此人生幸也。另一位是我的合肥同乡温跃渊。我们自 1964 年认识、相交，已历将近 60 年矣。之间无话不说，无私可隐，亲如兄弟。他对文学的虔诚、忠贞，他的胼手胝足地笔耕、拼搏，使我深受感动。他已出版文学作品近 30 部，600 万言，成为中国一位知名报告文学作家；他记了 60 多年日记不辍，近 1000 多万字，成为人们的榜样，均给我巨大的鼓舞。我专为他写了一部传记《温跃渊评传》，30 万字，以示我对他的尊敬。他在合肥、在安徽办了好几种报刊，我的不少小说都是在他催逼下诞生，而后在他主持的报刊发表。他是我的小说的一位热情的"催生婆"。

还有，我还要感谢已于 2018 年辞世的我的妻子何永馨（愿她在天国安宁！）。她是地主的女儿，同时也是一位共产党员。我们是同乡、同学，1963 年结婚后，抚育了两男两女四个孩子。没有她的贤妻良母式的辛勤操持，我无法活得滋润，更不可能做什么文学之梦。我新闻作品不计，已出版 500 多万字的文学书籍，其功劳有我的一半，更有她的一半。

最后，我要感谢汪锡文同志，热情地为本书写了序文。他曾担任六安人大的副主任。令人敬佩，他还是一位作家，发表、出版了近 300 万字的文学作品，为六安市作家协会的第一任主席，退职以后，仍是六安市作协的"核心人物"。他对我小说的评判，切实而中肯。

人生易老，文学长春！

2022. 3. 22 六安

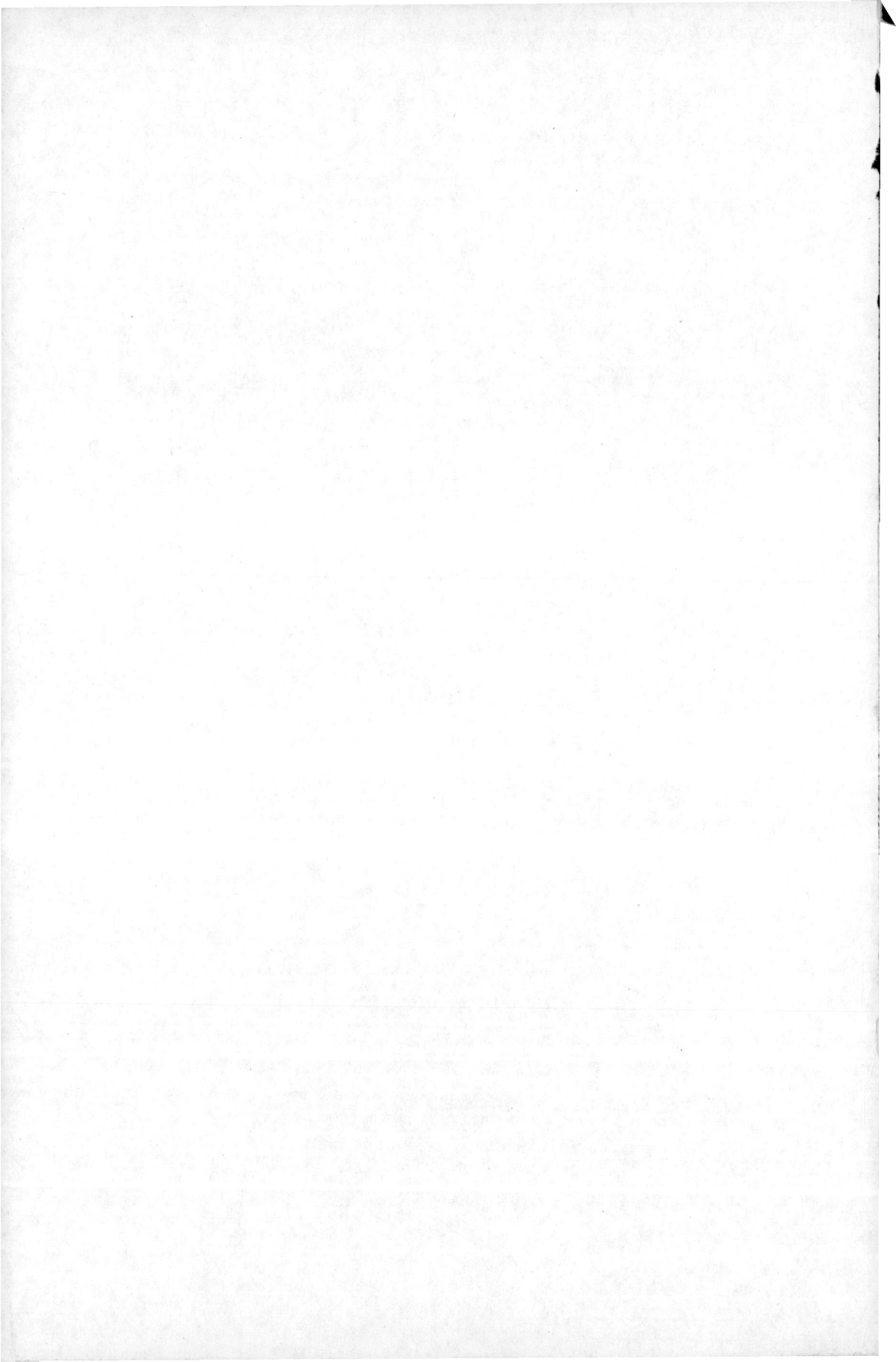